MATTIS FERBER

Die Süße des Todes

Weitere Titel des Autors:

Mörderische Auslese

Über den Autor:

Mattis Ferber ist ein Pseudonym von Hannes Finkbeiner. Der Autor wuchs in einem Hotelbetrieb im Schwarzwald auf, machte eine Lehre zum Restaurantfachmann und studierte an der Hochschule Hannover Journalistik, wo er heute auch als Dozent lehrt. Finkbeiner schrieb u. a. für *FAZ*, *Spiegel Online* oder das *RND*. Für die *HAZ* verfasst er eine wöchentliche Gastro-Kolumne.

Mattis Ferber

DIE SÜSSE DES TODES

Ein Fall für Benjamin Freling

KRIMINALROMAN

lübbe

Dieser Titel ist auch als E-Book erschienen

Die Bastei Lübbe AG verfolgt eine nachhaltige Buchproduktion. Wir verwenden Papiere aus nachhaltiger Forstwirtschaft und verzichten darauf, Bücher einzeln in Folie zu verpacken. Wir stellen unsere Bücher in Deutschland und Europa (EU) her und arbeiten mit den Druckereien kontinuierlich an einer positiven Ökobilanz.

FSC www.fsc.org
MIX
Papier aus verantwortungsvollen Quellen
FSC® C014496

Originalausgabe

Dieses Werk wurde vermittelt durch die Literarische Agentur Michael Gaeb

Umschlaggestaltung: www.buerosued.de unter Verwendung von
Illustrationen von © www.buersosued.de
Satz: hanseatenSatz-bremen, Bremen
Gesetzt aus der Adobe Garamond Pro
Druck und Verarbeitung: GGP Media GmbH, Pößneck
Printed in Germany
ISBN 978-3-404-18770-6

2 4 5 3 1

Sie finden uns im Internet unter luebbe.de
Bitte beachten Sie auch: lesejury.de

Teil I

Eins

Die Zündflamme knackte mehrmals hintereinander, erst dann sprang der Gasboiler im Badezimmer knisternd an. Benjamin Freling hörte auch ein Auto, das mit klapprigen Stoßdämpfern über das Kopfsteinpflaster der Breisacher Oberstadt holperte, und die Aggregate seiner drei Weinklimaschränke, die friedlich brummten. Im Stockwerk unter ihm saugte seine Vermieterin Staub. Das Gerät musste defekt sein, so laut wie der Motor kreischte. Entweder das, oder sie mähte den Teppich. Stille zeichnete sich eben nicht durch das Fehlen von Geräusch aus, schlussfolgerte der Sommelier, im Grunde machten Geräusche eine Stille erst vollkommen. Genauer: vollkommen beunruhigend. Wenn er nämlich seine Fantasie anstrengte, konnte er auch Julias Zähne knirschen hören. Julia. Seine Freundin.

Wortlos kam sie in die Wohnküche und stellte ihre Handtasche auf den Tisch, an dessen Ende er saß. Sie streifte ihren beigen Trenchcoat über. Ein Hauch von frisch aufgelegtem Parfüm wehte ihm entgegen, dazu ein Schwung ihres schwarzen gewaschenen Haars. Freling gab keinen Mucks von sich. In diesem Augenblick vibrierte sein Mobiltelefon. Es lag vor ihm, im Display erschien der Name *Pana* – Frelings bester Freund. Der Sommelier wagte es aber nicht, das Gerät anzufassen. Er ließ es wohlweislich vibrieren, bis sich die Mailbox einschaltete. Julia schob sich ihre Sonnenbrille wie einen Haarreif auf den Kopf und sah schlichtweg umwerfend aus. Stinksauer oder sanftmütig, sie war die schönste Frau der Welt – und somit auch die schönste Restaurantleiterin der Welt, das stand für ihn völlig außer Frage.

Julia zog ihren Autoschlüssel aus der Jackentasche, womit sie alles getan hatte, was zum Gehen getan werden musste. Nur: Sie ging nicht. Der Sommelier befürchtete, dass sie sich gerade in einem dieser klassischen Kompensationsmomente nach einem Streit befanden, in denen alles gesagt war, die Parteien sich sammelten und sich taktische Sachlichkeit und unterschwellige Wut zu einem letzten, erlösenden Wortgefecht zusammenballten. Oder zu einem wochenlangen Schmollknäuel zusammenzogen.

»Und jetzt?«, fragte Julia und blickte ihn dabei so emotionslos an, als würde sie die Nachrichten vorlesen.

Ja, was jetzt?

Der Sommelier stand auf, ging zum Weinklimaschrank und nahm eine Karaffe Rotwein heraus. Ein 2004er Petite Sibérie von der Domaine du Clos des Fées, den sie gestern Abend geöffnet hatten, als das Halbdunkel der Wohnung noch von zig Kerzen und ihren glühenden Herzen erhellt wurde. Nichts davon war an diesem Sonntagvormittag geblieben. Es war grell. Graugrellhell, dann plötzlich wieder finster. Draußen, vor dem großen Panoramafenster seiner Wohnung, zeigte das Maiwetter stete Wandlungsfreude: Wolken stoben über den Himmel, dahinter brach immer wieder die Sonne hervor. Mal nieselte es, dann regnete es Bindfäden. Gerade als sich der Sommelier den Rest Wein eingoss, wurde es wieder dunkel. Ein bedrohliches Dunkel, voll schwarzer kalter Wolken. Ein Dunkel, das jedes Lebewesen ohne Umschweife zurück ins Bett befehligte und nichts weniger signalisierte, als die lebenserhaltenden Maßnahmen auf ein Mindestmaß zu reduzieren.

Benjamin Freling ließ den Südfranzosen kurz im Glas seine Runden drehen. Er hatte einen ordentlichen Schluck für heute zurückgehalten, weil er wissen wollte, wie der Tropfen schmeckte, wenn er sich etwas länger an der Luft entwickelt hatte. Julia folgte ihm mit ausdruckslosen Augen. Er steckte seine überaus markante Freling'sche Nase ins Glas und wirklich: Die Jahre und der Luftkontakt hatten das Kraftpaket von Wein zur Altersmilde gerungen, er war nicht mehr verschlossen, sondern schmolz um einen frischen, saftigen und samtigen Kern, hatte einen tiefen und intensiven Duft nach Zwetschgen, Schwarzkirschen und Johannisbeeren. Dahinter blitzten feine Kräuter und edle Gewürze auf. Das liebte er. Ein gereifter Wein, der zum richtigen Zeitpunkt geöffnet wurde, war für den Sommelier ein kleines Mysterium. Er war Zen. Yin und Yang. Pure Poesie. Die perfekte Balance von Millionen Gegensätzen. Und ging es denn um nichts anderes auf der Welt? Um Gleichgewicht im Kosmos und Universum? War das nicht das einzige Höchstmaß an Gerechtigkeit, das den Menschen zuteil wurde? Gleichgewicht?

Genauso hatte er vorhin auch vor Julia argumentiert. Aber Julia war kein grünschnabeliger Philosophieschüler, sondern eine temperamentvolle Frau mit katalanischen Wurzeln. Der Streit hatte begonnen, noch bevor sie ins Bad gegangen war, um sich für den Arbeitstag herzurichten. In Shorts, Socken und Kapuzenpulli hatte sie am Tisch gesessen, mit einem Cantuccino ihren Milchkaffee umgerührt und gefragt, was er heute vorhabe. Freling hatte mit den Schultern gezuckt. Er hatte keine Ahnung. Was sollte man an so einem hässlichen Tag auch schon tun? Lesen? In einer Weinzeitschrift? Einkaufen und kochen? Sollte er eine Runde bei Wind und Wetter joggen gehen? Gegen die Pfunde kämpfen? Oder nochmals ein Nickerchen halten? Alles war denkbar. Verstand sie ihn nicht?

Zehn Jahre lang hatte er wie ein Ackergaul geschuftet, stundenlang, oft sieben Tage die Woche, an langen Abenden, an langen Wochenenden. Zuletzt war er Sommelier und Restaurantleiter im Gourmetrestaurant Freling gewesen, im Luxushotel seiner Familie. Julia war damals noch seine Stellvertreterin. Und jetzt arbeitete er seit dreizehn Monaten eben – nicht. Viele Nächte hatte er damals nur wenige Stunden Schlaf bekommen, jetzt lag er mit Julia so lange in der Koje, bis sie zur Arbeit musste. Und manchmal ging er danach wieder ins Bett. Zeitlebens war er auch ein Hungerhaken gewesen, dünn und schlank, jetzt hatte er einen soliden Schwimmring auf den Hüften und Ansätze zu Pausbäckchen. Legte man also einmal ganz nüchtern und sachlich die letzten Jahre nebeneinander, dann fand gerade nur der nötige Ausgleich der Kräfte seines Lebens statt.

»Auch in Balance, noch mehr als gestern«, flötete Benjamin befriedend, zog schelmisch die Augenbrauen nach oben und hielt ihr das Weinglas hin.

Doch das Manöver verfehlte seine Wirkung. Julia zeigte keine Regung. »Argumentierst du jetzt auch noch wegen deines Bankkontos so? Du warst zehn Jahre in den schwarzen Zahlen, jetzt darfst du zehn Jahre in den roten Zahlen sein?«

Es wurde dunkler im Raum. Das hatte nichts mit den Lichtverhältnissen zu tun. War das die perfide Taktik, die sich seine Freundin im Badezimmer zurechtgelegt hatte? Das Finale des Wortgefechts? Der Sommelier stellte das dünnwandige Weinglas auf den Tisch, wäre es davon nicht zerbrochen, er hätte es liebend gerne auf den Tisch geknallt. Richtig war: Er hatte sich von Julia die letzte Miete leihen müssen, worauf er nicht stolz war. Aber seit einem halben Jahr lebte sie schließlich auch hier. Sie kam und ging, wie sie wollte, hatte einen Schlüssel. Und er war eben knapp bei Kasse – auch und vor allen Dingen, weil sie zusammen hin und wieder Weine entkorkten, die man in ihren Jobs zwingend kennen musste, aber das Budget von Ottonormalbürgern deutlich überschritten.

»Aber gestern Abend hat dir der Sibérie noch gut geschmeckt, oder? Ich habe eben vielleicht kein Geld auf dem Konto, aber ...« Benjamin zeigte demonstrativ auf seine drei Weinklimaschränke, die seit nunmehr fünf Jahren für eine gleichmäßige Temperatur sorgten. Elf Grad. Konstant. Da war sie wieder: die Balance.

»Du kannst die Weine nicht mit ins Grab nehmen, Benny.«

»Die Klimaschränke sind besser als jedes Bankkonto«, entfuhr es dem Sommelier, was teils sogar stimmte. Die Wertsteigerung, die mit manchen seiner Bouteillen einherging, war allemal besser als die Nullzinsen auf der Bank.

»Du musst sie verkaufen. Oder trink sie wenigstens, manche Weine sind nicht mehr lange auf ihrem Höhepunkt. Am Ende hast du teuren Essig. Verkauf doch die 1985er S-Cuvée von Salon. Dann hast du genug für eine Monatsmiete, und wir können noch schick zusammen essen gehen. Was hält dich davon ab?«

Was ihn abhielt? Er wusste es nicht.

»Den Salon?«, wiederholte er erschrocken. Wieder begann sein Telefon zu vibrieren, dieses Mal nur kurz. Pana hatte ihm eine Kurznachricht gesandt. Der Sommelier schielte auf den Bildschirm. *Ruf mich an, wir haben einen Job für dich*, stand da. »Julia, ich muss den Champus nicht verkaufen – ich habe doch einen Job!«, platzte Benjamin raus.

Julia sah ihn verblüfft an. Ihre hochgezogenen Schultern sanken herab, die Wut war gewichen. »Was? Seit wann? Wieso erzählst du mir das denn nicht?«, fragte sie.

Benjamin räusperte sich. »Ich weiß erst seit kurzem davon.«

»Ach«, sagte Julia, die nach dieser unerwarteten Wendung schnell wieder die Fassung gewann, was bedeutete: Ihre Gesichtszüge verhärteten sich erneut. »Und was ist das für ein Job?«

»Erkläre ich dir später«, sagte der Sommelier.

»Bekomme ich wenigstens eine Kurzversion?«

»Och.« Benjamin wedelte abtuend mit der Hand. Erneut

brummte sein Handy. Er schielte auf das Display. *Du musst ein paar Weine schätzen. Zeit?* »Ich muss nur ein paar Weine schätzen, mehr nicht«, fügte er rasch an, als sei das die naheliegendste Sache der Welt.

»Weine schätzen? Für wen? Hier in der Gegend, oder bist du lange weg, oder …«

»Ich erzähle dir alles später, okay?«

Julia schaute ihn an, als wollte sie Kleinholz aus ihm machen. Sie schnappte ihre Handtasche und stapfte zum Ausgang.

Lieb dich, wollte Benjamin Freling rufen. *Küsse! Freu mich auf heute Abend!* Irgend so was.

Er überlegte noch, was genau angebracht war. Da fiel die Tür donnernd ins Schloss. Zurück blieb Stille. Und ein Teppich, der gemäht wurde.

Benjamin füllte ein zweites Mal an diesem Morgen seinen Espressokocher und stellte ihn auf die Herdplatte. Während er wartete, schnupperte er eine Weile gedankenverloren an der geöffneten Kaffeedose. Mit Tasse, Telefon und Weinmagazin stieg er dann auf die Galerie, wo sich sein Bett befand. Er legte alles auf seinem Nachttisch ab – ein kleines Weinfass, das er vor Jahren in der Garage seines Winzeronkels gefunden hatte –, kroch ins Bett und starrte ein paar Minuten in den launischen Morgen hinaus. Kurz flackerte Sonnenschein über seiner Terrasse. Tausende Regentropfen schillerten an der großen Panoramascheibe. Weit entfernt, über dem Winklerberg, dem vielleicht berühmtesten Weinberg des Kaiserstuhls, braute sich schon das nächste Gewitter zusammen. Benjamin zog sich die Decke bis zur Nasenspitze und angelte dabei nach seinem Telefon.

»Raus aus der Falle!«, hörte er Panas Stimme – Pana war der sprechbare Spitzname von Aigidios Panagiotopoulos, den er während seiner Ausbildung zum Restaurantfachmann in Berlin kennengelernt hatte. Seit mehreren Jahren betrieb der griechischstämmige Koch mit seiner Verlobten ein Restaurant im Rheingau, eine ehemalige Kapelle, die sie vom Benediktinerinnenkloster Marienwingert gepachtet und umgebaut hatten. »Lara hat dir einen Job besorgt«, fügte sein Freund hinzu, seine Stimme wurde dabei untermalt von scharrenden Füßen – ging er auf Kies? –, gefolgt von einem lauten Knall.

»Was ist da so laut?«, fragte Benjamin, dem die geschäftige Geräuschkulisse seinen eigenen Müßiggang vor Augen führte.

»Arbeit verursacht Geräusch, für Gastronomen auch an Sonntagen, falls du das vergessen haben solltest«, entgegnete Pana spitz und schob etwas milder hinterher: »Nein, bin oben beim Kloster und lade ein paar Kisten ein. Und jetzt steig ins Auto und komm her.«

Benjamin lächelte. »Darf ich vielleicht vorher fragen, um was für einen Job es sich handelt?«

»Lara hat gestern mit der neuen Priorin telefoniert, ist erst seit ein paar Wochen in Amt und Würden, die haben einen Weinkeller und wollen wissen, was das Zeug da unten wert ist – da hat sie gefragt, ob Lara einen Sachverständigen kennen würde …«

»Und dann hat sie mich genannt?«, platzte der Sommelier hervor.

»Nennt man Freundschaft – du hast doch beim letzten Mal gejammert, du hättest nichts zu tun und wärst knapp bei Kasse, oder nicht?«

Der Sommelier seufzte. Das stimmte. Er hatte seinen Freunden von seiner Situation berichtet, als er sie vor drei oder vier Wochen einen Abend besucht hatte. »Ihr habt doch bei euch zig Sachverständige rumspringen, ruf doch bei der Uni Geisenheim an, die können auch …«

»Die können, was du kannst«, unterbrach ihn Pana.

»Was ist eigentlich eine Priorin?«

»In unserer Sprache? Souschefin. Stellvertretende Hoteldirektorin. Oder so ähnlich. Den Finanzvorstand hat sie auch inne. Ist die Nonne mit dem Scheckbuch, sozusagen.«

»Ah.« Der Sommelier überlegte. Die Sonne war längst wieder verschwunden, ihr schillerndes, lebensfrohes Licht einer Ode ans Grau gewichen, die seine ganze Wohnung erfüllte. Er rieb unter der Decke seine kalten Füße aneinander und rümpfte seine Nase. »Was zahlen die denn?«

»Gehaltsverhandlungen musst du schon selbst führen.«

»Pana, ey, es ist gerade so warm *in der Falle.*«

Der Koch lachte kurz und brach abrupt ab. »Moment. Du liegst nicht wirklich noch im Bett?«

»Natürlich nicht, war nur ein Witz«, murmelte Benjamin, setzte sich so geräuschlos wie möglich im Bett auf, vermied jedes Rascheln der Decke und nahm einen Schluck Kaffee. Da begann es wieder zu regnen, nein, es schüttete, und die Regentropfen prasselten wie Hagelkörner gegen die Fensterscheiben.

»Was zierst du dich dann? Hast du was Wichtigeres zu tun? Die reservieren dir sogar kostenlos ein Zimmer in ihrem Gästetrakt – aber du kannst natürlich auch wieder bei uns auf der Couch pennen, wenn dir das lieber ist.«

»Nein, nein, eure Couch killt meinen Rücken«, log Benjamin. Er hatte ein schlechtes Gewissen, wenn er sich bei Pana und Lara breitmachte und das Paar um Punkt sieben an sechs Tagen in der Woche durch die Wohnung stürmte, während er schlaftrunken durch seine Lider blinzelte. »Ich penne dann schon im Kloster, aber ehrlich, was soll denn da schon für Wein im Keller liegen? Lohnt sich der Aufwand?«

»Das würde ich auch gerne wissen. Sind einmal durch die Katakomben geirrt. Atmosphäre wie im Gruselfilm. Die Tür zum Weinkeller war verschlossen. Haben aber ganz guten Stoff, glaube ich. Der Bischof von Speyer ist zwei- oder dreimal im Jahr zu Besuch. Deswegen bin ich gerade auch hier oben, ich muss immer für ihn kochen. Das werte Kirchenoberhaupt nippt dann auch tagelang an einer Flasche Wein rum, die offen in der Küche rumsteht, heute ist es ein Bordeaux …«

»Bordeaux hat ja nicht viel zu heißen«, sagte Benjamin. »Was war es denn für ein Bordeaux?«

»Ich kann dir jeden Winzer im Rheingau runterbeten, aber mit Frankreich kannst du mich jagen. Es war ein Wein aus den Achtzigern.«

»Was stand denn auf der Flasche? Kannst du es buchstabieren?«

»Irgendwas mit *Trottel.*«

»Sehr witzig.«

»Das ist kein Witz!«

Benjamin überlegte. »Meinst du Trottevieille? Aus Saint Émilion?«

»Ja, genau. Ist das gut?«

»Da sind wir schon auf dem Weg zur Spitze«, sagte der Sommelier, dessen Neugier geweckt war. »Was war es für ein Jahrgang?«

»Weiß ich nicht.«

»Eher Anfang oder Ende der Achtziger?«

»Alter! Keine Ahnung – kommst du jetzt? Oder kommst du nicht?«

Zwei

Der Motor ächzte und spuckte, schien an der steilsten Stelle der Gottestalstraße sogar abzusaufen. Benjamin Freling schaltete einen Gang herunter und gab Gas. Sein alter Passat heulte auf und schoss mit einem Ruck auf die rebengesäumte Hügelkuppe des Oestricher Klosterbergs. Der Sommelier betrachtete dabei die Kirche der Benediktinerinnenabtei Marienwingert. Es war ein kaltes Gemäuer, das wie ein Mahnmal vor dem Taunus aufragte. Weniger erhaben als bedrohlich, mehr lauernd als geheimnisvoll. Vielleicht hatte sein erster Eindruck des Sakralbaus mit dem nebelverhangenen Vormittag zu tun, der über das Mittelgebirge kroch. Oder mit dem grauen, teils stark verwitterten Sandstein, aus dem das Gebäude errichtet worden war. Der Sommelier dachte an alte Postkarten, die man aus irgendeiner Kiste auf dem Dachstuhl zog. Als unheimlich hätte er das Kloster in diesem Augenblick sogar beschrieben, vielleicht auch mystisch, aber was wusste er schon davon?

Ende der achten Klasse war er aus dem Religionsunterricht ausgetreten, vordergründig aus Glaubens- und Gewissensgründen, hintergründig auch, um am Donnerstagmorgen eine Stunde im Foyer der Schule rumlümmeln zu können. Kirchen betrat er in den letzten Jahren meistens mit Sonnenbrille im Haar und Reiseführer in der Hand, wenn er zwischen zwei Weingutsbesuchen etwas Zeit für Sightseeing freischaufeln konnte. War er eigentlich schon einmal hier gewesen? Der Sommelier hatte in der Gegend zwei Jahre Weinbau an der Uni Geisenheim studiert, aber er konnte sich nicht erinnern, dass er das Kloster – im Gegensatz zu den berühmten Weingütern der Abtei St. Hildegard oder des Klosters Eberbach – einmal aus der Nähe gesehen hatte. Es schien ihm, dass das Benediktinerinnenkloster wenig mit der Welt zu tun haben wollte.

Kurz vor dem Ziel wechselte die geteerte Straße zu Kopfsteinpflaster, die Fahrbahn säumten zahllose Eichen, am Ende der Allee kam der haushohe steinerne Torbau auf den Sommelier zu, der aus der Gründungszeit des Klosters stammte. Was waren das für drei Statuen, die den Torbogen zierten? Er hatte gestern noch im Internet über seine Auftraggeber recherchiert, aber viele Details schon wieder vergessen. Links des Tors setzte nahtlos der hohe Steinwall an, der zunächst an den südlichen Rebflächen entlangführte, aber angeblich das gesamte Gelände umfasste. Rechtsseitig war neben dem großen Tor für Fahrzeuge eine kleinere, metallbeschlagene Holztür für Fußgänger in den Stein eingelassen, darauf war ein Schild – mit den Gottesdienstzeiten? – angebracht. Daran schloss ein einstöckiges Gebäude an, das wieder in den Steinwall überführte.

Das Tor war geöffnet, der Sommelier fuhr hindurch. Ein Vogelschwarm stob aufgescheucht aus einem Buchsbaum davon und flog wellenförmig die gepflasterte Straße vor ihm entlang. Dahinter breitete sich ein Sprengsel aus gepflegten, barock anmutenden Gärten und zahllosen Steingebäuden aus, allesamt mit schwarzen schiefergedeckten Dächern. Die Gebäude waren allesamt auf die imposante Kirche in ihrem Zentrum ausgerichtet. Das Gotteshaus überragte mit seinen drei Türmen alle anderen Bauten. Links und rechts des Vestibüls strebten zwei Türme mit zahllosen Zwillingsfenstern und mit flachem Abschluss in die Höhe, ein größerer Turm mit achtseitigem Helm erhob sich über dem Chor, an dessen Mauerwerk sich eine Taube mit wild schlagenden Flügeln krallte und erfolglos Halt suchte. Die Spitze bildete eine Wetterfahne.

Die Kirche war aufwändiger gestaltet als die anderen Gebäude, mit Rundbögen, Bündelpfeilern und Halbsäulen, die in verzierten Kapitellen mündeten. Es gab Querhäuser mit Sattel- und Pultdächern, Nischen, Gesimse und Aussparungen – ein geometrisches Spiel aus Licht und Schatten, was die Tiefen noch tiefer und die Höhen noch höher machte. Benjamin fühlte sich klein und unbedeutend in der Gegenwart des Gebäudes, was wahrscheinlich auch eine Intention der Erbauer gewesen war. An den Eingangstoren der Kirche fotografierten sich gerade drei Freundinnen gegenseitig mit ihren Mobiltelefonen, sie trugen Trekkingklamotten und hatten Walkingstöcke in den Händen. Der Sommelier steuerte seinen Wagen auf einen geschotterten Stellplatz und parkte neben einem dunkelblauen Škoda, in dem ein bebrillter Mann geistesverloren seine Armatur anstarrte. Ein Stück weiter stützte ein alter Herr seine Frau, die Mühe hatte, aus dem Beifahrersitz des alten Mercedes aufzustehen.

Gerade wollte Benjamin pflichtbewusst Julia eine Kurznachricht schicken, dass er gut angekommen war – sie hatte ihn gestern mit Liebensentzug bestraft und war nicht mehr nach Breisach gekommen, sie hatten nur noch kurz vor dem Abendservice telefoniert –, da erschien in seinem Seitenfenster plötzlich eine Nonne. Unter ihrer schwarz-weißen Kopfbedeckung lag der Halbmond ihres fahlen Gesichts. Ihre Augen waren wässrig und blass und wurden von harten Zügen untermauert. Schmallippiger Mund, scharfkantige Nase, spitzes Kinn. In der Hand hielt sie ein Klemmbrett. Sie starrte den Sommelier streng an, fast ein wenig missbilligend. Benjamin ließ sein Telefon in seine Jackentasche gleiten und öffnete das Fenster.

»Sind Sie Herr Freling?«, fragte die Geistliche.

»Ja, guten Tag, ich bin …«

»Sie sind zu spät. Ich bin Schwester Edith.«

»Ich wusste nicht, dass wir einen Termin hatten«, sagte der Sommelier verblüfft und stieg aus.

»Ihre Ankunftszeit wurde mir von Herrn Panagiotopoulos als elf Uhr mitgeteilt.« Den Namen von Pana sprach sie dabei mit solcher Geschwindigkeit aus, als wäre Griechisch ihre Muttersprache.

»Das ist richtig, ich hatte Pana gesagt, dass ich um elf Uhr … Aber ich wusste nicht, dass …«

»Unterschreiben Sie bitte hier«, unterbrach ihn Schwester Edith und hielt ihm das Klemmbrett hin, auf dem mit Bleistift eine zweispaltige Tabelle eingezeichnet und anscheinend mit einem Computer der heutige Tag und die Zeit elf Uhr exakt in den Zwischenraum der ersten Zeile gedruckt worden war. Wobei sie die ursprüngliche Uhrzeit wieder durchgestrichen und handschriftlich durch elf Uhr vierzig ersetzt hatte.

»Was ist das?«, fragte er.

»Ich habe eine Stundenliste für Ihre Tätigkeit angelegt.«

»Eine Stundenliste?«

»Ja, ich will, dass Sie dieses Dokument später als Basis Ihrer Abrechnung nehmen.«

»Wir haben ja noch nicht einmal über ein Honorar …«, begann der Sommelier, brach den Satz ab, holte Luft und setzte neu an. »Hören Sie, Schwester Edith«, sagte er, zog die Augenbrauen nach oben, bis sie seinen Haaransatz kitzelten, und lächelte so herzgewinnend, laienfromm und entwaffnend, wie er nur konnte. »Sollen wir zuerst einmal einen Blick in den Keller werfen? Vielleicht kommt die ganze Sache hier ja nicht einmal auf eine ganze Stunde …«

»Ich führe Sie hin. Ich bin aber in Eile, muss in zwanzig Minuten bei der Mittagshore sein. Ich sorge dafür, dass Sie Gastschwester Agnes um halb eins abholt und Ihnen ihre Gastzelle zeigt.«

»Alles klar.«

Die Nonne schwang herum, unter dem Saum ihres knöchellangen Gewandes ragten ihre Füße hervor. Sie trug schwarze Strümpfe und Sandalen und ging stramm über den Kiesweg, der unter ihren Schritten knirschte – hatte Pana hier gestern die Kisten eingeladen? Benjamin folgte der Dame, die nicht ins Zentrum der Gebäude lief, sondern sich nach links wandte und einen Weg durch einen kleinen heckenumzäunten Garten nahm. Sie gingen ein kurzes Stück parallel zu der südlichen Umfassungsmauer, die sich drei Mann hoch neben dem Sommelier erhob und in die nur an einer Stelle ein Gittertor zu den Weinbergen eingelassen war. Schweigend passierten sie ein längliches, hohes Gebäude mit vergitterten Fenstern. Dahinter befand sich wieder ein Garten, eingerahmt durch zweistöckige Bauten mit Kassettenfenstern. Doch anstatt nach oben zu steigen, nahm Schwester Edith eine kurze Steintreppe, die unter das Gebäude führte. Benjamin folgte ihr.

Das Tageslicht wurde fast vollständig verschluckt, kaum dass sie die Kellerräume betreten hatten. Der Sommelier erkannte dunkle Umrisse von Tausenden Flaschen, die leer und gefüllt in Gitterboxen und Regalen lagerten. Französische Weine konnte Benjamin auf den ersten Blick nicht entdecken. Es schienen vielmehr alles dieselben Tropfen zu sein, die einmal zu dem alten Weingut gehört hatten. Man durfte es nicht zu laut sagen, aber er hatte das erste Mal von dem ehemaligen Weingut Marienwingert gehört, als er gestern auf der Internetseite davon gelesen hatte. Sollte er auch diese Weine schätzen? War das der Keller, weswegen er hergekommen war? Er hatte keine Zeit zu fragen, geschweige denn, sich in Ruhe umzusehen, denn die Nonne marschierte unbeirrt weiter und wandte sich rechts. Sie ging einen langen Gang entlang, zu beiden Seiten flirrten Nischen und Türen und Kammern an Benjamin vorbei, bis sie schließlich zu einer steinernen Wendeltreppe kamen, die sich wie ein Brunnenschacht in den Boden schraubte.

Sie stiegen nach unten, mit jedem Schritt wurde es etwas kühler. Der Sommelier zog den Reißverschluss seines Parkas zu. Die Stufen waren schief, hatten unterschiedliche Höhen und waren besonders in der Mitte abgetreten und ausgehöhlt. Das Licht war schlecht, da nur an einem offen verlegten Stromkabel alle paar Meter eine Wandleuchte anknüpfte. Ein Geländer gab es nicht, aber immerhin war ein straffes Seil mit dicken Eisenringen an die Wand montiert worden. Schwester Edith drosselte trotzdem ihre Geschwindigkeit, aber lief immer noch schneller, als Benjamin sich zugetraut hätte. Sie wartete auf ihn am Grund der Treppe. Das Klemmbrett hielt sie seitlich, fest in der rechten Hand, ihren linken Arm hatte sie vor ihrem Bauch angewinkelt, die Hand zu einer Faust geballt. Auf dem Boden neben ihr stand eine große, brennende Grabkerze, daneben eine Marienfigur. Die Metalltür im Rücken der Nonne stand einen Spalt offen, das Schloss war anscheinend in einem Halbkreis herausgeflext worden.

»Oje, was ist denn hier passiert?«, fragte Benjamin.

Schwester Edith senkte ihren Kopf. »Wir haben Schwester Rosalda gefunden, als es für sie bereits zu spät war. Sie hätte in ihrem Alter diese halsbrecherische Treppe nicht mehr hinabsteigen dürfen.«

Benjamin blickte peinlich berührt auf die Devotionalien, tänzelte kurz von einem Bein auf das andere, hatte er mit seiner Frage doch eigentlich auf die demolierte Tür abgezielt. Kerze und Figur waren für ihn zunächst nur, nun ja, Dekoration gewesen. »Oh, das tut mir leid, ich …«, stammelte er, ahnungslos, wie man einer Nonne kondolierte, weswegen er »Mein Beileid« murmelte und schließlich in einen sachlichen Tonus schwenkte: »Das wusste ich nicht, ich meinte eigentlich das kaputte Türschloss.«

»Wir konnten ihren Kellerschlüssel nirgends finden«, entgegnete Schwester Edith, ohne sich umzusehen. »Sie können also den Keller betreten, wie es Ihnen passt.«

Der Sommelier wunderte sich. Warum war die Nonne vor ihrem Tod ohne Schlüssel in den Keller gestiegen? Vergesslichkeit? Aber man fuhr ja auch nicht an den Flughafen, ohne dreimal zu kontrollieren, ob man seinen Ausweis eingepackt hatte. Das tat er zumindest. Und der Weg hier runter war vergleichbar, so abgelegen, wie der Zugang war. Nur reiste man nicht in die Ferne, sondern in die Tiefe. Die Priorin zog die Tür auf. Die Scharniere quietschten und knarzten. Die Nonne ging etwas zur Seite und ließ Benjamin den Vortritt. Mit leicht eingezogenem Kopf ging er durch den halbhohen Torbogen. Es war dunkel, nichts zu erkennen. Er wandte sich um. Schwester Edith drehte an einem Lichtschalter an der linken Seitenwand. Es knackte laut in der Mechanik und wurde Licht.

Der Sommelier fand sich in einem Raum wie in einer Gruft wieder. Leere, ausgemauerte Nischen befanden sich rechts und links. Er kniff die Augen zu, zog den Kopf ein und ging durch einen Durchgang in den zweiten Raum. Lichtnester verteilten sich durch das Gewölbe, es war schummrig, teils finster, weswegen er nach seinem Mobiltelefon tastete und die Taschenlampenfunktion aktivierte. Die Nischen waren nicht mit Särgen gefüllt, nein, hier wurden offensichtlich Weine beigesetzt. In mehreren Reihen übereinander lagerten unzählige Flaschen an den Wänden. Kisten stapelten sich auch auf dem Boden, Großflaschen standen schemenhaft in Durchgängen. Benjamin stockte der Atem. Urplötzlich spürte er die Aufregung in sich aufwallen, eine eiserne Klaue, die seinen Magen walgte.

Kurzatmig leuchtete er hierhin, leuchtete dorthin, er musste die Namen der Weingüter nicht einmal lesen, ein Blick auf die Typografie der Flaschenetiketten oder die Brandzeichen auf Holzkisten genügte völlig. Wie viele Weine lagen hier unten? Zehntausend? Fünfzehntausend? Der Sommelier wischte Staubschichten von Etiketten, nahm die eine oder andere Bouteille heraus, wiegte sie so sanft und behutsam wie ein Neugeborenes in den Händen. Er las die Jahreszahlen – 1899, 1923, 1945, 1961, 1989 –, und erst als von weit her, durch Tonnen von Stein, dumpfe Glockenschläge und schließlich ferner Chorgesang erklangen, bemerkte er, dass Schwester Edith längst verschwunden war.

Drei

Benjamin Freling setzte sich auf die unterste Stufe der Wendeltreppe, stützte seine Ellenbogen auf seinen Beinen ab und starrte durch die offene Kellertür. Er war sprachlos. Überwältigt. Ganz lull und lall. Er kannte natürlich die Geschichten von sagenumwobenen Weinfunden, die für einen Weinliebhaber nicht weniger aufregend waren als die Entdeckung des Bernsteinzimmers für einen Archäologen. Er hatte auch von unzähligen Wein-Schatzkammern gehört, die in den Achtziger- und Neunzigerjahren des vorigen Jahrhunderts gehoben wurden. Wenige waren es nicht gewesen: Hatte sich ein wohlsituierter Haushalt in den Fünfzigerjahren oder früher nur einen kleinen Vorrat an ordentlichen bis sehr guten Bordeaux-Weinen zugelegt, so stiegen je nach Weingut und Jahrgang bald die Preise um das bis zu Vierzigfache. Grund war unter anderem die rasant steigende Nachfrage aus den USA. Eine Entwicklung, die eine Vielzahl an Weinjägern auf den Plan rief. Vorwiegend in England und Frankreich wurden Keller auf links gedreht, allerhand Schätze gehoben und saftige Provisionen eingestrichen.

Natürlich gab es solche Funde auch heute noch, auch wenn sie weniger spektakulär ausfielen. Verwandte lösten die Weinsammlung ihres trinkfreudigen verstorbenen Onkels auf. Hier wurde mal ein schönes Sortiment an alten Portweinen entdeckt, dort ein paar tolle französische Burgunder oder italienische Barolos. Freling hatte auch schon einmal erlebt, dass ihm ein Gast eine 1959er Kiedricher Gräfenberg Riesling Auslese von Robert

Weil mit ins Restaurant brachte, um sich zu erkundigen, ob der Wein noch trinkbar sei. Der Sommelier kaufte ihm die Rheingauer Köstlichkeit für fünfhundert Euro ab und verkaufte sie für das Doppelte. Aber was hier unter dem Kloster lag, hatte eine andere Dimension. Er hatte gerade eine Ansammlung der berühmtesten Weine der Welt in Augenschein genommen, von Romanée-Conti, Coche-Dury, Le Pin, Cheval Blanc bis hin zu Margaux, Haut-Brion, Mouton Rothschild oder d'Yquem. Woher stammten diese Weine? Weshalb wussten die Nonnen nicht über den Wert Bescheid? Hatte vielleicht der Kellermeister des Klosterweinguts hier Weine eingelagert? Oder besser gesagt: eine atemberaubende Weinsammlung anlegt?

Von manchen Weingütern hatte Benjamin nämlich auch beispiellose Vertikalen gefunden, also eine ganze Reihe mehrerer aufeinander folgender Jahrgänge. Allein vom Château Lafite hatte er nahezu vierzig Jahrgänge gesehen, darunter sogar 53er, 59er, aber auch Jahrgänge, die bis zum Anfang des 19. Jahrhunderts zurückreichten. Aus dieser Zeit gab es freilich nur noch Einzelflaschen, die aber dann aus der Prä-Phylloxera-Phase stammten, bevor die Reblaus im letzten Drittel des 19. Jahrhunderts die europäischen Weinanbaugebiete wie ein Krebsgeschwür befiel und systematisch die Rebflächen zerstörte. Weine vor oder aus dieser Zeit waren heute so gut wie nicht mehr zu bekommen. Auch der Sommelier hatte noch nie einen solchen Wein getrunken, weswegen ihm beim Anblick des 1868ers, der in einer samtgefütterten Schmuckschatulle lag, fast die Augen überquollen. Einmal die berühmte Süße des Todes erleben, dafür würde der Sommelier viele Entbehrungen auf sich nehmen: die große, süße Entfaltung eines uralten Weins, bevor er kippte und ungenießbar wurde.

Während der erste und zweite Raum der Gruft geschröpft waren, nur vereinzelt Doppelmagnum-Flaschen herumlagen – hatten die Schwestern etwa einfach in das erstbeste Fach gegriffen, wenn sie einen Wein brauchten, und einen Bogen um Großflaschen gemacht? –, waren die übrigen fünf Gewölbekeller randvoll und wirkten unangetastet. Hier und da fand der Sommelier zwar einen hervorgewölbten Korken oder eine Flasche, deren Inhalt um mehr als ein Drittel geschrumpft war, sieben von zehn Flaschen des 1969er Château Corton Grancey waren auch komplett ausgelaufen, aber trotzdem schienen die Tropfen ideal gelagert. Der Keller war kalt, größtenteils mit großflächigen Platten ausgelegt und wirkte trocken, mit leichter Luftfeuchte. Es roch nach kaltem Stein und abgestandener Luft, aber nicht nach schimmligem Kellermuff. Während drei Gewölbe mit größeren Aussparungen hauptsächlich mit Kisten gefüllt waren, gab es noch zwei Räume mit zahlreichen kleineren Aussparungen, in denen Unmengen an Flaschenweinen liegend gelagert wurden, sodass der Korken nicht austrocknen konnte.

Nur ein einziges Fach in diesen Räumen war leer. Die Staubschicht und die Flaschenabrücke ließen darauf schließen, dass hier erst kürzlich mehrere Weine entnommen worden waren, aber daneben und darüber stapelten sich deutsche Trockenbeerenauslesen von Egon Müller, es gab portugiesischen Madeira und südafrikanischen Constantia sowie allerhand Champagner aus drei Jahrzehnten oder eine bunte Sammlung von Einzelflaschen aus zwei Jahrhunderten. Oder waren sie vielleicht noch älter? Bei manchen Bouteillen waren die Etiketten so vergilbt, dass der Sommelier sie nicht entziffern konnte. Er war im feuchten Traum eines Weinfreaks gelandet.

Auch die Sammlung an deutschen Rieslingen war beeindruckend, stammte aber vorwiegend aus dem Rheingau, aus Rheinhessen oder von der Nahe, es gab Weine von Johannisberg, Breuer, Diel, Emrich-Schönleber oder Dönnhoff. Der Sommelier fand auch eine Jahrgangstiefe von dreiundzwanzig Ars Magna-Rieslingen vom Weingut Wilmerding aus Rheinhessen, die vom Jahr 2000 bis ins Jahr 1977 reichten. Benjamin kannte die Juniorchefin gut, sie hatten gemeinsam Weinbau studiert. Mittlerweile hatte sie den Betrieb übernommen und ihn zu einem der bekanntesten deutschen Weingüter aufgebaut, ohne an der betörenden Qualität der Weine etwas zu ändern. Das ließ sich auch an den Preisen ablesen: Waren die Ars Magna-Rieslinge vor zehn Jahren mit dreißig Euro pro Flasche schon teuer gewesen, lagen sie heute beim Zwanzigfachen. Hatte der Weinsammler lange vor der Fachpresse das Potenzial der Tropfen erkannt?

Benjamin hörte Schritte hinter sich. Er erhob sich schwerfällig. Seine Glieder waren in der Kälte etwas steif geworden. Er blickte gespannt in den Treppenaufgang. Nur kam niemand. Die schabenden Geräusche von Füßen auf Stein nahmen kein Ende, wurden nur lauter. Freling schmunzelte, so stellte man sich den dramatischen Auftritt des Heiligen Geistes vor, mindestens aber eines Untoten oder einer Spukgestalt. Doch die Nonne, die schließlich ums Eck kam, war vielleicht so bleich wie ein Gespenst, ansonsten aber quicklebendig, weit von jedem furchteinflößenden Wesen entfernt und vielmehr feenhaft. Der Sommelier konnte ihr Alter kaum schätzen. War sie dreißig? Vierzig? Älter? Sie hatte keine Falten, volle rosafarbene Lippen, ein rundes Gesicht, eine Stupsnase mit Sommersprossen und freundliche saphirblaue Augen. Ihre Haare waren unter ihrer Haube verborgen, dabei hätte Benjamin zu gerne einen Blick auf ihre Haarfarbe geworfen, ihre Augenbrauen waren nämlich von einem einprägsamen Weißblond.

»Oh, sind Sie schon fertig?«, fragte die Frau erstaunt, als sie Benjamin vor den Türen des Kellers erblickte.

»Ich musste nur kurz durchatmen.«

Die Nonne warf ihm einen mitfühlenden Blick zu. »Es ist sehr eng und stickig dort drinnen«, sagte sie. »Ich bin Schwester Agnes.«

»Benjamin Freling«, erwiderte der Sommelier. »Darf ich gleich mal eine Frage loswerden: Sind die Räume so etwas wie eine alte Totenstätte?«

»Das ist korrekt. Es ist die alte Gruft der Stifterfamilie der Abtei. Wenn sie aber als Begräbnisstätte genutzt wurde, dann ist das Jahrhunderte her. Können Sie schon sagen, ob die Weine etwas wert sind?«, fragte die Gastschwester neugierig.

Der Sommelier lächelte. Er wollte unwillkürlich die Korken knallen lassen, eine der Flaschen 1996er Jaquesson Avize Champ Caïn köpfen, die er gesehen hatte. Rarer Stoff eines außergewöhnlichen Jahrgangs. Er wollte Raketen zünden, mit der Nonne einen Boogie-Woogie tanzen und die fetteste Sause in der Geschichte des Klosters veranstalten. Er war in Goldgräberstimmung, denn das hier war ein echter Knüller. Stattdessen räusperte er sich und antwortete sachlich: »Es sind gute Weine, aber ich muss das genauer prüfen. Wissen Sie, woher die Sammlung stammt?«

»Das müssen Sie besser eine der älteren Schwestern fragen. Die Weine waren bereits hier, als ich vor achtzehn Jahren ins Kloster kam. Das erste Mal war ich auch erst vor acht Jahren hier unten, als mir das Amt der Gastschwester übertragen wurde und ich Schwester Rosalda etwas unter die Arme gegriffen habe.« Sie kniff die Lippen zusammen und schlug die Augen nieder.

»Tut mir sehr leid für Ihre …« *Kollegin*, war das erste Wort, das Benjamin in den Sinn kam, er stutzte kurz und sagte dann: »Tut mir sehr leid für Ihre Ordensschwester, es sind auch gefährliche Stufen, ausgetreten, abgeschliffen, unterschiedlich hoch, da vertritt man sich schnell.«

»Schwester Rosalda war gut zu Fuß, ich bin jedenfalls öfter ausgeglitten als sie.«

»Ihre …« Wieder lag ihm das Wort *Kollegin* auf den Lippen, der Sommelier begann zu lachen. »Verzeihen Sie bitte, Schwester Agnes, ich will die ganze Zeit *Ihre Kollegin* sagen. Ein Kloster ist nicht das Habitat, in dem ich mich üblicherweise aufhalte.«

Die Nonne lächelte. »Kollegin ist nicht ganz falsch. Was wollten Sie sagen?«

»Schwester Edith erzählte mir, dass Sie den Keller aufbrechen mussten, weil Schwester Rosalda keinen Schlüssel bei sich hatte – sind Sie nicht in ihrem Zimmer oder Büro fündig geworden?«

Das Thema schien der Gastschwester nicht zu behagen, der Sommelier glaubte fast, einen gepeinigten Augenaufschlag im Gesicht der Frau zu erkennen. Ihre Stimme schrumpfte kurz zu einem heiseren Flüstern. »Da sprechen Sie was an«, sagte sie und fuhr in normalem Ton fort: »Schwester Rosalda trug ihren Schlüsselbund immer bei sich, sie hatte ihn an ihrem Gürtel befestigt, weil wir noch einige sehr schwere, lange Bartschlüssel haben, die sind für die Habittasche ungeeignet. Wir konnten ihn bislang nirgends finden, ich habe alles abgesucht. Ihr Amtszimmer und ihre Zelle habe ich zuerst auf links gedreht.«

Der Sommelier wollte es der Nonne nicht sagen, aber wer den Schlüssel an sich genommen hatte, hatte sich, bis die Tür aufgebrochen wurde, Zugang zu einer Schatzkammer verschafft. Er sah das leere Regalfach vor sich. »Wusste jemand, dass der Weinkeller existiert? Außer Ihren Ordensschwestern?«, fragte Benjamin.

Die Augen der Nonne irrten kurz umher, sie schüttelte den Kopf. »Nein.«

»Haben Sie selbst auch Weine heraufgeholt?«

»Immer öfter in den letzten Jahren.«

»Wie viel Wein trinken sie denn im Kloster?«, erkundigte sich der Sommelier interessiert.

Die Nonne überlegte. »Wir zählen das nicht. Der tägliche

Messwein natürlich, aber da reicht eine Flasche mehrere Tage. Und an Sonn- und Feiertagen trinken einige Schwestern ein Glas Wein zum Mittagessen. Hin und wieder holen wir auch einen Wein für den Bischof herauf. Ich schätze, wir brauchen vier, fünf Flaschen die Woche. Wenn Schwester Julanda trinkt, dann meistens eine Flasche mehr.« Die Gastschwester lächelte. »Jeder hat eben seine Gnadengabe von Gott, der eine so, der andere so. Warum fragen Sie?«

»Vier Flaschen die Woche also«, murmelte Benjamin gedankenverloren vor sich hin, ging kurz in den Keller und löschte das Licht. Er überschlug dabei die Zahl im Kopf, nahm lieber vier Flaschen als Rechnungsgrundlage und gab dem Jahr auch nur fünfzig Wochen – er wollte seine Nerven schonen. In achtzehn Jahren waren das … sechshundert Kisten oder dreieinhalbtausend Weine. Mit dieser Schätzung lag er wahrscheinlich nicht einmal schlecht. Wenn das Gewölbe voll gewesen war, wäre das die Menge, die in den ersten und in den halben zweiten Kellerraum gepasst hätte. *Dreieinhalbtausend.* »Warum trinken Sie denn nicht einfach die Weine aus Ihrem ehemaligen Weingut?«, fragte er.

Schwester Agnes blickte den Sommelier entgeistert an. »Die Weine trinken wir natürlich auch, aber nur zu besonderen Anlässen, an Feiertagen. Wir leben schließlich auch noch vom Verkauf dieser Weine, sind die beliebtesten Waren in unserem Klosterladen.«

Der Sommelier verspürte den Drang zu seufzen, aber er beließ seinen Gesichtsausdruck professionell undurchsichtig. »Und Sie holen immer die Weine aus dem zweiten Raum, so Stück für Stück, recht wahllos – korrekt?«

»Nein, natürlich *nicht* wahllos. Die Weißweine gebrauchen wir für die Messe, die Rotweine behalten wir unseren Gästen vor – oder an Namenstagen auch unseren Ordensschwestern.«

»Ich dachte, Messwein sei immer Rotwein.«

»Wegen Blut Christi? Das denken viele«, sagte Schwester Agnes lächelnd und schob ihre Hände in die Ärmel ihres Gewands. Auch Benjamin bemerkte, dass er allmählich zu zittern begann. Er trug unter seiner Jacke nur ein dünnes weißes T-Shirt und schob die Hände tief in die Taschen.

Die Nonne fuhr fort: »Schon im 15. Jahrhundert wurde Weißwein als Messwein zugelassen, das hatte ganz praktische Gründe. Das weiße Leinen der Altartücher und Kelchtücher war danach nicht mehr so verschmutzt.«

Der Sommelier nickte. »Können Sie sich erinnern, was für Weine Sie heraufgeholt haben? Die Namen der Weingüter vielleicht, Jahrgänge? Haben Sie Buch darüber geführt? Das Leergut werden Sie ja wahrscheinlich nicht mehr haben, oder?«

Die Nonne sah den Sommelier verstört an. »Das Leergut?«

Benjamin konnte ihre Skepsis verstehen. Dabei war die Frage nicht ganz so abwegig, wie sie schien: Um das Leergut in diesem Keller würden sich manche Weinfreaks die Köpfe einschlagen, sie würden die leeren Flaschen auf einer Sänfte in ihre Keller tragen und dort wie Trophäen in einer alarmgesicherten Vitrine ausstellen. Eine Skulptur von Michelangelo, eine Skizze von da Vinci oder ein handgeschriebener Reim von Goethe würde sie wahrscheinlich weniger in Verzückung versetzen als diese staubigen, leeren Bouteillen.

»Nein, das Leergut haben wir nicht mehr«, antwortete Schwester Agnes schließlich. »Es waren aber hauptsächlich französische Weine. Die waren aber nicht immer gut. Manchmal hatten wir so körnigen Kaffeesatz im Glas, manchmal auch Kristalle, sahen aus wie Salz.«

»Klingt wie Depot und Weinstein.«

Die Nonne zuckte die Schultern. »Ich kenne mich damit

nicht aus, wir hatten mit unserem Gutsbetrieb so gut wie nichts zu tun. Sind Depot und Weinstein schädlich?«

»Nein, Depot und Weinstein haben vor allem gute Weine, ist ein Qualitätsmerkmal.«

»Oh«, entfuhr es Schwester Agnes.

»Wieso, was haben Sie damit gemacht? Doch nicht etwa weggekippt?«

»Nein, wir haben sie natürlich getrunken. Es wundert mich nur, weil die Weine nicht immer ein Genuss waren, sie rochen manchmal nach …« Die Nonne verstummte verlegen.

Benjamin glaubte, einen Anflug von Schamesröte im Gesicht der Ordensschwester zu erblicken, aber in dieser Düsternis konnte man auch einen Weiß- nicht von einem Roséwein unterscheiden. »Wollten Sie Schweiß sagen?«, fragte er schmunzelnd. »Moschus, Leder, Tabak?«

Schwester Agnes nickte mit zusammengekniffenen Lippen. »Das mag ich nicht so gerne.«

»Das dürften die Bordeauxweine gewesen sein«, überlegte der Sommelier.

Die Nonne zuckte ahnungslos mit den Schultern. »Ich habe deswegen gerne zu den Rotweinen in diesen halbrunden Flaschen gegriffen, die nicht so alt waren. Die haben mich an Himbeeren erinnert. Und die Weißweine waren immer toll, die waren immer so schön nussig, das gefiel mir sehr gut.«

»Das dürften dann die roten und weißen Burgunder gewesen sein«, murmelte der Sommelier und sah die erhabenen Lagen der Côte d'Or im Burgund vor sich, die Weine aus den Mauern am berühmten Weinberg Clot de Vougeots und von den Hügeln des Aloxe-Cortons – edle Tropfen wie Richebourg und Chambertin zum Sonntagsbraten? Erhabener Montrachet zur Morgenmesse? Was wurde in den letzten Jahren hier entkorkt? Die Welt war bisweilen schon ein lustiger Ort. Benjamin lächelte breit. »Ihren Messweinkelch würde ich mir gerne als Andenken mitnehmen.«

Die Nonne zeigte keine Regung. »Soll ich Ihnen Ihre Zelle zeigen?«

»Ja, sehr gern. Bevor ich hier weitermache, muss ich mir dringend einen dickeren Pullover anziehen und Taschenlampen im Tal besorgen. Nur noch eine Frage: Im dritten oder vierten Gewölbe ist ein Fach leergeräumt – haben Sie kürzlich eine größere Menge Flaschen aus dem Keller geholt?«

»Dort hinten war ich seit Jahren nicht. In den letzten Wochen dürfte auch nichts entnommen worden sein, der Keller war nach dem Tod von Schwester Rosalda für knapp drei Monate verschlossen.«

Vier

Nachdem ihn Schwester Agnes herumgeführt hatte, ging Benjamin kurz zu seinem Auto. Die Nonne begleitete ihn noch ein Stück, verabschiedete sich am Rand des Parkplatzes und ging eiligen Schrittes davon. Der Nebel hatte sich mittlerweile etwas verzogen, die Sonne war ein heller Fleck hinter einem Band aus Wolkenschleiern. Er nahm seine Sporttasche vom Rücksitz und blickte kurz auf die Uhr seines Mobiltelefons, da er einen Termin mit Schwester Edith hatte, um über sein Honorar zu verhandeln. In wenigen Minuten trafen sie sich im Speisesaal, weil das Amtszimmer der Priorin in den Klausurbereichen des Klosters lag, zu dem nur die dreiundvierzig Ordensfrauen Zutritt hatten. *Wir brauchen diesen abgeschlossenen Bereich, um uns mit unserem geistlichen Leben auseinanderzusetzen, uns mit Zeitfragen und dem Zivilisationsstand zu beschäftigen,* hatte Schwester Agnes ihm erklärt. Wie man sich allerdings mit Zeitfragen beschäftigen konnte, wenn man sich hinter Klostermauern verbarrikadierte, war dem Sommelier ein Rätsel.

Zumal bei Einbruch der Dunkelheit das gesamte Gelände endgültig vom Rest der Welt abgeriegelt wurde. Er hatte zwar einen Schlüssel für sein Gästezimmer bekommen, aber das Tor wurde am Abend verschlossen. Marienwingert musste danach einer Festung gleichkommen. Wahrscheinlich lebte die Gastschwester deswegen auch in dem Gebäude, das der Sommelier neben dem Einfahrtstor gesehen hatte. Kurz blickte er zum schiefergedeckten Haus mit Mansardendach, das einsam zwischen Torbogen und Umfassungsmauer stand. Auf einer Gaube hatte es sich eine Handvoll Tauben gemütlich gemacht, die dicht an dicht saßen. Schwester Agnes verschwand in diesem Augenblick in der Tür des Pförtnerhauses, so hatte es die Nonne vorhin genannt und ihm angeboten, wenn er einmal später zurückkehren sollte, könne er einfach ein Steinchen an das vergitterte Fenster werfen. Sie selbst sei immer bis weit nach elf Uhr wach. Benjamin schürzte die Lippen. Er hatte zwar fest vor, mit Lara und Pana abends ein paar Gläser Wein zu trinken, aber für gewöhnlich gingen diese Abende bis in die frühen Morgenstunden. Sollte er morgens um zwei eine Nonne aus dem Bett scheuchen? Wenn ihr Tag um fünf Uhr oder noch früher begann? Sie hatte ihn nämlich auch zum Morgengebet, der Laudes, um fünf Uhr dreißig herzlich eingeladen ... Ein Angebot, das er herzlich dankend abgelehnt hatte.

Der Sommelier stieg die Treppe zum Eingang des Gästetraktes nach oben und brachte sein Gepäck in sein Zimmer. Es war ein schlichter, moderner Raum mit Bett, Schreibtisch und Schrank. Jesus hing gekreuzigt an der Wand über dem Bett, eine Bibel lag verheißungsvoll auf dem Nachttisch. Außerdem war eine winzige Nasszelle angeschlossen, mit Toilette, Duschkabine und Waschbecken. Vor allem der tiefe gemauerte Fenstersims verwies noch auf die alte Bausubstanz. Der Sommelier warf einen Blick durch die Kassettenfenster. Unter ihm breiteten sich nicht nur die rebengesäumten Hügel des Klosterbergs aus, wenn ihn nicht alles täuschte, dann befand sich zehn Meter tiefer der Eingang in den großen Weingut-Keller, durch den er vorhin mit Schwester Edith gegangen war.

Der Sommelier zerrte einen Kapuzenpulli aus seiner Tasche, überlegte kurz und zog dann zusätzlich noch ein karamellfarbenes Cord-Sakko hervor. Er musste schließlich gleich Gehaltsverhandlungen führen, war innerhalb eines Tages vom versoffenen

Arbeitslosen zum suffgeschulten Solo-Selbstständigen geworden. Ein Hauch Seriosität tat da sicherlich gut. Also zog er sich das Sakko über den Kapuzenpulli, wischte sich einmal durch die Frisur und brach auf. Er hatte zwar noch ein paar Minuten, aber wollte schon einmal in Richtung Speisesaal gehen.

Fast etwas verschmitzt lugte er von einem Flurfenster in einen malerischen Innenhof hinab, der zum Klausurbereich gehörte. Es war ein quadratischer Platz, eingefasst von wuchtigen, gemauerten Arkaden. Die gesamte Mitte nahm eine große Rasenfläche ein, gespickt mit zahllosen identischen Sandstein-Findlingen – war das etwa der Klosterfriedhof? Im Zentrum stand eine hohe Trauerweide. Das Vogelgezwitscher, das aus den Ästen drang, war so laut, dass er es sogar durch die geschlossenen Scheiben hörte. Unter dem Baum saß eine alte Nonne auf einer Bank, eingepackt in einen knielangen Daunenmantel, und stickte mit solcher Inbrunst, dass Benjamin das Gefühl hatte, sie sei am Schöpfungsprozess selbst beteiligt.

Nachdem er die gut zehn Gästezimmer passiert hatte, ging er eine schmale Treppe nach unten und lief einen Gang entlang, dessen Wände gefliest und mit Gemälden und gerahmten Klosterfotos behängt waren. An einer schweren hölzernen Schwingtür blieb Benjamin stehen. Ein Schrubber war wie ein Keil zwischen Türknauf und Wand geklemmt, der Fußboden offensichtlich vor kurzem gewischt worden, aber weitestgehend abgetrocknet. Nur in einigen Mulden des Steinbodens stand noch etwas Wasser. Dahinter befand sich eine größere Küche älterer Bauart. Benjamin erkannte die Kante eines alten Gasherds, darüber stand auf einem Regal ein Arsenal an rußgeschwärztem Kochgeschirr, das mehr an ein französisches Landhaus als an ein Kloster erinnerte. Er blickte kurz auf die Uhr seines Smartphones und stieg dann kurzerhand über das Putzgerät hinweg. Pana hatte ihm geschrieben, ab Nachmittag vor Ort zu sein. Aber die einzige Person, die sich in der Küche aufhielt, war eine junge Nonne mit weißem Schleier, die zwischen Herd und Arbeitsblock kniete. Sie hatte das Sieb eines Bodenabflusses entfernt und schrubbte den Schwimmer.

Als sie ihn erblickte, warf sie ihm einen herzenskalten Blick zu, sah dann ertappt, fast etwas erschrocken über seine Schulter hinweg und wandte sich wieder ihrer Tätigkeit zu.

»Wer nur Befehle ausführt, findet keinen Gefallen bei Gott, der auch das Murren des Herzens wahrnimmt«, hörte er plötzlich eine Stimme hinter sich, die klang, als spreche sie eine universelle Wahrheit aus.

Es war Schwester Edith, die hinter ihm stand. Die junge Nonne verharrte einen Augenblick in der Bewegung, knallte dann die Bürste in einen Eimer mit Putzwasser, dass es nur so spritzte, und rannte wutentbrannt zu einem Seitengang hinaus. Der Sommelier hörte das Wirbeln ihrer Schritte, dann blitzte kurz Tageslicht auf. Wahrscheinlich hatte die Frau eine Tür aufgestoßen. Benjamin konnte es ihr nicht verübeln, die Priorin war Pestheilige und Rattenplage in Personalunion.

»Haben Sie sich in der kurzen Zeit einen Überblick über das Weinsortiment verschaffen können?«, fragte die Schwester und legte eine Ordnungsmappe auf einen alten Hackklotz, auf dem offensichtlich schon allerhand Fleisch zerhackt und flachgeklopft worden war, so rissig, wie das Holz war. Sie zog einen Füllfederhalter aus Plastik aus einem Lederetui, legte das Schreibgerät obenauf und faltete die Hände vor ihrem Schoß. »Können Sie also abschätzen, wie viele Tage Sie für Ihre Arbeit benötigen werden?«

»Es kommt ein wenig darauf an«, begann Benjamin, der sich gerade damit abfand, seine Gehaltsverhandlungen stehend in der Klosterküche zu führen. »Sie haben nicht zufällig eine Bestandsliste? Müsste auch nicht vollständig sein, aber irgendein Dokument, von dem ich wegarbeiten kann, das wäre sehr hilfreich.«

»Nein, damit kann ich Ihnen leider nicht dienen.«

»Dann kostet mich allein die Inventur zwei oder drei Tage. Danach muss ich die ungefähren Werte der Weine ermitteln, das ist vor allem bei den älteren Tropfen keine exakte Wissenschaft, aber ich kann Ihnen sicher eine Richtung nennen.« Der Sommelier holte kurz Luft, entdeckte dann in einem Regal hinter der Nonne, zwischen einem Dutzend Essig- und Ölflaschen, die halbvolle Flasche Château Trottevieille, die Pana während ihres Telefonats erwähnt hatte. Benjamin musste schmunzeln: Der Wein stammte aus dem legendären Jahrgang 1989. »Woher stammt denn die Sammlung?«, fragte er.

»Es war eine Schenkung«, erklärte die Nonne knapp.

»Schenkung? Von wem?«, bohrte Benjamin nach, doch Schwester Edith schwieg sich vornehm aus. Sie lächelte und senkte ihr Haupt, als hätte sie die Frage gar nicht gehört. Benjamin kniff die Lippen zusammen. »Hören Sie, Schwester, wenn Sie die Weine zu bestmöglichen Preisen verkaufen wollen, dann ist es für uns unerlässlich, die Herkunft offenzulegen.«

»Steht doch alles auf den Etiketten«, entgegnete die Priorin unnachgiebig.

»Sie haben recht, aber Sie dürfen nicht vergessen, dass der Fälschungsmarkt in dieser Branche floriert. In China wurden in den letzten Jahren zehnmal mehr hochpreisige Bordeaux-Weine verkauft, als überhaupt dorthin geliefert wurden. Ganz zurecht ist man also misstrauisch geworden, da ist es sinnvoll, wenn die Echtheit unumstritten ist. Und selbst wenn die Waren zweifelsfrei Originale sind, dann sind viele Ihrer Weine keine Genussmittel, es sind vor allem Investitionsgüter, die weltweit gehandelt werden. Sie dürfen nicht vergessen, dass Sie dort unten Weine haben, die auf die Flasche gebracht wurden, als unsere ...«, er überlegte kurz, »unsere Ur-Ur-Ur-Großeltern noch lebten. Wenn ein Käufer viel Geld dafür bezahlen soll, muss er wissen, wie und wo die Flaschen gelagert wurden. Oder waren sie etwa durchgängig hier im Kloster?«

»Wer sagt, dass wir die Weine verkaufen wollen?«

»Ich ... Ach so, Verzeihung ... Ich dachte ...«

»Es ist schon richtig, Herr Freling, wir wollen die Weine veräußern. Und nein, Sie waren nicht durchgängig in unserer Obhut. Wir möchten dennoch nicht über die Herkunft der Weine sprechen, ich kläre das aber nochmals«, erwiderte die Nonne.

Nicht über die Herkunft sprechen? Der Sommelier überlegte. Gab es einen Grund, eine seriöse Quelle zu verschweigen, außer sie war alles andere als seriös? Wurde er gerade zum Werkzeug einer großen Betrügerei? Er beschloss, später seine Studienkollegin, die Winzerin Nele Wilmerding, anzurufen, vielleicht wusste sie, wer fast alle Jahrgänge des Ars Magna-Rieslings gesammelt hatte.

Schwester Edith fuhr fort: »Wie lange werden Sie also brauchen? Und was ist Ihr Tagessatz?«

»Ich dachte an vierhundert Euro pro Tag, ich mache aber auch nicht nach acht Stunden Feierabend, es dauert, so lange es eben dauert.«

Die Nonne wirkte verwundert. »Das klingt fair. Da sind Sie ja günstiger als unsere *Spengler* und Elektriker, die hier ein- und ausgehen. Was halten Sie von einer Woche? Wenn Sie länger brauchen, dann müssten wir noch einmal sprechen.«

»So machen wir es«, erklärte der Sommelier höflich angefressen. Er fühlte sich gedemütigt wie ein ausgebeuteter Tagelöhner, als ihm klar wurde, dass er zu günstig in die Verhandlungen gegangen war. Plötzlich nahm er im Augenwinkel einen Schatten wahr. Zuerst dachte er an Pana, aber es war ein Geistlicher, der in schwarzem Talar hereinschwebte. Ein weißes, verziertes Chorgewand lag wie die Serviette des Obers über seinem Unterarm. Um den Hals trug er eine Kette mit einem großen schlichten Silberkreuz. Der Mann war großgewachsen und schlaksig wie eine Sandwichgurke. Sein hageres Gesicht war geprägt von natürlicher Blässe. Unter seinem Pileolus, der violetten Kappe, erkannte der Sommelier schütteres schwarzes Haar. Seine buschigen Augenbrauen ragten wie Aufsteckgläser über den Rand seiner einfachen Drahtbrille hinweg. Hinzu kamen zwei Haarbüschel, die aus seinen Ohren wuchsen und dem Mann etwas unwillkürlich Albernes gaben. War das nicht der Herr, der vorhin auf dem Parkplatz neben ihm im Auto gesessen hatte? War das der Bischof, den Pana bekochte?

»Schwester Edith«, begann der Geistliche mit heiserer Stimme und hielt inne. Sekunden verstrichen. Seine dunklen Augen irrten kurz ziellos hinter seinen Brillengläsern umher. »Die Beichte, Schwester Edith – sollen wir die Beichte heute vielleicht einmal in der Bibliothek abnehmen, dort ist es doch etwas geräumiger, oder nicht?«

»Wir würden gerne mit einem Gästezimmer vorliebnehmen, Herr Bischof Eltzheim, so wie wir es auch mit Pfarrer Liebig immer handhaben.«

Der Bischof nickte und schenkte der Nonne ein weltabgewandtes Lächeln. »Wo hat ihn sein Urlaub dieses Mal hingeführt?«, fragte er.

»Das weiß ich nicht«, antwortete Schwester Edith.

»Schön.« Wieder pausierte der Bischof unnatürlich lange. »Schön, schön«, sagte er, holte plötzlich laut Luft und pfiff mehr, als dass er sprach: »Und Sie sind?«

Der Bischof musterte Benjamin mit Augen so schwarz wie die eines Kolkraben. Der Blick hatte rein gar nichts Albernes mehr.

Im Gegenteil. Der Sommelier wusste nicht warum, plötzlich stand er stramm. »Benjamin Freling«, antwortete er.

»Er ist ein Weinfachmann und erstellt in den kommenden Tagen eine Expertise über unseren Kellerbestand«, fügte die Nonne hinzu.

»Oh, guuut«, flötete der Bischof, entließ Benjamin aus seinem fesselnden Blick und wandte sich wieder der Nonne zu. »Gut, gut, gut, dann haben Sie sich also langsam in die Aufgaben von Schwester Rosalda eingearbeitet?«

»Es ist in den letzten Jahren viel liegen geblieben.«

»Ja.« Der Bischof lächelte wehmütig, beugte sich dann aber zu Benjamin herüber. »Dann kann ich mich zum Abendessen ja auf einen besonders guten Tropfen Ihrer Wahl freuen.« Er lächelte. »Die Seele darf ja nicht völlig verlanden.«

Der Sommelier nickte. Er war drauf und dran, ein Verkaufsgespräch zu beginnen – *selbstverständlich, gerne, wonach steht Ihnen der Sinn? Mögen Sie eher junge oder reifere Weine? Eher mit betonter Frucht oder würzigem Charakter?* –, da klinkte sich Schwester Edith ein.

»Wir haben hier auch noch eine halbe Flasche Rotwein stehen«, sagte sie und zeigte dabei hinter sich, auf die Flasche Trottevielle.

Das Lächeln des Bischofs verlandete.

Vielleicht war Schwester Edith doch keine Rattenplage, dachte der Sommelier. Er konnte sich ein Grinsen nicht verkneifen.

Fünf

Fuhr er durch Oestrich? Mittelheim? Winkel? Benjamin konnte die Teilorte der historischen Rheingauer Dorfgemeinschaft nie wirklich auseinanderhalten, die wie Pflastersteine aneinander lagen und ihn immer eigenartig bedrängten, wenn er einmal hier war. Haus stand an Haus stand an Haus. Gärten wurden ummauert, und wenn sich einmal eine Lücke zwischen den Gebäuden auftat, wurde sie beharrlich mit Reben bepflanzt. Nichts blieb hier der Willkür überlassen. So verschluckten die Häuserzeilen den Sommelier samt seinem alten, klapprigen Passat. Er brauste durch die engen Gassen der Altstadt und kam erst an einem Bahnübergang zum Stehen, an dem er zum zweiten Mal Julia auf die Mailbox sprach und ihr von dem Weinkeller erzählte. Ein Güterzug ratterte dabei durch den Ausschnitt aus Fachwerkhäusern. Er bog auf die Hauptstraße ein. Zu seiner Linken zog sich das silbrig-schillernde Band des Rheins dahin, zu seiner Rechten lagen die Rebflächen des Jesuitenwinkels, dahinter Schloss Johannisberg, Burg Schwarzenstein, der Taunus: Im Grunde war das Rheingau ein Nadelöhr, dachte der Sommelier, und er war mittendrin.

Um kurz nach halb drei kam er zurück auf den Parkplatz eines Baumarktes in Rüdesheim, in der Hand eine Tüte mit einer akkubetriebenen Standleuchte, einem Teppichmesser, einem Sitzkissen mit Kiwi-Aufdruck, das er weniger aus Gründen der Ästhetik gekauft hatte, sondern weil es im Sonderangebot gewesen war, ramschbillig. Bei der Bezahlung war ihm trotzdem der

Schweiß ausgebrochen, er hörte seinen Dispo ächzen, als er seine Geheimzahl eintippte. Als auf dem Display des EC-Karten-Geräts die Nachricht *Zahlung erfolgt* erschien, schenkte er der Kassiererin ein erleichtertes Lächeln.

Auf der Rückfahrt überlegte er kurz, ob er die Kollegen vom Eltviller Kronenschlösschen um Rat fragen sollte. Er wollte aber nicht für unnötig Wirbel in der Szene sorgen und rief stattdessen Nele Wilmerding an.

»Herr Freling«, hörte er die knisternde und knackende Stimme der Winzerin, als sei er auf die Frequenz eines Radiosprechers aus einer anderen Galaxie geraten.

»Hi, Nele«, sagte Benjamin, »bist du unterwegs, stör ich dich gerade? Du klingst so dumpf?«

Es raschelte. »Pankraz und Servaz sind zwei böse Brüder, was der Frühling gebracht, zerstören sie wieder – die Gestrengen Herren stehen vor der Tür, Benny«, entgegnete die Winzerin, wieder raschelte es.

Der Sommelier stutzte kurz, dann fiel ihm ein, dass heute der 10. Mai war. »Morgen beginnen die Eisheiligen!«, entfuhr es ihm.

»Na, klar, solltest du eigentlich wissen, ich dachte, du stammst aus einer Winzerfamilie.«

»Jain, meine Mutter stammte von einem Winzerbetrieb ab.«

»Stimmt, so war die Konstellation. Ich steh auf jeden Fall gerade im Weinberg, wir bereiten die Rebhänge auf die nächsten Tage vor. Scheint seit Jahren mal wieder Frost zu geben. Was kann ich für dich tun?«

Der Sommelier entschloss sich, jeglichen Smalltalk sein zu lassen. Er hatte die Winzerin das letzte Mal vor drei oder vier Jahren auf einer Veranstaltung gesehen. Sie hatten seither keinen Kontakt mehr gepflegt, es war also klar, dass er nicht grundlos anrief. »Dann halte ich dich nicht lange auf. Ich bin auf eine alte, beachtliche Weinsammlung gestoßen, darunter viele Raritäten, die Herkunft ist nur nicht wirklich klar. In dem Bestand befinden sich extrem viele Weine von euch, es gibt Trockenbeerenauslesen aus den Zwanziger- und Dreißigerjahren, außerdem eine Vertikale von euren Ars Magna-Rieslingen, 1977 bis 2000, pro Jahrgang mindestens zwei, manchmal auch mehr Flaschen.«

»Respekt. Gibt schlechtere Aktienpakete.«

Benjamin lachte. »Das finde ich auch. Gibt es einen fachkundigen Stammkunden, der direkt bei euch auf dem Hof immer Ars Magna-Riesling kauft oder gekauft hat? Über Jahrzehnte hinweg? Fällt dir da jemand ein?«

»1977 bis 2000?«, murmelte Nele. »Wir haben so viele Kunden, Benny, du kannst viele unserer Weine ja auch immer über Zwischenhändler beziehen. Einen Moment, bitte – *zieh die Plane ganz rüber, bis an den Rand* – sorry, also, es gab da schon so ein paar Freaks, die immer nur direkt bei uns kauften, aber ich bin da weitestgehend raus. Seit der Ars Magna-Riesling so durch die Decke gegangen ist, haben wir hier auch wöchentlich viele Etikettentrinker und Weinspekulanten in der Vinothek stehen, die ganze Vertikalen kaufen wollen.«

»Dieser Kunde war kein Etikettentrinker, kann ich mir nicht vorstellen«, sagte der Sommelier. Je mehr er darüber nachdachte, desto mehr war er sich sicher, dass der Sammler nicht stumpf nach Namen gekauft hatte, um mit den Etiketten Eindruck bei Leuten zu schinden, nein, der mysteriöse Unbekannte hatte mit messerscharfem Verstand eingekauft. So hatte der Sommelier etwa keinen Bordelaiser Mouton- oder Lafite-Rothschild aus regenreichen Jahren wie 1960, 1968 oder 1972 gesehen, dafür aber Weine von dem benachbarten Château Latour, dessen Reben auf reinem, durchlässigem Kies wurzelten, weshalb der Wasserabzug besser gewährleistet wurde. Er hatte auch eine Hülle und Fülle an legendären Bordeaux-Jahrgängen 1982, 1989 und 1990 entdeckt, nur keine Weine aus dem Margaux, der mitunter berühmtesten Gemarkung in dieser Ecke. Die Höhepunkte lagen dort bei manchen Weingütern – die einen besonders hohen Anteil an hitzeanfälligen Cabernet Sauvignon-Reben im Bestand hatten – eher in den weniger trockenen Jahren, wie 1983 oder 1986. Das musste man wissen. Im Grunde war sein Fund zu schön, um wahr zu sein.

Die Winzerin überlegte. »Mein Vater pflegte ein gutes Verhältnis zur Kundschaft. Würde er noch leben, dann könnte er dir sicher mehr sagen. Was waren denn sonst noch für Weine dabei?«

»Allerhand Jahrgangschampagner, bisschen Italien und Spanien, viele Rieslinge aus dem Rheingau und Rheinhessen, hauptsächlich aber Bordeaux und Burgund, teils Prä-Phylloxera.«

»Hopsa!« Die Winzerin schwieg einen Moment. »Wo bist du denn gerade?«

»Im Rheingau, kurz vor Geisenheim.«

»Dann fahr doch zu Adalbert Reichart.«

Der Sommelier überlegte. »Adalbert Reichart? Wer ist das?«

»Benny«, erklang es vorwurfsvoll aus dem Hörer, »Adalbert Reichart, der Kommissionär, wandelndes Lexikon – Gastvortrag, zweites oder drittes Semester?«

»Da muss ich gefehlt haben.«

»Scheint so. Er vertreibt auch immer wieder unsere einfacheren Gutsweine. Wenn dir jemand helfen kann, dann er«, sagte die Winzerin lachend und fügte an: »Ist eine Erscheinung.«

Eine weitere Eigenheit des Rheingaus war, dass es mehr Sackgassen und Einbahnstraßen gab als irgendwo sonst auf der Welt. Immer musste man nochmals um eine Kurve fahren, um ans Ziel zu kommen. Die Gehsteige waren so schmal, dass selbst Dachdecker aus dem Tritt kamen. Der Sommelier parkte an der Stadtverwaltung von Geisenheim, am Marktplatz holte er sich in einer Bäckerei kurz ein süßes Stückchen und einen Kaffee auf die Hand. Beim Anblick des alten Lindenbaums im Zentrum des gepflasterten Platzes musste er schmunzeln. Während seines Studiums hatte er hier öfters mit Kommilitonen schunkelnd den Tag anbrechen sehen, nachdem sie in den Straußenwirtschaften der Weingüter Dillmann oder Ostermühle versumpft waren. Oder eine Weinprobe von fünfzig Rieslingen aus ein und demselben Jahrgang in einer WG organisiert hatten. Manchmal auch beide Programmpunkte hintereinander. Da hatte Horizontalverkostung eine ganz neue Bedeutung bekommen. Den Folgetag hatte er nämlich meist im Bett verbracht.

Am Rheingauer Dom bog er in eine Gasse ein, blickte auf die Navi-App seines Smartphones, drehte sich einmal im Kreis, erst dann entdeckte er das kleine mattrote Schild mit der Aufschrift *Reichart / Kommissionär* darauf, das am rechten Steinpfosten eines wettergegerbten Lattentors hing.

Dahinter lag ein schmales Fachwerkhaus mit winzigem Innenhof, der mehr wie der Windfang der beiden höheren Häuser links und rechts wirkte, die das Gebäude regelrecht einpferchten. Benjamin zerknüllte die Papiertüte, in der sich sein Gebäckstück befunden hatte, warf sie in einen Mülleimer und stellte den To-go-Becher halbvoll daneben. Noch bevor er die Klingel betätigen konnte, öffnete sich die Eingangstür des Hauses. Heraus wankte ein Mann, so stämmig und dick wie ein Sumo-Ringer. Er lief wahrscheinlich so ungelenk, weil seine Oberschenkel nicht mehr nebeneinander passten, ohne dabei aneinander zu reiben. Hals hatte er augenscheinlich nicht, sein Kinn verschwand fließend im Kragen eines cremefarbenen Tattersall-Hemds. Überhaupt war der Mann äußerst gut gekleidet: Er trug eine olivbraune Weste, Tweed-Sakko mit azurblauem Einstecktuch, eine rostrote Cordhose und handgenähte Schnürschuhe.

»Benjamin Freling«, begann der Mann mit einer Mischung aus Verwunderung und Freude zu sprechen, als er das Tor geöffnet hatte. »Was verschafft mir die Ehre?«

Der Sommelier war aus dem Konzept gebracht. Soweit er wusste, hatte er den Mann noch nie gesehen. »Hallo, Herr Reichart«, begann er die Unterhaltung auf gut Glück. »Schön Sie kennenzulernen. Oder steh ich auf dem Schlauch und wir sind uns schon einmal begegnet?«

Der Mann lächelte und schob seine Brille, die er auf seiner Nasenspitze balancierte, in seine schlohweißen Haare. Seine schilfgrünen Augen blinzelten amüsiert zwischen Falten von Fleisch hervor. »Nicht dass ich wüsste«, antwortete er. »Ich habe Ihre Karriere aber mit Spannung verfolgt, und als jüngster Sommelier-Weltmeister habe ich Sie natürlich schon durchaus auf dem einen oder anderen Foto gesehen. Wenn mich nicht alles täuscht, scheinen Sie in letzter Zeit nur etwas zugenommen zu haben, meine Sympathie ist Ihnen damit also gewiss.«

»Vize-Weltmeister«, entgegnete Benjamin verlegen, er war im Finale einem Letten unterlegen.

»Weltmeister der Herzen«, polterte Reichart lachend los. »Was verschafft mir also die Ehre?«

»Ich hätte ein, zwei Fragen an Sie, wenn Sie kurz Zeit hätten?«

»Quid pro quo. Ich habe auch zwei Fragen an Sie – in Ordnung?«

Benjamin musste lachen. »In Ordnung.«

»Dann kommen Sie mal mit.«

Adalbert Reichart drehte sich um und verschwand im Haus. Der Sommelier folgte dem Mann, der mehr durch seinen engen Hausflur pflügte als ging, zumal eine Kommode und eine Garderobe, an der eine dicke Beule Jacken abstand, den Gang um die Hälfte schmälerte. Links führte eine enge Treppe ins zweite Stockwerk, rechts lag eine winzige Küche mit Klapptisch, an der sogar ein normalgewichtiger Mensch Mühe gehabt hätte, sich frei zu bewegen, geschweige denn etwas zu kochen. In der Spüle stand ein Berg dreckiges Geschirr.

Der Kommissionär führte den Sommelier in einen recht weitläufigen Raum, der offensichtlich als Wohn- und Arbeitszimmer fungierte. Es roch nach kaltem Zigarrenrauch und frisch gebrühtem Kaffee. Rechts stand zwischen Stapeln von Fachbüchern, Magazinen und einigen Weinkisten ein Sofa, davor ein kleiner Glastisch und ein Fernseher. In einer Vitrine lagerte ein Arsenal an Gläsern und Karaffen. Links stand ein schwerer Holztisch, und zwischen Bergen von Unterlagen schaute ein Computer hervor. Ringsum befanden sich Regalwände mit Aktenordnern, Faxgerät, Drucker und noch mehr Fachbücher und Magazine, die der Kommissionär anscheinend in jede freie Lücke stopfte. Das Haus des Mannes wirkte wie ein maßgeschneiderter Anzug, aus dem er schon vor vielen Jahren herausgewachsen war.

»Haben Sie auch eine Lagerhalle?«, erkundigte sich Benjamin.

»Habe ich, in Assmannshausen«, erklärte der Mann und funkelte den Sommelier mit einer Mischung von Amüsement und Verbitterung an. »Meine Lagerhalle ist allerdings samt meinen Mitarbeitern noch am Haus meiner Exfrau befestigt. Ich konnte sie bei unserer Scheidung vor zehn Jahren leider nicht mitnehmen – die Lagerhalle, meine ich.«

Der Sommelier lächelte kurz, entschloss sich aber, nicht weiter darauf einzugehen. »Ich dachte immer, dass Kommissionäre hauptsächlich Fässer von Winzern an Großkellereien vermitteln.« Er zeigte auf gut zwei Dutzend Weinflaschen, die geöffnet auf einem Seitentisch standen. Der Inhalt war nur leicht abgetrunken, maximal bis zu den Flaschenschultern geleert, weswegen Benjamin auf Probeflaschen tippte. »Aber Sie scheinen ja auch mit Flaschenwein zu handeln, oder?«

»Ja, ich verkaufe mittlerweile achtzig Prozent Flaschenwein. Vor allem Weine aus Rheinhessen und dem Rheingau exportiere ich weltweit – China, Kanada und Skandinavien, Osteuropa wird immer mehr, die Schweiz ist auch ein guter Markt«, sagte Reichart, zog sein Einstecktuch hervor und wischte sich Schweiß von Nase und Oberlippe.

»Handeln Sie auch mit Raritäten?«

Der Kommissionär lächelte. »Ich habe Kaufmann gelernt, bin aber Anfang der Neunziger ins Weingeschäft eingestiegen, ich war damals fünfundzwanzig und habe eine Dokumentation über den Weinjäger und Auktionator Michael Broadbent gesehen, da hat es mich gepackt, ich wollte auch Weinschätze aufspüren. Am Ende ist es ein wenig Leidenschaft geblieben, der Raritätenhandel nimmt nur ein paar Prozentpunkte meiner Bilanz ein.«

»Ist viel Spannendes dabei?«, wollte der Sommelier wissen.

»Sie glauben nicht, was in manchen Kellern herumliegt!« Reichart lachte wieder auf, laut und schallend, dabei angelte er eine Ausgabe des *National Geographic* vom Schreibtisch und begann, darin zu blättern. Nach wenigen Seiten hörte er damit auf und ließ das Magazin wieder auf den Tisch gleiten. »Erst vor wenigen Tagen habe ich einen Artikel gelesen, wonach angeblich der mumifizierte Schädel von Heinrich IV. gefunden wurde, ermordet im Jahr 1610. Über sechzig Jahre lag das Artefakt angeblich auf dem Dachboden eines deutschen Finanzbeamten herum, ohne dass der Mann wusste, was er da erworben hatte – können Sie das glauben?«

Benjamin blickte den Mann starr an. War das ein schlechter Scherz? Eine gezielte Stichelei oder ein großes Fettnäpfchen, in das Reichart unabsichtlich getreten war? Spielte der Kommissionär etwa auf Benjamins Geschichte an? Was ihm vor einem Jahr im Hotel seiner Familie passiert war? Der Mann schien Benjamins Stimmungswandel zu bemerken und wurde blass. Anhand Reicharts Reaktion tippte der Sommelier auf ein Fettnäpfchen, das dem Mann in diesem Moment bewusst wurde. Haspelnd fuhr er fort: »Jedenfalls rufen mich jede Woche Leute an, die tolle Tropfen im Keller haben. Neulich habe ich sechs Flaschen Trockenbeerenauslese von Kracher entdeckt. Solch kleine Funde freuen mich.«

»War auch mal ein großer Weinschatz dabei?«

»Nein. Große Jahrgänge wie 1893er, 1911er, 1920er und 1921er sind hier in Deutschland kaum noch zu bekommen. Den Traum, auf das Lager eines Weinmessis zu stoßen, habe ich sowieso längst aufgegeben. Das Geschäft läuft viel über Vermittlung. Ich habe ein großes Netzwerk aufgebaut, stehe in Kontakt mit Auktionshäusern, vor allem auch mit Vertrieblern in Taiwan, Hongkong, Singapur, New York oder Seattle, da verfolge ich den Markt und weiß auch, wo ich gute Preise für meine Kunden erziele. Manchmal schicken die Betuchten sogar einen ihrer Mitarbeiter First Class nach Frankfurt, um eine Flasche persönlich abzuholen – bisschen verrückt.« Der Kommissionär hob ein dickes Buch mit braunem Einband vom Tisch auf und präsentierte es dem Sommelier. »Mich rufen oft auch Sammler an, auf der Suche nach diesem oder jenem Wein. Ich nenn es mein *Buch der unerfüllten Wünsche.* Aber Sie sind sicher nicht gekommen, um sich über das Berufsbild des Kommissionärs zu informieren, oder?«, fragte Reichart, streifte sein Sakko ab und hängte es über die Stuhllehne seines Drehsessels. Er krempelte seine Hemdsärmel nach oben. Das Gespräch schien ihn ins Schwitzen zu bringen.

»Da liegen Sie richtig«, antwortete der Sommelier, der beschlossen hatte, die Details seines Weinfundes zu verschweigen.

»Ich habe eine Vertikale von Ars Magna-Rieslingen entdeckt, 1977 bis 2000 und …«

»Oh, das ist spannend!«, prustete Reichart und zauberte wie von Geisterhand eine Visitenkarte hervor und drückte sie dem verdutzten Benjamin in die Hand. Er hörte die Stimme des Kommissionärs, die rief: »Sehr, sehr gefragter Stoff, krieg ich problemlos als Komplettpaket verkauft …«

Benjamin lächelte. »Deshalb bin ich nicht hier, Herr Reichart. Die Frage ist gerade noch, woher die Weine stammen, die Herkunft ist nämlich nicht eindeutig geklärt. Kennen Sie einen Sammler, der schon im ausgehenden Jahrtausend das Potential der Wilmerding-Weine erkannte und sich deswegen so einen Vorrat angelegt haben könnte?«

»Sind die Weine echt?«

»Ich denke schon.«

»Haben Sie einen probiert?«

»Nein.«

Der Kommissionär überlegte, blies seine Oberlippe mit Luft auf und ließ sie mit einem Schmatzgeräusch entweichen. »Karl Hohensinner hat immer schon von Wilmerding geschwärmt.« Reichart gluckste. »Ist aber eingeschnappt, seit die Preise so durch die Decke gegangen sind und *auch er* sie in voller Höhe bezahlen muss. Außerdem Ernst-August Bender, besonders auch Theodor Gallandi. Ich erinnere mich auch an so ein tschechisches Pärchen, das über mich schon Ende des Jahrtausends eine ganze Palette Lagenriesling gekauft hat. War ungewöhnlich.«

»Sind alle dieser Sammler noch am Leben?«

»Hohensinner ja, Gallandi und Bender nein.«

»Kamen Gallandi oder Bender aus dieser Ecke?«, erkundigte sich der Sommelier, da er der Weinsammlung einen gewissen Lokalpatriotismus nicht absprechen konnte.

»Natürlich. Ernst-August Bender«, entgegnete Reichart.

»Kenne ich nicht, wer ist das?«

»Bender – die Maschinenfabrik?«

»Sie meinen die Firma, die hier an der Straße nach Hattenheim steht?«

»Ja, genau. Ernst-August war der Seniorchef des Unternehmens, hatte eine der wahrscheinlich besten Privatsammlungen von Wein in der ganzen Republik, wusste alles über Bordeaux und Burgund, kannte alle Winzer persönlich, ist vor ungefähr zwanzig Jahren gestorben.«

Benjamin kribbelte es plötzlich im Magen, er hatte nämlich keinen jüngeren Wein als aus dem Jahr 2000 entdeckt. War das die Quelle des Weins? Hatte Bender dem Kloster seine Sammlung vermacht?

»Aber daher kann Ihre Vertikale im Grunde nicht stammen«, fuhr der Kommissionär zu Benjamins Enttäuschung fort. »Die Weine wurden allesamt zerstört, war ein riesiges Ding damals, was da in der Szene gemunkelt wurde … Versicherungsbetrug und Schlimmeres.«

»Hat es gebrannt, oder …?«

»Nein, nein, irgendetwas stimmte angeblich mit den Aggregaten nicht, recht ominös, aber auch das ist nur ein Gerücht. Benders Sohn ist ein verschwiegener Schnösel. Ich fürchte also, ich kann Ihnen nicht helfen. Aber wenn Sie jemanden brauchen, der Ihre mysteriöse Vertikale an den Mann bringt …? Sie bekämen natürlich auch ein Teil der Provision …«

»Ich denke gerne darüber nach«, antwortete Benjamin. »Würden Sie Fälschungen erkennen, wenn Sie sie sehen?«

»Ich habe noch nie von Wilmerding-Fälschungen gehört, aber auszuschließen ist das bei der Preisentwicklung der Rieslinge nicht. Wäre jedenfalls machbarer, als heutzutage einen alten Spitzenwein wie Pétrus oder Lafite nachzubauen, die Châteaux haben schließlich bereits Ende der Achtziger- und in den Neunzigerjahren mit Siegelbändern, Prägungen bis hin zu Laserätzungen auf die Fälschungswelle reagiert.«

»Und was ist mit älteren Jahrgängen?«

»Eine echte Rodenstock erkenne ich nicht, wenn Sie das meinen.«

Benjamin lachte. Hardy Rodenstock war ein Weinhändler, der sich mehrmals wegen der Fälschung von Weinen verteidigen musste, ein zweifelsfreies Urteil wurde aber niemals gegen ihn gesprochen. »Und wie prüfen Sie einen alten Wein auf seine Qualität?«, wollte er wissen.

Adalbert Reichart zog die Augenbrauen nach oben. »Wie voll sind die Flaschen? Darauf kann man natürlich schauen, aber das wissen Sie selbst. Bei Weißwein sieht man auch, ob die Flüssigkeit klar ist und Weinstein hat. Bei Rotwein ist es schwieriger. Sind die Kapseln beziehungsweise Korken aufgebläht, wellen sich die Etiketten. Und in diesem Zusammenhang stellt sich natürlich die Frage, wie ein Wein über die Jahrzehnte gelagert wurde. Kühl, liegend und dunkel ist bei solchen Tropfen ja nicht zwingend die Regel. Ich habe erst neulich eine Magnumflasche 1982er Château Margaux für einen Kunden ersteigert. Der Wein wurde in vierzig Jahren von Auktion zu Auktion rund um den Globus geflogen – diesem Rotweinshake würde ich erst einmal fünf Jahre Ruhe gönnen, bevor ich den Korken ziehe.«

»Würden Sie die Weine probieren, um die Qualität zu kontrollieren?«

»Geht ja nicht, sind ja oft nur Einzelflaschen.«

»Und nur einmal angenommen, rein theoretisch, Sie würden einen Weinkeller mit ein paar tausend Flaschen finden?«

»Dann kann man probeweise die eine oder andere Flasche

aufziehen, das hilft auch, einen guten Preis zu verhandeln. Das waren jetzt aber weitaus mehr als ein oder zwei Fragen.«

»Da haben Sie recht. Sie sind an der Reihe.«

Der Sommelier erkannte ein fast schelmisches Mienenspiel auf dem Gesicht von Adalbert Reichart. »Als man Sie nach einem kurzen Gastspiel von der Hotelfachschule Montreux geschmissen hat, kursierten so einige Gerüchte über die Hintergründe. Ich sterbe vor Neugier, Herr Freling, ist es wahr, dass Sie das Büro des Direktors angezündet haben?«

Benjamin benötigte einige Sekunden, mit dieser Frage hatte er beim besten Willen nicht gerechnet. Und er hatte nicht vor, mit dem Kommissionär über dieses leidige Kapitel seines Lebens zu sprechen, so sympathisch er den Mann auch fand. Er schickte seiner Antwort ein verschmitztes Lächeln voraus. »Können wir gleich zur zweiten Frage springen?«

Reichart lachte. »Ist in Ordnung. Also: Blindverkostung, Weltmeisterschaft – wie haben Sie es geschafft, die griechische Bordeaux-Cuvée herauszuschmecken? Oder ist das ein Betriebsgeheimnis?«

»Sie sind gut informiert«, entgegnete der Sommelier.

»Stand ja in allen Fachzeitungen.«

»Und wie lautet Ihre dritte Frage?«

Sechs

Kaum hatte Benjamin das Kloster betreten, zog sich das Gemäuer um ihn zusammen. Er hatte plötzlich ein beklemmendes Gefühl in der Brust, das er nicht zuordnen konnte. Der Sommelier wunderte sich. Was hatte er vom Kloster Marienwingert groß gesehen außer dem Weinkeller und dem Gastbereich? Wie lange war er hier gewesen? Ein, zwei Stunden? Und trotzdem fühlte er sich eingeengt. Den Entschluss, den er auf der Rückfahrt getroffen hatte, nämlich vor der Priorin die Karten auf den Tisch zu legen und sie über den horrenden Wert des Weinkellers aufzuklären – sofern es sich um keine Fälschungen handelte –, verschob er auf den frühen Abend. Er hatte just die Lust auf das Gespräch verloren. Stattdessen nahm er sich vor, seine Einkäufe auf sein Zimmer zu bringen und danach die Küche aufzusuchen. Pana war mittlerweile eingetrudelt, zumindest hatte der kleine Transporter der *Kapelle* auf dem Parkplatz gestanden.

Sein Plan löste sich aber in Wohlgefallen auf, nachdem er die Treppe zu den Gästezimmern erklommen hatte. Im Flur traf er auf eine Horde fröhlich tratschender Nonnen, die gesellig beisammenstanden, zwei ältere Ordensschwestern saßen auf Stühlen. Fand gerade die Beichte statt, die der Bischof in der Küche erwähnt hatte? Kaum hatte der Sommelier einen Fuß in den Gang gesetzt, verstummten die Frauen, dutzende Augenpaare blickten Benjamin neugierig an, darunter auch das der Priorin. Benjamin nickte zur Begrüßung und überlegte, ob er sich einfach zwischen den Damen hindurchdrücken, besser umkehren oder mit einem Hechtsprung durch das Fenster flüchten sollte. Sein Zaudern konnten die Ordensfrauen wohl in seinem Gesicht lesen, einige lächelten verschmitzt über seine Verlegenheit, einige blickten starr wie die Wasserspeier drein, deren versteinerte Fratzen die Außenseiten der Kirche zierten und das Gotteshaus vor dem Bösen schützen sollten.

Schwester Edith löste sich aus der Gruppe und kam mit einer kleinen Nonne auf ihn zu. »Mutter Äbtissin, das ist Benjamin Freling«, stellte sie vor. »Herr Freling, das ist unsere Äbtissin, Schwester Johanna.«

Der Sommelier sah sich vor einem Fettnäpfchen stehen. Wie begrüßte man eine Äbtissin? Er hatte Industriebosse, Nationalspieler und Politiker bedient, vom Ministerpräsidenten bis hin zu Bundesministern. Er hatte halbberühmten Schauspielern, berühmten Musikern und unbekannten Adeligen den Champagner eingegossen. Und ein Prüfungsteil der Sommelier-Weltmeisterschaft war ein Rollenspiel gewesen: Am Tisch saßen ein Jubilar, der seinen hundertsten Geburtstag feierte, ein buddhistischer Mönch und eine ältere Dame. Wen bediente man zuerst? Er hatte – Gentleman wie er war – der Frau eingegossen. Richtig wäre der Geistliche gewesen. Wie begrüßte man also eine Äbtissin? Wie eine königliche Hoheit? Mit Knicks oder einem ähnlichen Mätzchen? Er entschied sich für einen Handschlag und ein enthusiastisches Nicken. »Schön Sie kennenzulernen«, sagte er.

Wenn er etwas falsch gemacht hatte, dann ließ die Frau es sich nicht anmerken. »Ganz meinerseits«, entgegnete Schwester Johanna, die so viele Falten im Gesicht hatte wie Baumrinde Furchen. Ihre Augen waren kupferfarben, wirkten fast verblichen, die ursprüngliche Farbe – ein dunkles Braun? – hätte der Sommelier nur erraten können. Ihr hohes Alter und ihre offensichtlichen Gebrechen trug sie mit großer Würde. Sie stand aufrecht, obwohl es allem Anschein nach ihren Kopf nach vorne zog. Mit der rechten Hand hielt sie ihr linkes Handgelenk umfasst. Zuerst dachte der Sommelier an eine bequeme Haltung, aber dann sah er, dass die Hand an ihrem fixierten Arm leicht zitterte. »Schwester Edith erzählte mir, dass Sie Fragen zu unserem Weinbestand haben.«

Der Sommelier nickte. »Stammen die Weine zufälligerweise von Ernst-August Bender?«

»Woher wissen Sie das?«, entfuhr es der Priorin. Draußen in der Zivilisation hätte sie ihn wahrscheinlich angefaucht, wäre ihm vielleicht sogar mit Drohgebärden auf den Leib gerückt, hier drinnen bündelte sich ihre Wut zu einem mörderischen Blick, den sie ihren Worten folgen ließ.

»Die Sammlung war berüchtigt«, erwiderte der Sommelier ruhig und sachlich, konnte sich aber nicht dagegen verwehren, dass ein triumphierender Glanz in seine Augen trat.

»Wir wollen aber nicht, dass Sie die Herkunft an die große Glocke hängen«, redete die Priorin aufgebracht weiter. »Wir denken nämlich nicht, dass es im Sinne von Schwester Rosalda und Herrn Bender war, dass sein Vermächtnis von uns verscherbelt wird.«

»Ich weiß auch nicht, ob es im Sinne von Herrn Bender war, dass Sie seine Raritäten aus dem Messweinbecher schlürfen«, entgegnete Benjamin kratzbürstig – diese Frau war eine Zumutung.

»Ich kann mir kein besseres Gefäß vorstellen«, erwiderte Schwester Edith schnippisch.

»War Bender besonders christlich? Oder warum hat er Ihnen seinen Wein vermacht?«

»Schwester Rosalda war Benders Cousine. Denken Sie, dass der Wert des Weins über vierhunderttausend Euro liegt?«, fragte die Priorin forsch, ohne auf Benjamins Frage einzugehen. »Wenigstens aber dreihunderttausend?«

Der Sommelier runzelte die Stirn. »Vierhunderttausend Euro?«

»*In vino spe.*« Mit erstaunlich kraftvoller Stimme klinkte sich die Äbtissin in das Gespräch ein, fing den Blick der Priorin kurz ein und blickte dann zu dem Sommelier: »Im Wein liegt die Hoffnung. Mir mundete übrigens besonders der Pape-Clément und Pétrus.«

»Ja, das sind auch … das sind gute Tropfen … Äh, vom linken und auch rechten Ufer der …«, stammelte Benjamin, verwundert über diese unerwartete Wendung. Erst mit ein paar Sekunden Verspätung bemerkte er das tiefe, verschmitzte Lächeln der Klostervorsteherin. Er verstummte. »Ich Trottel. Sie meinen wegen *Papst* und *Petrus*? Oder?«

»Auch Nonnen haben Humor, Herr Freling«, antwortete die Äbtissin lächelnd. »Ich habe übrigens Mitte der Fünfzigerjahre in Paris in einer Ordensschule gelebt und gearbeitet, und ich kann Ihnen mit Gewissheit sagen: Guter Wein ist französischen Nonnen nicht völlig fremd.«

»Kann ich mir gut vorstellen«, sagte der Sommelier, der mit Genugtuung bemerkte, dass jedwede Schärfe aus dem Gespräch verschwunden war. Wenn dass das Ziel der Äbtissin gewesen war, dann war es ihr mit Bravour gelungen. Er fügte entschuldigend hinzu: »Mit Religion habe ich aber nicht sehr viel am Hut.«

Die Äbtissin schnalzte mit der Zunge. »Und das in Ihrem Beruf, Herr Freling.«

Der Sommelier überlegte. »Sie meinen wegen der Zisterzienser, die im 12. Jahrhundert hier im Rheingau die Weinbereitung auf Vordermann gebracht haben?«

»Natürlich. Auch. Aber schenkt man allen Psalmen der Bibel Glauben, dann gehörten Reben schon zur Fracht der Arche, und nach der Sintflut legte Noah zuallererst Weinberge an. Auf der Hochzeit von Kana verwandelte Jesus Wasser in Wein. Jesus nannte sich einmal den *rechten Weinstock* – die Zisterzienser haben den Weinbau ja nicht aus bloßer Genusssucht vorangetrieben.«

»Angeblich haben die Mönche im Burgund die Erde gekaut, um die Bodenqualität zu prüfen.«

»Wirklich?«, sagte die Äbtissin und strahlte. »Das ist mir neu.«

»Das habe ich zumindest so gehört.« Der Sommelier zuckte die Schultern. »Die Mönche experimentierten mit dem Rebschnitt, separierten Trauben vor der Kelter, aber kartierten vor allem die Weinberge, weil sie bemerkten, dass das Mikroklima – Bodenbeschaffenheit, Neigungswinkel der Hänge und so weiter – andere Qualitäten hervorbrachte. In diesem Zusammenhang hielt es ein Geistlicher wohl für zielführend, zuzubeißen.«

»Schmecken Sie diese Geschichten, wenn Sie Wein trinken?«

»Ich denke nicht an Noah, wenn ich einen Wein probiere, ich habe konkretere Dinge vor Augen: Jahrgang, Terroir, Rebsorte, Stilistik des Winzers – vor allem auch den Winzer selbst, sofern ich ihn kenne, denn wenn ich den Winzer mag, dann schmeckt mir der Wein auch besser.«

Gastschwester Agnes kam in diesem Moment aus dem Beichtzimmer und marschierte mit eiserner Miene an ihren Ordensschwestern vorüber. Bischof Eltzheim streckte gestresst seinen Kopf in den Flur, da setzte sich eine weitere Nonne in Bewegung, mit einem Gesicht so grau, flach und porig wie eine Scheibe Dinkeltoast. Der Geistliche ließ die Frau eintreten, dann schloss er hinter ihr die Tür. Die ganze Buß-Session hatte etwas von einer Sprechstunde beim Psychiater, dachte Benjamin. Da stapfte die Priorin aufgescheucht zu drei ihrer Ordensschwestern hinüber, irgendetwas schien ihr an der Reihenfolge zu missfallen. Der Sommelier sah ihr nach und versuchte ihr plötzliches Aufbegehren zu verstehen.

Als könnte die Äbtissin seine Gedanken lesen, sagte sie: »Schwester Edith ist in die heilende Wirkung ihres neuen Tagesablaufs noch nicht eingewachsen.«

»Finden Beichten nicht eigentlich in einem Beichtstuhl statt?«, fragte er.

»Dunkel, unbequem, von gestern, Herr Freling«, antwortete die Äbtissin. »Heil, Heilung und Heiligung findet man nicht im stoischen Widerkäuen der ewig gleichen Riten.«

Benjamin lächelte, er fand die Äbtissin mit jeder Minute sympathischer. »Ich will nicht indiskret erscheinen, Schwester Johanna, aber was gibt es als Nonne eigentlich groß zu beichten – ich meine, Sie leben hier in einem Kloster, was passiert hier schon?«

Die Äbtissin lachte herzlich. »Das ist, wie wenn Sie an einem Wein schnuppern und feinste Nuancen herausriechen, die anderen verborgen bleiben, Herr Freling. Wir Nonnen schauen anders auf die menschliche Seele. Ich habe vor wenigen Tagen beim Mittagessen den Garzustand der Kartoffeln bemängelt, sie waren mir zu weich, das mag ich nicht, aber es war natürlich undankbar meiner Ordensschwester gegenüber, die das Essen gekocht hat. Und lesen Sie mein Missvergnügen einmal im Kontext der vielen Bedürftigen auf der Welt. Das beschäftigt mich jetzt schon die ganze Woche, darüber will ich reden«, erklärte die Äbtissin.

»Sie können aber noch nichts über den Wert der Weine sagen, oder?«, fragte die Priorin, die in diesem Moment in die Runde zurückkam, aber weiterhin zu ihren Ordensschwestern schaute, als wolle sie sehen, was dort vor sich ging.

»Ich muss erst eine Inventur machen. Würde es Sie stören, wenn ich mich einmal an den Sohn von Bender wende? Vielleicht gibt es ja dort noch eine alte Bestandsliste. Das würde meine Arbeit erheblich erleichtern.«

Die Priorin suchte den Blick zur Äbtissin. »Wenn ich mich richtig erinnere, dann haben wir Georg Bender nach dem Tod seines Vaters Diskretion zugesichert«, antwortete die Klosteroberin. »Er war über die Erbschaft alles andere als glücklich, aber ich denke, das ist mittlerweile verjährt – sind die Weine nicht ohnehin längst hinüber?«

»Nicht unbedingt. Manche Ihrer Weine könnten sogar verschimmelt sein und würden noch Geld einbringen. Sie haben dort unten Flaschen aus dem 19. Jahrhundert liegen, die noch vor der Reblaus-Katastrophe abgefüllt wurden. Sollte etwa der 1868er Château Lafite noch genießbar sein, dann ist der Wein unbezahlbar. Ich würde mir einen Finger abschneiden, um so einen Wein einmal probieren zu können. Ein Großteil des Weinbestandes ist aber meines Erachtens noch auf dem Höhepunkt. Um Ihnen vielleicht einfach mal eine Größenordnung zu nennen«, Benjamin machte eine rhetorische Pause, »allein für den Coche-Dury bekommen Sie fünftausend Euro.«

»Wie viele Kisten haben wir denn davon?«, fragte die Priorin aufmerksam.

»Ich habe vier Kisten gezählt, zwei Kisten 1999er, zwei Kisten 1992er. Sensationelle Jahrgänge.«

»Das sind ja schon zwanzigtausend Euro!«, rief die Äbtissin.

Der Sommelier presste lächelnd die Lippen aufeinander. »Schwester Johanna. Eine einzige Flasche kostet fünftausend Euro. Pi mal Daumen.«

Das Gesicht der Äbtissin wandelte sich von maßloser Verwunderung zu unendlicher Entrüstung. »Das ist ja wohl eine Frechheit, was für eine Gier!«, schimpfte sie. »So viel sollte kein Wein auf der Welt wert sein.«

Benjamin lachte herzlich über die Reaktion der Äbtissin. »Ich will Sie nicht noch mehr erzürnen, aber Sie haben dort unten noch ganz andere Kaliber liegen. Ich würde den Eingang am liebsten zubetonieren. Vor allem die alten Bordeaux-Weine dürften bei Auktionen fünfstellige Summen erbringen.« Benjamin rechnete bei seiner Einschätzung die ganzen Fanatiker nicht ein, die für bestimmte Tropfen aus dieser Sammlung Haus und Hof verkaufen würden.

»Und ich dachte, ich wüsste etwas über Wein. Was rechtfertigt nur solche Preise?«, fragte die Ordensvorsteherin.

»Die Preise sind zugegebenermaßen in den letzten zwei, drei Jahrzehnten rasant gestiegen, um nicht zu sagen explodiert. Nicht nur Amerikaner, auch Asiaten füllen sich mittlerweile ihre Keller mit den besten Tropfen. Es ist also die Nachfrage, die die Preise nach oben treibt, Kapitalismus pur – gibt es wenig von etwas, wollen es alle haben. Bestände werden deswegen sogar künstlich verknappt, und natürlich haben auch Weinkritiken Einfluss auf den Wert.«

Die Priorin schien ebenfalls fassungslos. »Was macht denn einen Bordeaux so besonders?«

»Bordeauxweine sind nicht das, wofür ich persönlich brenne, aber ich habe beim Durchstöbern Ihres Weinkellers wieder gemerkt, dass auch ich mich der Aura dieser Weine nicht wirklich entziehen kann. Maßlose Glorifizierung ist nämlich ein Grund für das Bordeauxstatut. Aber die Region hat auch eine lange Tradition und Erfahrung in der Weinbereitung. Der richtige Mix aus Sonnenschein und Niederschlag in der Gegend kommt hinzu, die richtigen Rebsorten, die in diesen örtlichen Gegebenheiten das Beste hervorbringen. Der Fluss sorgt für eine ausgeglichene Tag- und Nachttemperatur, der Wald schirmt die kalten Winde des Atlantiks ab. Vor allem ist es am linken Ufer auch der Boden. Viele berühmte Weingüter haben ihre Rebflächen auf Kiesbänken und Kieshügeln, die das Wasser nicht so gut halten. Findet eine Rebe in den oberen Bodenschichten die Nährstoffe, die sie benötigt, dann muss sie nicht tief wurzeln, im Haut-Mèdoc müssen sie sich notgedrungen durch viele Gesteinsschichten hindurchgraben, um an Wasser zu kommen. Man sagt, die Reben müssen in ihrem Leben kämpfen, das führt zu komplexeren, ausdrucksstärkeren Weinen«, erklärte der Sommelier, auch wenn er diesem Spruch nur bedingt zustimmte. Auf anderen Böden wuchsen schließlich auch große Weine. Dennoch gefiel ihm dieser romantische Vergleich.

Auch die Äbtissin lächelte. »Dieses Bild gefällt mir«, sagte sie und sezierte mit ihrem scharfen Blick jede Faser von Benjamins Seele, so fühlte es sich zumindest an. Sie holte tief und hörbar Luft. »Wir haben den Hausschwamm im Dachstuhl unseres Kapitelsaals, Herr Freling«, erklärte sie plötzlich. »Wir brauchen eineinhalb Millionen Euro für die Renovierung. Wir können einen Kredit bekommen, der uns nur mit einem Eigenkapitalanteil von vierhunderttausend Euro gewährt wird. Dafür müssten wir lange die Kollektenkörbchen kreisen lassen, aber die Zeit rennt uns allmählich davon.«

»Steht das Kloster nicht unter Denkmalschutz und wird von öffentlichen Geldern saniert?«, erkundigte sich der Sommelier verwundert, der ein Schild am Eingangstor gesehen hatte.

»Nur die Kirche und Sakristei«, antwortete die Äbtissin. In diesem Moment knallte es laut im Untergeschoss. Ein dumpfer hässlicher Ton, als sei ein schwerer Topf zu Boden gefallen. Die Nonnen sahen sich kurz verwundert an.

Schwester Johanna fuhr fort: »Alles andere müssen wir aus eigener Hand finanzieren. Seit der Pensionierung unseres Kellermeisters haben wir unsere Rebflächen an mehrere Winzer verpachtet, in unserem Klosterladen verkaufen wir allerhand Souvenirs, damit können wir unseren Lebensunterhalt bestreiten, die Kollekte fliest zu hundert Prozent in kleinere Renovierungen, wir haben den einen oder anderen Wohltäter, aber für so ein Bauvorhaben braucht es eine große Finanzspritze, wie es so schön heißt. Das Bistum Speyer hat uns bereits eine Abfu...« Ein ohrenbetäubender Schrei durchtrennte den Satz der Äbtissin.

Sieben

Später sollte sich der Sommelier nur noch an eine Abfolge von Momentaufnahmen erinnern: Die Äbtissin zitterte nicht mehr, ihr Arm war so starr wie die Blicke, die sich die Nonnen zuwarfen. Gesichter erblassten. Benjamin konnte nicht sagen, welche der Frauen sich zuerst bewegte, auf einmal flossen schwarze Gewänder an ihm vorüber, die Frauen eilten die Treppen hinab. Der Sommelier verharrte in diesem Durcheinander. In der einen Hand hielt er seine Baumarkttüte, die andere hatte er gelähmt in den Tiefen seiner Jackentasche versenkt. Er ließ die zwei letzten Nonnen vorüber – diejenigen, die auf Stühlen gesessen hatten und nicht mehr gut zu Fuß waren, *bitte, bitte, nach Ihnen* – und heftete sich an ihre Fersen, schlurfte ihnen hintendrein. Nahm er die zwei alten Frauen als Rechtfertigung, nicht schneller laufen zu können?

Es schien so. In nur einer Sekunde hatte ihn der gellende Schrei nämlich zurück an den Kaiserstuhl katapultiert, ins Hotel seiner Familie, vor einem Jahr. Und ganz offensichtlich hatte er die Geschichte noch nicht ganz verarbeitet. Ganz offensichtlich hatte sein monatelanges Einigeln in seiner Wohnung in Breisach mit Wein, Kochbüchern und Literatur rein gar nichts gebracht. Seine Knie waren weich, sein Gesicht kribbelte, denn die Wahrheit war: Er wollte nicht sehen, was hier soeben geschehen war. Er wollte es nicht wissen.

Er wollte nach Hause.

Zu Julia.

Benjamins Dasein schrumpfte zu einem kläglichen Rest, als er in der Küche einen Körper am Boden liegen sah, die Haare angesengt, das Gesicht blutverschmiert. Es roch verkokelt. Panisch sprangen Benjamins Augen über Hinweise, die seine Vermutung widerlegten … Er suchte die linke Hand des Fremden ab, erkannte aber den goldenen Ehering Panas … Dann sah er die weißen ausgelatschten Turnschuhe, die sein Freund seit gefühlt zehn Jahren in der Küche trug. Das Herz des Sommeliers setzte einen Schlag aus. Er ließ die Tüte fallen und riss sein Mobiltelefon aus der Tasche, um den Notruf zu verständigen, da hörte er die laute Stimme der Priorin neben sich, die mit strenger Stimme in den Hörer eines Festnetztelefons brüllte, das an der Wand befestigt war: »Unfall … Kloster Marienwingert … Kopfverletzung.«

Eine Nonne mit rustikalem Körperbau kniete neben dem Koch zwischen Herdblock und Arbeitsschrank. Die Nonne hievte Pana in die stabile Seitenlage, eine andere Nonne bettete seinen Kopf auf ihren Oberschenkel. Benjamin ging einen Schritt zurück, spürte, dass er auf einem Gegenstand stand. Als er nach unten blickte, erkannte er eine schwarze Metallscheibe – den gusseisernen Brennerdeckel des Gasherds? Die Äbtissin huschte in den Nebenraum und kam wieder zurück, der Bischof tauchte auf und verschwand. Schwester Agnes ging vorüber, schirmte mit beiden Händen ihren Mund ab. Mehrere Nonnen, darunter auch die mit weißem Schleier, standen kreidebleich in der Ecke. Als die Rüstige aufstand, nutzte der Sommelier die Gelegenheit. Er drückte sich in den Spalt, sank neben Pana in die Knie, er flüsterte, nahm die Hand seines Freundes, die sich wie ein Stück Fleisch anfühlte.

Weich.

Leblos.

Irgendwann später stand der Sommelier draußen vor den Türen, auf den obersten Stufen des Gästebereichs. Er blickte über die Umfassungsmauer hinunter ins Rheingau und hatte jegliches Zeitgefühl verloren. Wind umtoste die Klosteranlage, eine kühle Brise plusterte seine Jacke auf. Der Tag klarte auf. Drüben, in Rheinhessen, zeichnete sich ein breites hellblaues Band ab, zog sich zwischen Horizont und geschlossener Wolkendecke entlang.

Wie lange war es her, dass die Sanitäter gekommen waren? Wie viele Minuten waren vergangen, seit sie vom Hof gebraust waren? Wie spät war es?

Die Kirche lauerte zu seiner Linken, die Glocken schlugen, schallten durch die Anlage hinweg, so wie sie es seit Jahrhunderten taten, um den Menschen den Tag einzuteilen, doch der Sommelier hörte es nicht. Ein Glöckner hätte ihm im Sekundentakt mit einem Schlägel auf den Schädel dreschen können, es wäre bestenfalls als ein Wabern an den Rändern seiner Wahrnehmung angekommen. Angst erfüllte seine Brust, seinen Kopf, seinen ganzen Körper, drückte alles andere ab. Dann sah er weit unten im Tal die Blaulichter des Krankenwagens zwischen zwei Häuserzeilen aufblitzen.

Als Nächstes fand er sich im Auto wieder. Das Radio war tot, er hörte das rhythmische Knacken des Blinkers. Der hysterische Pfeil wies den Weg nach rechts. Benjamin war auf dem Weg ins Krankenhaus nach Rüdesheim, obwohl er in diesem Augenblick nicht einmal wusste, woher er wusste, dass Pana nach Rüdesheim gebracht wurde. Dann fiel es ihm ein: Das Telefonat, er hatte Lara angerufen.

Wohin wird er gebracht?, hatte sie gekreischt, *Wohin?*

Er wusste es nicht, musste bei der Priorin nachhaken.

JoHo, hatte sie ihm geantwortet, *St. Josef Hospital, Rüdesheim.*

Deswegen saß er in seinem Passat, blinkte rechts und trommelte nervös auf sein Lenkrad – eine Wagenkolonne fuhr an ihm vorüber. Gemächlich. Sonntagsgeschwindigkeit. Kaum war das letzte Auto vorbei, ließ er den Motor aufheulen und hängte sich an dessen Stoßstange.

Das Krankenhaus war ein glanzloser Gebäudekomplex am oberen Rand von Rüdesheim, mochte aus den Sechzigerjahren stammen, ein liebloser Zweckbau mit cremefarbenem Anstrich und altrosa Sockel. Benjamin konnte sich erinnern, dass er die Straße ab und an gefahren war, aber den Bau hatte er niemals als ein Krankenhaus wahrgenommen, es hätte auch ein Ministerium sein können oder der Firmensitz einer Versicherungsgesellschaft.

Lara war bereits da, als er in den Eingangsbereich stürmte. Sie nahmen sich kurz in den Arm. Dann blickte der Sommelier seine Freundin an. Ihr Gesicht war blass, schneeweiße Haut, die von schwarzen, kinnlangen Haaren eingerahmt wurde. Lara war eine bildhübsche Frau, klein, zierlich und zäh in Personalunion. Vom äußeren Erscheinungsbild war sie im Grunde das genaue Gegenteil ihres Verlobten. Pana war großgewachsen, und im Gegensatz zu vielen anderen Köchen verbrachte er seine Freizeit mehr im Fitnessstudio und weniger in der Kneipe. Er hatte breite Schultern, war muskulös, ohne dass er wie eine fitnessverseuchte Pestbeule aussah. Er hatte dichte Augenbrauen, einen dunklen Lockenkopf und einen Stoppelbart, der bereits am Abend nach einer Rasur wieder sprießte. Lara sah neben ihm wie eine Handpuppe aus, dabei war sie es, die ihren Verlobten eisern im Griff hatte. Vor allem wegen seiner Großzügigkeit gerieten sie immer wieder aneinander. Pana konnte im Restaurant nur schwer zwischen Freunden und Zecken unterscheiden. Wenn er jemanden kannte, fühlte er sich geradezu verpflichtet, große Portionen auf die Tische zu bringen und Wein auszugeben. Lara lud niemanden ein, den sie nicht auch auf ihrer Beerdigung dabeihaben wollte. Insofern war es gut, dass sie es war, die die Betriebsleitung samt Finanzen ihres kleinen Restaurants verantwortete.

»Hast du schon etwas gehört?«, fragte Benjamin und blickte in ihre schwarzbraunen Augen. Hinter einer Fassade aus gespielter Fassung erkannte er ihre stille Panik.

Lara schüttelte den Kopf. »Die Dame am Empfang hat mir gesagt, dass er im Schockraum ist. Ich habe ein Formular ausgefüllt und soll hier warten. Was ist denn passiert?«, wollte sie mit zitternder Stimme wissen.

Benjamin sah sich um und lotste Lara zu einem Verbund aus drei zusammenhängenden Stühlen in einer etwas ruhigeren Ecke des Wartebereichs. Sie setzten sich. Im Grunde hatte er Lara alle wichtigen Informationen schon im Telefonat gegeben, aber er erzählte alles erneut, nur etwas ausführlicher. »Mehr weiß ich auch nicht, Lara«, schloss er.

»Ist der Herd in die Luft geflogen, oder wie?«

»Etwas in der Art.«

Lara ballte die Faust, ihre Wangenknochen traten hervor. »Dieses verdammte Kloster – wie kann sowas passieren?«

Der Sommelier zuckte mit den Schultern. »Alte Bausubstanz, marode Leitung, keine Ahnung«, entgegnete er.

»Aber Gas riecht man doch!«

»Das verstehe ich ehrlich gesagt auch nicht ganz.«

Lara stützte sich mit ihren Ellenbogen auf ihren Knien ab und ließ den Kopf hängen. Benjamin legte ihr eine Hand auf den Rücken. Nach einer Weile setzte sie sich wieder auf. »Wie war der Weinkeller?«, fragte sie seufzend, wahrscheinlich nur, um etwas zu sagen und die Stille nicht Überhand gewinnen zu lassen.

»Gut«, antwortete Benjamin knapp.

Lara hatte die Antwort ohnehin nicht gehört. »Ich kann nicht länger warten, ich muss bei seiner Familie anrufen«, schloss sie nahtlos an und sprang auf.

»Leben Panas Eltern noch in Cuxhaven?«

»Oma, Brüder, Schwestern, Cousins und Cousinen, Neffen und Nichte, die ganze Sippe.« Lara lächelte benommen und zog dabei ihr Telefon und Zigaretten aus der Tasche ihres sandbraunen Trenchcoats. »Nur Pana war abtrünnig und hat das Weite gesucht.«

Zum Telefonieren ging sie nach draußen. Benjamin sah ihr zu, wie sie vor den gläsernen Türen des Eingangsbereichs auf- und abging. Sie nickte energisch, schüttelte den Kopf, blies nervös Rauch in die Luft, nach wenigen Minuten kam sie zurück.

»Und?«, fragte der Sommelier.

»Sein Bruder saß schon halb im Auto, er hält aber jetzt erst einmal die Füße still, bis ich Näheres weiß, und spricht auch erst dann mit seinen Eltern. Es kann ja nicht ewig dauern, bis wir was erfahren, oder was denkst du?«

Als endlich eine Ärztin erschien, war die Dämmerung schon eingebrochen. Schweigend saßen Lara und Benjamin nebeneinander. Geistesabwesend scrollte der Sommelier durch irgendwelche Nachrichten auf seinem Mobiltelefon, ohne sie zu lesen. Lara tippelte auf ihrem Handy und telefonierte in Endlosschleife. Panas Großfamilie rief im Minutentakt an. Zwischendurch kontaktierte sie das Restaurant, das an diesem Abend notdürftig ohne seine beiden Chefs auskommen musste. Als sich die Ärztin vor ihnen aufstellte, beendete Lara das Gespräch mitten im Satz. Sie standen auf.

»Sie sind die Lebensgefährtin von Herrn Panagiotopoulos?« Lara nickte. »Mein Name ist Katarzyna Wróbel. Ich bin Unfallchirurgin«, leierte die Frau herunter. Sie hatte schmale, harte, farblose Lippen, dünn wie Bleistiftstriche, eingefallene Wangen und eine hagere Statur, das hellblaue Ärztehemd hing an ihr herab wie an einem Gespenst. Sie wandte sich an Benjamin. »Gehören Sie zur Familie?«, fragte sie nüchtern, ohne Wärme in der Stimme. Der Sommelier konnte es ihr nicht einmal verübeln. Erst neulich hatte er in der Zeitung einen Report über Chirurgen gelesen, völlig verausgabte Geschöpfe. Viele litten an Depressionen, Schlafstörungen, Erschöpfungszustände. Endlose Schichten und Überstunden waren das eine, Bürokratiewirrwarr und stete Zunahme von Patienten das andere. Laut einer Umfrage empfanden Frauen die Belastung stärker als Männer – war die Unfallchirurgin ein Paradebeispiel dafür? Oder hatte sie einen schlechten Tag gehabt?

»Nein, ich bin ein Freund«, antwortete er.

»Ich habe in den letzten Stunden ihren Lebensgefährten behandelt.« Sie sprach wieder zu Lara. »Die Verbrennungen im Gesicht und am Arm sind zu vernachlässigen und sollten vollständig ausheilen.«

»Verbrennungen!«, entfuhr es Lara.

»Leichte Verbrennungen, ich nehme an, durch eine Stichflamme. Allerdings hat Herr Panagiotopoulos eine mittlere frontobasale Fraktur erlitten, eine Impressionsfraktur im Bereich …«

»Was heißt das?«, ging Lara unwirsch dazwischen, ihre Stimme zitterte. »Darf ich zu ihm, bitte?«

»Gleich«, fuhr die Ärztin unbeirrt fort. »Lassen Sie mich aber bitte erst erklären: Eine Impressionsfraktur ist ein Knochenbruch der Stirn. Der macht mir aber weniger Sorgen als der intrakranielle Druck.« Sie machte eine kurze Pause. »Der Hirndruck Ihres Verlobten ist durch das Schädel-Hirn-Trauma stark gestiegen. Sie müssen sich das so vorstellen: Das Gehirn ist von einer harten Knochenschale umgeben, was sehr nützlich ist, um das Gehirn vor Erschütterung zu schützen. Aber schwillt es an, hat es keinen

Platz, um sich auszudehnen, der Druck nimmt zu, die Durchblutung nimmt ab.«

»Und was bedeutet das?«

»Das Gehirn nimmt auf lange Sicht Schaden, weswegen wir die Schwellung medikamentös behandeln. Außerdem haben wir beschlossen, die Belastung des Gehirns auf ein Minimum zu reduzieren.« Sie schwieg wieder kurz. »Wir haben Ihren Verlobten vorübergehend in ein künstliches Koma versetzt, um alle Genesungsressourcen seines Körpers freizusetzen.«

Lara legte sich die Hand über den Mund, ihre Augen füllten sich mit Tränen.

»Ich bin zuversichtlich«, fügte die Ärztin an, mit einem Blick so leer wie ihre Worthülse.

Acht

Eigentlich wollte Benjamin nur kurz seinen Kulturbeutel und etwas frische Wäsche holen – Lara wollte den Abend nicht alleine verbringen und hatte ihn gebeten, bei ihnen auf der Couch zu schlafen –, aber bereits auf dem Parkplatz des Klosters entdeckte er einen Kastenwagen. Es war so schummrig, dass er die Beschriftung auf den Seiten zuerst nicht lesen konnte, sodass er etwas näher herantrat. Das einsame Fiepen eines Vogels schwebte über den Klostergärten. Es war eine Firma für Gas- und Wasserinstallation. Kurz überlegte Benjamin. Seine Neugier überwog, also stieg er nicht die Treppen zu den Gästezimmern nach oben, sondern ging zuerst zur Küche und schielte um die Ecke. Auf dem Boden vor dem Herd kniete ein Mann in blauem Arbeitsoverall. Die Priorin lehnte an einem Arbeitstisch, die Hände vor dem Schoß gefaltet. Als sie Benjamin erblickte, richtete sie sich auf.

»Gibt es Neuigkeiten von Herrn Panagiotopoulos?«, erkundigte sie sich.

Benjamin nickte und schüttelte den Kopf, beides zugleich, sodass ein beherztes Wackeln herauskam. Er presste kurz die Lippen aufeinander und sagte: »Er hat eine Hirnschwellung, deswegen wurde er ins künstliche Koma versetzt.«

»Allmächtiger!«, rief die Nonne.

Jetzt hatte sich auch der Handwerker erhoben. Er war ein fülliger Mann, vielleicht um die fünfzig Jahre alt, aber alles in seinem Gesicht schien nach unten zu ziehen. Augenbrauen, Tränensäcke, Lippen, Wangen, Mundwinkel, als hätte er schon längst den Kampf gegen die Schwerkraft aufgegeben. Er hatte einen roten Lockenkopf, grüne Augen, und sein Gesicht war übersät mit Muttermalen. Genervt blickte er auf seine Armbanduhr.

»Können Sie schon sagen, was hier passiert ist?«, fragte Benjamin höflich.

»Gasherd angelassen. Peng«, erwiderte er.

»Was bedeutet …?«

»Das, was ich sage: Gasherd angelassen. Peng.« Der Handwerker kratzte sich mit einer fleischigen Hand an der Nase, sein ölverschmierter Ringfinger quoll um einen goldenen Ring. »Der Drehschalter für den Ofen war aufgedreht, wahrscheinlich über einen längeren Zeitraum. Als der Koch die Herdplatte entzünden wollte, hat es gekracht. Der massive Ofen hat die Verpuffung in Grenzen gehalten, aber die Platten sind ihm um die Ohren geflogen.«

»Wie lange war denn das Gas aufgedreht?«

»Da müsste ich mich jetzt an den Schreibtisch setzen, mein altes Physikbuch rauskramen und könnte Ihnen in zwei Stunden etwas Kluges sagen, was nur bedingt der Wahrheit entsprechen würde. Kommt auf den Gasdruck an, Ofenvolumen, die Leitung, die Dichtung.« Er blickte den Sommelier triefäugig an, seine Augen waren rotgeädert. Anscheinend hatte es Benjamin in den letzten Stunden nur mit überstrapazierten Gestalten zu tun. Er selbst eingeschlossen. Der Mann versenkte seine Hände in den Taschen seines Arbeitsoveralls und fügte hinzu: »Aber nach ein paar Minuten gibt es nicht so eine derartige Verpuffung, das dürfte klar sein.«

»Das Gas war also längere Zeit aufgedreht?«

Der Installateur überlegte. »Stunde. Mehr. Weniger.«

»Aber man riecht doch, wenn Gas austritt«, sagte Benjamin fordernd.

»Gas ist geruchlos.«

»Gas riecht nicht nach faulen Eiern?«

Der Handwerker schmatzte ein paar Mal, als spüre er schon sein längst überfälliges Abendbrot auf der Zunge. »Was Sie meinen, ist ein Duftstoff, der beigemengt wird. Nennt sich Odorierung. Riecht dann meist nach Schwefel. Bei Erdgas, wie in diesem Fall, geht man damit sparsam um, wird eher bei Tanks und Flaschen eingesetzt. Außerdem war das hier ein massiver Eisenherd, die Ofentür wiegt einen halben Zentner, kann sein, dass da nichts zu riechen war. Fest verschlossen.«

»Ich verstehe das nicht, hatte vielleicht die Leitung ein Leck? Ich kenne nur diese Sicherheitsschalter, die zurückschnappen, wenn man die Flamme nicht anzündet.«

»Sind mittlerweile Vorschrift, aber bei mittelalten Exemplaren hat man sich mit einer Leuchte beholfen.« Der Installateur zeigte auf ein rotes Lämpchen, die Plastikabdeckung hatte einen Riss. »Leuchtet, wenn man den Gashahn aufdreht. Ist aber futsch. Heißt: Der Koch konnte nicht sehen, dass der Ofen in Betrieb war.«

Benjamin blickte irritiert auf das Lämpchen, dann grübelnd auf den Boden. Ein aufgeklappter, stahlblauer Werkzeugkoffer stand zu seinen Füßen. Drum herum lagen mehrere Gabelringschlüssel, Schraubendreher, eine Eckrohrzange und ein kleines neongelbes Plastikgerät, das einem alten Handy ähnelte, nur dass am Kopf ein silberfarbener Schlauch mit schwarzem Aufsatz herausführte. Daneben entdeckte der Sommelier einen hauchdünnen roten Splitter. Er bückte sich, hob ihn auf und hielt ihn vor das Lämpchen. Er passte.

Der Handwerker hatte den Sommelier aufmerksam beobachtet, kaum blickte Benjamin ihn an, zuckte er mit den Schultern. »Muss bei der Verpuffung gesplittert sein.«

»Aber dann hätte Pana *eben doch* gesehen, dass der Herd an war, oder nicht?«

»Vielleicht war die Lampe kaputt, aber das Plastik ist erst bei der Verpuffung gesplittert.«

»Oder jemand hat die Lampe kaputtgeschlagen«, platzte der Sommelier hervor.

»Das liegt natürlich in Ihrem Ermessen, aber warum sollte das jemand tun? Hören Sie, die Küche müsste im Grunde komplett ausgetauscht werden, die Wasserleitungen obendrein, wie drüben in diesem abgeschlossenen Nonnenbereich, der – wie hieß er nochmal?«

»Klausur«, vervollständigte Schwester Edith seinen Satz.

»Genau. Klausur. Dort haben wir vor einigen Jahren alles erneuert. Wäre auch hier an der Zeit.«

Benjamin nickte gedankenverloren. Er konnte es nicht glauben. Pana war professioneller Koch. Immer wach und energiegeladen, auch in Stresssituationen behielt er die Ruhe und den Überblick. Niemals hätte er den Ofen angestellt und vergessen. Dann hatte der Sommelier eine Idee. Er kramte sein Mobiltelefon aus der Tasche und überprüfte seine Anrufliste. Um Punkt 16:32 Uhr hatte er Lara angerufen, keine zehn Minuten, nachdem der Unfall passiert war. »Wissen Sie zufällig, wann Pana heute hierhergekommen ist?«, fragte er die Priorin.

»Natürlich weiß ich das. Herr Panagiotopoulos ist sehr pünktlich. Schwester Agnes oder ich lassen ihn immer um vier Uhr herein, das war auch heute der Fall, danach sind wir zur Beichte.«

Benjamin rechnete nach. Er wandte sich nochmals an den Handwerker, der dabei war, seine Werkzeuge einzusammeln. »Mal angenommen, der Koch hätte das Gas selbst aufgedreht«, begann er, »würden zwanzig Minuten für eine solche Verpuffung genügen?«

Der Mann überlegte nicht einmal. »Unwahrscheinlich.«

»Kann es vielleicht sein, dass die Nonne, die vorher hier geputzt hat, den Drehschalter aus Versehen umgelegt hat?« Benjamin nahm beiläufig seine Baumarkttüte zur Hand, die jemand vom Boden aufgehoben und auf einen Arbeitstisch gestellt hatte.

»Haben wir auch schon in Betracht gezogen«, begann der Handwerker.

»Schwester Magdalena, unsere Novizin, kann sich nicht daran erinnern«, ergänzte Schwester Edith.

»Da müsste die Nonne schon mit Schmackes geschrubbt haben, aber undenkbar ist auch das nicht«, gluckste der Handwerker, schaute kurz auf die Tüte in der Hand des Sommeliers, legte die Stirn in Falten, seine müden Augen verengten sich zu Schlitzen. »Von welcher Polizeidienststelle sind Sie eigentlich?«

Schwaden von frischem Zigarettenrauch durchzogen die Wohnung in Mittelheim. Lara hatte ihm die Wohnungstür aufgemacht und sich wieder zurück auf das Sofa gesetzt. Sie trug immer noch Straßenschuhe und Trenchcoat, als Benjamin hereinkam. Ihre linke Hand steckte in einer Manteltasche, in ihrer rechten hielt sie eine halb abgebrannte Kippe.

»Das verrate ich deinem Mann.« Benjamin zeigte auf die Zigarette. Pana hasste es, dass seine Verlobte rauchte. Wenn sie rauchen wollte, wurde sie auch bei Wind und Wetter auf die großzügige Dachterrasse verbannt, die ein wenig über die engen Platzverhältnisse der Altbauwohnung hinwegtröstete. Das Paar hatte ein Dachgeschoss gemietet, das im Grunde nicht klein bemessen war, die Grundfläche betrug sicher über hundertzwanzig Quadratmeter. Aber die Dachschrägen und dunklen Balken, die hier und da wie Stalagnaten das Dach stützten, drückten auf das Raumgefühl. Im hinteren Bereich waren Schlafzimmer, eine kleine Küche und Bad, die übrige Wohnung nahm der Wohn- und Essbereich ein. In der Mitte stand ein großes Ecksofa, an einer Wand hatte Lara einen Arbeitsbereich eingerichtet, ein hüfthohes Regal, das mit der Dachkante abschloss, darin säuberlich aufgereiht die Aktenordner, beschriftet mit dem Computer, der auf einem blitzsauberen Schreibtisch stand, auf dem sogar die Stifte zueinander ausgerichtet waren. In einer anderen Ecke stand ein neues Rudergerät am Boden, das mit ziemlicher Sicherheit Pana gehörte, daneben ein großer Esstisch.

Lara aschte auf einen Kerzenuntersetzer auf dem Couchtisch und versuchte sich an einem Lächeln. »Diese Schelte nehme ich gerne in Kauf«, sagte sie. Ihre Augen waren gerötet.

Benjamin lächelte ebenfalls. »Mach dir nicht so viele Sorgen, Lara, dein Mann ist ein Dickschädel. Wie lange durftest du zu ihm?«

Lara schlug die Augen nieder und zog an der Zigarette. »Zehn Minuten, dann haben sie mich rausgeworfen.« Ihre Stimme überschlug sich plötzlich. »Benny, sein ganzes Gesicht war grün und blau, überall Geräte und Kabel, und die Hälfte seines Kopfs war mit einem Verband umwickelt. Ich musste so einen Plastikoverall anziehen, damit ich überhaupt auf die Intensivstation ...« Sie machte eine Pause. »Er liegt nämlich auf der Intensivstation.« Benjamin wollte gerade seinen Mantel abstreifen, da sah Lara ihn an. »Wein«, sagte sie. »Bitte.«

»Möchtest du einen Wein?«

»Wozu hole ich mir sonst einen Sommelier-Weltmeister ins Haus?«

Benjamin lächelte aufmunternd. »Vize-Weltmeister«, korrigerte er. »Wo ist der Kellerschlüssel?«

»Liegt auf der Anrichte.«

Die Treppen knarzten, als er das Treppenhaus hinabstieg. Als er die massive Kellertür aus Metall aufstieß, stieg ihm ein muffiger Geruch entgegen. Er ging in den Kellerraum von Pana und

Lara, der sich seit dem letzten Mal, seit er hier gewesen war, dramatisch gefüllt hatte. Links und rechts stapelten sich mehr und mehr Weinkisten, die aus Platzmangel im Restaurant hier unten gelagert wurden. Nur eine schmale Schneise wies den Weg zu ihrem privaten Weinregal mit rund hundert Flaschen. Irritiert nahm der Sommelier kurz die weißen, unetikettierten Weinkisten unter die Lupe, die fast den gesamten Bestand dominierten und alle denselben Ursprung zu haben schienen. Er riss einen Karton auf. Es waren die Weine des Klosters Marienwingert. In diesem Fall ein acht Jahre alter Klosterberg-Riesling. Literflasche mit Schraubverschluss. Benjamin beschloss, den Wein zu probieren. Er nahm eine Flasche heraus und schlängelte sich nach hinten durch.

Welchen Wein servierte man nur einer Frau im Schockzustand mit leerem Magen? Das wäre eine Aufgabe für die Sommelier-Weltmeisterschaft gewesen!

Hinzu kam, dass es sich immer noch um einen fremden Weinkeller handelte, aus dem man natürlich nicht die teuersten oder seltensten Flaschen nehmen konnte. Beim 2018er Johannisberger Hölle von Chat Sauvage ging Benjamin kurz das Herz auf, ein ebenso würziger wie eleganter Tropfen, mit einer Nase voll schwarzer Johannisbeeren und Zedernholz. Stattdessen nahm er kurz den 2017er Weißburgunder Steinwiege von Rainer Schnaitmann aus dem Remstal zur Hand, ein nach Steinobst und Blüten duftender Seelenheilsbringer für kleines Geld, legte ihn aber wieder zurück. Ein leichter, fruchtiger, unkomplizierter Wein schien ihm unangebracht, aber auch ein eleganter und komplexer Tropfen war nicht das Richtige. Was tun? Sein Blick streifte Kuhn-Incognito, das war ein simpler und guter Reparaturwein, dann sah er im untersten Fach einen Amarone einfacherer Bauart liegen. Benjamin kannte nicht einmal das Weingut, aber er war sich sicher: Der Inhalt wurde in Dichte und Süße nur vom Alkoholgehalt geschlagen. Siebzehn Volumenprozent. Das war die richtige Medizin.

Zurück in der Wohnung, streifte er seine Schuhe ab, holte zwei Weingläser aus der Küche, stellte sie auf den Couchtisch und streifte seine Jacke ab. Lara zog abwesend an einer neuen Zigarette. Er öffnete beide Flaschen, goss Lara den granatroten Italiener und sich selbst den Klosterriesling ein. Er prüfte die Farbe, war kurz ganz in der Routine versunken, steckte seine Nase ins Glas und wusste nicht, wie ihm geschah. Der Wein roch wie ein alter Fahrradschlauch, dazu eine Handvoll oxidierte Zwiebelwürfel. Als er den ersten Schluck über den Gaumen laufen ließ, verzog er angewidert das Gesicht.

»So habe ich auch geschaut«, entgegnete Lara.

»Der ist ja furchtbar – und das aus so einer Lage. Wieso kauft ihr den Wein?«

»Ich konnte es der alten Priorin nicht abschlagen, als sie ihn günstig anbot. Sie war eine sehr nette Frau. Außerdem müssen uns die Damen Ende des Jahres den Pachtvertrag verlängern.«

Der Sommelier nahm nochmals die Flasche zur Hand, schwenkte mit der anderen das Glas und nahm einen weiteren Schluck. Das Getränk schmeckte völlig leblos. »Ich könnte das nicht einmal einem Riesling zuordnen. Wirkt fast, als hätte der Wein eine zweite Gärung durchlaufen – ist das wirklich ein Riesling?« Lara zuckte mit den Schultern und leerte ihr Weinglas. Benjamin hatte nicht einmal bemerkt, dass sie davon getrunken hatte. Er goss ihr nach und dann sich selbst von dem Rotwein ein. Die Weißweinflasche schraubte er zu und schob sie von sich. »Das Zeug kannst du doch nicht euren Gästen anbieten. Oder ist deswegen euer Keller voll bis obenhin, weil ihr es den Gästen *eben nicht* anbietet?«

Lara lächelte verschmitzt. »Du würdest dich wundern. In vier Monaten ist alles verkauft.«

»Das ist ein Scherz.«

»Klosterschorle. So lautet das Zauberwort. Wir haben letztes Jahr eine Slush Machine gekauft. Wein wird mit Zucker und einem Kräuter-Sirup versetzt, den Pana aus einem alten Rezept aus der historischen Ledermappe herstellt, ab in die Gefriere und fertig«, erklärte Lara. Die Mappe – mit mehreren lateinischen Schriften aus dem 16. Jahrhundert – war ein herrlicher Fund, den das Paar gemacht hatte, als sie mit dem Umbau der alten Kapelle begonnen hatten. Die Dokumente enthielten Rezepturen für heilsame Tinkturen, offenbar wurden damals in der Kapelle noch Kranke gepflegt. Das gab Lara und Pana vor und während der Eröffnungsphase die perfekte Publicity und nötige Starthilfe, zumal Pana sofort einen Kräuterlikör anhand eines Rezepts produzieren ließ, der auch heute noch immer gerne als Digestif gereicht oder als Mitbringsel gekauft wurde. Lara nahm einen Schluck Wein. »Wir servieren die Klosterschorle aber nicht wie ein Slushy, also nicht so fein von der Konsistenz, sondern eher wie ein grobes Granité, nur im Becher mit Strohhalm eben. Gibt's mittags im Sommer auf unserer Terrasse – die Leute sind verrückt nach dem Zeug!«

»Der schlechteste Wein ergibt den besten Cognac«, sagte der Sommelier schmunzelnd. »Hast du eigentlich mitbekommen, wie die Priorin die Kellertreppe hinabstürzte? Ist eine komische Geschichte, oder?«

Lara schüttelte den Kopf. »Nein, aber Pana war dort. Er musste kochen und stand vor verschlossenen Türen. Schwester Rosalda sollte ihm an diesem Tag aufmachen. Als sie nicht kam, sind die anderen Nonnen auf die Suche nach ihr gegangen.« Sie zog eine weitere Zigarette aus der Packung, ihre Augen selig getrübt vom Alkohol.

Neun

Als der Sommelier erwachte, war es so still in der Wohnung, als wenn er zehn Meter unter der Erde gewesen wäre. Lara schlief nicht, sie war fort. Benjamin wusste das, obwohl er sich nicht erinnern konnte, seine Freundin in dem unruhigen Dämmerzustand zwischen Wachen und Träumen, in dem er sich die letzten Stunden befunden hatte, im Halbschlaf auch nur ansatzweise wahrgenommen zu haben. Sie musste auf Zehenspitzen aus dem Haus geschlichen sein. Oder kurzzeitig in einen gasförmigen Zustand gewechselt haben, um unbemerkt hinauszuschweben. Benjamin blinzelte mit verklebten Augen umher, ein Blick auf den Tisch bestätigte seine Vermutung. Neben die zwei gebrauchten Burgundergläser, den mit Zigarettenstummeln übersäten Kerzenuntersetzer und die drei leeren Weinflaschen hatte Lara die Haustürschlüssel gelegt. Galt das als Aufforderung, weiterhin hier zu schlafen? War er am Ende wieder zum Couch-Clochard geworden?

Benjamin erhob sich, schlurfte ins Badezimmer und warf einen Blick in den Spiegel. Es mochte an der Beleuchtung liegen, aber der Sommelier fühlte sich so schäbig, wie er aussah. Und er sah so schäbig aus, wie er sich fühlte. Seine Haut war grau, seine blauen Augen brannten, und um sein Kinn sprießten einige dunkle Bartstoppeln. Er warf sich einen Schwall kaltes Wasser ins Gesicht, wischte sich grob seine dunkelbraunen Haare nach hinten und ging in die Küche, wo er einen kleinen Topf mit langem Stielgriff mit Wasser, einem Esslöffel griechischem Mokkapulver und einem Teelöffel Zucker befüllte, so wie es im Hause Panagiotopoulos Tradition war. Er schaltete den Herd an, vergrub seine Hände in den Taschen seiner Pyjama-Hose und lehnte sich an die Anrichte. Da entdeckte er in der Altpapierkiste unter der Spüle einen plattgedrückten Karton, der einmal tiefgefrorenen Blätterteig enthalten hatte.

Schlagartig hatte Benjamin einen dicken Kloß im Hals. Seine Nase kribbelte, er war kurz vor den Tränen. Bislang hatte er keinen Gedanken darauf verschwendet, dass Pana vielleicht nicht mehr erwachen könnte – oder erwachen würde, aber nicht mehr derselbe Mensch war. *Mach dir keine Sorgen, Lara, dein Mann ist ein Dickschädel. Ja, ganz sicher, es wird alles wieder gut,* hatte er gestern Abend gebetsmühlenartig wiederholt, bis ihm seine eigene Stimme unwirklich vorgekommen war, als spräche ein fremdes Wesen aus den Tiefen seines Bewusstseins zu ihnen. Keine Frage, nichts davon war gelogen gewesen, er hatte fest daran geglaubt, was er da so von sich gegeben hatte. Nur jetzt, im nackten, fahlen Morgenlicht, verpennt, verkatert, miesepetrig und sensibel bis ins Mark, hatte er plötzlich die alternativen Enden der Geschichte vor Augen – und das alles wegen einer verfluchten Packung Blätterteig.

Der Sommelier bückte sich und nahm den Karton heraus, den Pana mit ziemlicher Sicherheit in den Händen gehabt hatte. Wenn Gäste im Hause Pana-Rilke logierten, dann bereitete er morgens gerne Bougatsa zu: Gebäckstücke, die er mit Grießpudding, Hackfleisch oder Käse füllte. Benjamin hatte es ihm niemals gesagt, aber es war das beste Frühstück der Welt. Nicht nur, weil seine Bougatsa köstlich schmeckten, sondern auch, weil er die Spezialität mit so viel Hingabe zubereitete. Der Sommelier liebte diese morgendliche Atmosphäre bei seinen Freunden, wenn Lara das Radio im Bad anschaltete und die Tür hinter sich schloss, während ihr Verlobter in der Küche mit Schüsseln klapperte und mit seinem großen Küchenmesser Kräuter hackte. Benjamin lag derweil auf dem Sofa, verschränkte die Arme hinter seinem Kopf und blickte durch das Dachfenster, das nur ein kleines Stück des Himmels preisgab. Nur ein winziger Teil der Welt drang herein, es war die schönste Isolation, die sich der Sommelier vorstellen konnte.

Als der Kaffee aufkochte und sich auf der Oberfläche eine feine Cremeschicht gebildet hatte, goss Benjamin das Getränk in eine Tasse. Auf dem Toaster röstete er nebenbei zwei Scheiben älteres Baguette, bestrich eine dick mit Butter und Marmelade, auf die andere legte er etwas Schafskäse und ein paar Scheiben grüner Oliven. Obwohl er sich mit den Schnittchen Mühe gab, würgte er sie am Ende nur hinunter. Appetit hatte er nicht, sondern mehr das Gefühl, etwas essen zu müssen. Nach einer Dusche rief er Julia an. Bei dem Telefonat hatte er aber vor allen Dingen damit zu tun, seine temperamentvolle Freundin davon abzuhalten, alles stehen und liegen zu lassen und zu ihm ins Rheingau zu fahren. Dann kontaktierte er Lara. Wie zu erwarten, war sie im Krankenhaus. Panas Zustand war unverändert kritisch, er lag weiterhin auf der Intensivstation. Als Besucher waren nur Familienmitglieder erlaubt, weswegen Benjamin beschloss, Zerstreuung zwischen den Raritäten im Klosterkeller zu suchen.

Erst als er zehn Minuten später hinter dem Lenkrad seines Autos saß, mit seiner nackten Hand die beschlagenen Scheiben freiwischte und nebenher wild zwischen den Radiosendern hin und her wechselte, entschied er sich, zunächst der Maschinenfabrik Bender einen Besuch abzustatten. Vielleicht hatte er ja Glück, und er kam ohne größere Umstände an eine alte Bestandsliste des Weinkellers.

Eine Stunde später jedoch brachte der Sommelier seinen Wagen auf einer Seitenstraße in Aulhausen zum Stehen, einer Ortschaft abseits des Rheinlaufs, zwischen Assmannshausen und Rüdesheim. Er starrte auf das Durchfahrt-verboten-Schild vor seiner Nase, dann auf sein Navigationsgerät, dass ihm unmissverständlich zu verstehen gab, auf exakt diesen Waldweg einzubiegen. War er etwa in der Maschinenfabrik nach allen Regeln der Hinterlist und Heimtücke hinauskomplimentiert worden?

Richtig war nämlich, dass die Sekretärin von Georg Bender beharrlich versucht hatte, ihn abzuwimmeln. Von Anfang an. Erst als er den Weinkeller erwähnt und jedes Wort seiner Sätze unnatürlich in die Länge gezogen hatte, um jegliche Form von Begriffsstutzigkeit auszuschließen, war sie nochmals davongetrabt und kurz darauf mit einer Adresse auf einem Zettel zurückgekommen. Benjamin zog den Wisch hervor und glich die Daten nochmals mit seinen Eingaben im Navi ab. Alles war korrekt. Schulterzuckend steuerte er also seinen Passat auf den leicht abschüssigen, holprigen Pfad, der in eine Talsenke zu führen schien. Die Bäume standen dicht, die Stoßdämpfer stampften im Radkasten. Schon nach wenigen hundert Metern kam er vor einem Gittertor zum Stehen. Er ließ sein Fenster herunter. Eine merklich kühlere Brise als in Mittelheim schlug ihm entgegen. Er drückte den Knopf der Gegensprechanlage, räusperte sich vorausschauend, doch da schob sich das Rolltor bereits zur Seite.

Das Landhaus, auf das er kurz darauf zufuhr, lag wirklich in einer Talsenke und steckte in einem Stehkragen aus Bäumen. Das dreistöckige Gebäude war ein Klinkerbau mit drei Dachgiebeln und einer Art Glockentürmchen obenauf. Die Fassade war großflächig mit Efeu bewachsen. Teilweise waren nur die zahllosen mannshohen Kassettenfenster freigeschnitten. Die gesamte Außenanlage war üppig mit Buchs-, Nadel- und Laubbäumen bepflanzt. An der scharfen Rasenkante konnten Gärtner ihre Scheren schleifen. Als Benjamin seinen Wagen parkte, malte er sich vor seinem inneren Auge klischeehaft das Innenleben des Hauses aus: holzgetäfelte Wände und knarzende Dielenböden, Hirschgeweihe und Jagdgewehre, Marmorkamin und Kreuzgriffe an den Waschbecken. Hier wurde noch Champagner aus Cocktailschalen geschlürft. Auf den Tisch kam Wild, das der Hausherr in seinen Privatwäldern erlegt hatte. Und nach dem Essen gingen die Männer in den Salon zu Zigarren und Branntwein, während die Frauen stickten und Likörchen tranken.

Hätte auf dem Rondell keine nagelneue, silberfarbene S-Klasse gestanden, der Sommelier hätte auch eine Zeitreise ins 19. Jahrhundert in Betracht gezogen. Zumindest bis er an der Kordel der Türglocke zog, deren Griff aus einem älteren, goldlackierten Mobiltelefon bestand. Dieses Detail machte ihn stutzig. Als die schwere Eichentür aufschwang, wurde ihm endgültig klar, dass er mit seinen Vermutungen nur teilweise richtig gelegen hatte. Im Hintergrund wurde er von Farbtupfern überrascht, die so rein gar nicht zur biederbraunen Farbpalette seiner Phantasie gehörten. Er konzentrierte sich aber zunächst auf die ältere Frau, die vor ihm stand. Sie trug eine blaue Jeans, ein weißes T-Shirt und Birkenstock-Sandalen. Sie hatte einen dunkleren Teint, ihre weiß-schwarzen Haare waren beiläufig zu einem Pferdeschwanz gebunden. Instinktiv ordnete sie Benjamin der Türkei zu, sie konnte aber auch aus ganz anderen Gefilden stammen.

»Ist im Speisezimmer«, sagte sie, ohne weitere Begrüßung oder auch nur mit der Spur eines Lächelns auf den Lippen. Zu allem Überfluss machte sie auf dem Absatz kehrt und ließ den Sommelier vor der offenen Tür stehen.

Als Benjamin die kleine Vorhalle betrat, fehlte von ihr jede

Spur. Alle Türen, die von hier abgingen, waren geschlossen. Der Boden des Entrées bestand aus einem dunklen Parkett mit Fischgrätenmuster, darauf lag ein klassisch geknüpfter Läufer mit orientalischem Muster. Zu Benjamins Rechten hing eine erbsengrüne Kuckucksuhr aus Plastik an der Wand. Das neongrüne Pendel hatte die Form eines Tannenzapfens und schwang schnell hin und her – viel schneller, als das seelenberuhigende Pendel einer gewöhnlichen Kuckucksuhr. Dieses zappelige Ding machte den Sommelier ganz nervös. Daneben stand auf einem Sockel eine kunterbunt gestreifte Frauenstatue mit großen Brüsten und überdimensional ausladenden Hüften sowie ein quietschgelbes, kühlschrankgroßes Stein-Ei. Zu Benjamins Linken ragten unzählige pink lackierte Arme samt Händen aus der Wand, die offensichtlich als Garderobenständer dienten. An den Fingern baumelten hier und da Jacken, Mäntel oder auch ein Regenschirm. Wo war er hier nur gelandet?

Kurz überlegte Benjamin, ob er seinen Parka ausziehen sollte, entschloss sich allerdings dagegen. Er wollte nicht länger als nötig hierbleiben, also ging er auf die Tür zu, auf welche die Frau mit dem Kopf gezeigt hatte. Er klopfte an, wartete nicht auf Antwort, öffnete und fand sich in einem größeren Speisesaal wieder, der nun im wahrsten Sinne des Wortes einen Wust aus aktueller und klassischer, oder besser schriller und altbackener, Kunst enthielt. Der Kronleuchter wirkte wie aus Pappmaché gefertigt. Kunstdrucke mit bunten Kreisen und Vierecken hingen neben goldgerahmten Gemälden mit Jagdszenen. In einer Ecke stand ein mannshoher Strommast, an dem zwei Dutzend Lampenfassungen samt Birnen angebracht waren, von denen allerdings nur drei brannten. Entweder waren die anderen kaputtgegangen, oder jemand hatte sie aus der Fassung gedreht. Kein abwegiger Gedanke. Der Sommelier versuchte sich vorzustellen, wie hell die abstrakte Standleuchte war, wenn alle Birnen funktionierten. Ein Flutlicht war wahrscheinlich nichts dagegen.

Vor dem Kamin lag ein Löwenfell samt Kopf. Es wirkte echt, die Zähne des Tiers waren allerdings bläulich-schimmernd gefärbt. Die lange Essenstafel war übersät mit Aktenordnern und Unterlagen, zwei Notebooks waren aufgeklappt und angeschaltet. Mehrere bowlingkugelgroße Kartons standen herum, daneben lagen massive Metallzylinder in verschiedenen Ausführungen, die Benjamin keiner Funktion zuordnen konnte. Weiße lehnenlose Hocker mit tiefen Mulden bildeten das Sitzmobiliar. Sie glichen halbierten Golfbällen, und schon ihr Anblick war unbequem. Am Kopf der Tafel, mit dem Rücken zu Benjamin, saß ein Mann, in dessen Profil er Georg Bender erkannte. Der Sommelier hatte ein Bild des Großindustriellen auf der Startseite seines Unternehmens gesehen. Den Schalensitz hatte er mit zwei Kissen ausstaffiert. Er blätterte in einem Magazin, neben ihm stand ein Teller mit einem angeknabberten Toast sowie ein Becher, aus dem Faden und Etikett eines Teebeutels heraushingen.

»Sprechen Sie«, sagte Bender, ohne sich umzusehen.

»Entschuldigung?«, fragte Benjamin verdutzt.

»Nun sagen Sie schon, was Sie zu sagen haben, Herrgott«, entgegnete Bender entnervt.

Benjamin zog die Augenbrauen nach oben. Er hatte allerhand Erfahrung mit chronischen Unsympathen gesammelt. Brachte sein Beruf so mit sich. Intuitiv wechselte er in seinen ergebnisorientierten Abperl-Modus. »Ich wurde beauftragt, den Weinkeller des Klosters Marienwingert zu schätzen. Wenn ich richtig informiert bin, stammen die Tropfen von Ihrem Vater. Mir würde es erheblich die Arbeit erleichtern, wenn es vielleicht eine alte Bestandsliste geben würde. Verfügen Sie zufälligerweise über ein solches Dokument?«, intonierte er tonlos.

»Nein«, sagte der Mann, der ihn immer noch keines Blickes gewürdigt hatte. »War es das?«

»Nicht ganz«, entgegnete der Sommelier. »Die Weine sollen alsbald veräußert werden. Für den Verkauf halte ich es für wichtig, die Herkunft offenzulegen, weswegen ich Sie ...«

Jetzt blickte der Mann Benjamin an. Langsam drehte er seinen Kopf. Und es waren keine freundlichen Gesichtszüge, in die er schaute. Kurz hatte Benjamin Angst, dass Bender aus dem Gehege der Gepflogenheiten ausbrach und ihn in seinem Speisezimmer riss. Er kam ins Trudeln. »Weswegen ich Sie fragen wollte ... Also ... Ist es ein Problem, wenn ...«

Bender sprang auf. »Wenn Sie das tun, werde ich Sie verklagen!«, kläffte er tollwütig los. »Wie war nochmal Ihr Name? Wenn Sie ihn mir nicht sagen wollen, finden meine Anwälte es raus, darauf können Sie Gift nehmen – und diese ganzen Betschwestern verklage ich gleich mit!«

»Benjamin Freling ist mein Name«, sagte der Sommelier erschrocken und betrachtete die gedrungene Gestalt. Bender trug einen hellbraunen Tweed-Anzug und einen schwarzen, dünnen Rollkragenpullover, aus dem sein Quadratschädel mit raspelkurzem Haarkranz und kreuzschiefen Zähnen emporwuchs. Seine blauen Augen lagen eng beieinander, die Iris wölbten sich eigentümlich nach vorne, als würde er untertellerdicke Kontaktlinsen tragen.

Benjamin brauchte einige Sekunden, um sich zu fangen. »Seien Sie mir nicht böse, wenn ich nachhake – aus welchem Grund wollen Sie mich denn verklagen?«, fragte er schließlich.

Bender fuchtelte mit der Hand herum. »Diese Schwippschwapp-Cousine meines Vaters, wie hat sie sich als Nonne getauft?«

»Schwester Rosalda?«

»Jaaaa, genau, genau, ich sehe sie deutlich vor mir«, brauste Bender auf und zeigte beiläufig auf die Essenstafel. »Hier hat sie gesessen! Das war immer eine Tortur, wenn mein Vater sie ab und an einlud. Er servierte ihr Hummer und Trüffeln, goss ihr dazu die besten Weine ein – und die Nonne? Konnte rein gar nichts damit anfangen. Ihr Blick war leer, völlig leer. Sah ein Blinder mit Krückstock. Sie konnte dem ganzen Luxus nichts abgewinnen, nur meinem alten Herrn blieb das verborgen. Nach dem Tod meines Vaters hat sie mir versprochen, dass die Herkunft der Weine unter Verschluss bleibt, hoch und heilig versprochen – und versprochen ist versprochen! Und ich zögere auch nicht, meine Verwandtschaft zu verklagen, das will ich hinzufügen!«

»Schwester Rosalda ist tot.«

»Oh«, entfuhr es dem Unternehmer, sein starrer Blick, der Benjamin bislang an Ort und Stelle festgenagelt hatte, schwamm plötzlich durch den Raum und blieb nach einer Weile an seinem Teebecher haften. Hatte sich Schwester Rosalda vielleicht trotz Geldnot des Klosters gesperrt, die Weine zu verkaufen, ging es dem Sommelier durch den Kopf. Bender nahm das Etikett des Teebeutels zwischen Daumen und Zeigefinger und zog ihn in die Höhe. Trank er etwa Hagebuttentee? Das feuchtrote Säckchen tropfte und drehte sich über der Tasse. Der Maschinenfabrikant blickte lange darauf.

»Waren Sie einmal in dem Klosterkeller?«, holte Benjamin den Mann aus seinen Gedanken zurück.

»Ich? Warum sollte ich dort gewesen sein?«

»Darf ich mich vielleicht erkundigen, weshalb niemand erfahren darf, dass die Weine von Ihrem Vater stammen?«

»Weil ich vor zwanzig Jahren das Gerücht in die Welt gesetzt habe, dass der Weinkeller zerstört wurde. Wie stehe ich denn da, wenn jetzt rauskommt, dass das gelogen war?«, platzte Bender hervor. Er wirkte nicht mehr bedrohlich, ja nicht einmal aufgebracht, er wirkte völlig aufgelöst. Der Mann seufzte. Er ließ den Beutel in die Tasse fallen. Tee schwappte über die Ränder. »Als mein Vater starb, war mir schon klar, dass wir guten Wein im Keller haben. Er kannte ja jeden Winzer von hier bis zum Atlantik mit Namen. Ich hatte aber in meiner Jugend auch nicht so eine große Bindung zu allem hier.« Bender machte eine ausladende Handbewegung und streifte mit einem fast schüchternen Blick den Sommelier und fuhr fort: »War im Internat, dann zum Studium in den USA, aber wenn man auf der Trauerfeier seines eigenen Vaters mehrmals von verschiedenen Parteien auf die Weinsammlung angesprochen wird, dann fängt es im Oberstübchen an zu arbeiten. Ich sag es Ihnen, die Erbschaft war sicher auch eine letzte Spitze gegen mich. Nur weil ich als Sechzehnjähriger einmal mit ein paar Freunden ein paar Flaschen von seinem bescheuerten Pingus gezecht habe. Vielleicht lag es auch an der Cola-Flasche, die auf dem Tisch stand, als er uns erwischte.«

Benjamin, der mit dem plötzlichen Stimmungswechsel des Mannes nur bedingt zurechtkam, verzog das Gesicht.

»Ja, ich weiß, schauen Sie nicht so. Ich glaube ja, er hat sich damals mehr über die Cola aufgeregt als über den Wein. Im Gegensatz zu meiner damaligen Freundin habe ich den Spanier größtenteils pur getrunken, aber ich war jung und nicht im Thema. Das ist heute anders, der Apfel fällt eben nicht weit vom Stamm. Aber deswegen gleich die Weine einem Kloster vermachen? Wenn das rausgekommen wäre, dann wäre ich zur Lachnummer der Szene avanciert.« Der Unternehmer zuckte mit herabhängenden Schultern. »Wissen Sie, in dem Milieu, in dem ich lebe, kann man sich alles kaufen. Rolex und Ferrari, Wasserflugzeug auf den Bahamas und Chalet in der Schweiz. Ist Standard. Kann jeder haben. Es geht um das Besondere, das Limitierte, das niemand sonst hat, verstehen Sie? Und dann schenkt der Alte das einzige Besondere, das er besaß, einem Kloster.« Bender tippte sich an die Stirn. »Ich weiß bis heute nicht, was *en détail* für Weine dabei waren – waren es wirklich solche Schätze, wie es heißt?« Er blickte den Sommelier fast flehentlich an. »Nur so lala, oder? Wurde sicher auch etwas übertrieben, bei den ganzen Geschichten über seine Weinsammlung?«

»Nun …«, begann Benjamin.

»Nein, seien Sie still, ich will es nicht wissen«, unterbrach ihn Bender forsch und fragte stattdessen: »Ein 1947er Cheval Blanc war aber nicht dabei, oder?«

Benjamin schürzte die Lippen. Er nickte und räusperte sich. »Ich habe zwei Magnum gefunden.«

Bender biss die Zähne zusammen. »Was noch?«

»Ein 1921er Château d'Yquem, ein 1961er …«

»Gottverflucht!«, stieß der Unternehmer hervor. »Dieser alte Sturkopf!«

»War Ihr Vater auch sehr katholisch, oder warum …«

»Quatsch, katholisch, musste den Nazis Patronenhülsen produzieren und ist zeitlebens nicht darüber weggekommen. Kniete jede Woche im Beichtstuhl.«

»Aber Ihre Flunkerei ist doch jetzt auch zwanzig Jahre her, ich meine …«

Bender lachte auf. »Sie glauben doch nicht, dass so etwas in Vergessenheit gerät? Das ist doch ein gefundenes Fressen für die ganzen Snobs. Warten doch nur darauf, dass sie wieder jemanden genüsslich an den Klatschpranger stellen können. Die Dichte an Kackstiefeln ist in meiner Gesellschaftsschicht extrem hoch, müssen Sie wissen.«

Benjamin nickte. »Da haben Sie Recht.«

Der Mann musterte Benjamin abschätzig, ließ seinen Blick von seinen roten Sneakers über seine verwaschene Jeans und seinen rostroten Kapuzenpullover bis hinauf in sein frisch gewaschenes Gesicht wandern, das der Sommelier sogar mit etwas Gesichtscreme aufpoliert hatte. »So wie Sie sich anziehen, haben Sie sicher nicht das Kleingeld, das beurteilen zu können – oder täusche ich mich?«

Benjamin musste lächeln. »Sie täuschen sich, Herr Bender. Ich habe zwar kein Geld, aber dafür immer wieder Menschen wie Sie im Restaurant bedient. Ich bin eigentlich Sommelier. Der Job ist wie eine psychologische Feinstudie. Ein guter Ton ist ja vom Materiellen unabhängig, er erweist sich im Geistigen und Seelischen. Der Grat zwischen rüpelhaftem Benehmen und einstudierten Pariser Manieren ist recht schmal. Wie spricht der Gast mit dem Kellner, wenn er ein Glas zu viel getrunken hat? Wie behandelt er die anderen Gäste am Tisch? Wie hält er sein Besteck, wie riecht er am Wein? Lässt er den Großkotz raushängen, den Mann von Welt oder Connaisseur, hat aber im Grunde von Tuten und Blasen keine Ahnung? Sie glauben gar nicht, wie oft da unterm Strich *Kackstiefel* rauskommt.«

Bender nickte interessiert und aufmerksam. Wenn er aufgrund des beleidigenden Frontalangriffs wütend war, ließ er es sich nicht anmerken. »Das ist aber auch ein schleichender Prozess, das dürfen Sie nicht vergessen«, entgegnete er. »Ich war schon in jungen Jahren ein mittelgroßer Kackstiefel, ohne dass ich es wusste. Ich dachte, die Welt funktioniert so, man hat wenig Reibungsfläche zwischen Verbindungspartys und Reitturnieren. Das Verrückte daran ist: Mit zunehmendem Alter erkennt man, was man für ein Kackstiefel war und wird gleichzeitig ein noch größerer Kackstiefel. Steh ich neulich in Frankfurt, torkelt ein Bettler auf mich zu. So eine stinkende, verwahrloste Gestalt und will Kleingeld von mir, da höre ich mich selber sagen, er soll lieber was arbeiten gehen, anstatt andere anzuschnorren.«

»Sie sind ja verabscheuungswürdig«, platzte der Sommelier hervor.

Bender nickte enthusiastisch. »Absolut ekelhaft, ganz und gar ekelhaft. Ich war so geschockt von mir selbst, dass ich dem Mann am Ende mein ganzes Bargeld gegeben habe. Fünfhundert Euro. Hatte das Gefühl, ich müsste Abbitte leisten.«

»Sie sind Ihrem Vater ähnlicher, als Sie denken«, sagte Benjamin.

Bender sah den Sommelier entgeistert an.

»Da müssen Sie mich jetzt nicht so ansehen, Herr Bender«, fuhr Benjamin fort. »Aus meiner Zeit im Restaurant weiß ich: Kinder sind mit wenigen Ausnahmen derselbe Menschenschlag wie ihre Eltern. Und umgekehrt. Ist das eigentlich ein echtes Löwenfell?«

Bender folgte Benjamins Finger, der auf den Boden zeigte. Der abrupte Themenwechsel hatte den Unternehmer etwas aus dem Tritt gebracht. Er holte tief Luft. »Das ist das Schlimmste, was ich je mitmachen musste: Safari in Afrika. Moskitos, Feldbetten, Lagerfeuer. Schrecklich. Eine Woche lang. Höhepunkt war, dieses arme Vieh abzuknallen.«

»Sie hätten doch nicht abzudrücken brauchen«, warf Benjamin ein.

Der Maschinenbauer wedelte aufgeregt mit der Hand, er wollte offensichtlich nicht ein weiteres Mal unterbrochen werden. »Gruppenzwang«, quietschte er. »Ein paar Monate später hatte ich die Sache gerade vergessen, da bringt mir die Post ein Paket mit dem Löwen drin und dazu ein Erinnerungsfoto, wie ich mit Flinte auf dem toten Kadaver postiere – widerlich. Ist das eigentlich legal? Egal, war Teil des Servicepakets. Ein Angebot über Elefantenjagd lag auch dabei.«

Der Sommelier runzelte die Stirn. »Und was haben Sie mit den Zähnen des Löwen gemacht? Die sehen irgendwie bläulich aus.«

»Wenn ich mich schlecht fühlen will, dann sitze ich hier, trinke Gin und schaue das arme Tier an.« Bender ging zu einem Globus und klappte ihn auseinander. Zum Vorschein kam ein Arsenal an hochwertigen Brandys. Der Blick des Sommeliers blieb an einem AE Dor Vieille Réserve No. 7 und einem Voyer Ancestral No. 8 hängen, alles andere als Allerweltsware. Aus der Mitte zog Bender eine Flasche mit klarer Flüssigkeit hervor. Benjamin blickte auf das Etikett, hatte aber noch nie von der Schnapsfirma gehört. Hochwertig sah es nicht aus, im Gegenteil, die Flasche ließ den Sommelier an die Gin-Epidemie Anfang des 17. Jahrhunderts denken, als Londoner Kaschemmen mit Slogans wie *Betrunken für einen Penny. Sinnlos betrunken für zwei. Strohhalm umsonst* warben.

Bender hob den Gin in die Höhe. »Sechs Euro an der Tankstelle, richtig fieser Fusel, den trinke ich bei Zimmertemperatur und schaue den Löwen an, dann geht es mir noch schlechter. Einmal hatte ich einen zu viel davon, dann kam ich auf die Idee, die dünne Folie von dem Erinnerungsfoto abzuziehen und über die Zähne des Löwen zu drapieren. Ich mag moderne Kunst.«

Benjamin blickte den Mann ratlos an. Er war vielen Menschen begegnet. Groß, klein. Dick, dünn. Klug, humorvoll, charmant, selbstlos, großherzig. Dumm, strohdumm, nicht von dieser Welt. Gewissenlos, brutal, kriminell. Frustriert, anmaßend, deprimiert, zickig. Aber die Spezies Mensch konnte ihn immer wieder mit neuen Varianten überraschen. Kurz standen sich die beiden Männer schweigend gegenüber, da fiel Benjamins Blick erneut auf den Globus. War das etwa der verschnörkelte Zinnverschluss einer Cognac-Flasche Légendaire von Pierre Ferrand, der zwischen zwei anderen Flaschenhälsen hervorschaute? Dem

Sommelier kam unwillkürlich das leere Regalfach im Klosterkeller in den Sinn.

»Was war denn das Teuerste und Seltenste, das zur Weinsammlung Ihres Vaters gehörte?«, fragte er.

Bender zuckte mit den Schultern. »Keine Ahnung. Er hatte angeblich Burgunder und Bordeaux aus dem 18. und 19. Jahrhundert.«

Benjamin nickte und beschloss, den Rückzug anzutreten. Er hatte das obligatorische *Also dann* schon auf der Zunge, da hatte er einen Einfall. »Nur interessehalber, Herr Bender: Wie ist denn der Weinkeller Ihres Vaters angeblich zerstört worden?«

Bender blickte eine Weile schweigend auf die Gin-Flasche, steckte sie dann zurück und klappte den Globus zu. »Ich habe ein paar Semester an der UCLA in Kalifornien studiert«, begann er zu erzählen. »Da saß ich einmal abends mit ein paar Kommilitonen in einem Szenerestaurant am Wilshire Boulevard, in dem in der Nacht zuvor alle Gemüsekühlschränke auf Gefrierung geschaltet hatten. Die Lebensmittel waren allesamt zerstört worden, wie uns ein Kellner erzählte.« Er pausierte. »Bis auf die Tomaten, wenn ich mich richtig erinnere, die angeblich mit dem genetischen Code von Tiefseeflundern gekreuzt wurden – Sachen gibt's –, so kam ich auf das Märchen von einem defekten Klimagerät und geplatzten Flaschen.«

Benjamin legte die Stirn in Falten. »Gefrierung ist aber eine ganz schön absurde Geschichte.«

»Absolut, absolut, aber Sie glauben gar nicht, was die Leute alles glauben, wenn es absurd genug klingt. Und bei einem Brand würde man sich natürlich fragen, warum nur der Keller betroffen war. Außerdem hängen einem bei so einer obskuren Geschichte die Leute auf Cocktailpartys noch mehr an den Lippen – so etwas mag ich, ich stehe gerne im Mittelpunkt.«

»Dann erzählen Sie doch auf der nächsten Cocktailparty einfach, dass die Geschichte damals nur erfunden war, weil Ihr Vater Sie auf dem Sterbebett bat, seine majestätische Spende ans Kloster diskret zu behandeln. Glaube ist ja etwas sehr Persönliches. Die Mär können Sie zusätzlich mit seinen Seelenlasten aus dem NS-Regime aufhübschen.«

»Sie Neunmalklug«, sagte Bender tonlos, schien aber zu grübeln. »Ich war damals zu Hause, als mein alter Herr das Zeitliche segnete, das würde sogar passen. Und übermorgen bin ich auf einer Gigantenverkostung im Kloster Eberbach, da könnte ich ...«, überlegte er, schüttelte dann jedoch den Kopf. »Aber das macht doch keinen Sinn, warum rücke ich gerade jetzt damit raus?«

»Ganz einfach: Weil mit dem Tod Ihrer lieben Großcousine Rosalda das letzte Band zum Kloster zerrissen ist. Sie fühlen sich jetzt bereit, Ihr jahrelanges Schweigen zu brechen – klingt doch theatralisch, oder? Und so kommen Sie erhobenen Hauptes aus der Nummer raus.«

Benders Augen begannen schelmisch zu leuchten. »Darf ich Ihnen vielleicht einen Gin anbieten?«

»Das ist sehr liebenswürdig, aber nein«, antwortete Benjamin, zog die Augenbrauen nach oben und lächelte. »Oder kaufen Sie den Weinkeller doch einfach zurück, natürlich zu aktuellen Preisen. Das Kloster könnte das Geld gut gebrauchen.«

»Das Mäzenatentum meines Vaters führe ich sicher nicht fort. Den Hals der Kirche haben wir genug gestopft. Außerdem besitze auch ich so etwas wie Ehre, junger Mann«, entgegnete Bender. »Mein Weinkeller ist voll bis obenhin mit kalifornischen Weinen. Komische Sache eigentlich. Ich habe eine Niederlassung in Pleasanton bei San Francisco aufgebaut. Dort ist der Weinkeller voll mit europäischem Wein. Irgendwie absurd, aber was will man machen? Hier unten lagern jedenfalls kistenweise kalifornische

Spitzenweine, Harlan, Dominus oder Screaming Eagle, ich habe sogar noch eine Kiste 1973er Stag's Leap – na, was sagen Sie jetzt dazu?«

»Falls Sie einen Sohn haben, sollten Sie besser die Cola wegschließen.«

Zehn

Die Nonnen waren los. Kollektive Gartenarbeit. Der Sommelier schloss sein Auto ab und sah sich amüsiert um. Wie viele Frauen lebten hier? Was hatte Schwester Agnes beim Rundgang gesagt? Dreiundvierzig? Vierundvierzig? Er wusste es nicht mehr, aber es waren über vierzig gewesen. Und sie wuselten in diesem Moment durch die Klosteranlage, bis zum Hals mit Gartengerät bewaffnet, als Benjamin von seinem Ausflug zu Bender nach Marienwingert zurückkam. Drüben, vor dem Klosterladen, der zwischen Kirche und Gästebereich steckte, war ein Malertisch aufgeklappt, darauf standen zwei Dutzend Blumenkästen, die von vier Nonnen mit Geranien bepflanzt wurden. Die rüstige Nonne, die Erste Hilfe bei Pana geleistet hatte, schwang an einer Reihe von Obstbäumen eine fauchende und knatternde Motorsäge, drei andere waren mit elektrischen Heckenscheren am Werk. Büsche und Sträucher wurden zurückgeschnitten, es wurde geharkt, gebuddelt, gesägt, gefegt, gezupft und gemäht. Zwei Nonnen sammelten Äste und Blätter ein und stapelten sie zu einem Haufen. Eine andere trug die Gartenabfälle wieder ab, schichtete alles berghoch auf eine Schubkarre und rollte damit aus dem Torbogen hinaus. Irgendwo außerhalb musste es einen Kompost geben.

Das Wetter war so umtriebig wie die Nonnen. In der Klosteranlage war es kühl und windstill, aber weit über ihren Köpfen war Bewegung. Schwarze und weiße Wolkenplatten schoben sich in rasender Geschwindigkeit ineinander, am Horizont stürzte ein graubraunes Wolkenmassiv wie ein Erdrutsch hernieder. Kurz hatte der Sommelier das Gefühl, dass zwischen Erdoberfläche und Himmelszelt eine kosmische Verbindung bestand: Fegte unten eine Nonne wild im Kreis, brach oben ein Wirbelsturm los. Die Sonne brach plötzlich hervor. Zerklüftete Schatten wanderten über die Wege. Die geschäftigen Frauen schienen keine Notiz davon zu nehmen. Nur etwas entfernt, in einem höher gelegenen umzäunten Gartenstück, blieb eine Nonne stehen und ließ ihr Gesicht von den Sonnenstrahlen wärmen. Benjamin erkannte die Äbtissin. Der Sommelier haderte, ging dann aber die geschotterten Wege entlang, wich grüßend Schwester Edith aus, die mit versteinerter Miene und Sense an ihm vorübereilte, und stieg die fünf Steinstufen nach oben.

»Herr Freling.« Die Äbtissin bedachte ihn mit einem langen Blick und ließ ihn näherkommen. »Gibt es Neuigkeiten von Ihrem Freund?«

»Alles unverändert«, antwortete Benjamin.

»Wir haben ihn in unser Fürbittgebet eingeschlossen«, entgegnete Schwester Johanna. »Der Bischof hat auch die Messe für ihn gelesen.«

Benjamin wusste nicht, was er darauf antworten sollte – *danke? Das ist aber schön?* –, deswegen lächelte er, nickte und kam schnell zum eigentlichen Thema. »Ich komme gerade von Georg Bender und habe mich nach einer alten Bestandsliste erkundigt. Gibt es leider nicht. Wir haben aber eine Möglichkeit gefunden, bei einer Veräußerung des Weinkellers die Herkunft der Weine offenlegen zu können«, berichtete er.

»Ich nehme an, dass dies eine gute Nachricht für uns ist«, antwortete die Klosteroberin, die in einem langen, dicken Daunenmantel steckte. In der einen Hand hielt sie eine Rosenschere, in der anderen – ihrer leicht zitternden Hand – mehrere Zweige.

»Bender erzählte mir auch, dass die Weinsammlung seines Vaters berühmt und berüchtigt war«, fuhr Benjamin fort und sah der Äbtissin in die kupferfarbenen Augen, die im Sonnenlicht funkelten. »Ihnen ist der Wert der Sammlung ja auch nicht ganz verborgen geblieben. Deshalb frage ich mich die ganze Zeit: Warum haben Sie nicht früher darüber nachgedacht, die Sammlung zu verkaufen?«

Die Nonne überlegte. Sie wandte sich plötzlich um, ging ein paar Schritte und ließ sich auf einer Bank nieder. Benjamin folgte ihr. Die Frau war klein, wirkte aber groß, sie war alt, wirkte aber jung, was mit Sicherheit an ihren glasklaren, hellwachen Augen lag.

»Seit über vierzig Jahren kümmere ich mich um den Rosengarten«, begann sie zu erzählen und beschrieb mit der Rosenschere einen kleinen Bogen. »Ich war oft frühmorgens hier, direkt nach den Laudes, wenn der Tag langsam anbrach. Da traf ich öfter auf Ernst-August Bender. Er war meist beim Gottesdienst und saß danach eine Weile alleine hier.« Sie kniff barmherzig die Augen und Lippen zusammen. »Ich glaube, er spekulierte darauf, mich hier zu treffen. Am Ende hatte ich manchmal auch keine Geduld mehr, ihm meine Zeit zu widmen.« Die Äbtissin machte eine kurze Pause. »Er kreiste um sich selbst, hatte eine schwere Seele.«

»Sie spielen auf die Munition an, oder?«

Schwester Johanna sah den Sommelier verwundert an. »Ich bin erstaunt über Ihr Wissen.«

Benjamin lächelte. »Georg Bender ist ein redseliger Zeitgenosse.«

»Ich bin mir nicht sicher, ob das der alleinige Grund für seine Mitteilungsfreude war, Herr Freling. Man erzählt Ihnen gerne etwas. Sie geben einem Menschen das schöne Gefühl, dass Informationen bei Ihnen gut und sicher verwahrt sind.« Benjamin errötete, die Äbtissin klopfte mit der Faust, in der sie die Zweige umschlossen hielt, neben sich. »Aber setzen Sie sich doch bitte kurz neben mich, ich möchte trotzdem nicht zu Ihnen aufschauen.«

»Verzeihen Sie«, haspelte der Sommelier, den das Kompliment ein wenig durcheinandergebracht hatte. Er tat wie geheißen, ließ sich schwungvoll auf die Bank fallen und fügte lächelnd an: »Der Höhenunterschied bei Gesprächen ist für mich nicht ungewohnt, Schwester Johanna: In meinem wirklichen Leben bin ich Weinkellner und stehe an Restauranttischen … Ich war gerade kurz davor, Ihnen die Speisekarte zu reichen und Ihnen einen Aperitif aufzuschwatzen.«

»Ich hatte meinen Schluck Wein heute schon«, entgegnete die Äbtissin und lachte. »Sie sitzen jetzt übrigens dort, wo Bender immer Platz zu nehmen pflegte. Und Sie liegen richtig mit Ihrer Vermutung. Er wurde von den Nazis gezwungen, in seiner Fabrik Patronenhülsen zu produzieren. Aus Furcht trat er sogar in die NSDAP ein, aber unterwanderte bereits in den Kriegsjahren das Regime, indem er mehr Kupfer bestellte, als er benötigte. Die Überschüsse schmuggelte er in die Hände französischer Winzer. Es hatte etwas mit der Weinbereitung zu tun, den Grund habe ich – wie so vieles in den letzten Jahren – leider vergessen.«

In diesem Moment heulte eine Motorsäge auf und fuhr in einen dicken Ast. »Zur Herstellung von Kupfersulfat vielleicht?«, fragte Benjamin etwas lauter. »Vermischt mit Wasser und Kalk wird das auch als Bordeauxbrühe bezeichnet. Hilft bei der Bekämpfung von Pilzkrankheiten wie Mehltau. In den Kriegsjahren floss das gesamte Metall in die Rüstungsindustrie. Winzer hatten das Nachsehen und verloren ganze Weinberge, als die Kupferreserven zur Neige gingen.«

Die Äbtissin nickte. »Das macht Sinn. Was Wein anging, war

Bender auffahrend. Unsere Gespräche begannen meist mit dem Entwicklungsstand der Reben und den Wetteraussichten. Er hat mir oft gesagt, dass man es Gott schuldig sei, das Beste aus den Reben herauszuholen. Als würde es Gott interessieren, wenn beim Nippen am Messwein das Herz vor Genuss hüpft. Ich glaube, er hat sein Weinvermächtnis nicht nur als Dank an Schwester Rosalda verstanden, mit der ihn eine besondere Beziehung verband – sie hat zeitlebens für ihn gebetet –, sondern auch als Ablassopfer.« Sie zeigte auf eine kleine gemauerte Kapelle mit Zwiebelkuppel, die etwas versetzt an die große Kirche angrenzte und die Benjamin bisher nur beiläufig aufgefallen war. »Er hat uns die Buntfenster unserer Antoniuskapelle machen lassen, aber auch diese Spende machten seine Schuldgefühle nicht vergessen. Bender saß sein Leben lang über sich selbst zu Gericht.« Der Blick der Äbtissin packte den Sommelier und ließ ihn nicht mehr los. »Es gibt zu Lebzeiten keinen erbarmungsloseren Richter als die eigene Seele, Herr Freling. Er dachte, er täte uns etwas Gutes mit den Tausenden Weinflaschen, und wir haben ihm seinen letzten Wunsch erfüllt und seinen Wein angenommen, aber was hätten wir damit anfangen sollen? Oder um Ihre Fragen zu beantworten: Die Weine verkaufen erschien uns aufgrund der damaligen Situation nicht redlich. Wir wussten ja nicht, was sein letzter Wunsch gewesen war. Aufgrund des Wertes sprachen wir auch nie groß darüber. Obwohl ich altes Weib zugeben muss, dass ich nicht einmal ansatzweise gewusst habe, wie wertvoll die Weine in Wirklichkeit sind. Nicht nur der Unfall in der Küche hat mir eine schlaflose Nacht bereitet …«

»Wer wusste denn im Kloster, dass die Weine wertvoll waren?«

»Schwester Rosalda«, antwortete die Äbtissin. »Und ich selbst natürlich. Sie haben gestern gesagt, dass Sie den Eingang am liebsten zubetonieren würden. Sollten wir vielleicht die Kellertür renovieren lassen?«

Der Sommelier bemerkte, dass Schwester Agnes die Treppen zum Rosengarten emporstieg. Sie trug Arbeitshandschuhe, und ihre Wangen waren gerötet. Ihr Rock, der unter einem Anorak hervorschaute, war übersät mit Grashalmen. Die Nonne steuerte auf sie zu. Benjamin antwortete schnell: »Die Weine liegen jetzt seit zwanzig Jahren sicher verwahrt. Ich denke, das ist für die nächsten paar Wochen noch in Ordnung, sofern Sie die Weine noch immer verkaufen wollen.«

»Wir müssen«, seufzte die Äbtissin. Benjamin wusste nicht, ob aus Sorge oder aus Erleichterung. »Die Zeiten, in denen Ordensschwestern bei leerem Kühlschrank nur die Klosterglocken läuten mussten, sind vorbei.«

Inzwischen war Schwester Agnes bei ihnen angekommen. »Herr Freling«, begann sie mit freifröhlichem Ausdruck in ihren saphirblauen Augen. »Gut, dass ich Sie antreffe. Sie haben Schwester Edith und mich selbst systematisch verunsichert. Ich bräuchte einen Rotwein für den Herrn Bischof und Weißwein für die Messe, aber traue mich nicht mehr, guten Gewissens eine Flasche auszuwählen – wären Sie so frei?«

»Ich glaube, da kann ich Ihnen behilflich sein«, antwortete Benjamin, erhob sich und konnte sich ein schelmisches Grinsen nicht verkneifen. »Ich stelle mir einen Gottesdienst sehr schwer, tiefgängig und komplex in der Sache vor, da würde ich bei der Weinauswahl gerne mit Frische und Leichtigkeit entgegenarbeiten – wäre das in Ihrem Sinne?«

Die Nonnen lachten. »Eine Kapelle ist kein Restaurant, Herr Freling«, warf die Äbtissin ein.

»Och, man kann es sich ja auch in einer Kapelle gut gehen lassen.«

»Die Räume tun gut, auch ohne Wein.«

»Das lässt sich von einem Restaurant selten behaupten.«

In der klammen Gruft lagerten die Weine in stiller Würde. Alles war so, wie es der Sommelier tags zuvor verlassen hatte. Erstaunlicherweise kribbelte es ihn erneut, als er den Bestand durchforstete. Es waren ganz und gar erhabene Tropfen, die auch mit sachlichem Abstand nichts an Aura eingebüßt hatten. Vielleicht lag es auch daran, dass Benjamin sich bei seinem zweiten Besuch mehr den Details der Sammlung widmete. Er nahm mehrere verstaubte Flaschen aus ihren Fächern, deren Etiketten er gestern nicht hatte entziffern können. Vorsichtig trug er eine nach der anderen unter eine der trüben Wandleuchten und begutachtete entzückt die raren Schätze, die er dabei entdeckte. Er hätte ewig so weitermachen können, aber im Grunde verplemperte er damit nur seine Zeit.

Er brauchte Stift, Papier, Notebook, außerdem sein Kiwi-Sitzkissen und ein Stemmeisen: Hinter vier Kisten mit spektakulärem Henri Jayer Vosne-Romaneé Premier Cru Cros-Parantoux hatte er nämlich zwei vernagelte Holzkisten entdeckt, die keinen Aufschluss über den Inhalt gaben. Auch das brachte sein Blut in Wallung. Also ging Benjamin zunächst auf die Suche nach passenden Weinen für den Bischof und den Gottesdienst, was leichter gesagt als getan war. Bender Senior war tief im Thema gewesen, keinen Wein hatte er zufällig gekauft. Das machte den Sommelier so unsicher, dass er bei den wenig offensichtlichen Nieten sein eigenes Fachwissen in Frage stellte. Den Ordensschwestern gönnte er einen 1995er Châteauneuf-du-Pape blanc »Cuvée A Tempo« von der Domaine Pégau. Leicht und frisch war der Wein zwar nicht, aber dafür voller Kraft, Fülle und Eleganz, ein Wein, der eine Andacht wahrscheinlich auch harmonisch ergänzte. Für den Bischof suchte er einen roten Burgunder aus, ein 1950er Clos du Prieuré von Pierre Ponnelle, ein Jahrgang, der fürchterlich gewesen war. Hagel im Sommer, Regen im Herbst. Aber Benjamin wollte wissen, ob Bender etwas gewusst hatte, was er nicht wusste.

Er nahm die Flaschen mit in die Klosterküche. Alles war gesäubert, nur die gusseisernen Flammenkappen lagen neben dem Herd. Hätte er nicht gewusst, was hier gestern vorgefallen war, er hätte es nicht erraten. Benjamin betrachtete kurz die gesplitterte Lampe und daneben die sieben Regler, sechs waren für die Brenner auf der Oberfläche vorgesehen, einer für den Ofen. Er zögerte. Dann ging er zum Herd und versuchte, letzteren umzulegen. Erst mit kräftigem Druck ließ sich der Widerstand überwinden, mit lautem Knacken rastete der Schalter ein. Der Installateur hatte zwar mit Sicherheit den Hauptgashahn abgestellt, trotzdem drehte Benjamin den Regler sofort wieder zurück in seine Ausgangsposition. Hatte die Novizin Magdalena wirklich beim Putzen den Schalter umgelegt? Je länger er darüber nachdachte, umso unwahrscheinlicher erschien ihm die Erklärung. Wie sollte das gehen? Nicht einmal, wenn sie dem Herd mit einer Drahtbürste zu Leibe gerückt wäre, hätte sich der Schalter aus Versehen bewegt. Wenn aber Schwester Magdalena den Schalter nicht aus Versehen umgelegt hatte, wieso war die Gaszufuhr dann an gewesen? Hatte jemand anderer den Ofen angestellt? Und warum? Mit Absicht oder aus Versehen? Und was war eigentlich eine Novizin?

Der Sommelier zog sein Telefon aus der Tasche und googelte. Wenn er es richtig verstand, dann war die junge Frau eine Nonne in der Ausbildung. Das erklärte ihren weißen Schleier. Eine Frage hatte er beantwortet, andere arbeiteten noch in ihm. Rätselnd drehte sich Benjamin um und fischte ein Weinglas aus einem offenen Wandschrank. In einer Schublade fand er einen klassischen Korkenzieher mit Holzgriff. Der Burgunder für den Bischof hatte eine rostrote Farbe, blasste an den Rändern aus, hatte aber noch ein ansprechendes Bouquet, einen ordentlichen Geschmack und war für sein Alter erstaunlich gut erhalten. Ein exzellenter Wein, mehr gab es dazu nicht zu sagen, aber lange würde er sich nicht mehr halten. Nach dem Probeschluck verpfropfte Benjamin deswegen die Flasche augenblicklich, damit er nicht zu viel Luft bekam und bis zum Abend erhalten blieb. Den Weißwein für die Nonnen stellte er ungeöffnet daneben. Da schepperte und knallte es plötzlich in seinem Rücken. Erschrocken fuhr er herum und erblickte Lara, die eine rote Gastrowanne mit Wärmebehältern durch den Kücheneingang zu bugsieren versuchte. Erneut stieß sie an den Türrahmen, sank etwas in die Knie. Benjamin eilte ihr zu Hilfe, nahm ihr die schwere Plastikkiste ab und hievte sie auf einen Arbeitstisch.

»Was machst denn du hier?«, fragte er verblüfft.

»Catering«, antwortete Lara tonlos.

»Das ist ja wohl ein Witz!«, meckerte Benjamin. »Können die Nonnen nicht ausnahmsweise einmal selber kochen?«

»Die Küche ist doch im Arsch, Benny.«

»Quatsch. Angeblich gibt es in diesem abgeschlossenen Klausurbereich noch eine andere Küche. Und wenn das den Nonnen zu viel ist, können sie dem Bischof ja wohl mal eine Pizza bestellen!«

»Alles ist gut, wirklich. Als Schwester Edith anrief, um sich nach Pana zu erkundigen, habe ich den Service angeboten. Es geht nicht nur um den Bischof, es sind wohl noch vier weitere Gäste angereist. An dich wurde auch gedacht, ich habe hier nämlich Essen für sechs, enthält auch Mittag- und Abendessen auf einmal. Muss ja weitergehen. Ich bin auch etwas in Eile, gleich geht das Mittagsgeschäft los.«

»Nein, nein, nein.« Benjamin sah seine Freundin an. Sie hatte heute schon geweint. Das stand außer Frage. Sie war kreidebleich, und ihre rotgeäderten Augen lagen in dunklen Augenhöhlen. Sie wirkte erschöpft von Sorgen, Stress und einer viel zu kurzen

Nacht. Ihre Haare waren zu Strähnen verklebt. Das war wahrscheinlich auch der Grund, warum Benjamin sie am Morgen nicht gehört hatte: Sie hatte das Haus ohne zu duschen verlassen.

»Wir machen das anders«, erklärte er bestimmt. »Du gehst jetzt nach Hause, schläfst eine Stunde, und dann weichst du nicht mehr von Panas Seite. Ich kümmere mich ums Restaurant.«

Lara senkte ihren Blick. »Du hast doch hier im Weinkeller genug zu tun, oder?«

»Ist doch jetzt piepegal, Lara, auf ein, zwei Tage kommt es doch nicht an.«

Ihr Kinn kräuselte sich. »Es wäre auch nur heute, Benny. Heute Mittag ist die Bude voll, und heute Abend sind fast alle Tische auf Punkt sechs reserviert. Morgen haben wir wieder kaum Voranmeldungen. Das schaffen die dann auch alleine.«

»Alles klar, kündige mich an, ich bin quasi auf dem Weg.« Benjamin schob Lara aus der Küche.

Um kurz vor halb zwölf parkte er sein Auto in der Nähe von Panas und Laras Wohnung, direkt an der romanischen Basilika St. Ägidius. Zügig lief er die paar Meter zum Restaurant, die am Jesuitengarten entlangführten. Die Kapelle schloss fast direkt an die bekannte Rebfläche an, nur unterbrochen durch eine schmale Anliegerstraße. Es war ein uraltes, aus grauem Stein gemauertes Gebäude mit Rundbogenfenstern und aus Schwarzschiefer gedecktem Dach. Das Restaurant grenzte direkt an die Hauptstraße und das dahinterliegende Rheinufer, weswegen erst der Innenraum das ganze Idyll des Lokals zum Vorschein brachte. Vom Verkehr war hinter den dicken Mauern nichts mehr zu hören. Die Tische verteilten sich in schummrigem Licht auf mehrere Ebenen und Nischen. Am beliebtesten waren die Plätze auf der Galerie, wo sich ungehinderte Sicht auf den Gastraum und die offene Küche ergab.

Das Team blickte den Sommelier mit hoffnungsvollen Augen an. Der stellvertretende Küchenchef linste argwöhnisch aus der Küche hervor. Auch wenn Benjamin souverän zu wirken versuchte, so war ihm nicht wohl in seiner Haut. Jahrelang hatte er zwar ein Restaurant geleitet, was ihm aber in diesem Fall recht wenig brachte: Er kannte das Kassensystem nicht, kannte die Tischnummern nicht, kannte die genaue Zubereitung der Speisen nicht, er kannte ja nicht einmal die Namen der Service- oder Küchenmitarbeiter. Mit wenigen Worten erkundigte er sich, ob alle Tische eingedeckt waren, ließ sich eine Reservationsliste geben und die Tischnummern erklären. Dann studierte er die Speisekarte, auf der er sofort Panas Handschrift erkannte. Der Koch liebte die Rheingauer Wisperforellen, die er monatlich anders in Szene setzte, derzeit mit Rhabarber, frischem grünen Pfeffer und iranischem Safran. Und von seinem griechischen Meeresfrüchtesalat mit Roter Garnele, Tintenfisch, Kalamata-Oliven, Bohnen, Gurke und Schafsjoghurt las man sogar in dem einen oder anderen Fachmagazin.

Die kleine Weinkarte war nicht weniger reizvoll. Die Grenzen waren klar um Rheingau, Rheinhessen und Nahe gezogen. Das genügte vollauf, zumal die Preise gastfreundlich kalkuliert waren und Benjamin Tropfen entdeckte, die nicht überall zu haben waren. Ein 2005er Riesling Hochheimer Hölle Goldkapsel vom Weingut Künstler etwa. Oder aus demselben Jahrgang ein Schlehdorn von Peter-Jakob Kühn oder ein Schlossgarten vom Weingut Spreitzer. Es gab natürlich auch etwas für Etikettentrinker, aber vor allem auch Mischsatz von Hanka, Arancia von Joern, Riesling »32« von Balthassar-Ress oder der betörende Seligmacher von Eva Fricke. Bei den Aperitifs war auch besagte Klosterschorle aufgelistet. Neben der Zapfanlage stand die Slush Machine mit drei Kammern, eine davon war in Betrieb. Darin drehte sich ein quietschgrünes Granité im Rührwerk. Der Sommelier wandte sich an die Thekenaushilfe und bat um einen Probeschluck. Kaum hatte er das Getränk auf der Zunge, musste er lächeln. Es war köstlich. Nichts mehr war von dem miserablen Grundwein – war das wirklich Riesling? – zu schmecken. Die unangenehmen Noten wurden durch die Kälte, den Zucker und durch Panas tiefwürzige Kräuteressenz überdeckt.

Dann schwang die Tür auf, und die Schlacht begann. Den Mittagsservice bekam Benjamin noch einigermaßen bewerkstelligt. Er trug Essen, empfahl Weine, goss Wasser nach. Er versuchte, das Team, so gut es ging, zu unterstützen. Aber es forderte ihn mehr, als er sich einzugestehen vermochte. Er musste stets drei Pirouetten drehen, bis er wusste, an welchen Tisch er zu laufen hatte. Er vertippte sich mehrmals auf der Kasse und brauchte Hilfe. Das saugte Energie. Dann ging auch noch das Mittagsnahtlos ins Nachmittagsgeschäft über. Gegen fünf war Benjamin bettreif. Als schließlich die letzten Kaffeegäste das Lokal verließen, sank er mit einem doppelten Espresso an einen Fenstertisch und beobachtete, wie das Ehepaar in seinen silbernen Mercedes stieg. Plötzlich hatte Benjamin Georg Bender vor Augen. Stundenlang hatte er nicht mehr an seine Begegnung dieser dritten Art gedacht, denn auf einer Freak-Skala würde der Mann alle Rekorde brechen. Der Sommelier nippte an dem bitteren Heißgetränk und aß den kleinen Schokoladen-Cookie, den ihm die Servicekraft auf die Untertasse gelegt hatte. Hatte der Unternehmer nicht sinngemäß gesagt, dass eine Geschichte umso glaubhafter war, je absurder sie klang?

Hatte Bender ihn an der Nase herumgeführt? Oder war er selbst nur übertrieben misstrauisch? Trotz Benders gewöhnungsbedürftiger Art hatte Benjamin nicht das Gefühl gehabt, dass der Mann ihm einen Bären aufbinden wollte. Und wenn er sich täuschte? Wenn Bender genau das getan hatte? Sich von Anfang an dumm gestellt hatte, weil er wusste, welche Schätze in dem Klosterkeller lagen? Aber was hätte Bender davon? Nach über zwanzig Jahren? Stand es vielleicht mit dem Tod von Schwester Rosalda in Zusammenhang, die – ja, was war die Geistliche eigentlich für Bender? Seine Großcousine? Cousine dritten Grades? Und warum wurde Bender über ihren Tod nicht informiert? Lag der Verwandtschaftsgrad schon zu weit auseinander? Gab es Zwist zwischen dem Kloster und Bender? Ging der Kellerbestand nach ihrem Tod vielleicht wieder auf ihn zurück?

Benjamin wusste es nicht, aber als kurz darauf die Gäste zum Abendessen eintrafen, alle natürlich wie angekündigt auf einen Schlag, stand er neben sich. Er spulte sein Serviceprogramm ab, sah den Abend aber größtenteils an sich vorüberziehen. Gegen halb neun waren alle Desserts serviert, die ersten Tische hatten bezahlt. Als der Spätdienst – eine energiegeladene Kellnerin mit Kurzhaarschnitt, breiten Schultern und Nasenring – versicherte, dass das Team jetzt alleine klarkäme, ließ sich Benjamin nicht zweimal bitten. Müde schlurfte er nach Hause. Lara hatte sich nicht mehr gemeldet, sie hatten sich nur einmal Kurznachrichten gesandt. War sie vielleicht noch im Krankenhaus? Schlief sie schon? Benjamin überlegte, ob er klingeln sollte, zog dann aber den Haustürschlüssel hervor und stieg zur Dachwohnung hinauf. Im Treppenhaus hörte er laute Stimmen.

Elf

Es war ein langer und feuchter Kuss, den Alexandros Panagiotopoulos dem Sommelier auf die Wange drückte. Obwohl sie sich zuvor nie begegnet waren, wusste Benjamin sofort, wer der junge groß gewachsene Mann war. Er war seinem Bruder Pana wie aus dem Gesicht geschnitten. Er legte einen Arm um Benjamins Schultern und schleifte ihn zu der Tafel, an der eine illustre Gesellschaft trinkfreudig zusammensaß. Die Luft war warm, es roch nach zu vielen Menschen auf zu engem Raum. Taschen, Koffer und Schuhe standen kreuz und quer in der Wohnung verteilt, der Boden glich einem Geröllfeld. Auf dem Tisch stapelten sich Fladenbrote, eingelegter Käse, Wurst, Oliven, Tomaten, Gläser, Wein-, Bier- und Schnapsflaschen. Benjamin grüßte alle, sie stellten sich als Panas Eltern, Brüder, Schwestern, Nichten und Neffen vor, neun Familienmitglieder an der Zahl. Lara saß eingezwängt an der Wand, zwischen Schwiegermutter und Panas Schwester.

Als der Sommelier näherkam, erwachte sie aus ihrem Dämmerzustand, stand prompt auf und schob sich zwischen Stuhllehnen hindurch. Sie wirkte etwas überwältigt. »Benny, sorry, ich weiß nicht, wo mir der Kopf steht«, begann sie und umfasste den Unterarm des Sommeliers. »Ich wusste heute Mittag schon, dass Panas Familie auf dem Weg ist, ich habe es vergessen zu sagen, tut mir leid, du kannst natürlich trotzdem hier schlafen, wir machen ein Matratzenlager.«

»Alles gut, Lara, ich habe ja meine Zelle im Kloster, ist überhaupt kein Thema«, beruhigte sie der Sommelier. »Wie geht es Pana?«

»Die Schwellung ist zurückgegangen. In zwei, spätestens drei Tagen wecken sie ihn aus dem künstlichen Koma auf.«

»Das sind doch gute Nachrichten, oder?«

Lara zuckte mit den Schultern, die Angst stand ihr ins Gesicht geschrieben. »Wie lief es im Restaurant?«, fragte sie.

»Alles tutti, deine Spätdienstmitarbeiterin – wie heißt sie nochmal?«

»Vanja.«

»Genau, Vanja, gute Frau, sie bringt euren Laden ins Bett, alles hat gut geklappt.«

In diesem Moment drückte Alexandros dem Sommelier ein Wasserglas in die Hand. Es war nur zu einem Drittel befüllt, weswegen Benjamin bei der klaren Flüssigkeit auf Schnaps tippte. Er lag richtig, es war Tsipouro, ein Tresterbrand, hergestellt aus den Resten der Weinbereitung mit feiner Anisnote. Benjamin sah die Flasche auf dem Tisch stehen, als Panas Bruder ihn in die Runde zerrte. Alexandros bugsierte ihn auf Laras Schreibtischstuhl, den er kurzerhand herübergerollt hatte, und setzte sich neben ihn. Nach dreimaligem Zuprosten musste der Sommelier zunächst den Unfallhergang erzählen. Die Ungereimtheiten der Geschichte – wie konnte sich der Regler aus Versehen umstellen? – behielt Benjamin für sich. Die Familie hing ihm an den Lippen, dann zerfledderte die Unterhaltung, wurde kleinteiliger und löste sich schließlich in Vieraugengesprächen auf.

»Habe ich mich eigentlich vorgestellt? Ich bin Alex«, sagte Panas Bruder, grinste breit und fügte an: »Habe die Ehre.«

Der Sommelier schmunzelte. »Ich habe es mir schon gedacht, du küsst wie dein Bruder.«

Alex lachte auf.

»Eure Ähnlichkeit ist nicht zu verkennen«, ergänzte Benjamin.

»Ich bin nur bedeutend attraktiver«, sagte Alex. »Von keinem anderen Menschen hat mir Pana mehr erzählt als von dir. Freut mich total, dass wir uns mal begegnen. Und du musst also in dem Kloster einen Weinkeller unter die Lupe nehmen?«

Alex goss Benjamin einen weiteren Schnaps ein, den der Sommelier dankend annahm. Er genoss nicht nur das warme Gefühl, das sich in seinem Bauch und Kopf ausbreitete, er genoss die unerwartete Gesellschaft und seinen ersten Feierabend seit dreizehn Monaten. »Den Job haben mir Lara und Pana eingebrockt«, antwortete er und nippte an dem Destillat.

»Lara hat uns vorhin davon erzählt. Sind es gute Weine?«

»Sensationell wäre untertrieben.«

»Wirklich? Was ist das Beste, was dort unten liegt?«

»Schwer zu sagen. Vieles.« Benjamin schürzte die Lippen. »Es gibt noch ein paar Flaschen Château Lafite aus dem 19. Jahrhundert, aus der Prä-Phylloxera-Epoche, also bevor die Reblaus in Europa wütete. War eine Katastrophe für den Weinbau. Es heißt, dass die Tropfen davor tiefgründiger und komplexer geschmeckt haben. Aber es gibt niemanden, der das heute noch bezeugen könnte. Und selbst der jüngste Lafite im Klosterkeller ist über hundertfünfzig Jahre alt. Auch aus diesem Wein lässt sich so etwas nicht mehr herauslesen. Denke ich zumindest. Ich habe so einen Wein auch noch nie getrunken. Aber das wären meine Favoriten.«

Alex begann zu lachen. »Alter, ich bin Automechaniker!«, schnatterte er wild drauflos. »Wenn ich Wein trinke, dann griechischen Retsina, der mit Harz aufgerührt wird. Das Einzige, was ich über Wein weiß, ist, dass das Gesöff einfach nur widerlich schmeckt, wenn es nicht eiskalt getrunken wird, und du von Glück sprechen kannst, wenn du am Folgetag keinen Schädel wie einen Planeten auf den Schultern trägst. Von dieser Laus höre ich zum ersten Mal. Was müsste man denn für die Pulle hinblättern? Dann kann ich das besser einordnen.«

Der Sommelier überlegte. »Ehrlich? Ich habe keine Ahnung. Aber je länger ich drüber nachdenke, halte ich nicht einmal einen sechsstelligen Betrag für ausgeschlossen.«

Alex riss die Augen auf. »What!? Du machst Witze!«

»Nein.«

»Für eine Flasche? Hunderttausend?«

»Ja.«

»Komm, wir fahren hoch und holen eine Flasche! Hast du die Schlüssel?«

Benjamin lachte. »Gute Idee. Aber so einfach lassen sich die Weine nicht verkaufen. Da braucht es zuerst einen renommierten Händler oder gleich ein Auktionshaus. Auch ein Echtheitszertifikat, wenn man es kriegen kann. Ist ein längerer Prozess, wenn man wirklich eine so hohe Summe rausschlagen möchte.«

»Verkaufen?«, sagte Alex laut, der scheinbar einer dieser Menschen war, die unter Alkoholeinfluss immer lauter wurden. In seinem Fall war es allerdings nicht unangenehm, sondern amüsant. Er warf die Arme in die Luft, seine Wangen waren gerötet, sein Blick glasig. »Wo denkst du hin? Ich will den Wein doch nicht verkaufen, ich will ihn saufen, Mann! Komm! Wir beide! Zusammen, heute Abend! Du hast so etwas doch auch noch nicht probiert! Und ein hundertfünfzig Jahre alter Wein, bei dem jedes Schlückchen zweitausend Euro Wert ist – wie geil ist das denn? Was hast du gesagt, aus welchem Jahr stammt der Wein?«

»Der jüngste Prä-Phylloxera-Lafite stammt aus dem Jahr 1868.«

»Alter! Acht-zehn-hundert-acht-und-sechzig? Lass dir das mal auf der Zunge zergehen! Da wurde mein Papa gerade geboren!«, rief Alex und stupste seinen Vater an, der neben ihm saß und sich mit Lara unterhielt. Der weißbärtige, stämmige Mann schaute seinen Sohn kurz grimmig an und wandte sich wieder seiner Schwiegertochter zu. Alex plapperte weiter: »Nein, Spaß beiseite, da waren Deutschland und Griechenland noch nicht einmal richtige Staaten, oder? Was ist da sonst so passiert?« Alex kramte sein Mobiltelefon hervor und tippte wild darauf ein. »Krass, da wurde Abraham Lincoln getötet, wusstest du das? Und *Alice im Wunderland* von Lewis Caroll wurde veröffentlicht, gab es da nicht auch einen Film von? Und die erste saugfähige Verbandswatte aus Baumwolle wurde hergestellt – na, wenn das nichts ist! Näher kommt man an diese epochalen Geschichten ja wohl nicht ran als über einen guten Wein.«

Benjamin beobachtete Alex aufmerksam, der ihn auch mit seiner ungestümen Lebensfreude an seinen Bruder erinnerte. Der Sommelier legte ihm kurz eine Hand auf die Schulter. »Und du behauptest, du verstehst nichts von der Sache? Ich finde, du hast mehr begriffen als mancher Weinliebhaber, die ihre Weine wie Trophäen sammeln«, sagte Benjamin, schob dabei den Gedanken an seine eigenen Klimaschränke und seinen Streit mit Julia schnell beiseite und angelte nach einer Kalamata-Olive.

Panas Bruder überlegte. Wenn, dann hatte er das Kompliment überhört. »Oder lass uns den Wein vielleicht doch besser verkaufen. Gibt doch sicher einen Schwarzmarkt dafür, oder? Unter der Hand? Zwanzigtausend für dich, zwanzigtausend für mich?«

Damit sprach Alex einen wunden Punkt bei Benjamin an: Das leere Fach, der verschwundene Schlüssel, der Tod der alten Priorin und der sonderbare Unfall Panas – gab es einen Zusammenhang? Wusste sonst noch jemand von den Schätzen, die in dem Keller lagerten? Wirtschaftete im Kloster jemand in seine eigene Tasche? Auszuschließen war das nicht, aber selbst, wenn es so wäre: Diese Raritäten zu veräußern war kein leichtes Spiel. Zumindest nicht zu gängigen Marktpreisen. Alex hatte es richtig erkannt, im Grunde könnte der Dieb die Weine nur unter der Hand verkaufen. Dazu brauchte er Kontakte. Gute Kontakte. Oder er benötigte Echtheitszertifikate, die gelegentlich die Weingüter selbst ausstellten. Aber wie ließ sich ohne Bestands- und Verbrauchsliste jemals herausfinden, was fehlte? Und wenn jemand die Weine illegal entnommen hatte, wie passte Panas Unfall ins Bild? War Pana dem Dieb auf die Schliche gekommen? Aber warum hatte er dann nichts gesagt?

Den nächsten Schnaps lehnte Benjamin ab. Er aß noch ein Stück Brot, trank dazu ein Glas Wasser und verabschiedete sich. Vielleicht erwischte er Schwester Agnes noch, bevor sie zu Bett ging. Es war kurz vor halb elf.

Zwölf

Die Nacht war schwarz. Die Farbe von Tod und Trauer. Benjamin stellte seinen Wagen auf einem angrenzenden Wanderparkplatz ab, da er Schwester Agnes nicht nötigen wollte, auch noch das große Tor für ihn zu öffnen. Er stieg aus. Stille lag wie ein Schweigegelübde über den Weinbergen und dem Kloster. Der Parkplatz war leicht abschüssig. Mit einem dumpfen Knall fiel die Autotür ins Schloss, kam einer regelrechten Beleidigung dieser Ruhe gleich. Der Sommelier ging los, sah ins dunkle Tal hinab. Erleuchtet war nur Ingelheim, drüben auf der gegenüberliegenden Rheinseite. Rot-weiß schillernde Straßenlaternen wirkten auf die Entfernung, als würde dort demnächst eine Passagiermaschine aufsetzen. Nach wenigen Schritten bemerkte Benjamin, wie kühl es war. Sein Atem stieg vor ihm auf. Trotz der nur kurzen Wegstrecke fädelte er den Reißverschluss seines Parkas ein. Er zog ihn ratschend zu, krempelte die Jacke etwas nach oben, vergrub seine Hände in seinen Hosentaschen und ging schnellen Schrittes die dunkle, gepflasterte Allee entlang, direkt auf den steinernen Klostertorbogen zu.

Schon von Weitem erkannte er erleichtert, dass im Zimmer der Nonne noch Licht brannte. Der Sommelier pflückte einen Kiesel vom Weg, um damit auf sich aufmerksam zu machen, wie die Gastschwester ihm bei der Begrüßungsrunde geraten hatte, und trat an die gemauerte Brüstung der kleinen Steinbrücke. Das vergitterte Fenster war vielleicht drei Armlängen von ihm entfernt, er spickte kurz durch den Spalt des Vorhangs. Schwester

Agnes saß auf einem zweckdienlichen Holzstuhl an einem winzigen Klapptisch, eine Art massiver Sekretär, eingelassen in die Wand. Sie trug ein Nachthemd und eine Wollweste. Es gehörte sich nicht, aber Benjamin konnte nicht anders: Die kurze Inaugenscheinnahme des Geschehens verstrich, und er stand immer noch regungslos an der Brüstung. Es ließ sich nicht leugnen, der Sommelier gaffte und fühlte auch das kribbelnde Unwohlsein seiner Unart. Er war zum Spanner geworden, konnte aber seinen Blick nicht abwenden.

Die Vermutung, die er bei ihrer ersten Begegnung gehabt hatte, bestätigte sich in diesem Augenblick: Der Rücken der Gastschwester wurde von hüftlangen, wallend-weißblonden Locken umflossen, die im Schein einer Deckenleuchte schillerten. Mit geradem Rücken, der allen Bürohengsten ein Lehrstück in puncto Körperhaltung war, und einer impulsiven Körperhaltung, als würde sie ein Orchester dirigieren, schrieb Schwester Agnes in ein schwarzes ledergebundenes Tagebuch. Sie schloss ihre letzten Gedanken ab, setzte einen Punkt, klappte das Buch zu, knipste die Schreibtischlampe aus. Sie stand auf und ging an ein kleines Waschbecken an der Wand. Sicher, Schwester Agnes stand mit dem Rücken zu ihm, aber Benjamin erschrak unwillkürlich, denn was nun geschehen würde, war intim – viel zu intim, als dass er es noch mit seinem Gewissen vereinbaren konnte. Hektisch schleuderte er den Kiesel, aber verfehlte natürlich das Ziel.

Rasch bückte er sich, tastete auf den Pflastersteinen umher, bis er ein neues Steinchen zwischen den Fingern spürte. Er stand auf, zielte – aber was war nun los? Benjamins Arm sank herab, er legte die Stirn in Falten, schob den Kopf nach vorne. Denn Schwester Agnes schüttelte sich, als würde in einer Ecke des Raums ein Exorzist stehen und ihr mit murmelnden Beschwörungen und nach vorn gerecktem Kruzifix einen Dämon austreiben. Was um Himmels willen tat die Nonne da nur? Dann fiel sie um. Die Knie der Gastschwester sackten weg, und sie war aus dem Blickfeld des Sommeliers verschwunden. Der Wasserhahn sprudelte, das Licht brannte. Von der Nonne keine Spur. Benjamins Herzschlag setzte aus. War sie ohnmächtig geworden? Er ging einen Schritt Richtung Eingangstor, stütze sich an der Wand ab, setzte sein Knie auf die Brüstung der Brücke und hebelte sich in die Höhe. Schwester Agnes lag am Boden, so viel konnte er sehen. Ihr Körper zuckte. Wasser tröpfelte über den Rand des Waschbeckens.

Benjamin ließ sich auf die Brücke zurückfallen. Bestürzt packte er die Kordel einer gusseisernen Türglocke und rüttelte daran. Kein Ton erklang, wahrscheinlich hatten die Nonnen den Klöppel entfernt, weil zu viele Spaßvögel damit jede Menge Krach veranstaltet hatten. Im nächsten Moment fand sich der Sommelier an der Eingangstür wieder und prügelte mit beiden Fäusten dagegen, dann wechselte er kurzerhand zum großen Einfahrtstor. Das dumpfe Krachen wechselte zu einem dröhnenden Stampfen, das die Stille der Nacht auf links drehte, aber hörte ihn irgendwer? Scheuchte er vielleicht nur die Rehe im Wald und Vögel in den Büschen auf? Benjamin sah ja nichts, wusste nicht, was hinter den Klostermauern vorging. Kurz hielt er inne und lauschte durch seinen keuchenden Atem hindurch. Alles war still. Dann wurde es dunkel. Verwundert blickte sich der Sommelier um. Das Licht in Schwester Agnes Zimmer war erloschen.

Hatte er sich getäuscht? War doch jemand im Raum gewesen? Oder war sie wieder auf den Beinen?

Der Sommelier riss sein Mobiltelefon aus der Tasche, knipste die Taschenlampenfunktion an, krabbelte erneut auf die Brüstung und leuchtete durch das Fenster. Ein Lichtstreif traf Schwester Agnes' Körper. Die Nonne lag noch am Boden. Regungslos.

In einer schillernden Wasserlache, die sich immer weiter ausbreitete. Panisch sprang Benjamin wieder herunter, drehte sich im Kreis und rannte dann die Allee hinab. Nach zwanzig, dreißig Schritten bog er zwischen zwei Eichen auf den Klosterberg ein, steuerte durch die Rebzeilen auf die Umgrenzungsmauer zu. Sein Parka blieb an einem Draht hängen. Er riss sich los und rannte den Steinwall entlang, bis er das eiserne Gittertor erreichte. Er hielt die Luft an, drückte die knarzende Klinke herunter. Das Tor war verschlossen, auf der Klosteranlage dahinter war es stockfinster. Der Sommelier rüttelte an dem Tor, begann zu rufen, dann zu schreien. Die Türme der Kirche erhoben sich vor ihm in den Nachthimmel. Er rüttelte noch mehr, brüllte mittlerweile wie ein Geistesgestörter. Doch nichts geschah.

Außer Atmen rannte er denselben Weg zurück, musste zweimal anhalten, um die Nummer des Notrufs einzutippen. Er gellte die Adresse des Klosters in den Hörer, stolperte blindwütig in entgegengesetzte Richtung, über einen Trampelpfad, der an der Umfassungsmauer entlangführte. Das Licht seines Telefons wackelte und hüpfte vor ihm her, als vor ihm plötzlich ein düsteres Geflecht aus Ästen, Gestrüpp und Gras aufragte. Der Komposthaufen. Benjamin blieb stehen und leuchtete hoch und runter, begutachtete halbkritisch das Gebilde. Es war zu schaffen, dachte Benjamin, er konnte die Brustwehr erreichen, vorausgesetzt, er sank nicht zu tief ein. Das Telefon leuchtete, Benjamin setzte seinen Fuß auf einen Grashügel, aber schon bei den nächsten Schritten wurden seine Beine in die Tiefe gezerrt. Äste umklammerten ihn wie Tausend Finger, und mit jeder weiteren Bewegung kam er mehr ins Straucheln. Der Sommelier fiel vornüber, sein Telefon verschwand leuchtend im Gestrüpp, der scharfe Tresterbrand stieg ihm brennend in Rachen und Kehle, da hörte er ein Knallen – ein Metallscharnier?

Benjamin blickte auf und sah, dass man seinen Lärm endlich bemerkt hatte. Mehrere Nonnen eilten über den Hof, die meisten trugen Jacken über ihren Nachthemden, selten Habit oder Schleier. Sie gingen durch die grelle Leuchte an der Außenseite des Pförtnerhauses, die durch einen Bewegungsmelder angegangen war. Benjamin eilte zurück zum Eingangstor, das nun endlich offen stand. Die Frauen hatten allesamt kurze Haare, aber Benjamin, der aufgepeitscht von Schreck und Adrenalin durch das Tor wankte, musste zwei-, dreimal hinsehen, um die Nonnen identifizieren zu können. Ohne Kopfbedeckung hatten die Damen, darunter die Schwestern Edith, Magdalena und Johanna, ein völlig anderes Gesichtsbild. Zwischen ihnen schlich der Bischof herum, neugierig wie eine Katze im hohen Gras. Benjamin blickte in das Innere des Pförtnerhauses, erkannte Schatten, die sich in dem Zimmer hin und her bewegten. Eine rüstige Nonne kam hervor, in der Hand schwang sie einen Schlüsselbund. Sie ging um das Haus herum, öffnete eine weitere Tür. Der Bischof nahm sie behutsam am Arm.

Was er zu ihr sagte, konnte der Sommelier nicht verstehen, der in diesem Augenblick von einer weiteren Nonne abgelenkt wurde, die ihn anrempelte und mit Taschenlampe im Pförtnerhaus verschwand.

Er schaute ihr nach. Licht streifte blondes Haar, ein lebloses Gesicht. Benjamin musste wegsehen.

Nach und nach verschwanden die Nonnen. Einzeln eilten sie über den Hof, um angezogen wenige Minuten später zurückzukehren. Als der Krankenwagen fast lautlos auf den Hof glitt und das Blaulicht durch die Anlage streifte, waren die meisten Ordensfrauen wieder in voller Tracht, nur zwei irrten noch in ihren Nachthemden umher wie geistig verwirrte Klageweiber. Die Sanitäter rannten in das Zimmer, da rollte bereits die Polizei auf den

Hof. Der Sommelier ging Schritt um Schritt rückwärts, bis seine Fersen an eine steinerne Wegumrandung stießen. Nach wenigen Minuten kam ein Beamter auf ihn zu. Er gab dem Polizisten einen kurzen Abriss der Vorkommnisse, zumindest was aus seiner Sicht geschehen war. Gerade gelangte er an die Stelle, an der er zitternd den Notruf verständigt hatte, als die Sanitäter wieder aus dem Pförtnerhaus kamen. An ihrer Gangart erkannte Benjamin, dass die Männer zu spät gekommen waren. Einer ging zum Rettungswagen, der andere lief auf die Traube von Nonnen zu. Als er seinen Kopf schüttelte, überkippten die Stimmen, einige Nonnen begannen zu jammern und zu beten.

Erschüttert ließ sich der Sommelier noch weiter zurückfallen, bis er von den Schatten verschluckt wurde. Er fror und verschränkte die Arme vor der Brust, vergrub seine Hände in seinen Achselhöhlen. Schluchzen. Klagen. Worte flossen ineinander und trennten sich. Ein Sanitäter schleppte eine Trage aus dem Wagen, eilte damit in den dunklen Schacht des Pförtnerhauses. Was war Schwester Agnes nur zugestoßen? Was ging in diesem Kloster vor sich? Erst Rosalda, dann Pana, jetzt Agnes. Drei Unfälle, drei Zufälle – oder drei Anschläge? Wie ein Gespensterfisch schwamm plötzlich das Gesicht des Bischofs aus der Dunkelheit auf den Sommelier zu. Er trug Badelatschen, einen dicken Bademantel, aus dem weißschlaksige, spärlich behaarte Beine hervorlugten. Seine Brille saß schief auf seiner puterroten Nase. Kurz blieb der Geistliche vor Benjamin stehen, sein kalter Atem flirrte vor seinen schwarzen Augen.

»Es ist eine Tragödie«, nuschelte er, klopfte dem Sommelier auf die Schulter und schlurfte davon. In seiner Hand hielt er ein schwarzes, ledergebundenes Buch.

Es war weg, das Tagebuch. Verschwunden. Als die Leiche der Gastschwester mit dem Sanitätswagen still vom Hof fuhr und in die Nacht entglitt, hatte sich der vor Kälte schlotternde Sommelier durch die heulende Nonnenschar vor dem Pförtnerhaus gedrängelt, zur Verwunderung des Polizeibeamten einen Fuß ins Zimmer gestellt und um die Ecke geblinzelt. Die Lampen waren zwar weiterhin ausgeschaltet – war etwa der Strom ausgefallen? –, aber das Umgebungslicht genügte Benjamin vollauf, um festzustellen, dass auf dem Sekretär kein Tagebuch mehr lag.

Hatte er also richtig gesehen? Hatte der Bischof wirklich das Tagebuch an sich genommen? Und wenn ja, warum?

Zügig machte Benjamin kehrt und lief in den Gastbereich. Die Wärme des Innenraums umschloss ihn wie eine Umarmung. Es war kurz vor zwei, Mittwoch, der 12. Mai, und der zweite Tag der Eisheiligen. Pankratius. *Pankraz und Servaz sind zwei böse Brüder, was der Frühling gebracht, das zerstören sie wieder*, ging es dem Sommelier durch den Kopf – und dabei sollte es erst in zwei Tagen aufklaren und eine Eiseskälte über die Gegend hereinbrechen, er hatte es vorhin im Radio gehört.

Benjamin hatte schon seinen Fuß auf der untersten Stufe der Treppe, die zu den Gästezimmern führten, da blieb er stehen. Er brauchte Alkohol. Schnaps. Und da er im Kloster Hochprozentiges wahrscheinlich nur in einem Putz- oder Arzneischränkchen finden würde, beschloss er, sich in der Klosterküche ein Glas Wein abzuzwacken. Wie die letzten Tage auch stand die Schwingtür zur Küche offen, war fixiert mit einem Keil. Benjamin blickte auf die geflieste Wand im Eingangsbereich, fand aber keinen Lichtschalter, weswegen er sich mit dem Schein der Flurlampen begnügen musste, die den Küchentrakt in schummriges Halbdunkel tauchten. Er ging zu dem Hängeschrank gegenüber, angelte ein Weinglas heraus und durchforstete die Essig- und Ölflaschen darunter.

Er kniff die Augen zusammen, weil er glaubte, dann besser sehen zu können, aber der Wein trat trotzdem nicht aus dem Schattenkabinett der Flaschen hervor.

»Der Wein ist hier, wenn es das ist, was Sie suchen?«

Benjamin fuhr herum. »Gott, haben Sie mich erschreckt«, zischte er halbfluchend. Auf einem Arbeitstisch in einer Ecke saß jemand. Er ging einen Schritt auf die Person zu. Zunächst dachte der Sommelier, einen der vier neuen Gäste vor sich zu haben, die Lara erwähnt hatte. Bei genauerem Hinschauen erkannte er jedoch Schwester Magdalena, die breitbeinig vor ihm saß. Die Novizin trug Turnschuhe und einen Jogginganzug. Benjamin konnte die Farbe in der Düsternis nicht genau ausmachen, aber das Kleidungsstück wirkte lachsfarben. Zwischen Hosenbund und Schuhen blitzen ihre nackten Knöchel auf. Hatte sie das Outfit schon vorhin getragen? Wenn, dann hatte er es nicht bemerkt. Erst jetzt sah er, dass neben der Novizin ein dunkler Mantel lag. Sie nahm die Weinflasche in die Hand und hob sie in Benjamins Richtung. Ihre Augen funkelten in der Dunkelheit.

Verwundert hielt der Sommelier der Nonne sein Glas hin, sie goss ihm einen guten Schluck ein, dann füllte sie ihr eigenes. Benjamin bedankte sich und nippte an dem Wein, der dünn und fade schmeckte. Die feinaromatischen Noten, die ihm noch heute Vormittag entgegengestiegen waren, hatten sich restlos verflüchtigt. Das schien Schwester Magdalena nicht zu interessieren. Sie kippte sich das halbe Glas auf einmal hinter die Binde. Der Sommelier betrachtete die Nonne. Sie war jünger als dreißig, aber auch älter als fünfundzwanzig, weswegen er für sich beschloss, dass sie siebenundzwanzig Jahre alt war. Das wenige Licht erhellte grob ihre Gesichtslinien. Benjamin sah hervorstechende Wangenknochen, eine hohe Stirn und dicke, feuchte Lippen eines breiten Mundes.

Sie nahm einen Schluck, zog die Nase hörbar nach oben. »Kein guter Burgunder«, urteilte sie.

Der Sommelier nickte. »Ist drüber«, erwiderte er, weniger erstaunt darüber, dass sie die Qualität bemängelte, als dass sie das Wort *Burgunder* benutzte.

Die Novizin lachte anzüglich, spöttisch, verbittert, irgendetwas in der Art. Als hätte sie seine Gedanken erraten, fuhr sie fort: »Ich erkenne guten Wein, wenn ich ihn sehe.«

»Weil Sie einmal in der Weinwirtschaft tätig waren oder …«

»Habe zwei Jahre in einem Club gearbeitet.«

»Einem Club?«

»Einem guten Club«, erklärte die junge Frau, goss sich ein weiteres Glas Wein ein. »*Schwester Magdalena kommt aus zweifelhaftem Milieu*«, blökte sie plötzlich mit unnatürlich verstellter Stimme – äffte sie gerade eine Ordensschwester nach? Schwester Edith vielleicht? Dass es zwischen den beiden Frauen nicht zum Besten stand, hatte Benjamin schon bei ihrem Zusammentreffen in der Klosterküche gespürt.

Die Novizin bestätigte seine Vermutung. »Edith tut so, als hätte sie den Wert des Weinkellers bemerkt. Dabei war ich es, die sie nach dem Tod von Schwester Rosalda darauf aufmerksam gemacht hat – und jetzt? Jetzt sind Sie plötzlich hier, und Edith wird von allen anderen auf Händen getragen, weil sie glauben, wir bekämen den Kredit für den Dachstuhl wegen ihr … *haha* … ich lach mich tot … *wegen ihr.*«

»Kredit? So weit sind wir meines Wissens noch nicht«, murmelte Benjamin und schob interessiert hinterher: »Wusste im Kloster denn sonst niemand über den Wert der Weinsammlung Bescheid?«

Schwester Magdalena zuckte die Schultern. »Die sind hier doch alle von gestern«, entgegnete sie schwatzhaft.

»Ich kann gar nicht glauben, dass das niemand bemerkt haben soll. Was ist denn mit dem alten Kellermeister, der für das Weingut tätig war?«

»Habe ich nicht kennengelernt, bin erst seit einem Jahr hier«, erklärte die Novizin. »Und Rosalda wusste schon, wie teuer die Weine waren. Sie hat meinen Hinweis aber vom Tisch gewischt. Und der Bischof war auch immer fickrig auf die Weine, ist immer schon mittags in der Küche rumscharwenzelt, um zu sehen, was Agnes oder Rosalda aus dem Keller geholt haben. Tut immer so bescheiden und demütig, aber findet es doch geil, teuren Wein zu saufen und am Altar zu stehen. Würde mich nicht wundern, wenn er sich sogar darüber freut, in den kommenden Tagen wieder eine Trauerfeier leiten zu dürfen.«

»Sie wirken sehr aufgebracht.« Benjamin machte eine kurze Pause. »Tut mir leid um Ihre Mitschwester«, sagte er aufrichtig.

Die Wangenknochen der Novizin traten kurz hervor, hart und kantig. Sie trank einen Schluck Wein. »Agnes war toll, die tollste von allen.«

»Wissen Sie denn, was im Pförtnerhaus passiert ist?«, erkundigte Benjamin sich.

»Keinen Plan. Habe nur ein Wummern am Tor gehört, kurz darauf irgendein wildes Geschrei, da bin ich aus meiner Kammer gerannt.«

Benjamin nahm noch einen Schluck aus seinem Weinglas, auch wenn das Getränk alles andere als ein Genuss war. Hatte nicht Lara erwähnt, dass Pana nur im Kloster kochte, wenn der Bischof zu Gast war? Und hatte Pana nicht bei Rosaldas Tod vor verschlossenen Türen gestanden? Gab es vielleicht einen Zusammenhang zwischen den Unfällen? »Wenn Sie sagen *wieder eine Trauerfeier leiten*«, hob Benjamin an – sein Mund so trocken, als hätte er Glaswolle gelutscht – und holte schnappend Luft, »war der Bischof etwa auch bei Schwester Rosaldas Unfall im Kloster zugegen?«

Die Novizin überlegte. Es piepte. Der Sommelier tippte auf ein Mobiltelefon in Schwester Magdalenas Manteltasche. »Ja, er war hier im Urlaub, glaube ich«, antwortete sie. »Also keine Exerzitien wie zurzeit – warum?«

»Exerzitien?«, hakte der Sommelier nach und spürte, wie sein Pulsschlag merklich nach oben ging. Er glaubte nicht mehr an Zufälle.

»Besinnung und Begegnung mit Gott in Stille und Gebet«, erklärte Magdalena und fügte an: »Liest halt Bücher.«

»Haben Sie eigentlich die Drehschalter am Herd geputzt und versehentlich umgelegt?«, wechselte Benjamin schnell das Thema. Er wollte die junge Frau nicht auf falsche Gedanken bringen.

Aber seine Frage peitschte die Novizin nur noch mehr auf, stramm saß sie plötzlich vor ihm. »Hat Schwester Edith das etwa behauptet?«, fauchte sie.

»Nein, nein, sie hat nur gesagt, Sie könnten sich nicht erinnern.«

»Ich bin doch nicht blöd und lege beim Putzen einen Drehschalter um!«

»Also haben Sie die Schalter geputzt?«

»Sogar zweimal. Gebürstet und geschrubbt, von vorne bis hinten, so wie gewünscht, aber es ist Edith ja nie sauber genug!«, rief Schwester Magdalena aufgebracht. »Rosalda war ja noch in Ordnung, nicht ganz so penibel, und Agnes hat immer mitgeholfen, wenn ihr etwas nicht gepasst hat, aber sich in Gegenwart von Edith mies zu fühlen, das ist nicht schwer.«

Der Sommelier konnte sich gut in die Novizin hineinversetzen. Wenn man der Priorin unterstellt war und nicht genügend Abstand zu ihr hatte, um zu bemerken, dass die Frau mit sich selbst und ihrer Aufgabe zu kämpfen hatte, konnte sie einem schnell das Gefühl vermitteln, nicht gut genug zu sein. Sie stand aufrechter, blickte aufmerksamer, atmete tiefer und gleichmäßiger – was war das oberste Gebot der Benediktinerinnen? Was hatte er auf der Internetseite des Klosters noch gleich gelesen? *Ora et labora?* Das Zusammenspiel von Gebet und Arbeit stand über allem? Da war sie ja wieder, die ewige Balance – und Schwester Edith wusste zweifelsohne diesen Schein von makellosem Gleichgewicht und erhabener Strenge um sich zu verbreiten.

»Ich bin doch nicht blöd«, murmelte die Novizin und leerte auch das zweite Glas Wein.

Dreizehn

Der Geruch frisch gebrühten Kaffees zog bis in den Flur vor den Gästezimmern und verströmte eine geradezu trügerische Sehnsucht nach Freiheit, erinnerte er den Sommelier doch an seine vielen Kurztrips, die er im vergangenen Jahrzehnt in zahllose Weinanbaugebiete unternommen hatte – unerlässliche Exkursionen, wenn man sein Fachwissen in diesem Bereich festigen wollte. Er war nach Kalifornien, Südafrika oder Australien gereist, hatte dafür seine ganzen Ersparnisse geopfert. Größtenteils war er jedoch in Europa unterwegs gewesen. Er schlief auf seinen Touren in einfachen Gästehäusern. Oft mietete er sich auch ein funktionales Wohnmobil. Dreimal hatte er sogar gezeltet. Aber egal wie, ob an die Theke einer Bar im Friaul gelehnt oder vor einem Campingkocher am Rand eines portugiesischen Weinbergs kauernd, morgens und nachmittags trank er einen Becher Kaffee. Und dieser malzgeschwängerte, feinsäuerliche, einlullende Geruch hatte Flügel, die ihn kurz meilenweit forttrugen.

Benjamin ließ sein Mobiltelefon, das er nach seinem Stelldichein mit Schwester Magdalena fluchend in der Finsternis aus dem Komposthaufen gefischt hatte, in seiner Hosentasche verschwinden und schloss seine Augen, die sich nach nur knapp vier Stunden Schlaf trocken anfühlten. Andächtig atmete er den Kaffeeduft, versuchte allem zu entkommen, dem Tag, dem Kloster, der Gegenwart, doch der Effekt hatte Grenzen. Augen offen, Augen geschlossen: Es dauerte nicht lange, und das Licht des trostlosen Morgens wechselte zum Licht der letzten Nacht. Seine wundervollen Erinnerungen an Spaziergänge durch berühmte Weinlagen, an Kellereibesuche, feuchtfröhliche Verkostungen und an nächtliches Fachbücherwälzen mit Stirnlampe im Schlafsack wurden nicht nur verdrängt, seine Erinnerungen kamen ihm töricht und nichtig vor.

Benjamin seufzte und blickte kurz hinab in den mit Arkaden umschlossenen Klosterfriedhof. Es war ein trüber und diesiger Morgen. An der Trauerweide lehnten Spaten und Schaufel. Er schlug die Augen nieder, holte nochmals sein Telefon hervor und blickte auf die Uhr. Es war erst kurz vor halb acht. Er überlegte einen Moment, wählte dann aber Laras Nummer. Wie er seine tüchtige Freundin kannte, war sie bereits seit Sonnenaufgang auf den Beinen. Wahrscheinlich war sie längst im Krankenhaus gewesen, um auf dem Rückweg frische Brötchen für Panas Großfamilie zu kaufen. Benjamin lag fast richtig, er erwischte sie auf dem Weg vom Krankenhaus in die Autowerkstatt. Schon an seiner belegten Stimmfärbung erriet sie, dass mit ihm etwas nicht stimmte. Benjamin gab seiner Freundin einen kurzen Abriss des ganzen Wahnsinns und erkundigte sich dann nach Pana. Es gab nichts Neues zu berichten, außer dass bei der Frühvisite die Entscheidung gefallen war: In zwei Tagen sollte er aus dem künstlichen Koma geweckt werden.

Sie verabredeten sich lose für diesen Nachmittag auf einen Kaffee, da hörte Benjamin Gelächter, das aus dem unteren Stockwerk heraufdrang. Er beendete das Telefonat und ging in den Speisesaal. Im Eingangsbereich standen vier gepackte Rucksäcke samt Wanderstöcken. An einem Tisch saßen vier Frauen mittleren Alters in Trekkingklamotten, die fröhlich tratschten. Wenn sie etwas von dem nächtlichen Drama mitbekommen hatten, schien es sie nicht weiter zu kümmern – was der Sommelier nicht glaubte, denn sie wirkten nicht nur arg-, sondern auch ahnungslos. Im hinteren Bereich des Refektoriums öffnete sich in diesem Augenblick eine wuchtige Holztür. Heraus kam die rüstige Nonne vom Vorabend mit einer Thermoskanne Kaffee. In dem Raum dahinter erblickte Benjamin den Bischof, der allein an einem Tisch kauerte. Seinen Frühstücksteller hatte er von sich geschoben, vor ihm lag ein dickes Buch. Mehr konnte der Sommelier nicht erkennen, denn die Schwester schloss schnell die Tür, nickte Benjamin zu und eilte aus dem Raum.

Jetzt sahen auch die vier Wanderinnen auf. Benjamin grüßte die Frauen, die daraufhin fast geniert ihre Stimmen senkten, die Köpfe zusammensteckten und tuschelten, als sei er ein Junge, der heimlich ins Mädcheninternat eingestiegen war. Der Sommelier setzte sich an den einzigen Platz, der außerdem eingedeckt war. Auf dem Tisch standen eine Tasse, ein Teller und ein Körbchen mit Butter, Konfitüre, Zuckertütchen, Kondensmilch, frischen Brötchen sowie ein brennendes Teelicht in einem schlichten Wasserglas. Eine der Frauen klatschte plötzlich in ihre Hände, einhellig erhob sich das Quartett. Eine von ihnen bekreuzigte sich vor einer Christusfigur, vor der ebenfalls eine Kerze brannte. Eine andere pustete das Teelicht auf ihrem Tisch aus. Ein Rauchfaden stieg in die Höhe. Gerade als sie ihre Rucksäcke schulterten, kam die Nonne zurück und stellte dem Sommelier wortlos eine Thermoskanne Kaffee auf den Tisch. Sie wirkte auf Benjamin nicht unhöflich, ganz und gar nicht, sondern abgerackert, niedergeschlagen, geistesabwesend. Er konnte es ihr nach dieser Nacht nicht verdenken.

Der Sommelier nippte an einer Tasse Kaffee und tippte währenddessen Julia, die im Gegensatz zu Lara mit Sicherheit noch schlief, einen kurzen Morgengruß ins Telefon. Dabei bemerkte er, wie er immer wieder verstohlen über das Gerät auf die geschlossene Holztür hinwegschielte. Immer wieder sah er den Geistlichen vor sich, wie er gestern Nacht in die Dunkelheit entglitten war. Der Mann hatte ihn bis ins flackernde Delirium eines unruhigen Halbschlafs heimgesucht. Verstohlen wie eine Hyäne war er durch Benjamins Träume gehuscht, hielt dabei das Tagebuch von Schwester Agnes zwischen Zähnen und Klauen, bis der Sommelier zwischen Phantasie und Wirklichkeit nicht mehr hatte unterscheiden können. Hatte vielleicht nur ein Polizeibeamter das Tagebuch an sich genommen? Oder eine der Nonnen, um die Privatsphäre von Schwester Agnes zu schützen? Hatte Agnes vielleicht selbst das Tagebuch in ein Regal einsortiert, bevor sie ans Waschbecken gegangen war, und er erinnerte sich nur nicht daran?

Sollte er dem Bischof einmal auf den Zahn fühlen? Oder besudelte Benjamin damit die Reinheit seiner Exerzitien, wenn er ihn jetzt störte? Funkte er gar dessen Begegnung mit Gott dazwischen?

Letzten Endes fackelte Benjamin nicht lange. Der Mann hatte sicher einen guten Draht zu Gott, der einmal abgerissen, auch schnell wiederhergestellt war. Der Sommelier stand auf, ging entschlossen hinüber, hauchte ein Klopfen auf die Tür und zog sie sachte auf. Der Bischof saß immer noch am Tisch. Seine Drahtbrille hatte er schief auf seine Nasenspitze geschoben. Den dicken – und für Benjamins Dafürhalten auch alten – Schmöker hielt er eine Handbreit vor seine Augen. *Imitatio Christi* stand auf dem Einband. War er weitsichtig? Er sah in diesem Moment jedenfalls aus wie ein Trinker, der auf einem Flaschenetikett herauszulesen versuchte, ob er Schnaps oder Farbverdünner in der Hand hielt. Er trug eine schwarze Soutane mit Kollar. Seine Haut am Hals, am Rand des weißen Römerkragens, war rot und pickelig. Als er bemerkte, dass es keine Nonne war, die den Raum betreten hatte, senkte er das Buch auf die Tischplatte und bugsierte sich ungelenk die Brille mit beiden Händen vor die Augen. Der obere Rahmen der Brille zäunte seine buschigen Augenbrauen einigermaßen ein.

»Darf ich Sie einen Augenblick stören?«, fragte Benjamin höflich.

»Ich …«, begann der Bischof und blickte hinter sich, als würde er sicher gehen wollen, dass auch wirklich er gemeint war. Das stand allerdings völlig außer Frage, denn es gab nur einen Tisch und nur einen Zugang zu diesem Raum. Aus welchen Bewusstseinsuntiefen hatte Benjamin den Mann nur hervorgerissen? Die Zeit verrann.

Schließlich fuhr der Geistliche fort: »Natürlich, meine Tür steht Ihnen …« Wieder machte er eine Pause. Eine lange Pause. Sein Blick glitt zur offenen Tür hinaus. Benjamin sah Kaffee verdunsten und Frühstücksbrötchen versteinern. Er konnte es nicht beschwören, aber er tippte, dass Eltzheim rätselnd zum verwaisten Tisch der Wanderinnen schaute.

Was ist an diesem Bild anders als vorhin, Herr Bischof? Finden Sie die Fehler?

Die Wanderinnen fehlen?

Korrekt!

Die Rucksäcke und Wanderstöcke fehlen?

Korrekt!

Die Kerze auf dem Tisch brennt nicht mehr?

Bravo, Applaus, alles richtig!

Laut wurde irgendwo eine Tür geöffnet und geschlossen, was Eltzheim wieder ins Hier und Jetzt zurückzuholen schien. »Was kann ich für Sie tun?«, fragte er und richtete sich auf.

»Ich wollte mich erkundigen, ob Sie mittlerweile etwas Genaueres zu den Vorfällen der letzten Nacht sagen können?«

»Das wollen wir …«, entgegnete Bischof Eltzheim, ließ den Satz aber unvollendet.

Er wollte weitersprechen … Er holte Luft … Er faltete die Hände … Er sah zum Kassettenfenster hinaus … Sein Blick verlor sich endgültig …

Ungeduld. Benjamin versuchte, ein paar Gedanken über Ungeduld zu denken. Diesen hässlichen Charakterzug, der jedes Kleinkind einen Monat vor dem Geburtstag in die Verzweiflung trieb, aber sich glücklicherweise mit dem Größerwerden nach und nach verwuchs. Bei den meisten Menschen jedenfalls, denn der Sommelier gehörte nicht dazu. Das Gespräch mit diesem Mann glich einer Nahtoderfahrung. Da schepperte es. Benjamin wandte sich um. Die Nonne hatte ein Tablett auf die Tischkante gestellt, an dem die vier Wanderinnen gesessen hatten und räumte lautstark das Geschirr ab.

»Das wollen wir alle, aber fragen Sie doch besser Schwester Gudula, sie kennt sich mit Strom aus«, erklärte der Bischof plötzlich und zeigte zur Tür hinaus.

»Strom?«, fragte der Sommelier.

Eltzheim wedelte mit der Hand. »Strom. Schwester Gudula weiß Bescheid«, sagte er und schob beiläufig mit seiner schwielenlosen Hand das Buch zur Seite. Darunter kam ein liniertes Blatt mit Notizen zum Vorschein. *Und Gott wird abwischen alle Tränen von ihren Augen,* las der Sommelier. Die Handschrift des Mannes war so klein, sauber und leserlich, als hätte er die Worte aufgestempelt. Kurz blickte er schamhaft zu dem Kirchenoberhaupt hin – gehörte sich ja schließlich nicht, so etwas einfach zu lesen –, doch die ungeteilte Aufmerksamkeit des Bischofs hatte sich wieder zum Fenster hinaus verabschiedet. Benjamin konnte nicht anders, als nochmals auf das Blatt zu schielen: *Und der Tod wird nicht mehr sein, noch Leid, noch Geschrei, noch Schmerz: Denn das, was war, ist vergangen.* Waren das Bibelverse? Bereitete der Mann gerade die Trauerrede für Schwester Agnes vor?

»Und dabei waren Sie ja eigentlich zur richtigen Zeit am richtigen Ort«, sagte der Bischof plötzlich und bettete das Buch wieder über das Blatt. Hatte er Benjamin doch absichtlich die Notizen gezeigt? Wenn ja, warum?

Benjamin brauchte eine Sekunde, um dem Gedankensprung zu folgen. »Ich war nur auf der falschen Seite der Mauer. Leider.«

»Was für ein fürchterlicher Unfall.« Man sah den Bischof förmlich durch seinen eigenen Gedankenschlick stapfen. Er nickte in schwergeprüfter Gemächlichkeit, die zwischen gespielter Theatralik und andächtiger Melancholie changierte. Geheimnistuerisch sagte er: »Was auch immer geschehen ist, war schon vorher da, und was geschehen soll, ist schon geschehen.«

Benjamin hatte genug. Er entschuldigte sich nochmals für die Störung, machte auf dem Absatz kehrt und heftete sich an die Fersen von Schwester Gudula. Er fand sie in der Klosterküche vor der aufgeklappten Spülmaschine. Sie räumte das Geschirr in einen Korb. Als der Sommelier die Schwester auf die Vorkommnisse der letzten Nacht ansprach, drehte sie sich um, lehnte sich an den edelstählernen Arbeitstisch und stützte ihre Hände links und rechts auf den Kanten ab. Dampf stieg aus der Spülmaschine empor, sie nahm eine Armlänge Abstand. Hinter ihrem Rücken kam plötzlich die leere Burgunderflasche zum Vorschein. Schwester Magdalena schien also noch ganze Arbeit geleistet zu haben, als Benjamin schon im Bett gelegen hatte.

»Wir modernisieren das Kloster, wo wir können, aber das Geld reicht nur begrenzt, verstehen Sie?«, begann die Nonne. Ihre Stimme klang weich, warm und bedrückt, regelrecht gezeichnet von Selbstqual, nichts davon wollte so recht zu ihrer handfesten Erscheinung passen. Benjamin sah sie kurz vor sich, wie sie tags zuvor noch eine Motorsäge über ihrem Kopf geschwungen hatte, sodass ihr Schleier in der Abgaswolke wie eine Fahne im Wind geflattert hatte. Sie ballte ihre Hände zu Fäusten und schüttelte den Kopf. »Wobei wir nie eine Warmwasserleitung im Pförtnerhaus in Betracht gezogen haben. Die Gastschwestern haben dort nur genächtigt, wenn Gäste im Kloster logierten.«

»Bischof Eltzheim erzählte etwas von einem Unfall mit Strom, aber ich verstehe nicht so recht …«

»Unter dem Waschbecken war ein uralter Wasserboiler montiert. Man hätte das Gerät längst auf seine Tauglichkeit kontrollieren müssen. Es stand sogar auf unserer Aufgabenliste, es war im Grunde nur eine Frage der Zeit, bis …« Die Stimme der Nonne brach. Sie machte eine Pause, klopfte mit den geballten Fäusten auf die Tischkante und biss sich auf die Unterlippe. Sie atmete tief ein und fuhr klar, nüchtern und mit gestrafften Schultern fort: »Die Heizspulen im Wasserboiler waren verkalkt und brüchig. Wasser und Wasserhahn standen unter Strom.« Benjamin nickte betroffen, seine Gedanken drifteten ab. Jetzt begriff er, weshalb die Gastschwester so eigentümlich gezuckt hatte: Sie war von Stromschlägen geschüttelt worden, war dann ohnmächtig geworden, und als das Waschbecken überlief … Da ließ ihn Schwester Gudula aufhorchen.

»Dabei können wir noch von Glück sprechen, dass unser Herr Bischof vor Ort war, sonst wäre eine noch größere Tragödie geschehen!«, rief sie aus.

Benjamins Blut geriet in Wallung. »Warum?«

»Weil ich altes Rindvieh im Nebenraum die Sicherung wieder einlegen wollte, damit wir mehr Licht haben«, jammerte die Nonne. »Umgebracht, glatt umgebracht hätte ich damit Schwester Edith und Schwester Raphaela, es stand ja alles unter Wasser! Geistesgegenwärtig hat der Bischof mich noch zurückgehalten. Gott sei's ihm gedankt!«

»Anscheinend versteht er also doch etwas von Strom«, murmelte der Sommelier.

»Entschuldigung?«

»Nichts«, erwiderte Benjamin und fragte misstrauisch: »Hat sich die Sache denn ein Sachverständiger angesehen, oder ist das alles, ja – Mutmaßung?«

»Was denken Sie denn? Seit den Laudes ist ein Elektriker da. Seit einer Stunde rennen Schwester Edith und ich hin und her«, erwiderte Gudula argwöhnisch. An ihren Augen erkannte der Sommelier, dass sie die Frage anmaßend fand. »Und jetzt entschuldigen Sie mich bitte, ich muss auch noch helfen, die Antoniuskapelle für die Totenwache vorzubereiten«, erklärte sie, drehte sich um, packte klappernd den Stapel aus vier Tellern und ließ ihn auf einmal in die Spülmaschine plumpsen.

Benjamin sah ihr kurz zu, dann fügte er an: »Es tut mir sehr leid für Ihren Verlust.«

Schwester Gudula hielt in der Bewegung inne. Sie stützte sich erneut auf der Kante ab, diesmal bekam der Sommelier aber nur den massigen Rücken der Frau zu sehen. Sie starrte die geflieste Wand an. »Wir treffen uns vor der Mittagshore zu einem Sterberosenkranz«, sprach sie in die Leere. »Sie sind herzlich eingeladen, der Konvent sammelt sich zu halb zwölf in der Kirche.«

Vierzehn

Die Tür des Pförtnerhauses war zu. Neben dem Gebäude parkte nicht nur ein Kasten-, sondern auch ein Polizeiwagen. Elektriker, Beamte oder Ordensfrauen konnte Benjamin nicht ausmachen, geschweige denn irgendeine Bewegung, die ihm Aufschluss über die Vorgänge dort drüben gab. Denn trotz seiner Neugier traute er sich nicht näher heran.

Die Luft war frisch und kühl. Drei Spaziergänger studierten die Aushänge in einem Schaukasten neben dem Kircheneingang. Über den Weinberg knatterte ein Traktor. Der Sommelier schlenderte zur verglasten Eingangstür des Klosterladens. Das Licht war gelöscht, aber auf der Lauffläche zwischen allerhand Regalen mit Büchern, Postkarten, buntem Steinschmuck und kleinen Madonnen erkannte er eine schillernde Plastikfolie, auf der nebeneinander die Blumenkästen standen, die vor einigen Tagen beim großen Gartengewimmel bepflanzt wurden.

Wahrscheinlich wurden die Kübel erst nach den Eisheiligen an ihren Bestimmungsort verlegt. Benjamin schenkte seine Aufmerksamkeit der Sammlung an Weinflaschen, die in dem kleinen Schaufenster des Ladens aufgereiht standen. Die Jahrgänge der Ausstellungsstücke datierten allesamt auf das Jahr 2012 zurück. Die Etiketten waren wegen der langen Zeit im Tageslicht des Schaufensters bereits ausgebleicht. Er sah zwei Sorten Klosterberg Spätburgunder sowie einen Klosterberg Riesling als Kabinett, Spätlese und Trockenbeerenauslese. Der Qualitätswein in der Literflasche, den Benjamin bei Lara probiert hatte, kostete acht

Euro. Eindeutig zu viel. »Diese Plörre«, grummelte der Sommelier missgestimmt. Er fühlte sich gerädert von der letzten Nacht, vom Leben an und für sich, obendrein hatte er keinerlei Lust, mit der Inventur anzufangen.

Erst der Gedanke an die zwei nackten, namenlosen Holzkisten pikte unsanft das Wesen seines Tatendrangs. Der Sommelier wollte sich gerade aufraffen – die Kirchenglocke schlug acht Uhr und klang wie der Startschuss, um seinen Müßiggang zu überwinden –, als im Pförtnerhaus Bewegung in die Sache kam: Die Tür schwang auf, heraus traten ein Mann in dunkelblauem Arbeitsoverall, zwei Beamte sowie die Äbtissin und Schwester Edith. Benjamin schielte verstohlen hinüber. Nach einer kurzen Unterhaltung löste sich die Gruppe auf. Die Polizisten und der Elektriker stiegen in ihre Wagen und fuhren vom Hof, die beiden Nonnen gingen in geruhsamem Gleichschritt auf die Kirche zu. Als sie zu Benjamin herüberblickten, hob er kurz seinen Arm zum Gruß. Die Nonnen machten einen Schlenker und steuerten auf ihn zu. Es kribbelte in seinem Magen.

Die beiden Schwestern bestätigten, was Schwester Gudula angedeutet hatte. Schwester Agnes' Ableben wurde offiziell als Unfall verbucht. So wie Panas Herdverpuffung und Schwester Rosaldas Sturz. Und ja, es waren drei schreckliche, grauenhafte, markerschütternde Unglücke geschehen, aber wenn die Schwestern daran irgendetwas auffällig fanden, dann ließen sie es sich nicht anmerken. *Die Wege des Herrn* und so weiter und so fort. Was hatte der Bischof vorhin gefaselt? *Was auch immer geschehen ist, war schon vorher da, und was geschehen* – Benjamin hatte den Rest des schwachgeistigen Zitats schon wieder vergessen.

Als Benjamin kurz nach der Unterhaltung in den Keller stieg, war er aufgebracht, zerknirscht, irgendwie stinksauer. In Gedanken überspitzte er die Konversationen mit dem Bischof und den

Ordensschwestern, die ja todtraurig, wenigstens geknickt, niedergeschlagen oder durcheinander wirkten. Aber kam wirklich nur ihm die ganze Angelegenheit eigenartig vor?

Er stieg ins Kellergewölbe hinab, über eine Treppe, die von einem Nebenraum der Klosterküche abging. Mit Schwester Agnes war er diesen Weg nach seiner Ankunft gelaufen, und mit jedem Schritt abwärts stieg seine Wut. Als er vor der Gruft ankam und die brennende Grabkerze betrachtete, war er fuchsteufelswild – ein tödlicher Sturz, eine lebensgefährliche Verpuffung, eine brüchige Heizspule? *Der Herr gibt es, der Herr nimmt es?* In seiner linken Hand baumelte die Baumarkttüte, in der rechten Hand hielt er einen Unkrautstecher wie einen Dolch. Ja, einen Unkrautstecher. Das Zusammentreffen mit den beiden Klosteroberinnen war nämlich nicht ganz vergebens gewesen: Die Priorin hatte einen Schlüssel für den Klosterladen gehabt und dem Sommelier das spitze Gartengerät geborgt, das er neben den Blumenkästen auf dem Boden entdeckt hatte.

Die zwei namenlosen Holzkisten trug Benjamin auf eine der hüfthohen Wandnischen im ersten Gewölbekeller. Er nahm die Akkuleuchte aus der Tüte und schaltete sie an. Er hebelte mit dem Unkrautstecher die Deckel ab und staunte nicht schlecht, als er darin insgesamt zehn Cognac- und Brandyflaschen fand, sanft gebettet in ein Nest aus Stroh. Benjamin zog eine Flasche Sarajishvili 20th Century hervor, einen Hine Triomphe Talent de Thomas und einen raren Hardy Perfection. Die Weinbrände schillerten gold- und bronzefarben. Benjamin schüttelte ungläubig den Kopf. Dieser Bender. Dieser maßlos versoffene, fachkundige, steinreiche Ernst-August Bender. Es waren tolle Raritäten, die er in Händen hielt. Sie ließen das Herz eines jeden Liebhabers höherschlagen und waren sicher Tausende Euro pro Flasche Wert. Vom Hocker riss Benjamin sein Fund allerdings nicht. Im Kontext dieser erhabenen Weinsammlung waren die Spirituosen eben nur ein weiteres i-Tüpfelchen, die hundertste Kirsche auf der Torte. Erstens.

Zweitens mochte Benjamin keinen Cognac, und drittens vermochte an diesem Morgen auch sein Aufenthalt in diesem Schrein heiliger Bouteillen seine Laune nicht zu heben. Er reihte die Weinbrände nebeneinander auf eine Sargwandnische, stellte sein Notebook daneben und legte eine Tabelle an. Er dokumentierte die Brände und bettete sie wieder zur Ruhe. Mit dem stumpfen Griff des Unkrautstechers klopfte er die Kisten notdürftig zu, schob sie in das hinterste Eck dieser Weingruft und schleppte danach alle Kisten Château Palmer nach vorne, die sich über zwei verschiedene Keller verteilten. Es stand außer Frage, der Sommelier hatte mit der sachbezogenen, emotionslosen und ihm ganz grundsätzlich verhassten Aufgabe einer Inventur begonnen.

Es mochte eine Stunde oder mehr vergangen sein, die vordere Gruft hatte sich zu einem Drittel gefüllt, und es war kein Ende in Sicht, da konnte Benjamin nicht mehr ignorieren, dass er fror, trotz Pullover, Schal und Kiwi-Sitzkissen, mit dem er seine Jacke ausstaffiert hatte. Er hatte eben auch wenig geschlafen, war müde, wahrscheinlich war ihm deswegen kälter als gewöhnlich. Er pustete sich in die Hände, betrachtete dabei eine Kompanie an Burgunderflaschen von der Domaine Jean Grivot und der Domaine Comte Georges de Vogüé, die ihm verführerisch vom Sarggesims herunter salutierten, und schaute auf seine Computeruhr. Es war schon weit nach zehn. Benjamin dachte erneut an den hundsmiserablen Klosterberg-Riesling, mit dem er noch eine Rechnung offen hatte. Er schaltete die Leuchte aus, stellte das Notebook in den Stand-by-Modus und stieg in die Klosterküche. Unverhofft fand er dort neben der Gastrowanne mit dem Tagescatering eine Thermoskanne mit warmem Kaffee, die er sich samt Tasse und Weinglas unter den Nagel riss.

Er ging in den großen Klosterkeller, in dem es im Gegensatz zu der Weingruft angenehm war. Er wanderte kurz in dem Flaschen- und Kistenlager umher, zwischen den Türmen aus drei Mann hohen Gitterboxen, stellte dann Thermoskanne, Tasse und Weinglas auf den Steinboden und spazierte in den Gärkeller. Der typische Geruch nach Kellertuch – dem Schimmelpilz *Zasmidium cellare* – und nacktem Stein lag in der Luft, ein Geruch, der ihn nicht nur an die unzähligen Weinkeller denken ließ, die er in seinem Leben besichtigt hatte, der erste Gedanke galt dem Weinkeller seines Winzeronkels Konrad, der am Kaiserstuhl das kleine Weingut Kranzer betrieb, wo Benjamin schon als Kind herumtollen durfte.

Der Sommelier sah sich um. Eine mobile Abfüllanlage stand verwaist im Halbdunkel, dahinter erkannte er eine Traubenmühle und Presse, in der Nähe eines nach Süden gelegenen Doppel-Holztors stand eine alte Abbeermaschine. Ein halbes Dutzend Edelstahltanks schillerten im schwachen Licht der wenigen Oberlichter. Nirgends wurden Einzelflaschen gelagert. Benjamin schaute in einen kleinen Verschlag aus Holz und Glas, nicht größer als eine Telefonzelle. Darin fand er einen Bürostuhl und ein schmales Tischchen, auf dem einige vergilbte Papierbögen lagen und eine fast leere Spätburgunderflasche stand. Unter der Holzplatte entdeckte er einen mobilen, strombetriebenen Heizkörper – stand er gerade im ehemaligen Büro des Kellermeisters?

Er ging bis ans Ende des Gärkellers und fand sich vor einer schweren Metalltür wieder. Kaum hatte er sie aufgestoßen, schlug ihm ein beißender Geruch nach Chemikalien entgegen. Dünger und Mittel zur Weinschönung wurden hier gelagert und waren auch mit der Schließung des Klosterweinguts nicht entsorgt worden. Der Sommelier zog sich seinen Pullover über die Nase, setzte einen Fuß in den Raum und hielt mit dem anderen Fuß die Tür offen. Er warf einen Blick auf Eimer und Kanister. *Diammonium-phosphat* stand auf einem, *Thiaminium-Dichlorhydrat* auf einem anderen, es gab *Siliziumdioxid, Kaliumtartrat, Calciumphytat, Kupfersulfat* und zwei große Tonnen mit *Kaliumdisulfit*, besser bekannt als Schwefelpulver – der Stoff, aus dem die Alpträume dogmatischer Naturweinwinzer gestrickt wurden. Im Hintergrund rosteten einige Dosen auf Wandregalen dahin. Es war ein Raum randvoll mit teils nützlichem und viel unsinnigem Dreckszeug. Der ehemalige Kellermeister schien noch aus der Weinbauschule der Fünfziger- und Sechzigerjahre zu stammen, wo im Weinberg und Keller streng nach dem Prinzip *Viel hilft viel* gearbeitet worden war.

Benjamin schloss die Tür und überlegte. Es blieb ihm also nichts anderes übrig, als Kartons aufzureißen, wenn er an die Weine heranwollte. Mit dumpfen, hallenden Schritten lief er zurück ins Flaschenlager, angelte je einen Karton 2015er Qualitäts- und Kabinett-Riesling aus einem Regal, die im Gegensatz zu den Spätauslesen einen Schraubverschluss hatten. Bei den Jahrgängen achtete er darauf, dass sie jeweils ein Jahr jünger waren als der Wein, den er probiert hatte. Er nahm eine Flasche heraus, klappte den Karton wieder zu, um ihn als Hocker zu nutzen, doch kaum hatte er sich niedergelassen, knallte es im Gärkeller. Es war ein lautes, hohles, jähes Schnappen von Metall auf Metall, das an den nackten Steinwänden lawinenartig emporrollte und genauso schnell verklang, wie es erklungen war.

Benjamin sprang erschrocken auf. Gab es noch einen anderen Zugang in die Weinbereitung? War er hier unten nicht allein?

Er stellte sich schon Schwester Ediths blasierten Gesichtsausdruck vor, wenn sie ihren angeheuerten Weinfachmann morgens um zehn im falschen Keller vorfand, bei einer gemütlichen Rieslingverkostung, selig schunkelnd auf einer Weinkiste. Benjamin lauschte. Es blieb still. Der Sommelier wollte gerade wieder Platz nehmen, als ihn seine Unsicherheit doch zurück in den Gärkeller trieb. Edelstahltanks schillerten, Geräte rosteten, *Zasmidium cellare* schimmelte. Benjamin ging zum Holztor. Die beiden Türen waren mit einem dicken, gusseisernen Fallhaken und Öse verschlossen. Er rüttelte kurz daran. Dann ging er zurück zum Chemikalienkeller und zog die schwere Eisentür auf. Nichts. Hier war nichts und niemand. War vielleicht das alte Schloss etwas verspätet eingerastet und knallend zurückgeschnappt? Da entdeckte Benjamin am unteren Teil der Edelstahltanks die offenen Auslaufrohre, aus denen der Wein abgelassen wurde. Die Ablaufkappen baumelten an Scharnieren herab.

Er ging hinüber. Hob eine Ablaufkappe an und ließ sie gegen den Tank fallen. Es erklang ein lautes, hohles, jähes Schnappen von Metall auf Metall, das an den nackten Steinwänden lawinenartig emporrollte und genauso schnell verklang wie es erklungen war. Irritiert sah sich der Sommelier um.

»Hallo«, rief er. »Ist da wer?«

Niemand antwortete. Stille.

Er ging um jeden einzelnen Tank herum – hatte vielleicht eine der Klappen nur leicht auf dem Gewinde gesessen und sich im Luftzug der Metalltür gelöst?

Schulterzuckend ging Benjamin zurück ins Flaschenlager, schraubte die Weine auf und probierte. Sie schmeckten ihm nicht, aber waren nicht ganz so miserabel wie der 2014er. Wenigstens schillerte bei diesen Abfüllungen noch die Rebsorte hindurch, wenn auch nicht zum Vorteil, denn dieses Mal war der Riesling in die entgegengesetzte Richtung übersteuert worden: Beißende Apfelsäure und strenge, grüne Noten zogen dem Sommelier die Geschmacksnerven zusammen. Da war es nun wirklich besser, diese Weine im Klosterladen zu verkaufen und dem Messweinkelch einen Spitzenwein vorzubehalten. Wieder hatte Benjamin Eltzheim vor Augen. Was hatte die Novizin letzte Nacht über den Bischof erzählt? Er sei immer *fickrig auf die Weine* gewesen und schon mittags durch die Küche scharwenzelt, um zu sehen, was für ihn aus dem Keller geholt wurde. Und was hatte der Mann noch gleich bei ihrer ersten Begegnung gesagt? *Dann kann ich mich zum Abendessen auf einen guten Tropfen Ihrer Wahl freuen.*

Benjamin klapperte nachdenklich seine Schneidezähne aufeinander, es klang, als würde ein Männchen gegen die Innenseite seines Schädels hämmern und rufen: Strengen Sie Ihre hohle Nuss mal an, Herr Freling! Das tat der Sommelier, aber es half nichts. Was bedeutete das alles?

Er zog sein Mobiltelefon zu Rate und googelte den Namen des Bischofs. Seine Suche führte ihn zunächst auf den Internetauftritt des Bistums Speyer, wo er nicht nur ein Grußwort des Mannes fand, sondern obendrein einen ausführlichen Lebenslauf. Bischof Ludwig-Frank Eltzheim war Ende fünfzig, wurde im Jahr 1965 in Hanau im Bistum Fulda geboren. Am Bodensee war er auf einem katholischen Internat gewesen, in Frankfurt hatte er anschließend Theologie an der Hochschule St. Georgen studiert und in Rom mit einer Doktorarbeit abgeschlossen. Er war Pfarrer in einer Gemeinde in Baden-Württemberg gewesen, hatte zwei Jahre in Südamerika gelebt: Missionsarbeit, um den Zusammenhalt von Partnerkirchen in Ecuador, Peru und Guatemala zu gewährleisten. Im Jahr 2010 ernannte ihn Papst Benedikt XVI. zum Weihbischof in Speyer, was immer das sein mochte. Im Jahr 2014 wurde er schließlich von Papst Franziskus zum Bischof des Bistums berufen.

Das Querlesen einiger Zeitungsartikel brachte Benjamin auch keine Eingebung. Eltzheim war erst vor einer Woche in einem Pflegeheim gewesen, zum Geburtstag einer 111-jährigen Seniorin. Er hatte eine Vielzahl an Abhandlungen verfasst. Er war dieses Jahr Gastredner beim Jubiläum einer karitativen Einrichtung und Schirmherr einer Kunstaktion mehrerer katholischer Kindergärten in seinem Bistum gewesen. Nichts fiel dem Sommelier auf, nichts machte den Mann verdächtig. Und dennoch: Die Schatzkammer unten im Gewölbekeller, der verschwundene Schlüssel, das leere Regalfach, die drei Unfälle und das Tagebuch in den Händen des Bischofs – nicht zu vergessen, dass der Mann immer vor Ort gewesen war, wenn ein Unfall geschehen war. Ohne Frage wusste der Mann auch über den Wert der Weine Bescheid.

Benjamin verfeinerte seine Suche, gab den Namen des Bischofs in Verbindung mit Wein, Skandal, Affäre, Eklat, ja sogar Mord ein. Nichts brachte ein Ergebnis. Aber es gab eine Verbindung zwischen den Vorkommnissen und dem Geistlichen, es musste eine Verbindung geben, Benjamin spürte es, er bekam die losen Enden der Geschichte aber nicht zusammengefädelt.

Draußen, weit entfernt, erklang eine helle Glocke. Benjamin sah auf sein Mobiltelefon. Es war zwanzig nach elf. War nicht gleich das Rosenkranzgebet für Schwester Agnes? War der Bischof dort ebenfalls?

Fünfzehn

Er war eben doch ein Ungläubiger. Zwei Tage war Benjamin nun schon auf dem Gelände, aber die Kirche hatte er noch nicht von innen gesehen – außer in Prospekten oder auf dem Internetauftritt der Abtei, was ihm vor dem Jüngsten Gericht wahrscheinlich nicht wirklich hoch angerechnet werden würde.

Er blieb kurz am Weihwasserbecken stehen, das rechts in die Wand eingearbeitet worden war und wie der Boden aus cremefarbenem Marmor bestand. Er blickte in das Kirchenschiff. Eine Allee aus schnörkellosen Steinsäulen grenzte das Mittelschiff von den Seitenschiffen ab. Die Kirche war noch menschenleer, weshalb der Sommelier den Mittelgang zwischen den Bankreihen entlangschritt, über seinem Kopf die zierdelose Kassettendecke aus dunklem Holz, ohne Fresken oder Malereien. Vorne geboten ihm die Chorschranken Einhalt. Die Kuppel war mit einem monumentalen Gemälde von Christus bemalt, der spitzfindig auf Benjamin herabschaute, aber seine Arme weit ausbreitete. Immerhin. Auf dem Altarblock aus weißem Kalkstein lag ein Tuch aus schwarzem Leinen, darauf ragte ein edelsteinbesetztes Kreuz in die Höhe. Mehrere Kerzen brannten. Links erkannte der Sommelier einen reich verzierten, hölzernen Marienaltar. In die beiden Querhäuser konnte er nicht hineinsehen.

Benjamin ließ sich auf einer der mittleren Bankreihen nieder. Kaum stellte er sich die Frage, ob die Andacht woanders stattfand – hatte er Schwester Gudula falsch verstanden, versammelte sich der Konvent vielleicht in der Antoniuskapelle? –, da nahm er etwas wahr. Das Schwingen einer Tür? Es folgte das zarte Trippeln von Füßen. Es knarzte. Stoff rieb über Holz. Es klang wie Körper, die sich auf Bänken niederließen. In dem weiten Raum steigerte sich jedes Wispern zu einem Laut. Jedes gesprochene Wort musste wie ein Echo von den nackten Wänden schallen. Benjamin war also nicht mehr allein in der Kirche, aber er sah keinen Menschen und konnte die Geräusche auch nicht verorten. Er drehte sich um und blickte hinauf zur Empore. Die Orgel passte schon mehr zu der gestaltungsfreudigen Außenarchitektur der Kirche und weniger zu dem recht schlichten Innenraum: Hinter der Balustrade erhoben sich unzählige silbrig-schimmernde Orgelpfeifen, die von einer Unmenge verschnörkelter goldfarbener Wappen und Ornamenten umrahmt wurden. Es gab Engel, Dämonen – nur Nonnen sah er keine.

Die Empore war also so ausgestorben wie der Rest der Kirche. Verbargen sich die Ordensfrauen in einem der Querhäuser? Stille senkte sich herab. Da tauchte der Bischof wie aus dem Nichts hinter dem Altar auf. Wieder fiel Benjamin auf, wie groß der Mann war, er maß sicher einen Meter neunzig. Seine erhabene Statur wurde durch seine Kleidung betont: Er trug die schwarze Soutane mit violetten Knöpfen und violetten Nähten an den Armmanschetten, darüber ein weißes verziertes, hüftlanges Baumwollgewand, eine violette Mozetta, darunter ragten die violetten Enden seiner Stola hervor. Seinen Kopf bedeckte die violette Kappe. Er stakste durch den Chor wie eine Giraffe, würdigte das Kirchenschiff keines Blickes, beugte das Knie vor dem Altar, wandte sich dann allerdings ab und kniete vor dem seitlichen Marienaltar nieder. Benjamin folgte jeder seiner Bewegungen mit malmendem Kiefer. Er war wütend auf den Mann, sah ihn vor seinem inneren Auge unaufhörlich den Gasherd aufdrehen, er sah Pana, wie er den Herd anzündete, er sah Schwester Agnes hinter vergitterten

Fenstern, und er sah sich selbst, wie er bei ihrem Überlebenskampf zusah. Draußen, hilflos in der Dunkelheit.

Eltzheim faltete die Hände, fiel dann aber nicht auf die Knie und versank im Gebet, sondern drehte langsam, fast statisch seinen Oberkörper. Benjamin wusste nicht, wie ihm geschah, der Mann fixierte ihn plötzlich – ihn, Benjamin Freling, den Störenfried der Exerzitien, den Saboteur heiliger Riten. Benjamins Kopf klappte wie von Geisterhand herunter, sein Kinn sank reumütig auf seine Brust. Er hatte das Gefühl, Buße tun zu müssen, beziehungsweise er hatte das Gefühl, so tun zu müssen, als täte er Buße für seine ganze Unbesonnenheit, es gab in dieser Welt keinen Ausdruck für seine Ignoranz gegenüber der Herrlichkeit Gottes. Er faltete die Hände im Schoß, sah plötzlich sein zerlumptes Äußeres, mit dem er es wagte, in dieses Gotteshaus zu stolzieren. Er sah die Flecken auf seiner Jeans, die er schon zwei Tage anhatte. Er sah die Fransen am Hosenbund, sah den zerschlissenen Parka und den rostroten verwaschenen Kapuzenpulli, den er so gern trug. Er wollte sich nicht die Anzahl an Ave-Marias ausmalen, die ihm ein Priester zur Sühne für seine Daseinsform aufbrummen würde. Es gab auch kein denkbares Höchstmaß an Rosenkranzgebeten, die ansatzweise verzeihen würden, was er gleich zu tun gedachte.

Nach wenigen Atemzügen schielte er zum Bischof. Der Mann tat nun, was er von ihm erwartete: Er kniete mit gesenktem Haupt und geschlossenen Augen vor dem Altar. Und in dieser Position würde er mit Sicherheit auch die nächsten fünfundzwanzig Minuten verharren. Oder sogar noch länger? Es folgte ja noch dieses Dings … Schwester Gudula hatte es erwähnt, aber Benjamin hatte den Namen der Mittagsveranstaltung schon wieder vergessen, die exakt eine weitere Viertelstunde dauern würde. Dieses Detail hatte er jedenfalls nicht vergessen, was ihm also Pi mal Daumen eine Dreiviertelstunde Zeit verschaffte. Der Sommelier stand leise auf, eilte aus der Kirche und hinüber in die Klosterküche. Er riss die Schublade auf, in der er vorgestern den Korkenzieher gefunden hatte. Er hatte richtig gesehen: In einem Besteckfach lagen zwei Dutzend dünne Fleischspieße. Benjamin packte einen davon und sprintete mit weiten Sprüngen ins Obergeschoss, er nahm zwei, drei Stufen auf einmal. Alle Gästezimmer waren seines Wissens unbewohnt. Nur neben einer Tür ganz am Ende des Flurs standen, schon seit er im Kloster angekommen war, ein Paar robuste Wanderschuhe. Die Unterkunft des Bischofs.

Benjamin zerrte sein Telefon hervor, öffnete die erstbeste Internetseite, die sich mit Schlösserknacken befasste. Er erfuhr, dass es sich bei dem Türschloss, das er vor sich hatte, um ein Buntbartschloss handelte, was den Sommelier weniger kümmerte als die Tatsache, dass er schnellstmöglich wissen wollte, wie er mit seinem Fleischspieß dieses Schloss zu bearbeiten hatte. Es konnte kein Hexenwerk sein, man sah doch immer wieder, dass Türen so aufzukriegen waren. Ungeduldig wechselte Benjamin zu einem Video, das sich dem Thema sehr ausführlich widmete: Die Laufzeit des Films betrug zwanzig Minuten. Benjamin knurrte und ließ das Telefon wieder in seiner Jacke verschwinden. So kam er nicht voran. Kurzerhand steckte er den Fleischspieß unter die Türkante und verbog die Spitze. Dann rammte er seinen provisorischen Dietrich ins Schloss. Er rührte, bohrte und stocherte darin, doch der Metallstab verbog sich unter seiner Krafteinwirkung nur noch mehr, er drehte und wendete ihn, rüttelte dabei am Türknauf, minutenlang, es war nichts zu machen.

Benjamin machte einen Schritt zurück und betrachtete mutlos den Eingang. Er unternahm einen weiteren Versuch. Er umfasste den Fleischspieß zärtlich wie einen Dirigentenstab, aber auch mit der sanften Methode blieb ihm der Zutritt verwehrt.

Der Sommelier gab sich geschlagen, schlurfte ins Untergeschoss und blickte verdrossen durch ein Fenster. Drei, vier Autos standen auf dem Parkplatz, die erst in den letzten Minuten gekommen sein konnten. Ein altes Ehepaar schritt auf den Kircheneingang zu. Benjamin hatte mehrmals gelesen, dass eine Besonderheit des Klosters Marienwingert die Gregorianischen Choräle waren, die die Nonnen mittags um zwölf darboten. Sie sangen die Psalmen in mittelalterlichem Latein, was scheinbar viele Gläubige und auch Touristen anzog. Wie hieß nur die Mittagsmesse?

Er fischte sein Telefon aus seinem Parka. *Mittagshore.* So hieß das Stundengebet, das gleich begann. Es war kurz vor zwölf. Da hielt der am Krückstock gehende Mann am Schaukasten an, unter dem eine aufklappbare Metallbox angebracht war. Seine Frau stand bereits auf den Stufen zur Kirche und wartete ungeduldig. Der Alte zog ein Kärtchen hervor, so groß wie eine Kreditkarte. Wahrscheinlich waren darauf nochmals die Gottesdienstzeiten vermerkt, oder es handelte sich um Bibelsprüche zum Mitnehmen. Benjamin hatte keine Ahnung, und es war ihm auch schnuppe, er hatte eine Eingebung und tastete nach seinem Portemonnaie.

Kurz nach zwölf sprang die Zimmertür von Ludwig-Frank Eltzheim auf. Ungläubig starrte der Sommelier auf die Kreditkarte in seiner Hand. Anstatt in Jubel auszubrechen, bekam er einen Schreck. Hätte er insgeheim doch lieber versagt? Sein Herz trommelte, sein Atem war heiß, seine Hände feucht. Er sah den leeren Gang hinab, blickte in das offene Gästezimmer. Auf dem Nachttisch standen ein altmodischer Wecker und eine hohe mattweiße, filigran gearbeitete Marienfigur, die ihre rechte Hand erhoben hatte. Ihre Finger, Gesicht und auch der Faltenwurf ihres Kleides waren Präzisionsarbeiten, auf ihrem linken Arm lag ein Christuskind in eine Decke gewickelt. Auf einem Stuhl lehnte eine Aktentasche. Daneben stand ein Koffer auf dem Laminatboden. Im nächsten Moment war der Sommelier im Raum und schloss hinter sich die Tür. Mit zwei Schritten hatte er das Zimmer durchquert und zog die Nachttischschublade auf. Darin lag eine Tablettenbox, ein Mobiltelefon und der dicke Schinken, den Eltzheim heute Morgen noch studiert hatte. Benjamin holte einmal tief Luft, dann riss er die Aktentasche auf. Er griff hinein, fand eine Registermappe, mehrere Kirchenmagazine, den Katalog eines Nürnberger Kunsthauses, ein Wust aus Unterlagen, er zog einen Reißverschluss auf, griff in ein Seitenfach – und hielt plötzlich das Tagebuch in seinen Händen.

Der Sommelier zögerte keinen Augenblick und schlug es auf. Seine Augen sprangen über die Sätze, er war viel zu aufgeregt, um den Sinn zu erfassen, nur eines wurde ihm beim Anblick der Seiten klar: Die bürokratische Stempel-Handschrift Eltzheims war das nicht. Er zog sein Telefon hervor und begann zitternd die Seiten abzufotografieren. Erst nach wenigen Sekunden warf er einen Blick auf das Datum der Notizen. Sie reichten Monate zurück. Es waren auch zu viele, einfach viel zu viele Seiten, um sie allesamt abzulichten. Es war schon zehn nach zwölf. Nervös drehte der Sommelier sich zur Tür. Sein ganzer Körper zuckte um sein prügelndes Herz. Er dachte, Eltzheim stünde hinter ihm. Es war aber nur die schwarze Soutane, die ihm einen Todesschreck einjagte: Das Ordensgewand hing an einem Kleiderbügel an der Tür. Benjamin fasste Mut, blätterte schnell im Tagebuch nach vorne. Ab März – dem Zeitpunkt, zu dem er ungefähr Schwester Rosaldas Tod verortete – begann er wieder zu fotografieren. Seite für Seite für Seite. Viertel nach zwölf war längst vorbei, als er fertig wurde. Benjamin schob das Tagebuch zurück in die Aktentasche und eilte zur Tür. Erleichtert hatte er schon die Hand an der Klinke, da sah er, dass das Nachttischchen noch offen stand.

Mit einem Satz sprang er zum Bett und knallte fluchend die Schublade zu. Die Marienstatue kippelte. Benjamin kreischte mit geschlossenem Mund, warf sich dabei nach vorne, schnappte die Figur im Fallen. Erleichtert bekam er sie zu fassen. Sie war zwar klein, aber aus Stein und kam dem Sommelier erstaunlich schwer vor. An zwei Stellen waren feine Haarrisse erkenntlich. Er stellte sie schnell zurück an ihren Platz. Dann realisierte er, dass etwas fehlte. Der Arm. Marias Arm fehlte, und kurz flüchtete der Blick des Sommeliers zum Fenster hinaus, verschwamm mit dem Horizont. Im Weinberg waren die Winzer unterwegs. Sie gingen ihrer ehrlichen Arbeit nach, während er als Kleinkrimineller in klösterliche Gästezimmer einbrach und Eigentum von Bischöfen zerstörte. Aber es half nichts. Benjamin warf sich vornüber, tastete zwischen den Möbeln umher. Als er den Arm zwischen den Fingern spürte, hörte er eine Tür. Sie fiel ins Schloss. Irgendwo, im Stockwerk unter sich. Schnell ließ er den Arm in seiner Jacke verschwinden, fotografierte in Windeseile die Statue und sprang zur Tür. Dann hörte er Schritte im Flur.

Benjamins Herz setzte aus. Er sah schon das fratzenhafte Gesicht des Bischofs vor sich. Das Dickicht seiner Augenbrauen und darunter die schwarzen Augen, die ihn mit Haut und Haaren verschlangen. Er sah sich selbst. Stehend vor dem Kirchenoberhaupt. Mit gesenktem Kopf, aufs Tiefste gedemütigt, er malte sich wilde Ausreden aus, die er mit überschlagender Stimme darbot: *Wie jetzt? Ist es die Möglichkeit! Das – ist – ja – gar – nicht – mein – Zimmer? Hat man so etwas schon einmal gehört, Herr Bischof? Ich kann Ihnen nur raten, in Zukunft besser abzuschließen, man weiß ja nie – aber wie meinen Sie das? Die Tür habe nur einen Türknauf? Also dann weiß ich auch nicht, wie ich hier reingekommen …* Die Tritte verklangen, hörten einfach auf. Zack, Stille. Stand der Bischof vor der Tür? Fischte er in den Tiefen seines rosafarbenen

Nachthemds nach einem Zimmerschlüssel? Das musste es sein. Gleich würde das Schloss aufschnappen und dann, dann … Benjamin hielt den Atem an.

Doch nichts geschah.

Die Schritte entfernten sich.

Der Sommelier brauchte ein paar Sekunden, um seinen Puls in einen weniger lebensbedrohlichen Rhythmus zu senken.

Sanft wie ein Lufthauch zog er die Tür auf und schielte ums Eck. Der Flur war leer.

Sechzehn

»Hi, Benny«, zwitscherte Lara fröhlich – etwas übertrieben fröhlich, wie der Sommelier fand – und fuhr fort: »Würde es dir etwas ausmachen, wenn wir unser Date von heute Mittag nochmals verschieben würden, auf Spätnachmittag?«

»Welches Date?«, fragte der Sommelier, seine Augen sprangen dabei über den Bildschirm, er war müde und fahrig, hatte er in den letzten eineinhalb Stunde doch mehr Marienstatuen angesehen als in den gesamten einunddreißig Jahren zuvor. Er scrollte auf dem Bildschirm nach unten. Es gab Madonnen aus Naturholz, Marmor, Gips, Kunstharz oder Keramik. Es gab sie unbefleckt und bepinselt, mit Zepter oder Krone, mit wallendem Haar oder Kopfbedeckung, mit ineinandergelegten Handflächen oder mit weit ausgebreiteten Armen, die aussagten: *Kommet zu mir.* Es gab die Gottesmutter mit Jesus im Arm, als Säugling oder gar als gepeinigter, toter Mann in Lendenschurz. Meist gab es die Statuen stehend, manchmal kniend vor einem Betpult, selten sitzend. Es gab sogar abstrakte Madonnen, geschnitzt aus Sandel- oder Kirschholz, die höflich formuliert wie ein Soßenklecks aussahen, abgebunden mit zu viel Gelatine. Eine der Skulpturen hätte ein Gynäkologe auch problemlos als Erklärungsmodell einer Vagina nutzen können, aber egal wie, von zehn bis dreihundertvierzig Euro, inklusive Expressversand: Der Markt an Maria-Devotionalien florierte, nur die Statue des Bischofs, die gab es natürlich nicht.

»Wir wollten uns doch auf einen Kaffee treffen, erinnerst du dich nicht?«, fragte Lara. »Ist alles gut? Du hörst dich so gestresst an.«

Der Sommelier blickte auf den Ladebalken, der sich seit zehn Sekunden nicht mehr von der Stelle bewegte, wahrscheinlich war sein Handy von der Doppelfunktion als Router und Telefon überfordert. Er fauchte: »Von WLAN hat man in diesem Kloster auch noch nie gehört, oder?«

»Wozu brauchst du denn WLAN?«

»Wer braucht heutzutage kein WLAN?«

»Du kannst gerne zu uns ins Restaurant kommen«, besänftigte Lara. »Die Tische sind zwar noch alle besetzt, es ist heute der Teufel los, eine Horde an *Walk-ins*, aber du kannst hinten im Backoffice sitzen. Oder fahr zu uns nach Hause, ich gebe dir unser WLAN-Passwort.«

»Euer Passwort habe ich. Pana hat es mir gesagt.« Benjamin überlegte. »Nein, ist okay, ich habe eine Verbindung über mein Mobiltelefon herstellen können, kostet mich wahrscheinlich ein Vermögen, aber funktioniert ganz gut, zumindest wenn ich nicht telefoniere. Kann ich aber eventuell etwas zu euch ins Restaurant schicken lassen? Mit Expressversand?«

»Klar, adressiere es aber vielleicht an mich. Was ist es denn?«

»Eine Marienfigur«, knurrte Benjamin, der alles daransetzte, seinen Patzer wiedergutzumachen. Aber wenn der Bischof längst bemerkt hatte, dass jemand in sein Zimmer eingedrungen war? Wurde den Devotionalien auch noch nach zig Jahren dieselbe Aufmerksamkeit geschenkt, oder wurden sie irgendwann zu schlichten Dekorationsaccessoires, die man nicht mehr beachtete? Waren sie mit Muscheln gleichzusetzen, die man irgendwann im Urlaub gesammelt hatte und die nun seit Jahren in einer Glasschale auf einer Anrichte im Hausflur standen und keines Blicks mehr gewürdigt wurden? Oder warfen sich Bischöfe jeden

Abend nach dem Zähneputzen vor ihren Marienstatuen auf die Knie? Benjamin hatte keine Ahnung. Und selbst wenn er dieselbe Statue im Internet fand, würde er überhaupt den Trick mit der Kreditkarte nochmals hinbekommen?

»Eine Marienfigur?«, fragte Lara tonlos.

»Ja, ich habe so eine kippelige Skulptur kaputt gemacht, hab nicht einmal richtig hingefasst und hatte plötzlich den Arm in der Hand. Gehört dummerweise dem Bischof, jetzt will ich das Ding schnellstmöglich ersetzen, bevor er was bemerkt. Wann soll ich zu dir kommen?«

»Bei Express hast du ja eine Sendungsverfolgung, aber ich kann dich auch anrufen, wenn die Lieferung da ist«, erklärte Lara kurz angebunden.

»Nein, nein, ich meine wegen heute Nachmittag.«

»Ach so«, meinte Lara. »Panas Familie kommt um fünf ins Restaurant, es gibt vor dem Abendservice was zum Futtern für die ganze Truppe. Wäre schön, wenn du auch dazukommst. Ihr könnt dann auch noch länger hocken bleiben. Habe die Südgalerie geblockt. Ich halte das nur nicht noch einmal zu Hause aus.«

»Willst du hier im Kloster schlafen? Es gibt noch freie Zimmer …«

»Das klingt verlockend. Habe aber dem griechischen Clan einige Gästezimmer in Oestrich besorgt, die sie gerne bezogen haben … Nochmal wollten meine Schwiegereltern nicht in unserem sündigen Bett der Unverheirateten schlafen. Kommst du heute Abend trotzdem? Ich könnte etwas Beistand gut gebrauchen.«

Benjamin lachte. »Ja, bin da.«

Kurz herrschte Stille in der Leitung, im Hintergrund hörte der Sommelier das Rauschen der Spülmaschine und das Klappern von einem Schneebesen in einer Rührschüssel. »Benny«, sagte

Lara plötzlich, »was machen wir, wenn Pana nicht mehr derselbe ist?«

Der Sommelier wollte intuitiv etwas sagen wie *Sieh es positiv, vielleicht hat Pana ja nur diese oder jene schlechte Gewohnheit vergessen,* aber ihm wollte per se keine schlechte Angewohnheit seines Freundes einfallen. Also vermischte er Wahrheit und Lüge: »Man soll bekanntlich erst über Hürden springen, wenn man davorsteht, Lara. Ich mache mir überhaupt keine Sorgen. Pana ist viel schneller der Alte, als uns beiden lieb ist.«

Lara lachte, es klang etwas befreiter. »Und was ist bei dir los? Gibt es etwas Neues wegen der toten Gastschwester? Das Kloster wird mir langsam unheimlich.«

»Ich glaube nicht an Gespenster«, antwortete Benjamin, gab Lara ein kurzes Update und beendete das Telefonat.

Die Internetverbindung war scheinbar während des Gesprächs abgebrochen. Benjamin schloss den Internetbrowser, dahinter kamen die Fotos des Tagebuchs zum Vorschein, die er vorhin auf den Rechner geladen hatte. Es war das Erste gewesen, was er nach seinem Einbruch getan hatte: Mit pochendem Herzen hatte er das Tagebuch überflogen, und auch jetzt ließen ihn die Zeilen der Nonne nicht unberührt. Schwester Agnes hatte sehr viel über den Tod der ersten Priorin geschrieben, zerfloss aber vor allem in Selbstvorwürfen. Im Nachhinein hätte sie es als ihre Pflicht angesehen, die Mess- und nicht nur bisweilen die Gastweine aus dem Keller zu holen. Schwester Rosalda sei zwar mit *rauer Vitalität* und *gutem Stand* gesegnet, aber immerhin dreiundachtzig Jahre alt gewesen.

Misstrauen wegen des verschwundenen Schlüssels der Priorin brachte die Nonne erst an dem Tag zu Papier, an dem sie Benjamin kennengelernt hatte. Ja, der Sommelier spielte in dem Tagebuch auch eine Rolle, was ihm einen Schauer über den Rücken jagte, als er das erste Mal seinen Namen las: *Dieser Weinfachmann hat meinen Zweifeln neuen Nährboden bereitet. Wo ist Rosaldas Schlüssel? Ist Stillschweigen in der Sache angemessen?* Außerdem hatte Schwester Agnes hinzugefügt, dass *Benjamin Freling ein schlechter Lügner* sei: Sie habe sofort gesehen, dass er wegen des *Werts der Weine gelogen* habe, *er wollte es nur nicht offen aussprechen.* Der Sommelier schlug die Augen nieder. *Es wäre ein Segen, wenn damit der Kredit für die Dachsanierung bewilligt werden würde.*

Benjamin las die Sätze wieder und wieder und sah die Ordensfrau dabei vor sich, wie sie noch vor zwei Tagen vor ihm auf den unteren Stufen des Weinkellers gestanden hatte, ihre Hände in die Ärmel ihres Kleids geschoben. Sie schrieb auch viel über andere Ordensschwestern, über Gudula oder Magdalena, Scholastika, Festina oder Gilda, sie schrieb über Toleranz und das Zusammenleben im Orden, über die Kunst der *Discretio*, die Mutter aller Tugenden, die Fähigkeit, sich mit Liebe und Sympathie auf jeden Menschen einzulassen, sich in jeden Menschen hineinzuversetzen, um ein Gespür zu erlangen, was ihm guttäte. Es stand für Benjamin außer Frage: Die Nonne war mit dem Posten der Gastschwester klug beauftragt worden.

Nur an einer Stelle fiel ihm auf, dass sie mutmaßte, Schwester Edith sei vom *Geist des Stolzes* ergriffen. Aber auch hier blieb die Nonne dramatisch unkonkret, was Benjamin zur Weißglut trieb. Wozu zum Teufel schrieb man ein Tagebuch, wenn man das Wichtigste für sich behielt? Wirklich aufhorchen ließ Benjamin am Ende nur der Eintrag, den die Nonne verfasst hatte am Tag, bevor er ins Kloster gekommen war. *Vater Benedikt, ich flehe mit aller Glut meines Herzens um deine Hilfe, denn meine Not ist zu groß, als dass ich sie tragen könnte,* begann Schwester Agnes und verlor sich dann in einer Abhandlung, eigene Fehler anzuerkennen und sich zu seinen eigenen Fehlern zu bekennen, man habe die *Verantwortung zur Buße vor Gott und der Gemeinschaft.*

Benjamin stand auf, trank einen Schluck Wasser aus dem Hahn und schaute zum Fenster seines Gästezimmers hinaus. Die Weinberge waren wieder verwaist, etwas entfernt parkte ein führerloser Traktor, der Rhein schillerte im Tal. Es war kurz vor zwei, und immer wieder sah der Sommelier in den letzten eineinhalb Stunden sich selbst im Flur knien und plötzlich die Tür des Bischofs aufschwingen. Hätte er besser das ganze Tagebuch entwenden sollen? Hätte er das Register durchblättern, den Koffer durchsuchen oder auch die Geschäftspapiere des Bischofs fotografieren sollen? Dann kam ihm ein Gedanke. Schnell setzte er sich wieder vor seinen Rechner. Die Internetverbindung war stabil. Wie war der Name des Nürnberger Kunst- und Auktionshauses gewesen?

Es dauerte keine dreißig Sekunden, da hatte er den Namen des Unternehmens in Verbindung mit Maria und Statue eingegeben und einen Unterlink der Hauptseite geöffnet. Die Ergebnisliste #223 der Herbstauktion 2019 enthielt ein Verzeichnis mit sicher einhundert Artikeln. Bei Artikel Nr. 4776 stockte Benjamin der Atem: *Reisemadonna, Muttergottes, Italien, Florenz, 16. Jahrhundert, Statuario, original restaurierte Fassung*. Das Vorschaubild war klein.

Der Sommelier klickte den Link an, langsam baute sich das Foto der Antiquität auf. Pixel um Pixel. Er verfluchte die langsame Datenübertragung. Parallel öffnete Benjamin das Bild auf seinem Telefon und hielt es neben den Computer. War die Farbe nicht anders? Auf dem Bildschirm wirkte das Grau etwas satter und dunkler. Benjamin holte den abgebrochenen Arm hervor. Er sah genauso aus wie derjenige, der der Maria des Kunsthauses noch anhaftete. Es war aber am Ende weniger die Statue, weswegen dem Sommelier die Spucke wegblieb, es war der Preis: Vierundneunzigtausend Euro.

Neun. Vier. Drei Nullen.

Für diesen Betrag war die Skulptur verkauft worden.

Benjamin legte den Arm behutsam vor sich auf die Tischplatte.

»Kunsthaus Rethmann, einen wunderschönen guten Tag, Sie sprechen mit Karla Kamps-Borken«, quäkte es aus dem Hörer.

Benjamin tänzelte in seinem Zimmer umher, als flösse das Blut eremitischer Wandermönche durch seine Adern. »Erzberg«, stellte er sich vor, »Jonas Erzberg. Ich rufe wegen einer Marienstatue an, Herbstauktion 2019, Artikel 4776 – können Sie mir sagen, wer das Objekt erworben hat?«

»Natürlich nicht, Herr Erzberg.« Ein hochnäsiges, abfälliges und herablassendes Lachen drang aus dem Hörer. »*Wiiir* behandeln *uuunsere* Kundschaft mit Diskretion. Worum geht es denn, wenn ich fragen darf?«

Benjamin schnaufte wütend. Natürlich nannte die Frau ihm nicht den Namen des Käufers. Das hätte er sich auch denken können. Trotzdem machte ihn die Art der Dame zornig. Allein ihre Tonlage brachte ihn in Wallung. Er sah sie förmlich vor sich: Sie war eine dieser Frauen, Ende dreißig, stets zwischen Schwatzhaftigkeit und Hysterie pendelnd und obendrein gefährlich snobistisch, dabei wollte sie unter keinen Umständen als snobistisch wahrgenommen werden, weswegen sie zur Sicherheit selbst gedrehte Zigaretten rauchte, Champagner aus der Dose mit Trinkhalm schlürfte und sich dabei in Debatten verlor, ob Christos Kunst das muslimische Frauenbild förderte oder Picasso mit seinem Spruch *Ich suche nicht, ich finde* den perfekten Slogan für eine Elite-Partnerbörse geschaffen hatte – *haha.* Sie hatte wahrscheinlich kurz rasierte, blondierte Haare, trug eine rot gefasste

Brille mit Brillenkettchen und knallroten Lippenstift. Sie war eine Kunstlehrerin, die im Einzelhandel gestrandet war, so stellte sich Benjamin die Frau vor. Wie wurde man diesem Menschenschlag Herr?

Benjamin lachte laut und lang. »Da hat mich wohl auf meine alten Tage das Hochgefühl übermannt, dieses herrliche, wundervolle, großartige Hochgefühl der Kunstvernarrtheit, Frau Kamps-Borken, das kennen Sie doch sicher auch? Diese einmaligen Momente, wenn ein Objekt keiner Erklärung mehr bedarf und sofort das Herz erfüllt. Frei raus: Ihre süddeutsche Marienstatue hat es mir angetan. Meine Urgroßmutter hatte eine ähnliche …« Der Sommelier machte eine dramatische Pause. »Hätte ich von dieser wunderbaren Skulptur gewusst, ich hätte bei Ihrer Auktion jeden Preis bezahlt. Und wenn Sie mir den Käufer nennen, dann bekommt das Kunsthaus Rethmann nicht nur die handelsübliche Provision, ich lege ein hübsches Sümmchen auf den Kaufpreis drauf – sofern der Besitzer sich von der Skulptur trennt.«

Doch Regeln erwiesen sich als unumstößliche Pfeiler des Lebens von Karla-Kamps-Borken. Oder sie hatte Benjamins spontane Manipulationsversuche ebenso durchschaut wie Schwester Agnes seine Kellerlüge. »Es freut uns sehr, dass Ihnen unser Sortiment zusagt, Herr Erzberg«, schnatterte sie melodisch und verfiel in Schweigen.

Benjamin hatte keine Ahnung, wer der Besitzer des Kunsthauses war, trotzdem setzte er zu einem weiteren Vorstoß an. »Dürfte ich vielleicht mit Herrn Rethmann sprechen?«

»*Frau* Rethmann ist nicht im Haus«, sagte die Händlerin trocken und tonlos.

»Ach, das ist kein Problem, Frau Kamps-Borken. Ich rufe einfach nochmal an – heute Nachmittag? Morgen Vormittag? Wann ist es Ihnen denn recht?«

»Frau Rethmann wird Ihnen nicht mehr sagen können als ich.«

»Davon bin ich überzeugt.«

Kurz herrschte Stille in der Leitung. Ein Schmatzen erklang. »Was ich machen kann, Herr Erzberg«, begann die Händlerin. »Ich rufe den Käufer an und unterrichte ihn über Ihr Interesse. Ich habe mir Ihre Nummer im Display notiert. Ich rufe Sie zurück, sobald ich etwas in Erfahrung bringen konnte. Wie, sagten Sie, lautet die Artikelnummer?«

»Artikel 4776«, stammelte Benjamin, schloss die Augen und sank in die Knie, in die er sich soeben selbst geschossen hatte. Sollte die Marienstatue wirklich der Bischof ersteigert haben und er keine Replik besitzen, würde die Händlerin mit ihrem Anruf die Aufmerksamkeit des Kirchenoberhaupts nicht nur auf die armlose Antiquität lenken – er, Benjamin, würde trotzdem nicht erfahren, ob der Bischof der Käufer war.

Der Sommelier bedankte sich für das Entgegenkommen, es half ja jetzt alles nichts mehr, beendete zähneknirschend das Gespräch und überlegte. Kurzerhand schlich er zur Tür hinaus. Der Flur lag ruhig im fahlen Tageslicht. Benjamin ging den Gang entlang. Das Glück war ihm hold. Sein Blick fiel durch ein Fenster in den Innenhof. Der Bischof saß auf der Sitzbank unter der Trauerweide. Umrundet von Grabsteinen, in einen dicken Mantel gehüllt und versunken in Gedanken. Mit zwei großen Schritten stand Benjamin vor der Zimmertür des Geistlichen. Er ging nah heran, immer näher, bis er sein Ohr an die Tür presste. Die Zeit verstrich, sein warmer Atem warf einen Nebelhauch auf das weißlackierte Holz. Das Telefon klingelte nicht. Es waren nur Sekunden, aber sie kamen Benjamin wie eine Ewigkeit vor, bis etwas in dem Raum zu brummen begann. *Neunzigtausend Euro.*

Zurück in seinem Zimmer starrte der Sommelier geistesverloren das Notebook an, das aufgeklappt auf dem Tisch stand. Benjamin wusste nicht, wie ihm geschah. Er wischte Marias Arm von der Tischplatte und hämmerte fast jähzornig den Namen Karla Kamps-Borken in die Tastatur. Er musste die Frau einfach sehen, musste wissen, ob er mit seiner Einschätzung ihres Äußeren richtig gelegen hatte, und blickte plötzlich in die braunen Augen einer Mittfünfzigerin mit Wollpullover und Seidenschal. Der Zeitungsartikel dazu ließ keinen Zweifel: Die Frau war Kunstsachverständige im Nürnberger Kunsthaus Rethmann. Sie hatte in Kunstgeschichte promoviert. Ihre Nase war eigentümlich nach oben geklappt, die Nasenlöcher zwei dünne Schlitze. Ihre Haare waren halblang und weitestgehend ergraut. Immerhin trug sie eine rot gefasste Brille mit Brillenbändchen. Keine Kunstlehrerin also, ein bebrillter Drache mit Doktortitel.

Ungläubig starrte der Sommelier auf das Foto und wusste plötzlich, dass sein Körper zu rein gar nichts mehr im Stande war, wenn er keine Pause einlegte. Ihm schwindelte vor Müdigkeit und wirren Gedanken. Er warf sich auf das Bett. Mit dem Vibrationsalarm des bischöflichen Mobiltelefons im Kopf schlief er augenblicklich ein, mit dem Vibrationsalarm im Kopf und galoppierendem Puls schreckte er zwei Stunden später wieder hoch.

Und der Tod wird nicht mehr sein, noch Leid, noch Geschrei, noch Schmerz: Denn das, was war, ist vergangen.

War das eine Drohung gewesen?

Benjamin grabschte schlaftrunken nach seinem Telefon, es war bereits nach vier. Die Kunsthändlerin hatte nicht mehr angerufen, also den Bischof höchstwahrscheinlich auch nicht erreicht. Benjamin war verschwitzt, schlappte patschfüßig in die Nasszelle und duschte, bis er vor lauter Wasserdampf nichts mehr sehen konnte. Mit frischen Klamotten am Leib stieg er Viertel vor fünf ins Auto, drehte das Radio auf, suchte Zerstreuung, doch der

Mittagschlaf war wie eine Luftbetankung seines Hirns gewesen. Seine Gedanken schwirrten durch den Kosmos seiner Phantasie, nur in einer Sache war er sich sicher: Der Bischof steckte über beide Ohren in dieser Geschichte drin, auch wenn er, Benjamin, die Zusammenhänge noch nicht verstand.

Auch das Abendessen mit Panas Familie verschaffte ihm keine Atempause, zumal die Anspannung der Großfamilie allmählich anzumerken war. Alles war zehnmal besprochen worden, jeder alte Schwank ausgegraben worden. Selbst Alex war eigentümlich schweigsam. Benjamin erinnerte die Stimmung an den zweiten Weihnachtsfeiertag im Hotel, wenn Gäste bereits zweieinhalb Tage mit Essen, Trinken und Reden verbracht hatten und sich am Abend mühsam im Restaurant durch ein weiteres Sechsgang-Menü kauten. Auch bei sich selbst bemerkte Benjamin, wie seine Gedanken abdrifteten, zumal er das Gefühl hatte, in die Unterhaltungen oft nur aus Höflichkeit eingebunden zu werden. Gegen halb sieben klinkte sich schließlich auch noch Lara aus, ließ ihn allein zurück und widmete sich vornehmlich dem Abendservice.

Eine Stunde später verabschiedete Benjamin sich. Zwischen Tür und Angel verabredete er sich mit Lara auf acht Uhr am nächsten Morgen, er wollte sie ins Krankenhaus begleiten. Kurz darauf bog er auf die Gottestal-Straße ein und überlegte sich dabei eine überzeugende Argumentation, warum es aus fachärztlicher Sicht absolut sinnvoll, ja geradezu lebensnotwendig war, ihn für eine Stippvisite zu Pana auf die Intensivstation zu lassen – heilende Anwesenheit eines Freundes? Zu einer zündenden Idee sollte der Sommelier nicht mehr kommen. Schon bevor er über die Hügelkuppe des Klosterbergs fuhr, sah er die Blaulichter. Sie krabbelten den Kirchturm nach oben, streiften den Waldrand, gruben sich tief in den Nachthimmel.

Neben dem Pförtnerhaus brachte er sein Auto knirschend zum Stehen, krallte sich ans Lenkrad und blinzelte fassungslos darüber auf die Klosteranlage. Drei Polizeiautos und ein Krankenwagen parkten auf dem Klostergelände. Schon wieder.

Durfte er hineinfahren? Wollte er das überhaupt, oder sollte er einfach das Weite suchen?

Danke für den Auftrag, aber *vivamus et amemus* – gehabt euch wohl!

Wollte er wirklich wissen, was geschehen war?

Ohne weiter darüber nachzudenken, trat er das Gaspedal durch. Der Motor jaulte auf, Kies explodierte im Radkasten. Er jagte seinen Wagen die paar Meter über den geschotterten Weg, sprotzender Splitt bombardierte die sauber gejäteten Blumenbeete und knospentreibenden Sträucher. Benjamin parkte, stieg aus und rauschte mit dröhnendem Kopf und stampfendem Herz in den Gästetrakt. Er sah sie dabei schon vor sich, die nächste Nonne, die ihr Leben gelassen hatte – wer war es dieses Mal?

Johanna? Gudula? Magdalena?

Erhängt und erdrosselt? Erschlagen und ausgeweidet? Ersäuft in ihrem eigenen Blut?

Und er sah den Bischof, den Gräueltäter, der sich beim Gebet lammfromm die Hände rieb. Schwarze Schleier fluteten das Untergeschoss. Dazwischen ragten Beamte hervor. Heftige Wortwechsel. Wehklagen übertönte Stimmenlärm.

»Was ist passiert?«, fragte Benjamin eine alte Nonne.

»Seine Exzellenz!«, begann sie zu jammern, die Worte drangen wie aus weiter Ferne zu ihm: »Der Bischof!«

Teil II

Eins

Etwas lag in der Luft. Kein beißender Schweiß, keine besäuselte Atemluft. Es war Furcht. Benjamin konnte sie riechen. Dazu brauchte es nicht einmal einen trainierten Geruchssinn. Die warmen Leiber der Ordensfrauen verströmten den Geruch von Angst und Schrecken. Und er hing überall, durchzog den Flur, das Treppenhaus, kroch die Wände empor, über die unzähligen Gemälde von Künstlern der Region, die die Flurwände pflasterten. Der Sommelier blickte kurz auf ein gerahmtes Schild auf einem Ständer, es sah aus wie die Speisekarte vor einem Restaurant. Er hatte es mehrmals gesehen, doch nie gelesen. *Profanum*, stand als Überschrift darüber. Was immer das auch bedeutete. Und darunter: *Wie wir Ordensschwestern der Abtei Marienwingert uns als Forschungsreisende des Daseins verstehen, versucht auch die Kunst die Zeichen der Zeit zu erspüren und in ganz unterschiedlicher Form auszudrücken. Wir verstehen diesen Flur unseres Gastbereichs als Galerie, als Ort der Begegnung, der …*

Zwei Schwestern sanken nebeneinander auf die Knie und falteten ihre Hände. Direkt neben Benjamin. Niemand schien es sonderlich aufzufallen. Sanitäter huschten durch den Flur, Beamte beschwichtigten, Nonnen klagten. Irgendetwas passte dabei nicht ins Bild. Der Sommelier blickte über das Meer aus schwarzen Schleiern, aber er kam nicht drauf. Die Tür schwang auf. Die Spurensicherung trampelte in weißen Overalls ins Obergeschoss, zog einen eiseskalten Windhauch hinter sich her. Kaum war der Trupp verschwunden, packte die erstickende Luft wieder zu. Die beiden Nonnen begannen zu beten. »Herr«, sagte die eine, klar, deutlich, fast frohgemut, »du gibst uns preis wie Schlachtvieh, unter die Völker zerstreust du uns.« Die andere sprach weiter, als frönten sie noch eine Weile dem Tratsch nach der Bibelstunde: »*Aber* unser Herz ist nicht von dir gewichen, Herr, noch hat unser Schritt deinen Pfad verlassen.«

Dann kam eine Alte mit irrem Blick ins Spiel. Sie sank nicht auf die Knie, aber bekreuzigte sich mit ihrer arthritischen Hand so oft, dass Benjamin das Gefühl hatte, sie wolle Fliegen verscheuchen. Sie krächzte: »Um deinetwillen werden wir getötet Tag für Tag, steh auf und hilf uns.«

War das hier waschechtes Drama? Bitterböse Satire? Eine Farce? Benjamin wusste nicht, wohin mit seinen Gefühlen. Es war ein stetes Kommen und Gehen. Wehklagen, Tuscheln, Bekreuzigungen. Er war mutterseelenallein und doch Teil dieser wogenden Masse. Sein Blick suchte etwas, an dem er sich festhalten konnte. Hängen blieb er schließlich an zwei Sanitätern mit müden Augen, die regungslos in einer Ecke der Dinge harrten, neben sich eine Trage. Warteten die Männer vorsorglich, falls eine der Schwestern einen Nervenkollaps erlitt? War ihre vornehmliche Aufgabe, den Bischof abzutransportieren?

Der Bischof. Seine Exzellenz. Benjamin stierte hinüber zu einer offenen Tür, dreißig Nonnen vor ihm. Alles zog dorthin, die ganze Aufmerksamkeit des Raums kristallisierte sich um diesen Eingang, der von einer Beamtin blockiert wurde. Mehr noch: Sie versuchte, die Ordensfrauen wegzudrängen, aber schien überfordert. Mit Schaulustigen auf der Straße wäre sie wahrscheinlich anders umgesprungen. Blass, beschwichtigend, mit erhobenen Händen und sanfter Stimme versuchte sie, der Schwesternschar Herr zu werden, was mehr schlecht als recht gelang. Immer wieder schoben sie sich zum Eingang, blickten durch die Tür und wandten sich jammernd ab, ihre Hände vor den Mündern zusammengeschlagen, ihre Köpfe schüttelnd gen Himmel gereckt.

Benjamin hatte keine Vorstellung, was sich dahinter verbarg. Der ausgeweidete Bischof, aufgeknüpft am Mauerwerk?

Und was war das überhaupt für ein Raum? Eine Besenkammer? Ein Treppenabgang in geheime Gewölbe? Hinab zu einem Schrein, mit Gebeinen von Heiligen und Grabtüchern?

Also ging er los, schob sich sanft wie ein Lufthauch zwischen den Frauen hindurch, spürte, wie sein Puls höherschlug, er kurzatmiger wurde, bis auch sein furchterfüllter Atem von dem der Nonnen nicht mehr zu unterscheiden war. Ein paar Meter vor der Tür nahm ihn die Beamtin ins Visier und folgte jeder seiner Bewegungen. Benjamin wusste nicht, warum, er verfiel unter ihrer Beobachtung in einen Schlappgang, wackelte lässig mit den Schultern, als sei der Flur ein Schulhof und die Beamtin seine Auserwählte. Dann warf er einen Blick über ihre Schulter. Es war der Bischof. Er lag ausgestreckt am Boden einer winzigen Kapelle, etwas floss aus seinem Mund. Benjamin sah weg, flüchtete sich kurz in die Beschäftigung mit nichtigen Kleinigkeiten, diese etwa: Wieso war ihm der Raum bislang nicht aufgefallen? Er suchte den Bereich um die schmucklose Tür herum ab, fand aber nicht den kleinsten Hinweis auf dieses heilige Kleinod, irgendein Schild oder eine Steintafel, die darauf verwiesen, was sich hinter der Tür verbarg.

Der Raum wirkte wie eine geschrumpfte Kathedrale. Die gemauerten Wände wurden nur an zwei Stellen durch Buntglasfenster durchbrochen. Überall hingen bronzene Leuchter, darin brannten Kerzen. Links und rechts standen je drei kleine Kniebänke. Ließen sich darauf mehr als zwei Personen nieder, wurde es bereits kuschelig in dem Kapellchen. Der Altarbereich war abgetrennt durch zwei marmorne Balustraden, die links und rechts von der Wand abgingen, nicht größer als Malerböcke. Etwas versetzt, eingebettet in eine runde kuppelförmige Nische, erhob sich der Altar, über dem allerhand Heiligenfiguren schwebten. Der Bischof schien rücklings vom Betpult gekippt zu sein. Seine Brille lag zerdeppert im Mittelgang, seine Augen waren starr und aufgerissen. Aus seinem Mund triefte eine Melange aus Blut, Speichel und weißlichem Brei.

»Sind Sie Benjamin Freling?«, hörte der Sommelier eine Stimme neben sich.

Er fuhr herum und blickte in die starren Augen eines kleinen, bulligen Mannes mit Halbglatze und dunklerem Teint. »Ja, der bin ich«, antwortete er.

»Ich würde Sie gerne sprechen«, sagte der Mann und ging ohne weitere Worte ein Stück den Gang hinab. Benjamin schlappte ihm hintendrein. Zwischen zwei Nonnen-Nestern, auf die zwei Beamte in ruhigem Ton einredeten, blieb der Mann stehen. »Ich heiße Ali Demir, Kriminalpolizei Wiesbaden. Wo kommen Sie gerade her?«

»Ich habe nichts damit zu tun«, antwortete Benjamin und zeigte zur Kapelle.

»Etwas damit zu tun? Ist hier etwa was anderes als ein Unfall passiert?«, fragte der Mann mit gespieltem Desinteresse. Benjamin kannte diesen Ausdruck noch aus dem letzten Jahr. Gab es irgendwo eine Stanzmaschine, in der Kriminalbeamte produziert wurden?

»Ich war beim Essen«, erklärte er ruhig.

»Wo?«

»In der Kapelle in Mittelheim, das ist das Restaurant unten an …«

»Kenne ich.«

»Okay. Dort war ich. Und bevor Sie fragen: Können zehn

Leute bezeugen«, grummelte Benjamin, dem in diesem Augenblick alles auf die Nerven ging. Das ganze Gewusel und Gewinsel, hinten wie vorn. Die Toten, die ihn bis ins Rheingau verfolgten. Er war schließlich Sommelier, für die Schönheit des Lebens geboren. Wein, Weib und Gesang. Seine Aufgabe war glückselige Trunkenheit mit feinsten Tropfen, die dem Menschen das Gefühl gaben, dass es zwischen Himmel und Erde mehr geben musste als Leid und Kummer, etwas Kosmisches eben, Einzigartiges, Unbeschreibliches. So etwas wie hier gehörte jedenfalls nicht dazu.

»Ich habe ein Alibi!«, hörte er sich sagen. Und es stimmte, er hatte ein Alibi, war abwesend bei dieser vermeintlichen Straftat gewesen, er war doch nur ein Weinfachmann und im Kloster, um eine Weinexpertise anzufertigen, basta. Aber allein das Wort *Alibi* bildete einen Bezug zwischen ihm und diesem Vorkommnis, mit dem er nichts zu tun hatte. Und jetzt hatte er das Wort auch noch selbst ausgesprochen. Schlagartig war er nervös. Der Polizist schaute eisern, die Nonnen warfen ihnen unruhige Blicke zu.

»Was wollen Sie eigentlich von mir?«, entfuhr es Benjamin patzig.

»Haben Sie den Bischof heute schon gesehen?«, fragte der Mann mit bohrender Stimme, in der längst die Gewissheit mitschwang, etwas Großem auf der Spur zu sein. Der Beamte trug einen billigen nougatbraunen Zweiteiler. Dazu ein weißes Hemd. Er griff mit der rechten Hand hinter seinen Rücken und schien seine Hose hochzuziehen, aber den Sommelier hätte es auch nicht gewundert, wenn plötzlich funkelnde Handschellen zum Vorschein gekommen wären. Benjamin war schon drauf und dran loszurennen, er sah sich panisch durch die Rebhügel flüchten. Spürhunde auf den Fersen, Taschenlampen in der Nacht. Die Rufe unzähliger, aufgepeitschter Stimmen, bevor er mit dem Gesicht im Dreck lag – Lösslehm, um genau zu sein, darunter

Rheingauer Taunusquarzit mit Einlagerungen an Tonschiefern, ein Boden, der den Klosterberg-Weinen Körper, Frucht und Finesse verlieh …

Er war nämlich Sommelier.

Sommelier, Sommelier, Sommelier.

Mundschenk und Weinkellner.

Er konnte vielleicht etwas zu Kindermord sagen – wie man in der Weinbranche makaber Tropfen nannte, die viel zu jung getrunken wurden. Und mit zehn Kniespitzen im Rücken und tollwütigem Gebell in den Ohren würde er noch seine Unschuld hinausschreien, auch wenn es niemand hören wollte.

»Im Innenhof, da habe ich ihn zuletzt gesehen«, antwortete Benjamin wahrheitsgemäß.

»Wann war das?«

»Viertel nach zwei.«

»Woher wissen Sie das so genau?« fragte Demir.

»Ich habe kurz zuvor telefoniert und auf die Uhr gesehen.«

»Ist Ihnen vielleicht etwas Verdächtiges aufgefallen?«

»Ja«, blaffte Benjamin, »ja, es ist mir etwas aufgefallen: In diesem Kloster passieren eindeutig zu viele Unfälle – das ist mir aufgefallen! Vor wenigen Monaten fällt die Priorin die Treppen runter, meinem besten Freund fliegt vor zwei Tagen der Herd um die Ohren, und gestern erleidet die Gastschwester mir nichts, dir nichts einen tödlichen Schlag, weil ihr Wasserhahn Strom führt. Und jetzt ist auch noch der Bischof tot, vom Kreuz erschlagen, erstochen oder erwürgt – ich habe keine Ahnung! Okay?«

»Wieso sind Sie so nervös?«, fragte der Beamte mit der lüsternen Überlegenheit des Inquisitors.

»Weil dort drüben eine Leiche liegt und Sie mich hier in die Mangel nehmen – deswegen!«

»Bleiben Sie in der Nähe«, entgegnete Demir.

Dann ging er weg. Befragung beendet.

Benjamin blickte dem Mann hinterher. Sein Herz zappelte. Ihm war warm, sein Gesicht glühte vor Erregung. Die Beamtin ging einen Schritt zur Seite. Demir flüsterte ihr etwas ins Ohr. Sie hob plötzlich beide Hände, versuchte noch entschiedener, die Nonnen ins Freie zu bugsieren. Der Polizist ging derweil in die Knie, zog einen weißen Schutzanzug aus einer Tasche und verschwand in der Kapelle. Im Flur drängten sich die schwarzen Gewänder, da fiel es Benjamin wie Schuppen von den Augen. Mit wenigen Schritten durchmaß er den Flur und zerrte Schwester Gudula in den Speisesaal. Er suchte den verunsicherten Blick der Nonne: »Ich sehe nirgends den weißen Schleier von Schwester Magdalena – wo ist sie?«, flüsterte er.

Der tote Bischof lag keine zwei Meter vom Sommelier entfernt, aber er hätte auch in einer anderen Galaxie sein können. Benjamin stand im Karree aus Gästebereich und Kirche, die Kapelle ragte quaderförmig aus der Fassade hervor. Er hatte den Anbau sogar mehrmals gesehen, aber bisher nicht als Kapelle wahrgenommen. Die Nachtluft war so frisch und klar wie ein Schluck aus der reinsten Quelle. Sein Atem schwebte wie ein Gespenst vor ihm. Er öffnete sogar seine Jacke, wollte die Kälte spüren, die letzten Reste Körperwärme entlassen, die sich in seinen Klamotten während der Befragung des Kriminalbeamten gesammelt hatte. Benjamin blickte Schwester Gudula nach, die im Klausurbereich verschwand. Die Tür schwang sanft hinter ihr zu. Sie hatte sich von seinen Bitten erweichen lassen und suchte nach der Novizin. Benjamin lehnte sich an die Außenwand der Kapelle. Blaulicht färbte den Himmel, entfernte Schritte auf Kies waren das einzige Geräusch, das er noch wahrnahm. Dann schwang die Tür auf, und die Nonne stapfte auf ihn zu.

»Sie ist nicht da«, erklärte sie mit bebender Stimme.

Der Sommelier nickte und überlegte. »Ist sie vielleicht in der Kirche oder der Bibliothek?«

»Das weiß ich nicht, aber ich habe sie nach der Vesper nicht mehr gesehen.«

»Damit meinen Sie den Gottesdienst am Abend?«

»Ja, genau. Sie sollte danach nur kurz das Abendessen für die Gäste richten. Zu unserem Abendbrot kam sie nicht.«

»Kommt das öfter vor?«, fragte Benjamin und beobachtete einen Beamten, der kurz um das Eck gelaufen kam und sie so abschätzig anblickte, als wäre das Kloster ein Siechenhaus und die Nonne und der Sommelier das Begrüßungsduo der Aussätzigen.

»Manchmal, wenn viel los war und alle Gästezimmer belegt waren, dann war Schwester Agnes so beansprucht, dass sie ihr Abendessen zwischendurch in der Gastküche einnahm, und die Schwestern, die ihr dabei zur Hand gingen, kamen allein zum gemeinsamen Abendbrot. Wenn ich mich richtig entsinne, richtete Magdalena heute das erste Mal das Abendbrot eigenverantwortlich an. Ich habe ihrem Wegbleiben deswegen keine größere Aufmerksamkeit geschenkt.«

»Wer hat den Bischof denn gefunden?«

»Schwester Edith hat uns alarmiert.«

»Wissen Sie, wie der Bischof umkam?«

Schwester Gudula sah ihn furchtsam an, fahles Licht der Außenbeleuchtung im Gesicht: »Nein, ich weiß nur, dass er sich nach dem Abendessen immer zum Gebet zurückzog. Er war auch bei bester Gesundheit, soweit ich weiß. Mit dem Magen hatte er manchmal etwas Probleme, hat sich immer mit unserer Kräuterteemischung aus dem Klosterladen eingedeckt, wenn er hier war.« Sie seufzte. »Der Herr Bischof war so ein frommer Mensch. Trotz seines Engagements für die Universalkirche hat er niemals uns vor Ort vergessen. Mönche und Nonnen waren ihm genauso wichtig wie Erzbischöfe und Kardinäle. Er hat sich auch immer am kulturellen Dialog beteiligt, hat Kunst, Musik und Literatur gefördert.«

Benjamin dachte an die Marienfigur. Was verdiente ein Bischof eigentlich? Er verkniff sich die Frage und beschloss, nach der Antwort später im Internet zu suchen.

Da fragte Schwester Gudula: »Denken Sie, dass Schwester Magdalena etwas zugestoßen ist? Ich hoffe nicht, oder?«

»Ich weiß es nicht«, antwortete der Sommelier, der plötzlich das Getrappel von unzähligen Füßen auf Kies vernahm. Anscheinend hatte die Beamtin es geschafft, den Bereich um die Kapelle endgültig zu räumen. Gleich würden die Ordensschwestern um die Ecke biegen, die Klausur stürmen, und er wurde den Gedanken nicht los, dass ihm die Novizin beim nächtlichen Gespräch in der Küche alles andere als heilig vorgekommen war. Wenige Stunden vor der Verpuffung des Herds war sie in der Küche gewesen. Genauso wie die Priorin, die im Tagebuch von Schwester Agnes nicht wirklich gut wegkam. Durch den Tod der ersten Priorin war sie auch zufälligerweise befördert worden und hatte heute Abend obendrein den Bischof gefunden. »Ich weiß es nicht«, wiederholte er nachdenklich.

Zwei

Benjamin lag auf der Couch, schlug die Augen auf und spürte Laras Hand, die ihm zärtlich das Gesicht streichelte. Sie lächelte, wirkte putzmunter, saß auf dem Couchtisch vor ihm, neben ihr standen zwei Becher. Der Duft nach frisch gebrühtem Kaffee drang verführerisch in die Nase des Weinkellners.

»Da stehe ich auf und finde einen Sommelier auf meinem Sofa«, sagte sie sanft.

Benjamin setzte sich auf, rubbelte sich das Gesicht. Er hatte noch seine Klamotten vom Vorabend an, war in der Nacht nur in die Wohnung geschlichen, hatte an der Tür seine Schuhe abgestreift und war dann auf das Sofa gefallen. Anscheinend hatte er sich noch die großmütterliche Häkeldecke über den Kopf gezogen, die wie eine Klette an seinem Oberkörper hing. Er zupfte sie ab. Kurz betrachtete er seine schwarzen Socken. Sein großer Zeh drängte durch ein erbsengroßes Loch. »Wie geht es dir?«, fragte er und betrachtete seine Freundin. Sie war frisch geduscht und für die Arbeit im Restaurant herausgeputzt, mit einem schwarzen Hosenanzug und weißem, hautengen T-Shirt. Er fügte an: »Du siehst gut aus. Erholt.«

Lara lachte und reichte ihm einen Becher Kaffee. »Make-up ist schon eine tolle Erfindung, oder? Kennst du das, wenn du einmal vergisst, dein Handy über Nacht aufzuladen, und am nächsten Tag die ganze Zeit auf Tour bist? Man lädt den Akku dann immer ein paar Minuten auf und hetzt von einer zur nächsten Ladestation. Steckdosen-Hopping. So fühle ich mich. Die Nacht bringt mich über den Vormittag, die Mittagspause zum Nachmittagskaffee und so weiter, meine Akkus sind die ganze Zeit über fast leer. Die Ungeduld bringt mich um.«

Benjamin beugte sich nach vorn, tippte beiläufig auf sein Mobiltelefon, das auf dem Couchtisch lag. Es war Donnerstag, der 13. Mai, kurz vor acht. »Morgen ist es soweit, dann wissen wir mehr.« Er versuchte sich an einem Lächeln.

»Der Gedanke beruhigt mich auch nicht.«

»Kann ich gut verstehen.«

»Und was machst du hier?«, fragte Lara. »Schnauze endgültig voll vom Klosterleben?«

Seufzend schilderte Benjamin, was gestern Abend geschehen war. Als er erwähnte, dass der Bischof das Zeitliche gesegnet hatte, konnte auch die Schminke Laras Blässe nicht mehr verbergen. Sie setzte sich erschrocken auf. In diesem Augenblick zerriss das Klingeln seines Telefons die Stille. Der Sommelier warf einen Blick auf das Display. Es war Punkt acht Uhr. Er kannte die Nummer, hatte sie aber offensichtlich nicht eingespeichert, sonst wäre schließlich ein Name zu der Nummer erschienen. Als Lara sah, dass er nach dem Telefon griff, erhob sie sich und verschwand in der Küche.

»Herr Freling«, flötete eine Stimme. Der Sommelier verdrehte die Augen. Es war Georg Bender. »Morgen Abend. Kloster Eberbach. Gigantenverkostung. Bordeaux. Dreißig Weine aus dem Spitzenjahr 1990.« Der Industrielle machte eine dramatische Pause. »Ich muss verrückt sein, aber ich konnte dem Veranstalter noch ein weiteres Ticket abschwatzen und möchte Sie als meine Begleitung dabeihaben. Na, höre ich ein Ja?«

Benjamin schwieg, musste sich sammeln. »Ich wüsste nicht, was ich dort sollte«, entgegnete er seufzend.

Bender schien verwundert. »Doch, doch, kommen Sie mal dazu, dass wird Sie sicher interessieren. Horizontalverkostung.

Nur aus dem Jahr 1990. Sensationelle Bordeauxweine, Sie wissen schon: Margaux, Pétrus, Rotschild. Ach so, und ich bezahle das natürlich für Sie, wenn dass das Problem sein sollte.«

»Das ist sehr freundlich«, entgegnete der Sommelier, der dieser Charmeoffensive nicht über den Weg traute. »Doch Bordeaux ist nicht mehr das, was mich noch groß reizen würde. Ich habe aber das Gefühl, Sie *wollen*, dass ich dazukomme.«

»Ihnen kann man einfach nichts vormachen!«, rief Bender aufgelöst. Es klapperte. Benjamin sah den Mann beim Frühstück in seinem Herrenzimmer sitzen, die Serviette in den Kragen seines Hemds gestopft, den Löwenkopf tätschelnd und fünf Tageszeitungen aufgefächert auf dem Tisch, von denen er doch nur die Schlagzeilen las. Bender fuhr fort: »Ich hatte mir das so überlegt: Wenn alle schon leicht angesäuselt sind, klopfe ich ans Weinglas und mache ganz offiziell die Ankündigung, dass der legendäre Weinkeller meines Vaters niemals zerstört wurde, sondern ans Kloster Marienwingert übergegangen ist. Da mein Vater mich auf dem Sterbebett im Namen seiner lieben Cousine Rosalda gebeten hatte, absolute Diskretion zu wahren, hätte ich so lang geschwiegen. Diese Munitions-Büßer-Geschichte spare ich aus, die streue ich irgendwann unters Volk, man muss ja auch an später denken. Kapiert? Und dann stelle ich Sie als offiziellen Verwalter vor. Ist das nicht eine tolle Idee?«

»So angenehm wie der Gedanke an ein warmes Frühstücksbrötchen aus geschrotetem Mutterkorn.«

»Sehr witzig«, knirschte Bender, seine Geduld schien aufgebraucht. »Nun kommen Sie schon, da ist wirklich alles dabei, was Rang und Namen in der Szene hat.«

»In Ihrer Szene vielleicht, nicht in meiner.«

»Ich schwöre, da können Sie Kontakte knüpfen noch und nöcher. Vielleicht ist auch einer dieser Geltungssüchtigen dabei.

Wenn Sie da einen 1947er Cheval Blanc erwähnen, dann zahlt der das Doppelte des Marktpreises, nur weil er das Gefühl hat, einen heimlichen Deal unter der Hand abwickeln zu können – genau die Art von Idiot, die Sie für Ihr Unterfangen brauchen!«

»Woher wissen Sie denn, was ich brauche?«

»Wollen Sie jetzt etwa, dass ich Sie bitte, *Herr Freling*? Also gut: Bitte.«

»Ich habe keine Ambitionen, *Herr Bender*. Danke.«

»Gut«, quietschte Bender schnippisch. »Gut, Sie kriegen die Bestandsliste, wenn Sie mir helfen, diese peinliche Situation zu drehen, okay?«

»Bestandsliste?«, entfuhr es Benjamin erstaunt.

»Jaaa«, rief Bender, der Sommelier spürte förmlich den Luftzug seiner fuchtelnden Hand. »Ich habe eine Liste des Weinkellers gefunden. Aktualisiert bis wenige Wochen vor dem Tod des Alten. Sie gehört Ihnen, wenn Sie zu der Verkostung mitkommen. Ich habe nämlich auch etwas gegoogelt. Sie sind ein ganz schön bunter Hund in der Weinwelt. Sie würden mir gut stehen morgen Abend!«

»Ich hör wohl nicht recht, ich bin doch kein Modeaccessoire!«

»Korrekt. Streichen Sie den letzten Satz. Aber das ist doch ein fairer Vorschlag: Ich erspare Ihnen mehrere Tage Inventur, dafür kommen Sie ein paar Stunden mit mir nach Eberbach – Deal oder Deal?«

»Okay«, erklärte Benjamin, der eine leichte Aufregung nicht leugnen konnte. Vielleicht fand sich in der Liste ein Hinweis darauf, was sich in dem leergeräumten Regalfach befunden hatte. »Ich bin dabei, Herr Bender, aber nur unter einer Bedingung: Sie scannen die Liste heute noch ein und mailen sie mir. Ich möchte ungern bis morgen Abend Däumchen drehen, wenn Sie verstehen, was ich meine.«

»Fleißiges Bienchen, was?« Bender brummte. »Und Sie führen mich nicht an der Nase rum?«

»Nein, wieso sollte ich?«

»Sie stehen zu Ihrem Wort? Haben morgen keinen plötzlichen grippalen Infekt?«

Benjamin nippte grinsend an seinem Kaffee. »Versprochen ist versprochen.«

Und wird nicht gebrochen, hörte er Bender den Satz in Gedanken vervollständigen. »Gut«, sagte der Industrielle schließlich, »geben Sie mir Ihre Mailadresse, ich bin später in der Fabrik, dann gebe ich die Unterlagen meiner Sekretärin. Sie schickt Ihnen auch eine Einladung.«

Während Benjamin seine Mailadresse diktierte, kam Lara zurück an den Tisch und drückte ihm einen Teller mit einem Donut in die Hand.

»Wer war denn das?«, fragte sie verwundert.

»Ein Außerirdischer«, antwortete der Sommelier. »Nicht so wichtig.«

»Es klang vorhin so, dass du dachtest, der Bischof hätte etwas mit der Sache zu tun?«, knüpfte Lara nahtlos an ihr ursprüngliches Thema an.

»Ich dachte es zumindest bis gestern Abend. Ich habe meine Vermutung ehrlicherweise aber mehr auf die Marienstatue als auf das gestohlene Tagebuch gebaut.«

»Die Statue, die du kaputt gemacht hast?«

»Ja.« Benjamin kniff die Lippen zusammen und blickte in die Augen seiner totenblassen Freundin. »Das Ding war neunzigtausend Euro wert. Aber je nach Besoldungsstufe verdient ein Bischof rund zehntausend Euro im Monat, er hat Dienstwohnung und -wagen. Habe ich im Internet gelesen. Sich eine antike Heiligenfigur für so einen Preis zu kaufen, ist also nicht völlig aus der

Welt. Hat Pana dir gegenüber vielleicht mal etwas Merkwürdiges erwähnt? Ist ihm irgendetwas aufgefallen?«

Lara schüttelte den Kopf. »Das ist schon eine andere Welt da oben, mit der man sonst nicht in Berührung kommt, Benny. Anfänglich haben wir uns noch gewundert, dass wir nur kochen durften, wenn der Bischof zu Besuch war. Im Rest des Jahres wurden Gäste nämlich aus der anderen Klosterküche mitbekocht. Diese Sonderbehandlung empfanden wir immer seltsam, aber ich habe letztens erst mit einem Gast im Restaurant über das Thema gesprochen, der oben im Kloster logierte und zum Mittagessen zu uns kam. Er erklärte mir, dass in Benediktinerklöstern schon immer *Fremde wie Christus* aufgenommen wurden, so hat er es gesagt, besonders höherrangige Kleriker würden fürstlich umsorgt.« Lara überlegte. »Mehr kann ich dazu nicht sagen. Pana arbeitete jedenfalls gerne im Kloster, war ihm eine willkommene Abwechslung. Hat eines seiner Hörbücher gehört und dabei in Ruhe eineinhalb Stunden gekocht.«

»Vielleicht hätte die Herdexplosion ja den Bischof treffen sollen«, platzte Benjamin heraus.

Lara verzog das Gesicht. »Was soll denn der Bischof am Herd?«

»Vielleicht hat er sich am Nachmittag immer einen Tee gekocht, eine Nonne erwähnte etwas von Magenproblemen. An diesem Tag fand allerdings die Beichte statt, vielleicht ist er von seiner Routine abgewichen, und es hat Pana stattdessen erwischt.«

»Und du denkst, diese verschwundene Novizin hat …?«

»Ich weiß es nicht, Lara. Ich habe sie in der Kirche gesucht, in der Klosterküche, ich habe sie nirgends gefunden. Da fiel mir noch die Antoniuskapelle ein, die für die Totenwache für Schwester Agnes vorbereitet wurde. Das Tor war aber auch verschlossen. Später war ich unten im Weinkeller, habe versucht zu arbeiten –

wo hätte ich sonst hinsollen? Ich konnte ja nicht auf mein Zimmer, der gesamte Gastbereich wurde irgendwann von der Polizei gesperrt.«

»Deswegen bist du hier?«, unterbrach ihn Lara.

»Auch. Ich hatte keinen Bock mehr, in der Kälte rumzustehen, und hatte die Wahl, es mir in der Gruft gemütlich zu machen, im Auto zu pennen oder eben zu euch zu fahren.«

»Tut mir leid, dass ich dir den Job besorgt habe.«

»Konntest du ja nicht ahnen«, entgegnete Benjamin und biss in den knallsüßen Donut mit Zuckerguss. Sein Gehirn schaltete augenblicklich auf Kalorienzufuhr, er merkte, wie ausgehungert er war. Mit zwei weiteren Bissen hatte er das Gebäck verdrückt und spülte mit einem großen Schluck Kaffee nach.

Lara lächelte. »Willst du mit ins Krankenhaus? Ich bezirze die Ärztin, dass du mit reindarfst.«

»Klar, gerne, das Bezirzen ist aber eher meine Aufgabe«, antwortete Benjamin.

In diesem Augenblick flog krachend die Tür auf. Gesplittertes Holz zischte wie Projektile durch den Raum. Lara schrie auf. Gellend. Der Rest Kaffee in ihrer Tasse malte eine Pfütze in die Luft, wo sie nicht allzu lange blieb. Das Gebräu flatterte herab und tränkte Benjamins rechtes Hosenbein, der es kaum zur Kenntnis nahm. Er sah Stiefel, Schutzwesten, Helme. Gewehre. Dann lag er auf dem Bauch, eine Kniespitze bohrte sich in seinen Rücken. Ein Kabelbinder zog sich leise ratschend um seine Handgelenke zu. Seine Unschuld konnte er dennoch nicht hinausschreien. Er winselte sie nicht einmal. Kein Wort kam ihm über die Lippen.

Drei

Viel später, als Benjamin längst in einem schmucklosen Vernehmungsraum den Dampf von einer rostbraunen Brühe pustete – eine Brühe, die Kaffee sein sollte, aber ein Beamter wahrscheinlich aus einem Spülbecken geschöpft hatte –, ergriff ihn kurz etwas wie Bewunderung, ja sogar eine regelrechte Hochachtung für der Arbeit der Polizei. Lautlos war offensichtlich eine Horde Spezialkräfte im Treppenhaus emporgestiegen, hatte sich vor der Wohnung postiert und einen Rammbock geschwungen, ohne dass er etwas geahnt hätte. Das Quieken einer Maus in einer Zwischenwand wäre lauter gewesen. Als sie ihn abführten, versperrten mehrere Polizeifahrzeuge die Zufahrtsstraßen. Wahrscheinlich befanden sich Taucher im Rhein, eine Drohne in der Luft und eine Einheit auf dem Dach, die seine Gespräche mit Lara und Bender mitgeschnitten hatten. Egal. Wer wusste das schon so genau? Wie lange hatte es gedauert, von der lautlosen Ankunft des Einsatzteams bis zu dem Zeitpunkt, als sich die Kabelbinder um seine Handgelenke zuzogen? Minuten?

Keine Frage, es war eine Leistung.

Nicht dass er der Polizei hier und jetzt einen Persilschein ausstellen würde. Er war sauer, stinksauer, und verletzt obendrein. Sein Handgelenk und seine Schulter schmerzten, er roch den halb getrockneten Kaffee auf seiner Jeans, was sicherlich immer noch angenehmer war als dieses Schlammwasser, das ihm irgendwer in einen Pappbecher gegossen hatte. Sein Problem war das Gefühl an und für sich: Es fühlte sich schlicht und ergreifend so an, als habe er sich in die Hose gepinkelt. Schlimme Erinnerungen an die Kindheit wurden wach. Hänseleien, Tränen, Scham. Und das alles, weil man eine Tür gesprengt und ihn überwältigt hatte, nur um ihn nach allen Regeln der Grobschlächtigkeit aufs Präsidium zu verlegen. Dabei hätte die Polizei nur anrufen müssen, und er wäre von selbst vorbeigekommen. Gut, vielleicht hätte er vorher noch geduscht. Zähne geputzt. Deo aufgelegt. Frische Sachen angezogen. Das wäre ja auch für die Polizei nicht von Nachteil gewesen. Benjamin prustete los, fasziniert, amüsiert, angsterfüllt, panisch, alles dabei. Er schüttelte entgeistert den Kopf und schob den Becher von sich. Wenn dieser Siff jemals in Kontakt mit einer Kaffeebohne – *Coffea arabica* oder *Coffea canephora*, er schmeckte den Unterschied – gekommen war, dann würde er zum Gabelstaplerfahrer umschulen. Er war nämlich ein Somme…

Ali Demir öffnete in diesem Augenblick die Tür. Hinter ihm ging ein junger, gertenschlanker Beamter, der intensiv an den Ansätzen eines fusseligen Schnauzbartes zu arbeiten schien. Er hatte den Eifer in den Augen, den Menschen auf den untersten Sprossen ihrer Karriereleiter ihr Eigen nennen. In den Händen trug er ein Stativ, darauf war eine Videokamera montiert.

»Guten Morgen, Herr Freling«, sagte Demir frisch, erholt und gut gelaunt, als käme er zu einem allmorgendlichen Jour fixe. Er setzte sich, legte einen Stapel Mappen auf den Tisch, die er zu sortieren schien. Irgendetwas kam dem Sommelier dabei seltsam an dem Mann vor. Es war seine Halbglatze, die wie gewienert wirkte, aufpoliert, frei von jedwedem Härchen. Das Ding war so straff, glatt und glänzend wie eine hellbraune Billardkugel. »Tut mir leid für die unsanfte Eskorte«, fuhr er beiläufig fort. »Sie sind dringend tatverdächtig bei einem Tötungsdelikt, aber das können Sie sich wahrscheinlich selbst denken. Frage: Anwalt oder Angaben?«

»Entschuldigung?«, fragte Benjamin.

»Möchten Sie einen Anwalt, oder würden Sie gerne freiwillig Angaben machen?«, erkundigte sich Demir höflich.

»Ich brauche keinen Anwalt, ich habe nichts verbrochen.«

Der Kriminalbeamte sah ihn verwundert an. »Na, da geht der Tag ja gut los. Dann wollen wir doch mal mit dem mitunter interessantesten Teil anfangen.« Er sah kurz über seine Schulter, sein Kollege schaltete die Videokamera ein. Demir sagte mit sonorer Stimme: »Benjamin Freling. Donnerstag, 13. Mai. Zehn Uhr dreiundvierzig. Befragung durch Ali Demir. Anwesend außerdem Stevan Rilke. K11. Kapitalverbrechensermittlung.« Er blinzelte freundlich zu Benjamin, machte eine kurze Pause. »Fingerabdrücke, Herr Freling«, fuhr er fort, um erneut zu pausieren – und zu grinsen. Ja. Er grinste.

Benjamin wusste nicht, wohin mit seiner Wut.

Kein Schmunzeln, kein Lächeln, ein waschechtes Grinsen erblühte bei dem Wort *Fingerabdrücke* auf dem Gesicht des Beamten.

Der Sommelier konnte es kaum glauben. Sogar Rilke wirkte amüsiert. Was heiterte die Stimmung der beiden Männer nur auf?

»Nun«, fuhr Demir fort, ein seltsamer Glanz in seinen Augen, »ich drücke es einmal so aus, wir haben ein umfangreiches Ensemble Ihrer Fingerabdrücke an und in der Kammer des Bischofs Eltzheim gefunden. Man könnte auch hinzufügen, dass ein einziger Kollege der Spurensicherung die halbe Nacht damit beschäftigt war, Ihre Fingerabdrücke an der Tür zu dokumentieren. Wir zählen einhundertachtundzwanzig. Beachtlich.«

»Und von zwanzig anderen Gästen haben Sie wahrscheinlich noch dreimal so viele«, entgegnete Benjamin kratzbürstig. Die herablassende Art des Beamten trieb ihn zur Weißglut. Wenn das Ziel des Mannes war, ihn in den ersten Minuten schon so aufzubringen, dass er Dummheiten von sich gab, dann leistete er volle Arbeit. Benjamin sah sich nochmals auf dem Rücksitz des Streifenwagens sitzen, sah den glitzernden Rhein im Adrenalinsturm seines rasenden Pulses wabern, sah den hässlichen Zweckbau in Wiesbaden auf sich zuschlingern. Er erinnerte sich an das Rolltor, erinnerte sich an den Warteraum – *Zentralgewahrsam*, so hatte es der Beamte genannt –, er erinnerte sich auch an die furzende Schleuse, die grabschfingrige Durchsuchung, an die Abnahme seiner Fingerabdrücke. Er schob hinterher: »Türen sind zum Anfassen da.«

»Stimmt, Herr Freling. Ihre eigene Zimmertür. Bei Türen von Toten kommen Fragen auf. Die zweite interessante Sache ist übrigens, dass Ihr Name auch im Zusammenhang mit einem Kapitalverbrechen am Kaiserstuhl im letzten Jahr auftaucht.«

»Ich hatte nichts mit der Sache zu tun!«

»Das habe ich auch nicht behauptet.«

»Wollen Sie mir jetzt eine Frage stellen?«

»Ja. Ihre Fingerabdrücke waren nicht nur an der Außenseite der Tür, wir haben Sie an der Aktentasche des Bischofs gefunden, an der Lampe oder am Nachttisch. Wie kommt's?«

»Ich habe versucht, einen Fleischspieß als Dietrich zu benutzen. Hat nur bedingt funktioniert, deswegen die vielen Fingerabdrücke an der Tür. Mit meiner Kreditkarte hat es dann geklappt.«

»Dann geben Sie also zu, dass Sie in die Kammer eingebrochen sind?«

»Ja, das habe ich getan.«

»Warum?«

Benjamin seufzte. Im Getöse aller Überlegungen, die ihm durch den Kopf schwirrten, konnte er keinen klaren Gedanken fassen. Also entschloss er sich, den Beamten die gesamte Geschichte vom Anfang bis zum Ende zu erzählen. Die Chronologie der Ereignisse gab ihm Struktur. Er begann also mit Panas Anruf und endete mit seiner Suche nach der Novizin und seiner Fahrt zu Lara. »Hätte ich Ihrer Ansicht nach gestern Nacht in der Gruft schlafen sollen?«, fragte er abschließend und zog die Schultern nach oben.

»Sie hätten sich bei mir oder einem anderen Beamten abmelden können. Wir waren da, und ich hatte Sie schließlich gebeten, in der Nähe zu bleiben. Aber das nur am Rande, deswegen sitzen wir heute Morgen nicht hier.«

»Mir war kalt, ich war müde. Entschuldigung.«

Demir überlegte. Er streifte sein Sakko über seine breiten Schultern, hängte es über die Stuhllehne und krempelte die Hemdsärmel nach oben. Seine Hände waren kräftig, sogar die Fingerrücken behaart. Außergewöhnlich waren aber seine Unterarme, so dick und muskelbepackt, als würde er im Nebenjob bei einem Handwerksbäcker als Teigknetmaschine arbeiten. Der Polizist seufzte, griff in eine Mappe und zog einen Plastikbeutel hervor. Benjamin schloss unwillkürlich die Augen, als er den Inhalt erblickte: Der Arm der Marienreliquie befand sich darin. »Ich hatte heute Morgen ein nettes Gespräch mit einer Karla Kamps-Borken. Kennen Sie die Dame? Der letzte Anruf, der auf Bischof Eltzheims Mobiltelefon einging, stammte von ihr. Sie hat mir auch von einem Telefonat mit einem gewissen Jonas Erzberg erzählt. Interessanterweise konnten wir den Anruf zurückverfolgen, er kam …«

»Es stimmt«, unterbrach ihn der Sommelier, »ich habe das alles gerade vergessen zu erwähnen, tut mir leid.«

»Eine Statue im Wert von fast hunderttausend Euro? Vergessen Sie zu erwähnen? Sind Sie nicht knapp bei Kasse?«

»Haben Sie etwa meine Konten gecheckt?«

»Nein«, entgegnete der Beamte mit schulmeisterlicher Gleichgültigkeit in der Stimme und dem Lächeln des Siegers in den Augen. »Der Antrag läuft, aber im Grunde haben Sie mir die Antwort gerade selbst gegeben. Sie sind also knapp bei Kasse.«

»Verzeihung, Herr Demir, aber das ist doch ausgemachter

Blödsinn. Ich habe aus Versehen den Arm der Statue abgebrochen und wollte sie ersetzen. Über den Wert wusste ich zu diesem Zeitpunkt noch nichts. Oder denken Sie, ich breche den Arm einer teuren Statue ab, um sie in Einzelteilen zu verscherbeln?«

»Nein, aber ich könnte mir vorstellen, dass Sie die Statue unfreiwillig zerstört haben. Und als Sie erfuhren, was die Reliquie wert war, haben Sie sich des Bischofs entledigt – eine Schadensersatzklage von dieser Höhe, da wurde schon für weitaus weniger gemordet«, sagte der Beamte, dabei eine phänomenale Verbohrtheit in den Augen.

»Das ist ja wohl lächerlich. Vorher hätte ich die Statue verschwinden lassen. Außerdem habe ich eine Haftpflicht. Und mal ganz im Ernst: Ich töte den Bischof und hinterlasse in seinem Zimmer Fingerabdrücke und in *meinem* Zimmer lasse ich einen Teil *seiner* Marienstatue liegen? Für wie blöd halten Sie mich?«

»Sie glauben nicht, was ich schon alles erlebt habe.« Der Beamte klappte kurz eine Mappe auf, der Sommelier erhaschte einen Blick auf ein Blatt mit handschriftlichen Notizen. Demir faltete die Hände. »Und Sie behaupten, dass Sie nur in die Kammer eingebrochen sind, um nachzusehen, ob der Bischof das Tagebuch dieser Gastschwester entwendet hat … die – ja, was eigentlich? Auch ermordet wurde? So habe ich Sie zumindest verstanden. Wie kommen Sie zu der Annahme? Warum hätte jemand die Nonne töten sollen?«

»Das weiß ich ja eben nicht, ich dachte, ich finde dazu einen Anhaltspunkt.«

»In dem Tagebuch, dass der Bischof der Ordensschwester angeblich gestohlen hat? Korrekt? Und haben Sie einen Anhaltspunkt gefunden?«

Benjamin senkte den Blick, zuckte mit den Schultern, schüttelte den Kopf. »Nein«, sagte er und spürte, wie trocken sein

Mund war. Er konnte nicht anders, er zog den Kaffee erneut zu sich und nippte daran. Das Getränk konnte nicht einmal mehr als lauwarm bezeichnet werden und schmeckte endgültig wie verdünnter Schlamm. Er hielt den Pappbecher trotzdem in der Hand, umfasste ihn mit beiden Händen und klammerte sich daran fest.

Ali Demir überlegte. Oder er überlegte nicht. Benjamin konnte es nicht einschätzen. Vielleicht war sein langes Schweigen ein taktisches Mittel.

»Wir haben Ihre Fingerabrücke auch noch woanders gefunden«, erklärte der Beamte schließlich. Er tippte mit fünf Fingern seiner linken Hand auf die Tischplatte und zog dann ein Foto aus einer Mappe. Darauf abgelichtet war die Flasche 1950er Clos du Prieuré von Pierre Ponnelle, die er dem Bischof vor wenigen Tagen aufgemacht hatte. Vor der Flasche stand ein Schildchen mit einer Nummer – zur Registrierung der Beweise? Was ihn an dem Foto jedoch am meisten verwunderte: Die Flasche war halbvoll. Das letzte Mal, als er sie gesehen hatte, hatte sie leer in der Küche gestanden, neben der Spülmaschine, ausgesoffen oder ausgekippt in der Nacht zuvor von der Novizin. »Kennen Sie diesen Wein?«

»Ja, ich habe den Wein vor wenigen Tagen aus dem Keller geholt, für den Bischof«, entfuhr es Benjamin, der spürte, wie sich der Strick der Befragung langsam zuzog. Das war der Punkt, auf den Demir hinauswollte. Alles andere war nur Geplänkel gewesen, die zermürbende Betäubung mit Fragen, jetzt begann das Schlachtfest, er sah es in den blutdurstigen Augen des Beamten. Er hatte ihn längst schuldig gesprochen. Demir suchte nach Indizien, die seine Argumentationslinie stützten. Sonst nichts. »War der Wein vergiftet?«, fragte Benjamin willfährig.

»Interessant. Wie kommen Sie darauf?«

»Das liegt ja wohl in der Sache.«

»Mit einer Flasche kann man auch zuschlagen.«

»Unwahrscheinlich«, entgegnete Benjamin. »Der Bischof sah nicht danach aus. Ich habe den Mann schließlich in der Kapelle liegen sehen, kein schöner Anblick.«

»Punkt für Sie, Herr Freling. Auch wir waren aufgrund des außergewöhnlichen Tatorts und der, na ja, sagen wir einmal aufgrund der turbulenten Gesamtsituation aus dem Konzept gebracht. Wir hätten sofort großräumiger abriegeln sollen.«

Benjamin nickte. »Soll ich Ihnen noch was sagen? Ich tippe auf *Arsen*.«

Kaum hatte der Sommelier das Wort ausgesprochen, spürte er die Anspannung, die den Männern in die Glieder fuhr. Ein Ausatmen und Aufrichten, ein Sammeln zum großen Finale der abschließenden Beweisführung.

»Jetzt bin ich gespannt. Wie kommen Sie darauf?«, fragte Demir.

Benjamin zeigte auf die Mappe, die der Beamte kurz aufgeschlagen hatte. »In Ihren Notizen, rechts unten, um genau zu sein, steht As_2O_3. Das ist Arsentrioxid. War gerade nicht zu übersehen. Ich habe eins und eins zusammengezählt.«

Der Sommelier konnte sehen, wie sich Demirs Augen verengten, der Mund leicht zusammenzog. Rilke verlagerte in seinem Eck sein Gewicht von links nach rechts. »Und Sie sind toxikologischer Gutachter und kennen natürlich das chemische Symbol für Arsen«, knirschte er.

»Ich habe hier in Geisenheim Weinbau studiert, wie Sie vielleicht wissen.«

»Rührt man sich da Arsen in die Schorle, ja?«

»Haben Sie schon einmal von *Chronischem Arsenismus* gehört?«, entgegnete Benjamin, nicht ganz ohne Schadenfreude. Er hatte sogar das Gefühl, wieder Oberwasser zu gewinnen, dass sich das erste Mal seit der Vernehmung die Kraftmeierei zu seinen Gunsten verlagerte. Da mochte Demir noch so sehr mit eiserner Miene in seinem Stuhl ausharren, es geschah etwas, mit dem die Beamten nicht gerechnet hatten. Und nicht nur das: Das Geräusch im Gärkeller, die leere Spätburgunderflasche auf dem Bürotisch des Kellermeisters, der Raum voll alter Dünge- und Schönungsmittel. Benjamin wurde der Ablauf des Verbrechens schlagartig klar. Letztere Details beschloss er für sich zu behalten. Stattdessen sagte er zu den verdutzten Beamten: »Im deutschen Weinbau wurde Arsen, vor allem Kalkarsen und Bleiarsenat, jahrzehntelang zur Schädlingsbekämpfung eingesetzt. Ist lange her, wurde meines Wissen im Jahr 1942 verboten. Ein Verbot anderer arsenhaltiger Insektizide folgte in den Siebzigerjahren, aber was heißt das schon? Ich will nicht ausschließen, dass etwas davon noch im Jahr 1950 im Burgund zum Einsatz kam. Das Gift fand sich dann übrigens auch im Wein. Arsenvergiftungen von Winzern am Kaiserstuhl und an der Mosel waren keine Seltenheit. Es gibt auch einen dokumentierten Fall, bei dem ein Mann wegen Arsenmordes an seiner Frau verurteilt wurde. Später stellte sich heraus, dass die Gute nur drei Flaschen Moselriesling am Tag kredenzt hat. Und das über mehrere Monate. Tödlich ist so ein Wein also nur, wenn man ihn kübelweise trinkt. Was wahrscheinlich nicht heißt, dass sich das Arsen nicht im Blut nachweisen ließe. Sie sollten also vielleicht ihre Autopsie nochmals dahingehend überprüfen«, erklärte Benjamin altklug und fügte an: »Und wenn Sie sagen, dass auf der Flasche meine Fingerabdrücke waren, dann ist das sicher richtig, das will ich nicht bestreiten, aber mich würde interessieren: Wie viele Fingerabdrücke von anderen Personen haben Sie auf der Flasche gefunden? Ich weiß nämlich von mindestens zwei Nonnen, die den Burgunder auch noch in der Hand hatten.«

Vier

»Ist Pana wach? Geht es ihm gut?«

»Nein, er wird erst morgen geweckt.«

»Ah. Du, ich bin im Stress, ist es wichtig?«

»Ja. Nein. Weiß nicht.«

»Okay. Küsse, bis später.«

Julia hatte aufgelegt. Der Sommelier stand neben einer Imbissbude in Wiesbaden, auf der gegenüberliegenden Straßenseite des Polizeipräsidiums. Die Wolken am Himmel waren weiß, fett und glänzten, als hätte Gott sie eigenhändig mit dem Sahnespender aufgespritzt. Es war nasskalt. Die Straße schillerte von einem Regenguss. Neben ihn fuhr ein tiefergelegter BMW, der aus einer Ausfahrt auf den Konrad-Adenauer-Ring einbiegen wollte. Die kaugummikauende Fahrerin ließ ungeduldig den Motor aufheulen. Eine Abgaswolke hüllte Benjamin ein. Es begann zu nieseln. Kurzerhand flüchtete er in *Kläuschen's Schmackofatz.* Dunst von warmem Frittierfett staute sich in dem kubischen Bau, der nur aus Metallpfeilern und Planen bestand. Der Mann hinter dem Tresen blickte ihn leidenschaftslos an. Nach kurzer Überlegung bestellte Benjamin ein Bier und eine Currywurst. Ohne Pommes. Für mehr reichte sein Bargeld nicht. Er verschlang das Schnellgericht und versuchte, sich auf die Schärfe der Gewürze zu konzentrieren. Ein monströser Kipplaster donnerte über die Hauptverkehrsader. Die ganze Bude begann, im Luftzug zu wackeln und zu knirschen. Benjamin kaute, sein Kopf war leer, alles weit weg. Die Ampelanlage schaltete von Rot auf Grün. Von Grün auf Rot.

Wenn es eine Gelbphase gab, entging sie ihm. Ein hupender Autokorso fuhr vorüber. Hochzeit. Er stippte die letzten Soßenreste mit einer Scheibe weichem Toastbrot auf, öffnete das Bier. Es war brühwarm.

»Haben Sie das auch gekühlt?«, fragte er den Mann hinter dem Tresen.

»Getränkekühlschrank ist im Arsch«, antwortete der und zuckte mit den Schultern.

Benjamin überlegte, ob sich der Moment zum Sterben eignete. Er ließ das volle Bier stehen, schlurfte auf den Gehsteig, ging auf gut Glück gen Norden, im Nieselregen, mit Kaffeefleck auf der Hose. Er schüttelte und streckte sich, aber auch Dehnen half nichts, bei jedem Schritt spürte er einen ziehenden Schmerz zwischen den Rippen, dort, wo der Beamte sein Knie aufgesetzt hatte. Seine Handgelenke taten weh, an denen ihn ein wechselndes Ensemble an Einsatzbeamten grob durch Treppenhäuser und Gassen und Flure gezerrt hatte. So eine Verhaftung war keine Wellnessbehandlung, so viel stand fest. Und jetzt musste er obendrein einen EC-Automaten suchen, um Geld für eine Taxifahrt abzuheben. Benjamin schnaubte. Es war schon eigenartig. Da wurde man gefesselt, gegen seinen Willen zu einem Verhör verfrachtet, aber kein Schwein brachte einen wieder nach Hause.

Sie können gehen. Vorerst. Das hatte Demir zähneknirschend gesagt, nachdem die Männer den Raum für eine gute Stunde verlassen hatten und mürrisch wiedergekehrt waren. Der Haftrichter hatte dem Kriminalbeamten quergeschossen. *Kein klares Motiv erkennbar.* Vielleicht hatte der Polizist auch seine mehrmalige Bitte erhört und Luzie Berger angerufen. Eine Kriminalbeamtin aus Freiburg, die im letzten Jahr den Fall im Hotel seiner Familie untersucht hatte. Er hatte sich mit der Polizistin gut verstanden. »Rufen Sie bitte Luzie Berger an«, hatte er Demir angebettelt.

»Sie wird Ihnen bestätigen, dass ich nicht aus heiterem Himmel zum Mörder geworden bin. Bitte.« Über die genauen Ursachen seiner Entlassung ließen sie Benjamin am Ende im Dunkeln, er sollte allerdings erreichbar bleiben, hatte Rilke ihm mit auf den Weg gegeben. Dann hatte sich das Rolltor geöffnet.

Schönen Tag noch.

Dito.

Benjamin biss die Zähne zusammen und lief weiter. Nach wenigen Minuten hatte er einen Bankautomaten gefunden. Er zog seine EC-Karte heraus. Ein kakaobrauner Hund – ein Gerippe von Tier, das aussah wie eine Mischung aus Perserkatze und Nacktmull, mit Beinen wie abgenagte Hühnerknochen – begann, sein Schienbein zu rammeln. Was hatte er heute nur verbrochen? Der Sommelier versuchte, den Köter abzuschütteln, warf der Halterin, einen verzweifelten, geradezu flehentlichen Blick zu. Die hütchentragende Dame lächelte, war herzergriffen von so viel Liebe, die ihr läufiger Fifi zu verteilen wusste. Also schob Benjamin seine Karte in den Automaten und versuchte dabei, das aufgeregte Tier abzuwehren. Er war erfolglos. In beiden Fällen. Der Hund liebte sein Bein, der Automat hasste seine Karte. Piepend wurde sie ausgeworfen. Mehrmals hintereinander. Doch Benjamin blieb stur, schüttelte sein Bein und minimierte den Betrag, den er abheben wollte.

Am Ende gab der Bankautomat klein bei, und Benjamin konnte zweimal zehn und zweimal fünf Euro ergattern. Genug Geld für eine Fahrt von sechzehn Kilometern, genauer gesagt: Der Taxifahrer warf ihn zwischen Hattenheim und Oestrich raus, über zwei Kilometer vor seinem Ziel. Was Benjamin in diesem Augenblick aber nur bedingt interessierte. Die Verhaftung: vergessen, die Befragung: vergessen, seine Schmerzen: vergessen. Sogar seine Misere und seine verwahrloste Erscheinung, die sein

Bad in Selbstmitleid noch unerträglicher machte: vergessen. Benjamin hatte nämlich auf der Fahrt eine Mail von Benders Sekretärin bekommen. Geistesabwesend stieg er aus dem Wagen und marschierte mit dem Telefon vor der Nase durch eine Unterführung und den Rhein entlang. Zweimal rempelte er beinahe Fußgänger an, einmal wich er im letzten Moment zwei Radfahrern aus, die ungebremst in sein Blickfeld rauschten.

Bei der Bestandsliste handelte es sich um gut fünfzig Seiten, die zwar sauber mit Computer angelegt worden waren – die Weine ordentlich sortiert nach Anbaugebieten, Weingütern und Jahrgängen –, allerdings schienen einige Zeit die Entnahmen und Zugänge nur handschriftlich festgehalten worden zu sein. Hier stand *+12/1999*, dort *-3*, hier stand *Kork*, einmal auch *Bruch*. Benjamin verbrachte die meiste Zeit damit, auf dem kleinen Display des Bildschirms rein- und rauszuzoomen. Trotzdem dauerte es nicht lang, bis er des Rätsels Lösung gefunden hatte. Es war zu offensichtlich. Wären elf Flaschen von diesem Wein im Keller gewesen, hätte er es mit Sicherheit zur Kenntnis genommen. Er machte sich nicht einmal die Mühe, Lara noch einen kurzen Besuch im Restaurant oder der Wohnung abzustatten. Er schrieb ihr nur eine SMS, stieg dann sofort ins Auto und fuhr ins Kloster.

Der Gastbereich war geöffnet, er musste nicht einmal aufschließen. Der Zugang zur oberen Etage und damit auch den Gästezimmern war allerdings mit Absperrband abgesichert, dabei hatte sich der Sommelier schon insgeheim auf eine Dusche und frische Klamotten gefreut. Die Tür zur kleinen Kapelle, in der Bischof Eltzheim den Tod gefunden hatte, war zu und wahrscheinlich auch verschlossen. Der Sommelier war nicht erpicht darauf, es herauszufinden. Obwohl auf dem Parkplatz ein Streifenwagen stand, konnte Benjamin keine Polizisten oder Beamten der Spurensicherung entdecken. Wahrscheinlich waren sie im Obergeschoss. Er suchte gerade den Weg ins Freie, wollte am Klausurbereich klopfen, da traf er auf Schwester Edith und drei weitere Nonnen, die in Richtung Antoniuskapelle marschierten.

»Benjamin Freling«, sagte die Priorin, es klang, als identifiziere sie seine Leiche.

»Auf ein Wort, Schwester Edith«, entgegnete der Sommelier, die drei anderen Ordensschwestern gingen weiter.

»Ich habe ehrlich gesagt gerade Wichtigeres zu tun, als über Weinbestände zu sprechen. Setzen Sie Ihre Arbeit ruhig fort, und schreiben Sie die Stunden bitte gewissenhaft auf, wir sprechen dann bei Gelegenheit über das weitere Vorgehen.« Benjamin sah die Frau perplex an, wusste die Priorin gar nicht, dass er verhaftet worden war?

Sie fuhr fort: »Oder geht es um die Gästekammern? Soweit ich weiß, wird der Bereich heute Abend wieder freigegeben.«

»Nein, es geht wirklich um Wein. Unter anderem. Können Sie mir sagen, ob Sie in den letzten Jahren einmal ein paar Flaschen Château Mouton-Rothschild aus dem Jahr 1945 getrunken haben? Auf dem Etikett müsste auch *Année de la Victoire* gestanden haben: Jahr des Sieges.«

»Danke, ich kann Französisch. Was hat es damit auf sich?«

»Es handelt sich dabei nicht nur um einen legendären Jahrgang, sondern auch um einen legendären Wein. Wundert mich nicht, dass Bender davon ein paar Bouteillen besaß«, erklärte Benjamin. »Der Wein ist eine Offenbarung.« Und das meinte er so. Selbst für einen professionellen Sommelier war es keine Selbstverständlichkeit, so einen Wein getrunken zu haben. Sie waren alt, teuer, selten, begehrt. Er hatte das Glück gehabt, dass ein solventer Gast den Wein mit ins Hotel seiner Familie gebracht hatte. Mit einer illustren Herrenrunde hatte der Mann seinen sechzigsten Geburtstag im Gourmetrestaurant gefeiert, das Benjamin zur damaligen Zeit verantwortete. Und natürlich war er als Sommelier dazu berufen, den Wein zu öffnen. Er nutze eine glühend heiße Portweinzange, trennte damit den Flaschenhals ab, da ihm der Korken zu brüchig erschienen war. Einen winzigen Probeschluck goss er sich ein, wie er es auch bei anderen Weinen handhabte. Unwillkürlich stiegen ihm die Aromen aus dem Weinglas entgegen: Frisch gemahlener Pfeffer und süße Mango-Konfitüre, Eukalyptus, Zimt und Ingwer, eine Würze, die er jetzt, gute vier Jahre später, immer noch auf der Zunge hatte, als wäre es gestern gewesen.

»Ich kenne mich damit nicht aus und trinke auch nicht, aber würde vermuten, wenn der Wein bei unserer Vesper die Runde gemacht hätte, dann wäre wenigstens der außergewöhnliche Jahrgang zur Sprache gekommen. Ich kann mich aber nicht daran erinnern. Müsste eine Flasche davon im Keller sein?«, fragte Schwester Edith.

»Ja, genauer gesagt elf Flaschen. Ich habe nun doch eine Bestandsliste von Georg Bender bekommen.«

»Was wären die Weine denn wert?«

»Das wollen Sie nicht wissen.«

»Ich frage aber.«

Benjamin räusperte sich. »Ich erinnere mich an eine Auktion, bei der eine Flasche für über dreißigtausend Euro versteigert wurde.«

Schwester Edith sagte nichts, aber ihr Blick verriet, dass sie kurz davorstand, sich spontan selbst zu entzünden. »Ist sonst noch etwas?«

»Ja, ein paar Sachen habe ich noch. Haben Sie zufälligerweise mal erlebt, dass Ihre Ordensschwestern Großflaschen getrunken haben?«

»Wir feiern hier keine Gelage, Herr Freling.«

»Das will ich damit auch nicht unterstellen, aber laut meiner Liste müssten sich auch drei Magnumflaschen 1947er Cheval Blanc in Ihrem Besitz befinden, ich habe aber nur zwei gefunden. Von Henri Jayer müssten sich fünf Kisten Vosne-Romaneé Premier Cru Cros-Parantoux im Keller befinden, es sind aber nur vier da. Außerdem fehlen acht Flaschen 1990er Romanée-Conti von der Domaine Romanée-Conti, eine Kiste 1900er Château d'Yquem, ein Süßwein – das sind alles Weinlegenden.«

»Ich kann mich an keinen süßen Wein erinnern. Und wir trinken auch keine Großflaschen.«

»Okay. Können Sie mir sagen, wie der ehemalige Kellermeister heißt und wo er wohnt?«

»Hartmut Borchers. Wohnt in Kiedrich, wenn ich mich richtig erinnere«, entgegnete Schwester Edith und blickte ungeduldig in die Klosteranlage.

»Letzte Frage, versprochen.« Benjamin machte eine kurze Pause. »Ist Schwester Magdalena wieder aufgetaucht?«

»Nein, aber das hat auch erst einmal nichts zu bedeuten. Sie ist schon einmal verschwunden. Ich wäre Ihnen deswegen dankbar, wenn Sie nicht unseren ganzen Konvent verrückt machen würden«, sagte die Priorin, drehte sich um und lief davon.

Benjamin blickte der Frau nach, ihren strammen Schritten, ihrem geraden Rücken, ihrem harschen Gang. Was hatte Schwester Agnes geschrieben? Sie sei vom *Geist des Stolzes* ergriffen? Benjamin fand vielmehr, dass sie der *Geist der Angespanntheit* im Griff hatte. Hatte sie unter Umständen noch gar nicht mitbekommen, dass der Bischof vergiftet wurde? Oder wusste sie vielleicht mehr, als sie zugab? Steckte sie in der Sache drin? Natürlich hatte Benjamin das in Betracht gezogen, aber irgendwie war ihm die Frau zu barsch, zu abweisend, zu verbiestert, vielleicht kam sie ihm auch zu auffällig vor, um wirklich verdächtig zu erscheinen. Sie war es schließlich auch gewesen, die den Wert des Kellers schätzen lassen wollte – ein Keller, aus dem offensichtlich Weine verschwanden, die auf dem freien Markt hübsche Summen einbrachten. Bereicherte sich jemand an den Weinbeständen? War Schwester Rosalda dahintergekommen und ihr Unfall gar kein Unfall gewesen? Gastschwester Agnes hatte schließlich gesagt, dass die alte Priorin trotz ihres Alters gut zu Fuß gewesen war. Es gab ja auch das straffe Seil an der Wendeltreppe, an dem sie sich hätte festhalten können. Dazu ihr verschwundener Schlüssel. Wurde sie hinabgestoßen? Hatte Pana vielleicht etwas gesehen, dass er nicht sehen sollte? Und wie passten der Unfall von Agnes und der Mord an Eltzheim dazu? Es gab einen Zusammenhang zwischen all den Vorkommnissen, da war Benjamin sich sicher.

Er stieg in die Weinbereitung, die so still dalag, wie er sie tags zuvor verlassen hatte. Wenn die Kriminalpolizei hier unten gewesen war, dann hatten sie sich einmal im Kreis gedreht und waren wieder verschwunden. Im Büro des Kellermeisters stand immer noch die leere Spätburgunderflasche. Das Stillleben hatte etwas Gespenstisches. Er war sich sicher: Jemand hatte die leere Flasche 1950er Clos du Prieuré mit dem Burgunder befüllt und vergiftet. Seine Intuition, in der Vernehmung das Arsen zu erwähnen, empfand der Sommelier immer noch als richtig, es hatte seine Vorverurteilung damit etwas ins Wanken gebracht – auch wenn seines Wissens im Burgund das Gift niemals eingesetzt wurde. Auch nichts weiter von diesem Keller und seinem Verdacht zu erzählen erschien ihm im Nachhinein richtig, jedes weitere Detailwissen hätte ihn in der Vernehmung nur noch verdächtiger gemacht.

Benjamin rührte die Flasche nicht an, zog sich stattdessen seinen Pullover über die Nase und ging ins Lager mit Weinschönungsmitteln, Insektiziden und Pestiziden. Die Tür fiel in seinem

Rücken dumpf ins Schloss. Unwillkürlich begannen seine Augen zu tränen. Die Luft war scharf, ätzend, geradezu explosiv. In der ganzen Kellerei waren die Decken mit Schwarzschimmel überzogen, nur hier nicht. Die Steine waren so blank wie an dem Tag, als sie irgendwelche arme Seelen aus einem Felsen geschlagen hatten. Das sagte alles. Eine Tür weiter hatte sich der Geruch von jahrzehntelanger Gärung ins Gemäuer gefressen, hier drinnen herrschte der infernalische Biss todbringender Chemie. Er war wirklich im siebten Kreis der Naturweinwinzerhölle. Mit diesem Teufelszeug ließen sich Rebflächen auf Jahrzehnte hinaus verseuchen – keine Frage, die Chemikalien mussten dringend entsorgt werden.

Sanftes Licht fiel von einem Oberlicht herein und erhellte trübe den Raum. Der Sommelier schnappte sich die alte, klapprige Zugstange, die am Gemäuer entlangführte. Sie funktionierte. Die Scheibe kippte klirrend in den Innenraum, und etwas frische Luft drang herein. Dann erblickte er im hinteren Teil eine weitere Tür, die offensichtlich auf die Ostseite der Klosteranlage führte. Von hier mussten es nur wenige Schritte in den Klosterberg sein. Es ergab durchaus Sinn, dass die Spritzmittel nicht durch die gesamte Weinbereitung transportiert werden mussten, um zum Einsatz zu kommen. Er drückte versuchsweise die Klinke herunter. Die Tür war verschlossen. Danach begann er, die zahllosen Eimer und Tonnen zu inspizieren. In einem wuchtigen Metallspind hinter einem Teppich aus Staub und Spinnweben stand ein Arsenal an rostigen Dosen und Flaschen mit vergilbten Etiketten. Er fand eine Tonne mit E605 – Rattengift, das seit den Achtzigern verboten war. Arsentrioxid, wenigstens Kalk- oder Bleiarsen, konnte er nicht ausmachen. Lag er doch falsch?

Zurück in der Weinbereitung klopfte er sich den Gestank aus den Klamotten, angelte sein Telefon aus der Tasche und suchte die Nummer von Hartmut Borchers heraus.

»Mein Mann ist nicht da, worum geht es denn?«, fragte eine brüchige Frauenstimme.

»Ich bin Sommelier und wollte mit ihm über das Kloster Marienwingert sprechen.«

»Da müssen Sie es morgen früh nochmals versuchen, er kommt erst nach Sonnenuntergang – oder ist es dringend?«

»Hat er vielleicht ein Mobiltelefon?«

»Das hat er schon, er nimmt es aber nie mit. Sind Sie in der Gegend?«

»Ja, ich bin gerade im Kloster.«

»Dann könnten Sie es noch schaffen. Seit seiner Pensionierung leitet er die Führungen auf die Mariannenaue. Wenn mich nicht alles täuscht, trifft sich die heutige Touristengruppe in fünfzehn Minuten vor der Schlossschänke von Schloss Reinhartshausen.«

Fünf

Benjamin stand zwischen zwei rüstigen Rentnern in einem Reigen aus rucksackbepackten Touristen im gepflasterten Innenhof von Schloss Reinhartshausen in Eltville. Hartmut Borchers war nach ihrer Begrüßung über die Terrasse der *Alten Kelterhalle* in die Schlossschänke davongebraust. Der Mann erinnerte Benjamin erschreckend an seinen Winzeronkel Konrad. Weniger wegen seiner Statur – Borchers war ein gedrungener, fast klappriger Mann, den nur sein Elan auf den Beinen zu halten schien –, es waren sein windgegerbtes Gesicht und die beharrliche Sturheit in seinen Augen, die dem Sommelier vertraut vorkamen. So hatte er auch Benjamin, der ihn nur um ein kurzes Gespräch gebeten hatte, einfach am Arm gepackt und zu der Touristengruppe geschoben. »Wir können drüben sprechen«, hatte er gemurmelt und den übrigen Teilnehmern dabei ein beiläufiges, aufgesetztes, gehetztes Lächeln zugeworfen. Weg war er.

Benjamin überlegte kurz, ob er sich wieder davonstehlen und den Mann am kommenden Vormittag anrufen sollte. Mit *drüben* hatte Borchers nämlich mit Sicherheit die Mariannenaue gemeint, ein Naturreservat mitten im Rhein, eine historische Insel im Privatbesitz des Schlossguts. Nach Sightseeing war Benjamin nicht zumute, auch wenn es auf der Insel hochspannende Rebflächen gab, bestockt mit teils uralten Rebsorten wie Roter Riesling oder Adelfränkisch. Es war aber am Ende die Sonne, die ihn an Ort und Stelle hielt. Sie brach aus den Wolken wie eine Offenbarung. War sie in den letzten Tagen meist nur eine trübe Ahnung zwischen Schleierwolken gewesen, übergoss sie Benjamin nun unvermittelt mit ihrem warmen Licht. Blinzelnd schloss er die Augen und badete sein Gesicht in den Sonnenstrahlen. Die Schatten von Zweigen und Blättern eines Trompetenbaums tanzten hinter seinen Lidern.

Borchers Rückkehr kündigte sich lautstark an. Im Schlepptau hatte er einen Einkaufstrolley, den er mit der rechten Hand zog. Die Räder klackerten über die Pflastersteine. In der linken Hand hielt er einen brusthohen Gehstock. Mit Kopfzeig flitzte er an ihnen vorüber, in die Apothekergärten des Schlossguts, hinab zum Anleger. Die Gruppe setzte sich in Bewegung, und ehe Benjamin sichs versah, saß er auf einem schunkelnden Kahn mit einem Dutzend gut gelaunter Touristen, die sich auf ihre Regenschirme wie auf Gewehrkolben stützten. Der Motor brummte, die Sonne schien, der Wind blies ihm ins Gesicht. Die Gruppe legte an einem kleinen Steg am Nordufer an. Die Insel war gerade einmal dreihundert Meter breit und wenige Kilometer lang, aber bewachsen mit Eichen, Eschen und Ulmen, mit Pappeln und Silberweiden. Borchers scheuchte die Gruppe auf einen lichten Waldweg, der am Ufer entlangführte. Eine junge Frau, offensichtlich eine Gehilfin, nahm sich des Einkaufstrolleys an und ging der Karawane voraus. Der pensionierte Kellermeister bildete mit Benjamin das Schlusslicht.

»Recherchieren Sie für einen Artikel über das Kloster?«, fragte er.

»Ich wollte nicht den Eindruck erwecken, dass ich Journalist bin.«

»Hallo!«, brüllte Borchers plötzlich los. »Hallo zusammen!« Die Gruppe blieb stehen und schob sich auf dem Waldweg wie ein Akkordeon zusammen. Der Mann ließ seinen Finger in der Luft kreisen. »Was Sie hier hören, ist ein Teichrohrsänger. Die Brutzeit hat letzten Monat begonnen«, erklärte er. Die Gruppe nickte einhellig, der eine oder andere warf seinen Kopf in die Höhe und lauschte. Wobei der Sommelier in diesem Gezwitscher und Geträller nicht so recht wusste, welches Geräusch davon eigentlich auf einen Teichrohrsänger zurückgehen sollte, geschweige denn, wie ein Teichrohrsänger aussah. Benjamin kannte sich mit Geflügel nur aus, wenn es sich tranchieren ließ.

Borchers fügte laut an: »Viele bedrohte Vogelarten haben hier ihr Zuhause. Blaukehlchen, Eisvogel, Neuntöter, Kuckuck oder Spechte. Später erzähle ich Ihnen etwas über die Scharen der Zugvögel, die hier rasten. Vielleicht sehen wir noch einen Schwarzmilan. Jetzt bitte weitergehen! Vorwärts!«

Die Gruppe setzte sich wieder in Bewegung.

»Was machen Sie dann auf Kloster Marienwingert?«, knüpfte der Kellermeister nahtlos an und stocherte mit seinem Gehstock im Waldboden. Er schob Laub hin und her. Benjamin hatte keine Ahnung, was er suchte.

»Ich soll den Weinkeller schätzen.«

»Höchste Zeit«, entfuhr es dem Mann. »Hätte man schon vor zwanzig Jahren machen sollen und alles sofort verkaufen.«

»Dann wissen Sie über den Wein Bescheid?«

»Natürlich«, entgegnete Borchers und zeigte durch die Baumreihen hindurch aufs Wasser. Der Rhein schillerte im Sonnenlicht. Ein langes Containerschiff tuckerte hinter einer umgrenzten Stillwasserzone vorüber. »Hier, an dieser Stelle, habe ich neulich zwei Wildsauen beobachtet, sind in der Morgendämmerung herübergeschwommen. Es gibt in den Wäldern auch Füchse, Reh- und Schwarzwild, ja sogar Biber – erzähle ich nachher alles nochmal ausführlich.«

»Spannend, freue ich mich drauf«, sagte der Sommelier und versuchte, den Mann wieder auf das eigentliche Thema zurückzulenken. »Ein Industrieller hat dem Kloster, beziehungsweise einer Nonne, den Weinkeller vermacht und …«

»*Beziehungsweise* ist schon richtig«, unterbrach ihn Borchers, bückte sich und pflückte etwas vom Boden. Der Sommelier konnte nicht sehen, was es war. Der Mann blieb stehen und ließ es in seinem Rucksack verschwinden. »Der Industrielle war Maschinenfabrikant und hieß Bender. Sie wurden ja wahrscheinlich eingeweiht, wenn Sie den Weinkeller schätzen. Ihn und Schwester Rosalda verband ein inniges Verhältnis, sie war Priorin.«

»Ich weiß«, antwortete der Sommelier. »Waren Sie öfter im Weinkeller? Haben Sie einen Überblick über die Abgänge gehabt?«

»Nein, hat mich nie interessiert, ich fand das alles übertrieben.«

»Warum?«

Borchers seufzte. »Bender war ein Schnösel. Wollte immer Fachgespräche mit mir führen, hat von Bodenstrukturen, findigen Franzosen und ihrem verschwenderischen Rebschnitt erzählt, klang wie Belehrung. *Wenn man es sich leisten kann, einen Großteil der Trauben am Rebstock auszudünnen, sollen die werten französischen Kollegen das so machen,* habe ich immer geantwortet. Wenn man die Hälfte der Trauben abschneidet, mag der Wein besser sein, man hat aber auch nur die Hälfte des Ertrags und muss die Flaschen doppelt so teuer verkaufen. Nicht jeder kann und will fünfzehn, zwanzig oder dreißig Euro für eine Flasche Wein zahlen.« Borchers zuckte fast etwas beleidigt mit den Schultern. »Die Äbtissin hat mir zum Ruhestand sogar einen Wein von Bender geschenkt, habe ich heute noch im Keller liegen. Wenn ich was Gutes will, dann hole ich mir einen Höllenberg Spätburgunder von Robert König, da weiß ich, wo der Wein herkommt.« Er zeigte in die Wälder. »Oder ich trinke einen Weißburgunder oder Chardonnay von hier, das ist was Feines – können Sie gleich selbst probieren.«

»Ich habe neulich Ihren 2014er Klosterberg Riesling getrunken«, hakte Benjamin ein, womit er nicht nur einen langsamen Übergang zu den Pestiziden und Insektiziden schaffen wollte, es war ihm immer noch ein Rätsel, was bei dem Wein schiefgelaufen war.

»Ach Herrjemine, gibt es das Zeug etwa immer noch?«, fragte Borchers.

»Recht viel sogar, es wird meines Wissens nur über den Klosterladen verkauft. Teile gehen auch an die *Kapelle*, also das Restaurant«, antwortete Benjamin.

Borchers nickte. »Im Jahr 2014 ist unser Distributor in die Knie gegangen, wir sind auf den letzten drei Jahrgängen sitzen geblieben.«

Der Sommelier fügte vorsichtig an: »2014 war ja auch nicht unbedingt ein einfaches Jahr im Weinbau, in ganz Deutschland.«

Der Kellermeister blieb stehen. »Hören Sie bloß auf, kein einfaches Jahr – es war eine Katastrophe! Hat nur geregnet, nachts zwanzig Grad, hab gemacht und getan, am Ende noch Kupfer und Schwefel gespritzt, aber erklären Sie mal sturen Ordensfrauen und eingeschüchterten Priesterseminaristen, die manchmal bei der Weinlese halfen, sie sollen jede Traube mit leichter Fäulnis ausschneiden, machen die ja nicht. Fässer putzen wie die Weltmeister, aber leicht faule Trauben aussortieren? Na ja, hab am Ende den ganzen Mist, wie er war, eingemaischt und mit Aktivkohle hingebogen.«

»Und was war mit dem 2015er?«

»Zu früh gelesen, Trauben waren teils unreif. Ganz ehrlich, ich wäre auch lieber mit anderen Jahrgängen in den Ruhestand gegangen, mit Ruhm habe ich mich nicht bekleckert. Ich hatte aber einfach keine Nerven mehr, Risiken einzugehen. Ich war mürbe. Hatte ja letztlich nur die Hilfe von den Ordensschwestern, aber hätte mit den Jahren dringend Fachpersonal gebraucht. Habe Schwester Johanna immer gesagt, wenn ich mal nicht mehr bin, sollen sie die Rebflächen verpachten und sich von einem tollen Winzer wie Kühn oder so einen Hauswein für den Klosterladen produzieren lassen. Fertig ist die Laube.«

»Sie haben ja auch ein ganz schönes Arsenal an Chemikalien im Keller stehen.«

Borchers schüttelte verdrossen den Kopf. »Auch noch da? Hätte mich selbst um die Entsorgung kümmern müssen. Was will man machen, wenn man quasi allein den Betrieb schmeißt, hatte am Ende auch gesundheitlich zu kämpfen, bin lange ausgefallen.«

»Wissen Sie, ob auch Kalkarsen oder Ähnliches zum Bestand gehörte?«

Der Kellermeister legte die Stirn in Falten. »Wie war nochmals Ihr Name?«

»Benjamin Freling.«

»Ich dachte, Sie seien im Kloster, um die Benderweine zu schätzen?«

»Mache ich auch vornehmlich, aber ich habe zufällig Ihr Chemielager entdeckt.«

»Aha. Und jetzt suchen Sie Kalkarsen, weil …?«

»Lange Geschichte.«

Borchers sah den Sommelier misstrauisch an. »Arsenikalien wurden früher ja noch gegen Tropenkrankheiten und so verschrieben. Mein Ausbilder hat immer noch gesagt: *Allet Zimperliesjen, was gegen den Harten Chanker hilft, kann den Reben ja nicht schaden.* Dass arsenhaltige Mittel verboten wurden, fand er lächerlich. Das muss Anfang der Siebzigerjahre gewesen sein. Da hatte ich gerade als Kellergehilfe angefangen – gab bei ihm auch mal was hinter die Löffel.« Borchers lachte. »Verstehen Sie mich nicht falsch, ich habe nichts gegen Spritzmittel, haben sich ja bewährt, aber Arsen konnte ich gar nicht mehr einsetzen, selbst, wenn ich es gewollt hätte.«

»Was ist ein *Chanker*?«, wollte Benjamin wissen.

Ein belustigtes Grinsen flatterte über Borchers Gesicht. »Syphilis«, antwortete er.

»Wo haben Sie denn Ihre Ausbildung gemacht?«

»Im Kloster Marienwingert natürlich. War nie woanders.«

»Wissen Sie, ob es dort noch Restbestände von Arsen gab?«

»Wieso interessiert Sie das so?«, wich Borchers aus. »Mit dem Teufelszeug lässt sich schlimmer Unfug anstellen. Haben Sie das etwa vor: Unfug anstellen?«

Benjamin beteuerte dem Mann auf dem Rest des Weges mehrmals, dass dem nicht so war. Er plane keinen Unfug, er stamme lediglich vom Kaiserstuhl, wo *Chronischer Arsenismus* verbreitet gewesen sei. Als sich das Misstrauen des alten Kellermeisters immer noch nicht auflöste, setzte er kurzerhand eine Notlüge auf diese Wahrheit auf: Er überlege, eine Fachabhandlung zu dem Thema zu schreiben, nur deswegen sei er an dem Arsenbestand des Klosters interessiert. Erst danach wirkte der Mann wieder etwas beruhigter und ging trittfester seines Weges. Noch bevor sie die weiten Rebflächen erreichten, war ihre Unterhaltung im Sande verlaufen.

Gerastet wurde neben einem leerstehenden Gutshof, ein Sprengsel aus mehreren Backstein- und klassizistischen Gebäuden mit Satteldächern. Die Touristengruppe ließ sich nieder. Der Himmel war blau, kein Wölkchen mehr am Himmel. Borchers und seine Kollegin zauberten aus dem Einkaufstrolley ein Winzervesper hervor: Frankfurter Würstchen, Preßkopf, Schwartenmagen, Wildwürste, Schinken und Salami standen schon auf dem Tisch, und die beiden Touristenführer griffen immer wieder in die Tiefen der Tasche. Sie zogen Scheibchen von halbfesten Leber- und Blutwürsten hervor. Eier, Butter und Schmalztöpfchen. Rheingauer Spundekäs und Hessischen Handkäse garnierten sie mit frischem Schnittlauch, Kümmel und Zwiebeln. Es war ein Fest.

Als Borcher Gurkenscheiben, Tomatenschnitze, Radieschen und Trauben in Schüsselchen verteilte, machte seine Kollegin eine Runde und goss Wein ein. Es gab eisgekühlten Weißburgunder, die Trauben für den Wein stammten natürlich aus diesen Parzellen. Noch bevor sie das letzte Glas aufgefüllt hatte, begann der ehemalige Kellermeister seine Ausführungen. Er erzählte von Kies und Gestein aus den Alpen, das sich hier an einem Kalkriff abgelagert hatte. Er erzählte von Fischadlern, Eisenten und Graugänsen, die sich im Herbst gerne das reife Lesegut schmecken ließen. Der Sommelier sog alles in sich auf. Es war, als hätte die Sonne, die Bootsfahrt, der ganze Ausflug seine Geister geweckt.

Und nicht nur das, er war hungrig wie nie zuvor in seinem Leben. War in den letzten Tagen Essen und Trinken nur da gewesen, um seine Lebensfunktionen aufrechtzuerhalten, kam jetzt ein tieferes Bedürfnis hinzu: Er wollte schmecken, riechen, kauen. Er trank gierig ein erstes Glas Wein, dann ein zweites. Er tauchte Preßkopf in Senf, bestrich Brot so dick mit Butter, dass es aussah, als schwebe die Wurstscheibe einen Millimeter darüber. Als die übrige Besuchergruppe bereits besäuselt die Hände in den Schoß legte, pellte er noch hartgekochte Eier und kratzte mit der Rinde eines dunklen Krustenbrots die letzten Reste aus den Schmalztöpfchen. Dann war er satt. Und betrunken. Heillos betrunken.

Beim Weg zurück zum Anleger strauchelte er zweimal über Wurzeln, zumal die Schatten immer länger wurden. Er versank gerade im wohligen Röhren des Bootsmotors und wickelte sich dabei dick in seine Jacke. Denn kaum war die Sonne verschwunden, war es eisig kalt geworden. Obendrein war er müde, todmüde, er hatte in den letzten Tagen schließlich kaum ein Auge zugetan – da schob sich plötzlich eine Frau in sein Gesichtsfeld. Genauer gesagt blickten ihn ganze vier Augenpaare neugierig an. Der Sommelier raffte seine Sinne zusammen. Irgendwo erklang das Signalhorn eines Schiffs. Dann wurde ihm klar, dass er neben den vier Touristinnen saß, die zwei Nächte zuvor im Kloster geschlafen hatten.

»Sie wohnen im Kloster Marienwingert, richtig?«, fragte die Rädelsführerin.

»Ja«, antwortete Benjamin, der Fahrtwind pfiff ihm um die Ohren, seine Zunge klebte am Gaumen. Er richtete sich auf und räusperte sich.

»Wir waren nur eine Nacht im Kloster und schlafen jetzt in einem Gasthaus in Eltville«, erklärte die Frau und machte eine Pause, um noch näher an ihn heranzurücken. »Die Pensionschefin hat uns heute Morgen erzählt, sie habe gehört, dass Bischof Eltzheim tot ist – stimmt das?«

»Das ist richtig«, erklärte der Sommelier.

»Hui«, prustete die Frau. Oder »Hach«. Irgendein Ausruf ihrer Erregung. Sie rutschte unwillkürlich etwas weg von ihm, schaute zu ihren Freundinnen und nickte ihnen prophetisch zu.

»Nicht dein Ernst!«, krakelte eine.

»Nicht die Möglichkeit!«, rief eine andere.

»Er sagt ja!«, quiekte die Rädelsführerin schrill zurück, schlug mit ihrem Geschrei eine Schneise durch Benjamins wohligen Rauschzustand. Dass sie nicht noch ihre Hände zum Trichter vor dem Mund formte, war geradezu ein Wunder. Einer der rüstigen Rentner drehte sich kurz zu ihnen um, er stützte sich nicht mehr auf den Regenschirm, der Regenschirm stützte ihn. Die Frau wandte sich wieder an Benjamin. »Der war ja noch in keinem

Alter! Wie ist er denn gestorben?«, platzte sie hervor. »Ein Herzinfarkt? Oder ein Schlaganfall oder so etwas?«

»Die Todesursache ist noch nicht zweifelsfrei geklärt.«

Eine zweite Frau der Gruppe rutschte näher an Benjamin heran. »Nicht zu glauben, es ist nicht zu glauben. Und ich habe ihn noch am Abend zuvor gesehen, da ist er nämlich aus dem Häuschen neben dem Einfahrtstor gekommen.«

Die Rädelsführerin knuffte sie in die Seite. »Jetzt fang nicht damit an«, zischte sie. »Außerdem hast du ihn auch noch am Morgen beim Frühstück gesehen.«

»Habe ich gar nicht«, entfuhr es der Frau trotzig. »Die Tür war zu, als ich in den Frühstückssaal kam!«

»Der Bischof ist also aus dem Pförtnerhaus gekommen?«, hakte Benjamin nach, gleichermaßen interessiert und mühsam. Er fühlte sich, als hätte er sich in einer Hängematte verheddert, aus der er sich strampelnd zu befreien versuchte. Die Rädelsführerin verdrehte die Augen. Der Sommelier erkannte die Lust am Klatsch in den Augen der anderen Frau. Ihre Phantasie war schon den ganzen Tag mit ihr durchgegangen, jetzt hatte der Wein ihre Zungen gelockert. Was wollte sie hören? Von einer Affäre des Bischofs mit Schwester Agnes? Von Brüchen des Zölibatsversprechens? Suspendierung und Selbstmord?

»Ja, genau«, flüsterte die Frau. »Dort, wo die Gastschwester schläft, dort ist er rausgeschlichen.«

»Wann war das?«, bohrte Benjamin nach. »Sie meinen in der Nacht, als die Polizei da war?«

»Die Polizei? Nein, viel früher, beim Gottesdienst am Abend. Ich war draußen und habe eine geraucht, wissen Sie, ich bin zwar katholisch, aber habe mit Kirche eigentlich nichts mehr am Hut. Im Grunde habe ich einer Übernachtung im Kloster nur zugestimmt, weil Steffi und Kiki einmal in einem Orden …«

Ihre Worte verschwammen.

Alles schwappte davon.

Wasser, Wellen, Gedanken.

Nichts ergab in dieser ganzen Geschichte einen Zusammenhang, dachte der Sommelier.

Sechs

Benjamin schreckte hoch. Die Kirchenbank schrappte über den Steinboden, ein harsches Kratzgeräusch hallte durch die Totenstille der Antoniuskapelle. Schwester Johanna zuckte nicht einmal zusammen. Sie hatte neben ihm Platz genommen und blickte ihn aufmerksam an. Wann hatte sie sich zu ihm gesetzt? Benjamin konnte es nicht sagen. Schlaftrunken sah er sich um. Graues Morgenlicht fiel durch das große, runde Buntglasfenster über dem Chor. Schwester Agnes lag aufgebahrt darunter, in einem weißen schmucklosen Sarg. Sie trug ein Ordensgewand, ihre Hände waren gefaltet, darin hielt sie einen Rosenkranz und ein Kreuz. Benjamin stand ruckhaft auf. Er war eingeschlafen. Schlicht und ergreifend weggepennt, die ganze Nacht. Scham und Peinlichkeit standen ihm ins Gesicht geschrieben. Sein Nacken schmerzte. Er begann, an seiner Jacke zu zupfen, sie glatt zu streichen, fuhr sich durch das Haar, murmelte Entschuldigungen.

Sturzbetrunken hatte er sich ins Auto gesetzt und war zurück ins Kloster gefahren. Er hatte nicht einmal in Erwägung gezogen, zu Lara auf die Couch zurückzukehren. *Das ist gut*, hatte sie auf seine gestrige Kurznachricht geantwortet, dass er wieder auf freiem Fuß war. *Das ist gut.* Drei Worte. Nicht mehr. Sie war zweifelsfrei überfordert, schlimmstenfalls stinkwütend. Und er konnte es ihr nicht verübeln. Ihr Verlobter war schwer verletzt, lag im Koma, sie leitete ein Restaurant, bespaßte eine griechische Großfamilie und wegen ihm, Benny, hatte sie nun auch keine Eingangstür mehr. In seinem Zustand konnte er ihr nicht auch noch unter die Augen treten. Er war also ins Kloster gefahren. Der Gastbereich war noch gesperrt, weswegen er notgedrungen zum einzigen Ort wechselte, der ihm offenstand: dem Weinkeller.

In blindem Aktionismus hatte er sich eine Flasche 1996er Château Phélan Ségur aufgezogen und den Weinbestand auf links gedreht. Mithilfe der Bestandsliste konnte er einige vergilbte Etiketten Weinen zuordnen: 1911er Trockenbeerenauslese Niersteiner Fläschenhahl vom Weingut Schmitt, 1858er Château Bel Air oder 1889er Tokaji Essencia von Zimmermann-Lipót. Am Ende hatte er aber nur mehrere Blätter mit wirren Hieroglyphen gefüllt, die er wahrscheinlich nie wieder würde entziffern können. Es war schon nach zwölf, als er wieder in den Gastbereich schlurfte. Das Obergeschoss war weiterhin abgesperrt, das Polizeiauto parkte vor der Tür. Wo sollte er nur hin? Er ging nach draußen. Sein Atem zeichnete sich in der Luft ab, es war sternenklar und eisig kalt. Der Sommelier drehte sich ratlos im Kreis, dann sah er das Licht in den Fenstern der Antoniuskapelle.

Eine Ordensschwester kniete auf einem Betstuhl, als er leise die Tür aufzog und eintrat. Kerzenschein balsamierte die Wände des kleinen Oratoriums. Der Anblick der toten Gastschwester drückte ihm das Herz ab. Der Sommelier sank auf eine Bank. Er wollte sich nur kurz setzen, er senkte sein Haupt. Dann kam die Nacht.

»Es tut mir leid, Schwester Johanna, verzeihen Sie bitte«, murmelte Benjamin aufgewühlt.

»Es muss Ihnen nichts leidtun, Herr Freling.«

»Ich wollte nur … Ich bin gestern Nacht …«

»Ich bin froh, wenn mir jemand bei meiner Totenwache Gesellschaft leistet. Und Schwester Agnes war umso glücklicher, umso mehr Menschen sie um sich hatte.«

»Wie lange sind Sie schon hier?«, fragte Benjamin bestürzt.

»Eine Weile, aber setzen Sie sich doch neben mich, gleich passiert etwas Wundersames.«

Benjamin wusste nicht, was er sagen sollte. Sein Herz pochte, kalter Schweiß tränkte den Kragen seines Shirts. Er fühlte sich nicht nur schäbig, er bildete einen regelrechten Schandfleck in diesen heiligen Räumen. Wie lange hatte er seine Klamotten nicht gewechselt, geschweige denn geduscht? Zwei Tage? Hatte er eine Fahne? Die Äbtissin klopfte andeutungsweise auf die Bank. Er ließ sich neben sie sinken, mit so viel Abstand wie geboten, da zeigte die Frau auf das Rundfenster, das im Morgenlicht sanft zu schimmern und glänzen begann. Darauf waren zwei Menschen in roten Gewändern abgebildet, die unter einem Baum mit roten Blüten lagen. Der Mann lehnte sich an die Frau, auf seiner Hand hatte sich ein Falke niedergelassen. Die Frau hatte die Arme um seine Brust gelegt. Sie wirkten wie ein glückliches Liebespaar.

»Die Auswahl des Motivs war sicher kein Zufall von Ernst-August Bender«, erzählte Schwester Johanna, die ihren leicht zitternden Arm am Handgelenk gepackt hielt. »Er war ein heilloser Schelm.«

Benjamin erinnerte sich, dass der Industrielle die Fenster der Kapelle gestiftet hatte. Die Äbtissin hatte es bei ihrem Gespräch im Garten angemerkt. Er verstand die Andeutung dennoch nicht. »Ich glaube, ich verstehe Sie nicht«, gab er zu.

»Das sind Abaelard und Héloise. Haben Sie schon einmal von dieser Geschichte gehört?« Der Sommelier schüttelte den Kopf. »Petrus Abaelardus war Theologe und Philosoph. Er lebte im Mittelalter und war mit seinen Ansichten seiner Zeit voraus. Ich verehre seine Schrift *Sic et non*, in der er unzählige Widersprüche in der Bibel offenlegte, um klarzumachen, dass man mit sturer Wortgläubigkeit nicht weiterkommt. Die Kirche musste und muss sich entwickeln, Herr Freling, wenn man diesen Prozess unterbindet, dann entzieht man sie dem göttlichen Plan. Und trotzdem ist und war in Klerikerkreisen die Bibelkritik nicht sehr en vogue, wie Sie sich vorstellen können. Abaelard war also zeitlebens ein streitbarer Gelehrter. Zum Verhängnis wurde ihm aber die Liebschaft mit seiner Schülerin Héloise. Ihr Onkel war so erzürnt über die Affäre, dass er Abaelard in einem grausamen Racheakt entmannen ließ. Man darf von einer wahren Liebestragödie sprechen. Ihr weiterer Lebensweg führte sie beide ins Kloster. Sie wurde sogar Äbtissin in Nogent-sur-Seine, er Abt in Saint-Gildas-en-Rhuys. Und trotzdem waren sie sich treu bis in den Tod. Jeder auf seine Weise. Sie wurden sogar in einem Gemeinschaftsgrab beigesetzt.«

Benjamin zog die Augenbrauen nach oben. Was hatte diese Anekdote mit dem Kirchenfenster zu tun? »Ich will nicht indiskret erscheinen, aber wollen Sie damit andeuten, dass Sie eine Beziehung mit Ernst-August Bender hatten?«

Die Äbtissin schmunzelte. »Nein. Aber Schwester Rosalda. Sie arbeitete als junges Ding bei Bender, er suchte eine Hausdame und Pflegemutter in Personalunion. Georg Bender war gerade geboren, seine Mutter verstorben. Schwester Rosalda war gerade siebzehn geworden, hatte eine Hauswirtschaftsschule besucht – nicht ganz freiwillig, wenn ich mich richtig erinnere. Sie lag mit ihrer Familie über Kreuz. Mag sein, dass sich auch Trauer, Verzweiflung und der Wunsch nach Trost in Benders Gefühle für Rosalda mischten. Er umgarnte sie jedenfalls nach allen Regeln der Kunst. Sie hatten eine Affäre, aber die Welt bot Rosalda keine Antworten auf ihre Fragen. Sie war unglücklich. Wir traten fast zur selben Zeit ins Kloster ein. Ich kam aus Paris, war lange bei den Missionsbenediktinerinnen, sie begann ihr Postulat.«

»Und was war mit Bender?«, fragte der Sommelier.

»Er war am Boden zerstört. Dass er eine zweite Frau an Gott

verloren hatte, war ihm unerträglich. Anfänglich war er fast täglich hier. Er besuchte die Gottesdienste, lauerte uns bei unserer Gartenarbeit auf. Seine Obsession legte sich mit den Jahren etwas, aber brachte zu Beginn viel Unruhe ins Kloster. Die ganze Sache war Schwester Rosalda so unangenehm, dass sie irgendwann erzählte, Ernst-August Bender sei ihr Cousin. Ich glaube, so bekam seine ständige Anwesenheit eine erträgliche Legitimität. Ihr ging es damit besser, und sogar Bender schien die Lüge zu gefallen. Sie linderte wahrscheinlich seine Demütigung. Er übernahm die Geschichte und wurde zum Wohltäter des Klosters. Sein Großmut galt mit Sicherheit nur Schwester Rosalda, aber wir haben seine Gaben natürlich in das Klostervermögen gespeist. Wie heißt es in der Regel Benedikts: *Et non contristetur frater cui forte directum fuerat, ut non detur occasio diabolo* – der Bruder, dem es geschickt wurde, sei nicht traurig, damit dem Teufel kein Raum gegeben werde.«

»Jetzt verstehe ich auch, weshalb Benders Sohn keine Ahnung von Rosaldas Tod hatte. Sie haben ihn nicht informiert, korrekt?« Schwester Johanna nickte.

»Aber hat Ihnen Bender nur deswegen den Weinkeller vermacht?«, fragte Benjamin. »Wäre eine Geldspende nicht naheliegender und nützlicher gewesen?«

»Seit Jahrhunderten bedenken Menschen in ihrem Nachlass auch die Klöster, sei es nun mit Schmuck, Kunst oder anderen Habseligkeiten. Bender hat uns zeitlebens schon viel Geld gespendet, aber seine Weinsammlung war für ihn etwas Besonderes. Ich verstehe es als letzten Beweis seiner Zuneigung. Er wurde ja auch nicht müde, Rosalda zu einem guten Schluck zu überreden. Da biss er bei ihr im wahrsten Wortsinn auf Granit, sie hat beharrlich unser altes Brot gekaut – sie hatte einfach keine Freude an weltlichen Versuchungen. Es hat mich deshalb oft gewundert, wie penibel Schwester Rosalda die Weinsammlung gehütet hat. Es dauerte Jahre, bis Schwester Agnes Zugang bekam. Und das auch nur, weil Schwester Rosalda der Weg zu beschwerlich wurde. Die Schenkung war ihr Joch.« Die Äbtissin lächelte, hob die Hand und zeigte zum Fenster: »Schauen Sie mal, Herr Freling.«

Herr Freling schaute.

Das Fenster erglühte. Sonnenstrahlen kippten in den Raum. Zartschwebend erfüllte goldenes Licht die Kapelle. Staubkörnchen tanzten, und es war, als zerfiele der Raum in tausend andere Räume.

Schweigend saßen die Äbtissin und der Sommelier eine Weile nebeneinander.

Es war Schwester Johanna, die das Gespräch wiederaufnahm. »Ein Kriminalbeamter war gestern Abend bei mir. Wir hatten eine lange Unterhaltung. Wie geht es Ihnen denn, Herr Freling?«

Die Äbtissin blickte ihn an. Höflich. Gütig. Interessiert. Als gäbe es im Angesicht einer toten Ordensschwester nichts Wichtigeres, als einen verkaterten, ungepflegten, stinkenden, unrasierten Sommelier nach seinen Befindlichkeiten zu fragen.

»Wie es mir geht?«, wiederholte Benjamin verblüfft.

»Ja. Wie ich hörte, wurden Sie im Polizeipräsidium vernommen.«

»Das stimmt. Die Vernehmung verbuche ich nicht bei den angenehmsten Erfahrungen meines Lebens.«

Die Äbtissin nickte. »Der leitende Beamte des Falls hat mich an Ihren Mutmaßungen und Erlebnissen hier im Kloster etwas teilhaben lassen, zumindest konnte ich einiges zwischen seinen Sätzen herauslesen. Ich kann nicht behaupten, dass es eine einfache Unterhaltung mit dem Mann war. Aber wenn ich im Kloster etwas gelernt habe, dann ist es das Zuhören, und ich kann es nicht anders sagen: Ich habe gerade Angst. Wir Ordensfrauen versuchen, unsere eigene Geschichte zu lesen und darin Wendepunkte zu erkennen. Gottes Weg enthüllt sich in jedem unserer Schritte. Ich muss eingestehen und annehmen, dass mir am Lebensende die größte Prüfung auferlegt wurde. Ich kann mich dem nicht entziehen, auch wenn ich gern würde. Wären Sie also so frei, mich in Ihre Gedanken einzuweihen?«

Benjamin schlug die Augen nieder. Es gab nichts abzuwägen. Die Äbtissin konnte sich den Geschehnissen im Kloster nicht entziehen, der Sommelier konnte sich der Äbtissin nicht entziehen. In wenigen Sätzen fasste er die Geschichte zusammen. Er erzählte auch von der leeren Flasche Rotwein im Büro des Kellermeisters, dem Lagerraum der Chemikalien, seinem Besuch auf der Mariannenaue, dem zufälligen Zusammentreffen mit den vier Touristinnen und von seinem Umtrunk mit Schwester Magdalena in der Klosterküche. Benjamin erzählte der Äbtissin auch von seiner Vermutung, dass Weine gestohlen wurden und diese Diebstähle in Verbindung mit dem Mord und den vermeintlichen Unfällen standen. Warum sollte er jetzt noch etwas verheimlichen? Als er seine Erzählungen beendete, schwieg Schwester Johanna eine Weile. Hinter den rot getünchten Seitenfenstern der Kapelle erkannte der Sommelier die klare Kante der Umgrenzungsmauer, dahinter schälten sich die Schemen der ersten Baumreihen des Taunus heraus. Buchen wahrscheinlich, Fichten oder Kastanien. Benjamin wusste es nicht.

»Hat sich vielleicht Schwester Magdalena an den Weinbeständen bereichert?«, fragte Benjamin schließlich. »Bei unserer Begegnung in der Klosterküche ließ sie jedenfalls keinen Zweifel daran, dass sie sich mit Weinen auskennt.«

»Ich möchte zum gegenwärtigen Zeitpunkt dem Verschwinden von Schwester Magdalena keine größere Bedeutung beimessen«, erklärte die Äbtissin schließlich. »Das habe ich gestern auch dem Polizeibeamten gesagt. Das erste Jahr eines Klosterlebens ist bisweilen erbarmungslos fordernd. Um Weihnachten war Schwester Magdalena auch drei Tage verschwunden. Schwester Agnes war eine wichtige Bezugsperson für sie. Ich glaube, dass sie bald wiederauftaucht.«

»Und kannten Sie den alten Kellermeister?«, fragte Benjamin.

Die Äbtissin nickte. »Ein bibelfester Mann mit rauem Gemüt, aber über seine Qualitäten der Weinbergsbewirtschaftung maße ich mir kein Urteil an. Wir haben uns aus diesem Bereich des Klosters immer rausgehalten. Diesen Raum mit Düngern, von dem Sie erzählen, habe ich das letzte Mal gesehen, als ich selbst noch bei der Weinlese geholfen habe. Das muss zwanzig, dreißig Jahre her sein. Was mich im Augenblick nachdenklicher stimmt, ist, dass angeblich Bischof Eltzheim aus dem Pförtnerhaus von Schwester Agnes kam.«

»Warum?«

»Die Frage können Sie sich allein damit beantworten, da Ihnen dieses Detail überhaupt erwähnenswert erschien: Sein Amt in allen Ehren, aber der Bischof war Gast in diesem Kloster und hatte dort nichts verloren. Eine Herde kann nur einen Hirten haben, Herr Freling, und das bin ich. Vor allem hatte er nichts im Pförtnerhaus zu suchen, wenn Schwester Agnes dem Gottesdienst beiwohnte. Das Gebäude ist normalerweise zu. Bei so vielen Besuchern auf dem Gelände sind wir sehr gewissenhaft, alle nicht öffentlichen Bereiche verschlossen zu halten. Dennoch wage ich mich zu erinnern, dass Bischof Eltzheim in besagter Messe nicht anwesend war.«

Der Sommelier zeigte zum Buntglasfenster. »Und das Schwester Agnes und der Bischof vielleicht …?«, fragte er und verstummte.

»Eine Liebschaft?« Schwester Johanna überlegte. »Das kann ich mir beim besten Willen nicht vorstellen«, antwortete sie, setzte sich auf und legte die Hände ineinander. Die Kapelle lag mittlerweile im hellen Sonnenschein. »Ich danke Ihnen jedenfalls, dass Sie Ihre Gedanken mit mir geteilt haben. Es wurde übrigens heute in den frühen Morgenstunden der Gästebereich wieder freigegeben … Sie wollen sicher Ihre Kleidung wechseln.« Die Äbtissin schmunzelte, pausierte einen Moment und fügte an: »Gestatten Sie mir noch eine Frage, Herr Freling?«

»Natürlich.«

»Glauben Sie an Gott?«

Benjamin blies instinktiv die Wangen auf und ließ die Luft prustend entweichen. Was sollte er darauf antworten? Er hätte der Klosteroberin vielleicht erklären können, warum Nahe-, Mosel- und Rheingauer-Riesling so viel miteinander zu tun hatten wie Vater, Sohn und Heiliger Geist. Das Ereignis von Jesus Geburt ordnete er irgendwo zwischen griechischen Blütenfesten zu Ehren von Saufgott Dionysos und den Rodungsbefehlen von Weinstöcken in überseeischen Provinzen des römischen Kaisers Domitian ein. Der Kniff, Wasser in Wein zu verwandeln, war für ihn unmittelbar mit Fragen nach Rebsorte, Jahrgang und Terroir verbunden, mit Trinkgefäßen und -temperatur. Und eines der größten Wunder der Menschheitsgeschichte war für ihn die Verdrängung der antiken Amphore durch keltische Holzfässer. »Ich glaube, dass aus Traubensaft etwas Höheres werden kann, wenn es das ist, was Sie meinen«, antwortete er und hoffte, sich damit aus der Affäre stehlen zu können.

»Also ja, wenn ich Ihr Sprachbild richtig deute?«, löcherte ihn die Äbtissin. Ihre kupferfarbenen Augen durchdrangen ihn, blickten hinab bis zum Quellgrund seiner Seele. Benjamin entzog sich ihrem Blick, schaute nach oben, haderte, schaute nach vorne, zu der toten Gastschwester, die ihm plötzlich gar nicht mehr unheimlich vorkam. Das Bild strahlte vielmehr eine tiefe Ruhe aus.

Die Äbtissin sah sein Zögern. »Sagen Sie es doch, frei raus, Herr Freling, warum zögern Sie? Wegen der Kapelle? Des Sargs?«

»Ja. Auch. Wieso fragen Sie mich das alles?«

»Manchmal braucht es nur die Frage, aber wie Sie gerne Wein schmecken, schmecke ich gerne Worte. Ich wüsste keinen besseren Ort und Moment dafür. Und wenn Sie wegen Schwester Agnes zögern: Sie war eine Suchende. Sie würde sicher gerne hören, was Sie zu sagen haben. Was hält Sie also auf?«

Was ihn aufhielt? Was wusste er schon von Gott? Nichts. Nichts und wieder nichts.

Aber die Äbtissin hielt ihn mit ihrer Aufmerksamkeit gepackt. Er stand mit dem Rücken zur Wand. Er sagte: »Ich glaube, am Tag des Jüngsten Gerichts sind die Kneipen voll, nicht die Kirchen.«

Schwester Johanna lachte auf. Ihr Gesicht warf plötzlich so viele Falten, dass Benjamin an einen stillen Bergsee dachte, in den ein einzelner Regentropfen gefallen war. Die Klosteroberin hob ihren Arm, ihren Zeigefinger erhoben wie einen Zeigestock. »Aber nur, weil die Menschen nicht wissen, wie gut unser Messwein ist.«

Sieben

Benjamin hatte viel vor, als er in seine Kammer kam und ganz zu seinem Glück seine komplette Wäsche vorfand, zwar zerpflückt in alle Einzelteile, gedreht und gewendet, verteilt auf Stühlen und auf dem Bett, aber immerhin: Er hatte frische Wäsche. Benjamin stellte sich Demir vor, der mit einem Spezialeinsatzkommando seine Unterwäsche inspiziert hatte, um dann zu entscheiden, dass sie für die Ermittlung unerheblich war. Sein Notebook war zwar verschwunden, aber hätte er in diesem Augenblick die Möglichkeit gehabt, das Gerät gegen Rasierzeug, Duschgel und Deo zu tauschen, er hätte es vermutlich getan. Benjamin verschwendete also keinen Gedanken daran und zog sich in die Nasszelle zurück. Er musste mit Julia telefonieren, sie hatte ihm gestern Nacht zig Nachrichten gesandt, er wollte seinen Onkel anrufen und mit ihm über den Chemikalienkeller sprechen, dann wollte er ins Krankenhaus fahren, um Pana unter den Lebenden willkommen zu heißen, denn heute war der große Tag – und dann, dann würde er diesen ganzen Spuk beenden. Er wusste zwar noch nicht wie, aber er wusste, dass es an der Zeit war.

Es war kurz nach sechs, als er in die Duschkabine stieg. Der Duschkopf spuckte auf seinen Nacken, aber es war ein Segen, er seifte sich zweimal ein, das warme Wasser lockerte seine steifen Glieder. Als er dann auch noch auf den Flur trat und ihm der Duft von frischem Kaffee in die Nase stieg, war es um ihn geschehen. Benjamin sprühte vor Tatendrang und Enthusiasmus. Was war nur los? Lag es an seinem Gespräch mit der Äbtissin? Demütig, fast etwas ergriffen von so viel Fürsorge, verspeiste er das Frühstück, das ihm eine Ordensschwester im Refektorium hergerichtet hatte, dann stieg er in die Weinbereitung, fotografierte mit seinem Telefon alle Düngemittel ab – auch diejenigen, die im Eisenschrank standen – und sandte sie an seinen Onkel Konrad. Es dauerte keine Minute, da schallte das Telefon laut, hohl und hallend durch die Weiten der Kellerei.

Benjamin hob schnell ab. Das Erste, was er hörte, war ein tiefes Einatmen. Es klang dumpf, als riefe sein Onkel vom Grund der Tiefsee an, mit Freisprecheinrichtung im Atemgerät. Er fragte: »Wo um Himmels Willen bist du schon wieder gelandet?«

»Im Rheingau, in der Weinbereitung des Klosters Marienwingert«, erklärte Benjamin.

»Die geizen ja nicht mit Spritzmitteln. Sind die wieder ins Geschäft eingestiegen?«

»Nein. Restbestand. Kennst du das Weingut?«

»Nie was von denen getrunken, stand nur mal was in der Winzerzeitung drüber«, sagte sein Onkel, es knisterte und rauschte in der Leitung.

»Bist du unterwegs?«, fragte Benjamin.

»Ja, hab noch nicht einmal Tee getrunken, bin gleich in die Weinberge gegangen. Es war gestern Nacht kalt, wird heute Nacht noch kälter. Hier ist schon strahlend blauer Himmel und soll so bleiben, aber den Reben geht es gut. An der Mosel war es heftig, hab schon mit Jochen telefoniert. Die haben schon die Helikopter beauftragt, um heute Nacht die Luft am Boden zu verwirbeln. Wie ist es im Rheingau?«

»Eisig, in den Weinbergen war ich noch nicht.«

»Und warum sendest du mir die Bilder?«

Benjamin erzählte seinem Onkel die Geschichte. So langsam

hatte er Übung darin, es war das dritte Mal in den letzten vierundzwanzig Stunden. »Jetzt trete ich auf der Stelle, weiß nicht, was ich machen soll. Weißt du, ob bei den Insektiziden und Pestiziden etwas Arsenhaltiges dabei ist?«

Konrad schwieg eine Weile. »Lass die Finger davon, Junge«, meinte er schließlich.

Benjamin verdrehte die Augen. »Kann ich nicht mehr, unmöglich.«

»Wie schlitterst du nur immer in solche Geschichten?«

»Ich habe es mir nicht ausgesucht.«

Sein Onkel seufzte. »Mir springt auf den Bildern nichts ins Auge, aber du solltest bei der Abfallwirtschaft anrufen. Das muss sich jemand vom Sondermüll anschauen. Die Entsorgung kostet das Kloster zwar eine Stange Geld, aber das Zeug muss weg.«

»Heißt? Du kannst alle Spritzmittel einordnen?«

»Alter Wein in neuen Schläuchen. Die Firmen kenne ich nicht, die Mittel schon.«

Benjamin sank am Durchgang von Weinkeller und Weinbereitung in die Knie und lehnte sich an die Wand. Schlieriges Sonnenlicht fiel durch die Oberlichter, die Edelstahltanks schillerten, Weinkisten stapelten sich bis unter die Decke, die obere Reihe einiger Weinflaschen funkelten. Die Morgenstimmung verlieh dem alten Gemäuer etwas Ehrfürchtiges, geradezu Andächtiges und Sakrales. »Weißt du, ob im Burgund Arsen als Spritzmittel eingesetzt wurde?«

»Ich glaube nicht, aber Arsen war vor hundert Jahren auch überall drin, Benny, das war sogar im haushaltsüblichen Fliegengift. Man hat dem Zeug wenig Gefahr beigemessen, kommt ja auch in der Natur vor. Und vom Tisch ist das Thema auch heute noch nicht wirklich. Schau dir doch nur das Theater im Bordeaux an. Dort wurde erst um die Jahrtausendwende das giftige Natriumarsenit als Pflanzenschutzmittel verboten. Mehr kann ich dir nicht sagen, tut mir leid. Wirklich.«

»Macht nix«, sagte Benjamin.

»Tut mir leid«, wiederholte sein Onkel und schwieg einen Augenblick. »Liegen dort unten wirklich Weine von vor der Reblauskrise?«

»Ja, mehrere – warum?«

Konrad zog die Nase hoch. Es raschelte, dann knallte es. War er ins Auto eingestiegen? Es war jedenfalls wesentlich ruhiger im Hintergrund, die Stimme seines Onkels gewann an Deutlichkeit. »Da denke ich manchmal beim *Tatort* am Sonntagabend dran«, sagte er und schnäuzte sich lautstark. Benjamin sah das rot-weißgepunktete Stofftaschentuch vor sich, das Konrad in seiner rechten Hosentasche zu tragen pflegte. »Weißt du, wie es zu der Krise damals kam?«

Der Sommelier kniff die Lippen zusammen. Manchmal hatte er das Gefühl, sein Onkel hielt ihn für einen erfahrenen Berufssäufer, ein Hallodri im Zweiteiler, einen besseren Kellner, der darauf spezialisiert war, mit Bügelfalte Flaschen einzusortieren, mit Popanz Weine zu dekantieren und stilsicher Gläser aufzufüllen. Dabei hatte er nach seiner Ausbildung zum Restaurantfachmann Weinbau studiert. Mehrere Semester hatte er sich durch knochentrockene Weinrechtswälzer gekaut und zudem die Erkenntnis gewonnen, dass sich Biochemie nicht nur kompliziert anhörte, sondern kompliziert war. Er hatte damals sogar damit geliebäugelt, irgendwann das Weingut seines Onkels zu übernehmen. Konrad war ledig, hatte keine Kinder, war zweiundsechzig Jahre alt – die Frage zur Zukunft des Betriebs würde nicht mehr lange ungestellt bleiben. Nichtsdestotrotz hatte es ihn damals zurück in die Gastronomie gezogen. Wusste Benjamin also über die Reblauskatastrophe Bescheid? Natürlich.

Benjamins kurzes Schweigen deutete Konrad jedoch als Aufforderung.

»Mitte des 19. Jahrhunderts starben in Südfrankreich plötzlich Reben ab«, erklärte er mit der Genugtuung des Weisen in der Stimme. »Man dachte zuerst an neue Formen von Pilzkrankheiten oder andere Schädlinge. Die Reblaus wurde nämlich aus Amerika eingeschleppt und war bis dato in Europa unbekannt. Die Viecher waren winzig wie Nadelstiche, sodass man sie mit bloßem Auge kaum sah. Obendrein ernähren sich Rebläuse hauptsächlich von den Wurzeln der Reben, bis die kein Wasser und keine Nährstoffe mehr aufnehmen können. Sie waren also größtenteils unter der Erdoberfläche verborgen. Nach und nach verbreitete sich die Reblaus in ganz Europa. Dauerte lang. Mehrere Jahrzehnte. Erst in den 1870ern wurde sie zum Beispiel im Bordeaux nachgewiesen. Als sie schließlich entdeckt wurde, kämpften Winzer und Wissenschaftler mit allen Mitteln gegen die Verbreitung. Es wurden Rebflächen geflutet oder hochgiftiger Schwefelwasserstoff ausgekippt. Half alles nichts. Ende vom Lied war trotzdem, dass zwei Drittel – manche sagen sogar drei Viertel – der weltweiten Rebflächen zerstört wurden. Auch der Kaiserstuhl wurde nicht verschont. Lösung fand man schlussendlich in der Veredelung: Amerikanische Reben waren gegen die Reblaus über Jahrhunderte resistent geworden, also rodete man ganze Weinberge, pflanzte stattdessen das Wurzelwerk amerikanischer Reben, auf das europäische Reben aufgepfropft wurden. Das brauchte viele Versuche, aber es funktionierte. Das ist auch der Grund, weshalb Prä-Phylloxera-Weine von so einem Mysterium umwoben werden. Es heißt, dass die wurzelechten Tropfen tiefgründiger und komplexer geschmeckt haben. Aber es gibt eben niemanden, der das heute noch mit Sicherheit bezeugen könnte, weil …«

»Du steckst ganz schön tief im Thema, Konrad«, ging Benjamin verblüfft und auch ein wenig ungeduldig dazwischen.

»Ich lese gern Sachen über Geschichte, hab ja sonst nicht viel. Und wenn wir hier Weinverkostungen für das Tourismusbüro machen, dann begehen wir vorher immer die Weinberge, da erzähle ich von der Reblauskatastrophe – interessiert die Leute, das ist zumindest immer mein Gefühl.«

»Und warum erzählst du *mir* das alles? Und was hat das mit dem *Tatort* zu tun?«

»Genau. Weißt du, wie die Reblaus damals entdeckt wurde?«, fragte der Winzer.

»Ja, nein, denke schon – wie meinst du das?«, antwortete Benjamin.

»Rebläuse befallen die Wurzeln, Benny. Sind die abgefressen, sind die Reben so gut wie tot und die Läuse ziehen weiter. Der Fehler, der anfänglich gemacht wurde, war, ausschließlich die toten Rebstöcke aus der Erde zu hebeln und zu untersuchen. An denen war aber nichts Auffälliges zu erkennen, außer dass das Wurzelwerk abgestorben war. Erst als ein Wissenschaftler auf die Idee kam, eine augenscheinlich gesunde benachbarte Rebe aus der Erde zu reißen, fanden sich Abertausende Rebläuse, die sich daran gütlich taten …«

Benjamin stand plötzlich wieder, er wusste nicht, wann er sich erhoben hatte. »Du meinst …«

»Wenn du eine Reblaus suchst, dann sieh dir die gesunden Reben an, nicht die toten. Welche wäre die Nächste in der Reihe?«, erklärte sein Onkel. »Und noch etwas: Wenn irgendwer dort unten im Keller mit Arsen rumwerkelt, dann ist das Zeug mit Sicherheit auch jetzt noch dort unten.«

»Warum denkst du das?«

»Junge, das ist doch nicht schwer zu erraten: Kein Mensch

steigt in einen Keller, um einen Wein zu vergiften, und läuft dann mit dem Gift unterm Arm aus dem Haus.«

Benjamin starrte auf die leeren Gärtanks, dachte an den Knall, Metall auf Metall, er ahnte, wo das Arsen versteckt war.

Benjamin parkte sein Auto direkt vor der Basilika Sankt Ägidius in Mittelheim. Er fuhr vorwärts in eine viel zu enge Parklücke, das Heck seines Autos ragte in die Fahrbahn. Er hatte keine Geduld, im Kreis zu fahren und auf einen Pendler zu warten, der zur Arbeit aufbrach. Es war kurz nach halb acht. Den Wagen schloss er nicht einmal ab, sondern stieg aus und marschierte mit hochgezogenen Schultern hinüber zu Laras und Panas Wohnung. Der Himmel war makellos blau. Die Luft nicht weniger eisig als in der Nacht zuvor. Ein älterer Mann mit Mütze, Schal und Handschuhen, der den kleinen Garten um den historischen Kirchenbau pflegte, lehnte sich kurz auf seinen Rechen und blickte dem Sommelier nach. Benjamin spürte seinen Blick im Nacken. Er schloss schnell die Eingangstür auf und stieg im Treppenhaus nach oben.

Die Wohnungstür war erwartungsgemäß nur angelehnt, ein faustgroßer, halbrunder Bereich um den Schließzylinder war gesplittert und teilweise herausgebrochen, dort wo das Einsatzkommando die Ramme angesetzt hatte. Benjamin lauschte. Leises Radiogedudel drang bis ins Treppenhaus. Lara war wahrscheinlich im Badezimmer. Er klopfte sanft und versuchte einzutreten, doch irgendetwas blockierte die Tür. Er klingelte. Das Radio erstarb. Er hörte Schritte, gefolgt vom Summen des Türöffners unten im Treppenhaus. Dann erschien Laras totenblasses Gesicht im Türspalt. Mit glasigen Augen, unter denen sich dunkle Ringe abzeichneten, blickte sie den Sommelier an. Sie wirkte, als habe sie wochenlang nicht geschlafen.

»Benny? Gott, hast du mich erschreckt. Warte, ich ziehe den

Sitzsacke weg«, sagte sie, verschwand kurz, er hörte nur noch ihre Stimme, die laut rief: »Hat Julia dich erreicht?«

Benjamin verzog ertappt das Gesicht, als sie sich in der Wohnung gegenüberstanden. »Ich habe es noch nicht geschafft. Was hast du ihr erzählt?«, fragte er. Eine Melange aus Mokkaduft, Wasserdampf und kaltem Zigarettenrauch lag in der Luft. Lara war in voller Montur, trug hochhackige schwarze Lederschuhe und ihren sandbraunen Trenchcoat.

»Wir haben gestern nur kurz SMS geschrieben. Ruf sie besser an. Sie macht sich Sorgen.«

»Hast du ihr von der Verhaftung erzählt?«

»Nein. Das solltest du selbst machen.«

»Okay, mach ich«, sagte Benjamin, sammelte sich einen Moment und fuhr in sanftem Ton fort: »Lara, als wir telefonierten, an dem Morgen nach Schwester Agnes' vermeintlichem Unfall, da hast du in einem Nebensatz erwähnt, dass du auf dem Weg in die Autowerkstatt seist – erinnerst du dich?«

Lara legte die Stirn in Falten, kniff dann kurz beide Augen zu, als wären sie trocken und würden brennen. »Ja, natürlich erinnere ich mich, warum?«

»Was war das Problem?«

»Ich verstehe nicht …«

»Was war kaputt an eurem Auto?«

»Ein Hinterreifen war hinüber.«

»Und warum musstest du in die Werkstatt?«

»Alex hat den Reifen gewechselt. Aber er meinte, ich müsste auf jeden Fall die Achse checken lassen«, erklärte sie mit dünner Stimme und rollte mit den Augen. »Ich bin zehn Kilometer mit einem Platten gefahren – hattest du schon einmal einen Platten? Das merkt man gar nicht so richtig, fühlt sich so an, wie wenn man über Kopfsteinpflaster fährt.«

»Und warum war der Reifen platt?«

»Weiß ich nicht, Benny, frag einfach Alex. Ist das jetzt wichtig, ich habe gerade wirklich nicht den Kopf.« Sie holte Luft. »Ich treffe mich in zwanzig Minuten mit Panas Familie vor dem Krankenhaus. Komm doch mit, dann reden wir auf der Fahrt, wenn es dir so wichtig ist, oder eben später, aber jetzt ist wirklich …«

»Vielleicht bist du in Gefahr«, erklärte Benjamin nüchtern und sachbezogen, vielleicht etwas zu nüchtern und sachbezogen, sodass jede Person, die einigermaßen Menschenkenntnis besaß – worunter im Grunde alle Gastronomen fielen –, merken musste, dass das Gesagte alles andere als nüchtern und sachbezogen gemeint war. Er seufzte und gab seiner Freundin einen Abriss der Ereignisse.

Lara wirkte genervt, sie schaute kurz auf ihre Armbanduhr. »Ich kann ja alles bedingt nachvollziehen, was du da erzählst, aber glaube, seit letztem Jahr gehen auch ein wenig die Pferde mit dir durch, Benny. Diese Reblaus-Whatever-Metapher deines Onkels in allen Ehren, vielleicht war der Herd einfach nur defekt, oder diese dusselige Nonnen-Lehrlingstussi hat beim Putzen Mist gebaut. Ich meine, was erzählst du da? Rosalda, Agnes, Eltzheim, alle sind einem Mord zum Opfer gefallen? Und wenn das stimmen würde, vielleicht hat der Anschlag in der Küche wirklich dem Bischof gegolten. Hast du nicht die Sache mit dem Magentee erwähnt? Vielleicht ist Pana nur zwischen die Räder gekommen?«, erklärte sie aufgestachelt, ging einen Schritt auf den Sommelier zu und drückte kurz seinen Unterarm. »Benny, vielleicht haben wir es auch einfach mit drei Unfällen und einem Mord zu tun, das allein wäre doch schon verrückt genug, oder? Und warum sollte ich dann plötzlich in Gefahr sein?« Lara zuckte energisch mit den Schultern. »Wir haben einen Pachtvertrag mit dem Kloster, mehr nicht. Wie ist Eltzheim überhaupt gestorben, weiß man das?«

»Arsen«, antwortete Benjamin und sah sich wieder vor den drei Edelstahltanks stehen. Er hatte nach dem Telefonat mit seinem Onkel die Mannklappen geöffnet, die zur Tankreinigung dienten. Wie in Trance war er hinübergetappt. Im zweiten wurde er fündig. Er hätte auch ein Wurmloch entdecken können, es hätte ihm keinen geringeren Schauer über den Rücken gejagt, als ihm klar wurde, dass in dem dunklen Gärtank ein Gefäß aus weißem Porzellan stand, nicht größer als eine Kaffeedose. Er aktivierte die Taschenlampenfunktion seines Mobiltelefons. Sein erster Eindruck hatte ihn nicht getäuscht, genau genommen hätte man das Etikett mit *Arsen(III)-oxid,* As_2O_3 einfach abrubbeln können, mit Kaffee überschreiben, ganz egal, in der Küche wäre das Gefäß weniger aufgefallen als hier. Hatte er etwa im Keller die Klosterberg-Rieslinge verkostet, während sich der Killer im Tank versteckt hatte? War das der Knall gewesen, den er gehört hatte? Es musste so gewesen sein.

»Okay. Arsen also. Klingt für mich wie Miss Marple. Ernsthaft, warum sollte ein Serienmörder im Kloster sein Unwesen treiben? Allein dass ich das Wort in den Mund nehme, erscheint mir lächerlich«, widersprach Lara.

»Das ist die große Frage«, knirschte der Sommelier und schnaubte. Er war wütend. Vor allem auf sich selbst. Nicht nur, weil er sich im Kreis drehte, sondern weil er Lara Angst einjagte, ohne eine handfeste Argumentation für seine Verschwörungstheorien zu haben. Was wusste er denn schon? Die Novizin war weg, das Arsen gefunden. Der kunstliebhabende Eltzheim war aus dem Pförtnerhaus von Schwester Agens gekommen, ein paar Stunden, bevor die Gastschwester starb, und einen Tag, bevor der Bischof selbst das Zeitliche gesegnet hatte. Hatte Eltzheim vielleicht selbst ermittelt? War das die Lösung? Und was wusste Benjamin noch? Schwester Rosalda hatte eine Affäre mit Ernst-August Bender gehabt. Prima. Und? Deswegen hatte zwanzig Jahre zuvor ein Großmogul seinen Weinkeller dem Kloster vermacht, aus dem unter anderem elf Flaschen 1945er Château Mouton-Rothschild, acht Flaschen 1990er Romanée-Conti oder eine Magnumflasche 1947er Château Cheval Blanc fehlten. Das glaubte er zumindest. Was waren die Weine wert? Dreihundertfünfzigtausend? Mindestens. Der Sommelier spürte einen kurzen Stich in der Magengegend. Wie hoch musste der Eigenkapitalanteil für den Kredit nochmal sein, für die Renovierung des Dachstuhls im Kapitelsaal? Vierhunderttausend? War vielleicht doch die Furie von Priorin in die Sache verwickelt? Aber warum dann nicht die Weine auf legalem Weg veräußern? Warum den Weg zum Bankkredit mit Leichen pflastern? Nichts machte Sinn.

Lara hielt seinen Unterarm. Sie war müde und erschöpft, trotzdem rang sie sich ein Lächeln ab. »Es ist lieb, dass du dir Sorgen um uns machst, aber wenn diese Reblaus-Theorie deines Onkels stimmen sollte, würde der Killer dann nicht zuerst denjenigen aus dem Weg räumen, der ihm auf den Fersen ist?«

Lara stupste Benjamin liebevoll an. Der Sommelier schluckte. Wenn sie versucht hatte, ihn aufzumuntern, war es gehörig schief gegangen. Er hatte plötzlich den schalen Geschmack des Kaffees im Mund, den er gierig geschlürft hatte. Er hörte den heulenden Motor seines Passats, den er den Berg herabgejagt hatte.

Dann dachte er an die Äbtissin. War sie mit allen anderen Schwestern so offen und freimütig wie mit ihm? War sie vielleicht an der Reihe? War die Mordserie beendet? Ging die Mordserie weiter?

Laras Telefon klingelte. Sie ging einen Schritt zurück und zog ihr Handy aus der Innentasche ihres Mantels. Beim Blick auf die Nummer legte sie die Stirn in Falten. Sie hob ab, hauchte ein *Ja, hallo* und begann fast augenblicklich zu zittern. Sie lauschte einen

Moment, ihre Augen füllten sich mit Tränen, sie rang nach Luft. Der Sommelier machte intuitiv einen Schritt auf sie zu. Er hatte das Gefühl, dass ihre Beine wegsackten. Er lag gar nicht so falsch. Lara drückte ihm das Telefon in die Hand, ging mehrere Schritte rückwärts, schlug dabei die Hände vor dem Mund zusammen und sank auf die Couchlehne. Pana. War etwas mit Pana?

»Hallo?«, drang es aus dem Hörer. »Haaaallo?«

»Wer spricht denn da?«, fragte Benjamin nervös, mit heiserem Atem.

»Benny? Bist du das? Sag sofort, was du mit meiner Verlobten allein um diese Uhrzeit treibst – du Sackgesicht!«

Acht

Im Krankenhaus roch es nach Desinfektionsmittel und zu lange warm gehaltenem Essen. Die griechische Großfamilie pflügte durch die Flure, ihre Schuhe quietschten auf den Linoleumböden, als wäre das Hospital eine Sporthalle. Eine Stationsschwester stellte sich ihnen schließlich in den Weg. Panas Mutter, eine kleine, unscheinbare Frau, die Benjamin bislang nur schweigend erlebt hatte – die Hände im Schoß gefaltet, während die Männer der Familie sich gegenseitig die Tsipouro-Gläser füllten –, war nicht wiederzuerkennen. Sie fiel über die arme Krankenschwester her. Aufgewühlt schnatterte Frau Panagiotopoulou drauflos, ihr Mann zog sie sanft zurück, Lara schob sich nach vorne, Panas anderer Bruder Elias warf beide Arme in die Luft, seine Schwester Nika versuchte, zwischen ihren beiden jaulenden Kindern einen Streit zu schlichten, und Alex trommelte verzweifelt auf seinem piependen Telefon herum, es herrschte also Tumult um kurz nach acht im Krankenhausflur – aber wo war nun Pana?

Man müsse sich gedulden, erklärte die Krankenschwester. Augenblicklich wurde es ruhiger, alle blickten gebannt zu der Frau und lauschten. Man habe die Medikamente in den frühen Morgenstunden abgesetzt. Pana sei schon um fünf erstmalig aufgewacht, ihm war es erstaunlich gut gegangen, er sei recht schnell recht klar gewesen, habe sich auch nicht von einem Anruf bei seiner Frau abhalten lassen. Danach sei ihm schwindelig und übel geworden, was keinen Anlass zur Beunruhigung böte, aber jetzt müsse sich der Patient ausruhen, kurz: Er würde schlafen.

Der griechische Trupp warf sich Blicke zu und schlappte etwas weniger temperamentvoll zurück in die Eingangshalle. Alex besorgte Kaffee. Lara ging rauchen. Benjamin versuchte, Julia anzurufen – jetzt war es seine Freundin, die nicht erreichbar war. Wahrscheinlich war sie im Badezimmer. Oder bereits im Hotel, bei der Arbeit? Es war Freitag, da war erfahrungsgemäß immer etwas mehr zu tun. Er beendete den Anruf, ohne eine Nachricht auf der Mailbox zu hinterlassen, und starrte durch den Eingangsbereich ins Freie. Zeitverzögert ließ Benjamin nochmals die Worte der Krankenschwester Revue passieren: Was bedeutete *recht schnell recht klar* gewesen?

Recht klar.

So hatte sie Panas Zustand doch umschrieben, was im Umkehrschluss bedeutete, dass Pana eben doch etwas verwirrt gewirkt haben musste – war das normal? Oder nicht eher ein grundsätzliches Problem bei Hirnschäden? Der komplette Verlust der Erinnerung oder des Sprachvermögens war einfach zu diagnostizieren, aber vielleicht fiel Pana ja nur erst einmal der Name seiner Nichte nicht mehr ein. Oder vielleicht würde er eine Auberginencreme mit Knoblauch umständlich umschreiben, weil der Begriff *Melitzanosalata* aus seinem Gehirn gelöscht worden war. Das waren Dinge, die auf den ersten Blick auch die Ärzteschaft nicht einschätzen konnte. Fand man bei Alzheimererkrankten nicht anfänglich die Kaffeetasse in der Schreibtischschublade und die Socken im Backofen, bis sie schließlich im Schlafanzug an einer Autobahnraststätte dreihundert Kilometer entfernt aufgegabelt wurden, auf der Suche nach dem Gartencenter?

Benjamin verschwieg sein Unwohlsein. Beim Telefonat hatte Pana schließlich topfit gewirkt, voll auf Betriebstemperatur. Außerdem war aus der angespannten Großfamilie recht schnell eine fröhlich tratschende Runde geworden. Sie standen in der

Lobby im Halbkreis und pusteten in Kaffeebecher. Die Kinder glotzten in ein Aquarium. Alex machte Späße über griechische Fischpfanne. Alle lachten. Ein alter Mann mit verweinten Augen lief an ihnen vorüber. Alle nickten beflissen. Passierte. Das Leben konnte unfair sein.

Dann erkundigte sich Benjamin beiläufig nach dem platten Autoreifen. Panas Bruder zuckte unbeeindruckt mit den Schultern. Was sollte damit sein? Platt sei er gewesen. Und der Grund? Ein kaputtes Ventil, Materialfehler, rissiges Gummi. Starke Erschütterung oder spitzer Stein. Eine Kombination aus beidem, es gab viele Gründe – aber warum interessierte sich Benjamin dafür?

Der Sommelier murmelte etwas wie »Nicht so wichtig« oder »Ist egal« und zuckte ebenfalls mit den Schultern. Es war vielleicht auch wirklich egal: Die Sonne schien, er war geduscht, hatte Kaffee in der Hand und Gesellschaft um sich herum. Pana war nach derzeitigem Stand der Dinge bei Verstand, und der Platten war auf eine völlig gewöhnliche Ursache zurückzuführen – seine Hirngespinste hatten sich also quasi in Luft aufgelöst.

Nach wenigen Minuten lösten sich Lara und Nika aus der Gruppe. Die Frauen fischten beim Hinauslaufen nach ihren Zigarettenschachteln, da zog ihn Alex zur Seite. Er wirkte seltsam ernst. So hatte Benjamin Panas Bruder noch nie erlebt.

»Mal ehrlich, wieso interessierst du dich für den Platten?«, fragte er.

Benjamin überlegte kurz, hörte sich »Lange Geschichte« sagen und spürte sein Herz wummern. »Warum fragst du?«

Alex warf kurz einen Blick zu den rauchenden Frauen im Eingangsbereich, die trotz Sonnenscheins von einem Bein aufs andere tänzelten und mit bläulichen Fingern ihre Zigaretten hielten. Es war immer noch eiskalt. »Du sagst nichts davon Lara, okay?«, flüsterte Alex. »Wenn du mich fragst, hat jemand den Reifen aufgestochen.«

»Woher weißt du das?«

»Glatter Schlitz an der Seite.«

»Weißt du, wo der Reifen aufgestochen wurde? Beim Kloster vielleicht?«

»Keine Ahnung. Lara ist damit rumgefahren, sie weiß nicht, wie weit.«

»Merkt man das nicht?«

»Nicht unbedingt, es war der Hinterreifen. Wenn du nicht schnell fährst, dann schwimmt die Karre nur ein bisschen.«

»Und warum hast du Lara nichts davon erzählt?«

»Ich wollte sie nicht noch mehr aufregen. Wir haben in der Autowerkstatt dauernd solche Fälle, wenn mal wieder ein paar Halbstarke mit ihren Schnappmessern durch die Straßen gelatscht sind. Nicht der Rede wert. Ich hatte die Sache ehrlich gesagt schon wieder vergessen.«

»Was gibt's zu tuscheln?«, fragte Lara, die auf einmal neben ihnen stand.

»Nichts. Wir finden es nur unmöglich, dass wir nicht zu Pana dürfen«, knirschte Alex.

Pana sah aus wie der blühende Tod. Die linke Hälfte seiner Stirn, sein linkes Ohr, ein Teil des Halses und der Wange waren unter Verbänden verborgen, unter den Rändern schillerte es rosa hervor. Sein Dreitagebart war dicht und schwarz und konnte als Vollbart bezeichnet werden. An der Stirnmitte und am Nasenbein, wo ihn vermutlich der Brennerdeckel erwischt hatte, war erstaunlich wenig zu erkennen. Ein Pflaster klebte an der Stelle. Dafür waren seine Augen blutrot mit schwarzen Pünktchen in der Mitte. Seine Tränensäcke waren dunkelblau gefärbt, changierten hier und da ins Violette und Schwärzliche. Ein Schlauch verband eine Infusionsflasche und eine Ader auf seinem Handrücken miteinander. Pana wirkte wie eine Mumie, ausgebuddelt in einem ägyptischen Pharaonengrab und zum Aufpäppeln in ein Zentrum für Regenerative Therapien verlegt.

Immerhin lächelte er, als die Familie das Zimmer stürmte und über ihn herfiel wie eine Hundemeute über einen Knochen. Seine Mutter knutschte ihn von links, sein Vater knuffte ihn von rechts. Lara warf sich auf seine Brust. Dann trat der Vater zurück und ließ Elias vor. Panas Mutter war nicht so freigiebig. Sie hielt Panas linke Hand, während Nika ihrem Bruder die einzige heile Stelle seiner Stirn küsste. Ihre Kinder standen verschüchtert in der Ecke neben Benjamin. Es war Alex, der seine Familie nach einer kurzen Zeit vom Bruder scheuchte. Lara rutschte mit Tränen in den Augen von der Brust zum Kopf ihres Verlobten.

Jetzt begann die Konversation.

Wie ging es ihm?

Gut.

Was wusste er noch vom Unfall?

Alles.

Was war passiert?

Feuerzeug an. Kawumm.

Wie lautete der Name der Familienkatze?

Achilles.

Also.

Anamnese beendet. Junge war genesen.

Zwar alles andere als ansehnlich, genau genommen urhässlich, aber das würde werden.

Dann durfte Benjamin seinen Freund begrüßen.

»Immer noch hier«, stellte Pana fest, seine Lippen waren blass und rissig.

»Wo hätte ich hingesollt?«

Die roten Augen seines Freundes sprangen reihum. »Und ihr habt jetzt drei Tage an meinem Krankenbett gesessen, oder wie?«

Die Familie nickte einhellig. »Ich nicht«, antwortete Benjamin und grinste. »Hatte Wichtigeres zu tun, du Sackgesicht.«

Pana lächelte schief und verzerrt, aber es kam von Herzen. »Konntest du wenigstens ein bisschen arbeiten? Im Kloster, meine ich?«, fragte er.

»Ein wenig.«

»Wie sind denn die Weine da unten, ist gutes Zeug dabei?«

Benjamin schmunzelte, in seinen Augen ein Ausdruck benommener Heiterkeit. Er warf Lara einen vielsagenden Blick zu. »Erzähl ich dir später.«

Nach einer guten halben Stunde leerte sich das Zimmer, eine regelrechte Kettenreaktion kam in Gang. Panas Mutter war müde und fächerte sich Luft zu. Sie wollte einen Mittagsschlaf machen, was dazu führte, dass der Vater sein Hungergefühl zum Ausdruck brachte, das die anderen dann auch bei sich bemerkten. Alex musste also mitkommen und sein Auto steuern – überhaupt sei es an der Zeit, dass der Junge sich ausruhe, man käme am Abend nochmal.

Dann erklärte auch Lara, dass sie kurz ins Restaurant müsse. Jetzt war sie es, die Benjamin einen vielsagenden Blick zuwarf. Der Sommelier wusste, was sie von ihm erwartete: dass er den Mittagsservice übernahm. Aber er entschied sich, ein Unmensch zu sein, und ignorierte ihren Blick, der innerhalb weniger Wimpernschläge flehentliche Züge angenommen hatte. Er konnte jetzt keinen Service leiten, dachte Benjamin, nicht jetzt, nicht heute. Kaum war Lara zur Tür hinaus, begann er zu erzählen.

»Was redest du denn da für Zeug?«, fragte Pana, nachdem ihn Benjamin auf den Stand der Dinge gebracht hatte.

Auf einem Beistelltisch muffelte das Mittagessen. Pana hob kurz die Cloche und ließ sie wieder sinken. Benjamin, der auf der Bettkante des zweiten, leeren Krankenbettes umherrutschte, blickte sich schweigend um.

»Warst du einmal in der Weinbereitung?«, fragte Benjamin schließlich.

»Natürlich.«

»Im Chemielager?«

»Tür auf, Tür zu.«

»Und unten in der Raritätengruft?«

»Vor der verschlossenen Tür.«

»Ist dir irgendwann irgendetwas Verdächtiges aufgefallen?«

»Nein.«

»Sagt dir ein Georg Bender etwas?«

»Nein.«

»Hat sich der Bischof ab und an einen Tee in der Küche gekocht?«

»Nein. Manchmal vielleicht. Weiß ich nicht.«

Benjamin seufzte. »Leuchtete die Betriebslampe, als du den Herd angezündet hast?«

»Habe ich dir schon gesagt: nein.«

»Bist du sicher?«

»Alter! Nicht, dass ich wüsste. Würdest du jetzt aufhören, mich zu löchern?«, rief Pana. Keine Frage, sein Freund sah aus wie ein Alien nach einem Raumschiffabsturz, aber so viel konnte Benjamin dennoch erkennen: Er log ihn nicht an und verheimlichte ihm auch nichts. Ganz im Gegensatz zu Benjamin. Laras Platten erwähnte er nämlich mit keinem Wort – er wollte seinen Freund in diesem Zustand nicht noch mehr aufwühlen.

Neun

Es war Abend geworden. Benjamin steuerte seinen Wagen durchs Rheingau. Rebflächen sausten vorüber, in denen so gut wie überall Winzer am Werk waren, um ihre Weinberge für die letzten beiden Nächte der Eisheiligen zu rüsten, Bonifatius und Sophie. *Oft hat Sophie Frost gebracht und manche Pflanze totgemacht*, ging es ihm durch den Kopf. Dabei schien die Sonne fast schon trügerisch durch sein Fenster und legte sich wärmend über sein Gesicht. Benjamin geriet sogar ins Schwitzen, zumal die Lüftung seines Autos nur zwei Temperaturstufen zu kennen schien: Gefriertrocknung oder Flambieren. Er öffnete das Fenster einen Spalt. Sofort drang eine eiskalte Brise ins Innere. In Hattenheim rappelte sein Telefon. Erneut. Benjamin blickte nicht einmal auf das Display. Bender hatte ihn schon dreimal angerufen, einmal um fünf nach sechs, einmal um zehn nach sechs, dann wieder um halb. Jetzt war es kurz vor sieben – das war mit Sicherheit sein vierter Anruf.

Um dem Aperitif zu entgehen, hatte sich Benjamin entschlossen, etwas später bei der Weinverkostung aufzutauchen. Wobei er in diesem Augenblick sogar daran dachte, die Veranstaltung einfach zu schwänzen. Er hatte schließlich eine Sonnenbrille auf der Nase, im Radio lief eines seiner Lieblingslieder – Marvin Gaye, *Let's get it on* – und überhaupt, Pana war wohlauf und der restliche Tag ohne größere Vorkommnisse verlaufen. Endlich einmal. Er hatte Weine im Keller sortiert, Kaffee ohne Vergiftungserscheinungen im Refektorium getrunken – viele Weine, viel Kaffee, er war halbstündlich zwischen Speisesaal und Gruft hoch- und runtergestiegen, sodass er jetzt sogar seine Oberschenkel spürte, wenn er nur das Gaspedal durchtrat –, und jetzt war er in der richtigen Stimmung für ein Feierabendbier, ach was, er war in der Stimmung für einen ausgiebigen Wirtshausbesuch, danach Kino oder Theater, anschließend Drinks an der Bar.

Stattdessen blies ihm die Lüftung seines Autos Saharawinde ins Gesicht, und er sah den Abend schon wie eine apokalyptische Vorahnung vor sich aufsteigen, jeder Frohsinn wurde im Keim erstickt und in Miesepetrigkeit verwandelt. Ihn erwartete eine endlose Tortur aus aufgesetztem Höflichkeitsgeplänkel. Dazu Wein in homöopathischen Dosen, und zugegeben: rarer Wein, der zwar die Sinne benebelte, aber nicht ansatzweise besoffen genug machte, um dieses Oberschichtendrama unbeschadet zu überstehen. Kurzerhand fuhr Benjamin in eine Haltebucht. Der berühmte Steinberg lag zu seiner Linken, in dem allerhand Arbeiter unterwegs waren, um Frostschutzkerzen für die Nacht zu verteilen: kleine Eimer mit Brennpaste. Zwei Männer wuchteten gerade einige Holzkisten von einem Pritschenwagen.

Benjamin hätte lieber bei dieser Maloche geholfen, anstatt den Abend zwischen Bonzen zu verbringen, die er schon unzählige Male im Luxushotel seiner Familie bewirtet hatte. Oh, wie er die Abendgesellschaft schon vor sich sah, die ganzen Frauen, die Goldketten wie Lametta trugen und in den Wellnessbereichen der Welt ihre krummen Rücken vom Handtaschenhalten auskurierten. An ihrer Seite ihre werten Gatten, die auf ihren Portemonnaies nur sitzen konnten, weil sich darin eine Gold- oder Platinkarte eines unersättlichen Kreditinstituts verbarg. Und war es denn nicht so?

Die Menschen bekamen ihren Hals nicht voll, mehr noch: Sie hatten den Fokus für Verhältnismäßigkeit verloren. Der Sommelier dachte an die Lektüre im Refektorium zurück, dic cr sich bei seiner dritten oder vierten Tasse Kaffee zu Gemüte geführt hatte. Er hatte über den Benediktinerorden gelesen, über die Regeln des Benedikt, über Demut, über die *sklavische Gebundenheit an die Dinge*, über Ungerechtigkeit. Er war nicht bekehrt worden, aber es stimmte schon: Manche Familien schufteten vierzig Jahre und konnten geradeso ihre Miete aufbringen, andere rieben sich weniger auf und verdienten dabei ganze Eigentumswohnungen mit ein, zwei oder drei Monatsgehältern. Zweieinhalb Millionen Jahreseinkommen? Man sollte solche Gehälter in Ein-Euro-Münzen ausbezahlen und die Empfänger verpflichten, es eigenhändig in ihre Keller zu schleppen – mal sehen, wie lange es dauerte, bis die ersten um eine Gehaltssenkung baten.

Allerdings war Benjamin gerade ungerecht. Er spürte, wie er sich regelrecht gegen sich selbst aufstachelte, nur weil er sich gegen die Veranstaltung sträubte. Warum nur? Er hatte schließlich sein ganzes Leben äußerst gut situiert unter Betuchten verbracht und sich – abgesehen von einer Revolte in seiner Jugend – nie darüber beschwert. Der Unterschied war vielleicht, dass er bisher bei solchen Veranstaltungen den Wein nur eingeschenkt und als Sommelier verkostet hatte. War das sein Problem? War seine vornehmliche Prüfung zu beweisen, dass er auch ein professioneller Gast sein konnte? Und hatte nicht sogar der Bischof selbst die benediktinischen Ideale mit Füßen getreten? Gut, um seinen Hals hatte Eltzheim ein schlichtes Silberkreuz getragen, seinen Mittelklassewagen fuhr er selbst, obwohl ihm ein Chauffeur zustand – aber eine Marienfigur für neunzigtausend Euro? Zehntausend Euro Monatsgehalt inklusive Dienstwohnung? Hallo? War das noch unter der Großzügigkeit Gottes zu verbuchen?

Benjamin stellte das Radio aus, legte einen Gang ein, und nicht einmal fünf Minuten später parkte er im abnehmenden

Tageslicht vor den Mauern von Kloster Eberbach zwischen polierten Karossen von Sportwagen und Limousinen, die seinen durchgerosteten Passat endgültig zum Schrotthaufen degradierten. Nicht mehr lange und sein Auto wäre so löchrig, als wäre es in eine Schießerei geraten. Der Sommelier stieg aus, Kälte griff nach ihm. Der Wald wuchs bis an die Ränder des Parkplatzes, die Baumkronen schlossen sich wie ein Baldachin über ihm. Er stellte sein Telefon lautlos und bemerkte dabei, dass es wirklich Bender gewesen war, der angerufen hatte.

Es raschelte im Wald. Benjamin sah sich um, konnte aber kein Tier erkennen. Er ließ das Handy in seiner Jackentasche verschwinden, zog den Reißverschluss seiner Jacke zu, klappte den Kragen hoch, überprüfte ein weiteres Mal, ob er sein Auto auch abgeschlossen hatte – was überflüssig war, denn welcher Dieb würde auf diesem Parkplatz gerade aus seinem Wagen etwas stehlen wollen? Dann bückte er sich, schnürte seine Sportschuhe neu und stellte dabei verdrießlich fest, dass ihm nun absolut nichts mehr einfiel, mit dem sich noch mehr Zeit schinden lies.

Kaum hatte er die Klosteranlage betreten, stürmte ihm von der Vinotek aus eine Frau entgegen. Sie hatte langes, fransiges Haar und eine puterrote laufende Nase. Ihr Hals war mit sechs Bahnen eines blassgrünen Wollschals umwickelt. »Sind Sie Benjamin Freling?«, kreischte sie und linste ihn mit dunklen, hervorstehenden Kakadu-Augen an.

»Ja, ich war noch …«, begann der Sommelier, doch er kam nicht weiter.

Die Frau atmete erleichtert auf. »Herr Bender erwartet Sie im Mönchsrefektorium, folgen Sie mir bitte.«

Sie scheuchte ihn eine Steintreppe hinunter. Im Trippelschritt, hektisch wie eine hysterische Hofdame, war sie ihm auf den Fersen. Kloster Eberbach lag vollständig im Schatten, nur ein roter Streifen schlängelte sich über den Waldesrand im Osten. Die Anlage war eine ehemalige Zisterzienserabtei, die heutzutage als Stiftung betrieben wurde, mit Hotel und Weingut. Benjamin war während seines Studiums mehrmals hier gewesen, wusste aber über die Geschichte des Hauses trotzdem nur noch vage Bescheid. Hier hatte aber der ernstzunehmende Weinbau in Deutschland seinen Anfang genommen, mit Mönchen aus dem Burgund, die sich im 12. Jahrhundert hier niedergelassen hatten. Dem Sommelier gefielen die akkuraten Gärten, die unaufdringliche Architektur – weiß getünchte Mauern, schwarze gedeckte Satteldächer –, aus dem sich nur der Zwiebelturm hervortat. Die übrige Imposanz wurde allein durch die eindrucksvolle Größe der Anlage geschaffen.

Dann waren sie im Refektorium, und Benjamin wurde sogleich von Georg Bender bestürmt. »Die wichtigen Leute kommen eben immer zu spät, oder? Grüße Sie, mein lieber Herr Freling!«, rief er, ließ ein lautes Lachen folgen und zerrte Benjamin zu einem Mann, den er als Weinhändler, Auktionator und Veranstalter vorstellte. Er kam Benjamin erstaunlich jung vor, höchstens Anfang dreißig, und hieß Pierre Durand oder so ähnlich, der Sommelier verstand den Namen nicht richtig. Der Designeranzug des Weinhändlers war zu groß und schlabberte an ihm wie ein Segel im Wind, aber er schenkte Benjamin ein sympathisches Lächeln voller schwarzer Verfärbungen – man kam mit der Verkostung der Weine, die so intensiv waren, das sie Lippen und Zähne färbten, offenbar gut voran.

»Hoher Besuch, über den ich mich sehr freue«, sagte er mit leicht französischem Akzent, ergriff Benjamins Hand und warf seinen Kopf zur Verneigung regelrecht nach vorne.

In diesem Moment drängte ein blasser, dicker Kerl mit Glatze in die Runde. Sein Kopf war so unförmig, als hätte ihm jemand einen Bauarbeiterhelm als Schädelknochen eingepflanzt. In seiner rechten Hand schwenkte er ein Weinglas, das er nicht am Stiel hielt, sondern oben am Glaskörper. Den linken Arm warf er Bender um die Schultern. »Sach mal Georg – hör ma', hör ma'«, sprach er den Industriellen aufgekratzt an, nicht nur seine Zähne waren schwarz, auch die Innenseite seiner Lippen. »Jeden Monat kommt ja eine neue Studie raus, von wegen *Alkohol ist gesund ... nicht gesund ... gesund schon, aber ... verkürzt die Lebensdauer ... verlängert die Lebensdauer um drei, vier Jahre.* Du trinkst doch auch so gerne, wie hältst du das?«

Bender verzog seine Lippen zu einem leeren Lächeln. »Schon mal bei einer Beerdigung gewesen? Dort wird darüber gesprochen, ob der Verstorbene ein schönes Leben hatte.«

Der Mann begann polternd zu lachen.

»Wie halten Sie es eigentlich mit der Trinkerei?«, wandte sich Bender an Benjamin. »Sie sind ja Berufssäufer.«

»Im Privatleben trinke ich lieber ein Glas Wein, das mich davonträgt, als zehn Gläser, und ich komme nicht von der Stelle«, antwortete Benjamin – ein Satz, den er jedes Mal sagte, denn die Frage wurde ihm andauernd gestellt. Er musste sich mal etwas Neues ausdenken, etwas weniger Bescheuertes.

»Und im Berufsleben?«

»Ausspucken.«

»Dann sind Sie privat hier, ausgespuckt wird heute nicht«, lachte Bender. Benjamin blickte dem Industriellen nach, wie er einmal quer durch den Raum rauschte. Zurück drückte er ihm ein Bordeauxglas in die Hand, darin ein Fingerbreit Wein. »Ratestunde, Sie Weltmeister: Was haben Sie da im Glas?«, fragte er mit funkelnden Augen.

»Vizeweltmeister, wie viele andere meiner tollen Kollegen«, antwortete Benjamin und bemerkte, dass alle Augen der Runde auf ihm ruhten. Also betrachtete er kurz die Farbe des Weins – Purpurrot mit einem zarten Orangerand –, schwenkte dann einmal das Glas und roch daran. Seine Arroganz gegenüber den Weinen versiegte schon beim ersten Atemzug. Der Wein war so tief wie ein Gebet. »Schwarzkirsche, rauchige Cassisnote und frisch gemahlene Kaffeebohnen«, zählte er auf und probierte. Der Wein war noch frisch, aber die Tannine geschliffen, rund und sanft, nicht wie bei jungen Giganten, bei denen sich die Gerbstoffe im Mund anfühlten, als würde man barfuß durch ein Flussbett mit spitzen Steinen laufen, nein, dieser Wein war ein Strandspaziergang. »Das ist ein Le Pin«, erklärte Benjamin. »Der Neunziger wird gerne mit dem Zweiundachtziger verglichen, aber ich finde diesen hier weitaus eleganter.«

Der Veranstalter stülpte die Lippen nach vorne und nickte anerkennend. Der rüpelhafte Typ warf einen belämmerten Blick in sein leeres Glas, als wäre er völlig überrumpelt, dass ihm jemand Kaffeepulver, Likör und Kirschen in den Wein gemischt hatte.

»Ich sag es ja!«, rief Bender und erhob die Hand. »Ein Weltmeister!«

»Außerdem«, fügte Benjamin an, schmunzelte und zeigte quer durch den Raum, »habe ich gesehen, wie Sie den Sommelier dort drüben bedrängt haben, Ihnen einen Schluck Le Pin einzugießen – womit ich der Runde wahrscheinlich etwas zuvor bin, die Rarität wird mit Sicherheit erst zum Höhepunkt der Weinprobe eingegossen, oder?«

Der Veranstalter nickte mit zusammengekniffenen Lippen und warf Benjamin einen verschmitzten Blick zu. Der Rüpel hatte zum Lachen zurückgefunden. Bender sah sich zerknirscht nach einem Bediensteten um, der sein Weinglas zu füllen vermochte. Es war das erste Mal, seit Benjamin das Mönchsrefektorium betreten hatte, dass er alles in Ruhe betrachten konnte. Vor den Kassettenfenstern verschwand die Klosteranlage in grauem Abendlicht, der altehrwürdige Speisesaal war durch mehrere Standleuchten warm illuminiert. Der Boden war mit großen roten Sandsteinplatten ausgelegt. An den holzgetäfelten Wänden hingen ovale Gemälde von Äbten, die ernst in die Ewigkeit des Raums stierten. Die Türen waren mit gusseisernen, verzierten Scharnieren versehen. Die rosa-weiß getünchte Stuckdecke war mit beerenschwenkenden Engeln und angeketteten Affen geschmückt, was immer das Bildnis zu bedeuten hatte. Es gab Ornamente und Wappenschilde, eines war mit der Jahreszahl 1738 beschriftet – ein Anhaltspunkt, auf welches Baujahr das Mönchsrefektorium zurückging?

Benjamin wusste es nicht, aber für eine Weinprobe dieses Kalibers war der Veranstaltungsort äußerst gut gewählt. Außer ihnen waren rund dreißig Leute anwesend, gut zehn Personen saßen an den zwei Bankettafeln, übersäht mit Gläsern, die von Servicekräften nach und nach abgetragen wurden. Die Verkostungsteilnehmer diskutierten angeregt über die Weine. Alle wirkten im besten Sinne vertieft ins Thema, geradezu beseelt, schon allein an der Art zu merken, wie der eine oder andere ehrfürchtig sein Glas schwenkte und andächtig daran schnupperte. Die Abendgesellschaft zollte den Weinen Respekt, die teilweise Tausende Euro pro Flasche kosteten. Die Ernsthaftigkeit gefiel Benjamin. Auch zwei, drei Winzer waren da. Von Goldkettchenlametta also keine Spur. Allein zugegen war offensichtlich nur ein abgezehrter Mann mit ernstem Gesicht, der einsam am Ende der Tafel saß, sich Notizen machte und über den Weingläsern hing, als recherchiere er für seine Dissertation. Als Bender plötzlich seinen Füller aus der Innentasche seines Sakkos zückte und enthusiastisch mit dem Metallbügel der Verschlusskappe gegen sein Weinglas trommelte, blickte der Mann halsreckend auf, mit Augen wie Feldstechern, er wirkte, als kehre er gerade aus einem anderen Sonnensystem zur Erde zurück.

»Liebe Freundinnen, liebe Freunde – und alle anderen mögen es irgendwann zu meiner Freude werden!«, begann Bender. »Mein werter Vater liebte Frankreich, das Essen, die Weine, er liebte Paris und das *Tour d'Argent* …«

»Hört, hört!«, riefen drei ältere Herren aus einer Ecke herüber.

Es erklang leises Gelächter, zweifelsohne hatte Benders Stunde geschlagen. Er fuhr fort: »Niemals reiste mein Vater nach Frankreich, ohne einen Abstecher in dieses legendäre Lokal zu machen. Einmal erzählte er mir Folgendes: Bei einem seiner ersten Besuche bat er den Kellner um die Weinkarte, worauf der Mann erwiderte, er würde ihm die Weinkarte nur bringen, wenn mein Vater ihm beim Tragen helfen würde … Der Bestand umfasste damals bereits knapp vierhunderttausend Flaschen.« Erneut brandete Gelächter auf. Mit einer Stimme, die klang, als würde sie aus den Katakomben des Vatikans emporsteigen, erzählte Bender weiter: »Vier-hundert-tausend, liebe Freunde. Ich war als junger Bub oft auf seinen Reisen dabei, und ich kann mich an keinen Besuch erinnern, an dem er am Ende nicht eine Kiste mit allerhand Raritäten mitnahm – und das war damals keine Selbstverständlichkeit! Erst viel später habe ich erfahren und verstanden, dass wir Deutschen nicht sonderlich hoch im Kurs standen, die wirklich guten Weine, die nach den Plünderungen des Krieges noch übrig waren, wurden unter Landsleuten ausgeschenkt. Warum war mein Vater dennoch ein gern gesehener Gast? Er brachte eben nicht nur einen Haufen Geld und eine unbändige Leidenschaft mit, nein, er hatte Respekt vor den Franzosen und ihren Weinen. Ich mutmaße, es bestand ein unsichtbares Band zwischen ihnen. So konnte er über Jahrzehnte eine der besten privaten Weinsammlungen des Landes aufbauen.«

Der Sommelier blickte in die gebannten Gesichter der Runde und war baff über den Wesenswandel des Industriellen. Bender hatte die ungeteilte Aufmerksamkeit, er war charmant, witzig, geistreich, keine Spur mehr von dem soziopathischen Obermotz, den Benjamin kennengelernt hatte. Schließlich erzählte Bender von seiner lieben Cousine, der Schwester Rosalda im Kloster Marienwingert – wusste er über die wahre Herkunft der Frau Bescheid? –, um schließlich zur finalen Dramatik des väterlichen Sterbebetts überzuleiten. »Was hätte ich tun sollen, liebe Freunde? Ihm seinen letzten Willen ausschlagen? Ich erfand die Geschichte des zerstörten Weinkellers, um die Benediktinerinnenabtei nicht zum Anzugspunkt krimineller Energien zu machen, und bitte euch nun alle, mir diese Irreführung zu verzeihen.« Er machte eine Pause. »Nun, ich habe den Kontakt zu der Abtei nie abreißen lassen, und mein guter Bekannter Benjamin Freling wird den Nachlass meines Vaters vertrauensvoll verwalten«, sagte er, zog plötzlich den Sommelier in die Runde und zwinkerte schelmisch. »Auch ich werde den einen oder anderen Schatz mit Freude zurückerwerben – Vorsehen, ich räume mir ein Vorkaufsrecht ein! –, aber vielleicht bietet sich ja für euch heute die Gelegenheit, die eine oder andere Rarität zu sichern, bevor sich die Meute darauf stürzt. In unserer nächsten Pause steht euch der allseits bekannte Sommelier Rede und Antwort. Nur eine Frage, lieber Benjamin, die uns alle beschäftigt: Wurden die Weine in den letzten zwanzig Jahren gut gelagert, oder hatten die Nonnen den Pétrus im Küchenschrank?«

Einheitliches Gelächter, gebannte Aufmerksamkeit.

»Ich …«, stammelte Benjamin überrumpelt. »Die Weine lagern ideal, in einer Gruft unter der Weinbereitung, bei gleichbleibender Temperatur und …«

»Prima, toll. Dann halten wir die Veranstaltung nicht länger auf«, unterbrach ihn Bender, woraufhin er sich eine Hand aufs Herz legte und sich in Richtung des Veranstalters entschuldigend verbeugte. »*Pardon et merci beaucoup*. Beginnen wir mit dem dritten Flight, würde ich sagen.«

Wie auf Kommando hoben drei Sommeliers Tabletts von einer Arbeitsstation am Kopf des Saals, darauf zwei Fingerbreit befüllte Weingläser.

»Hier«, sagte Bender und wandte sich an Benjamin. Er zeigte auf einen Stuhl. »Ich habe Ihnen einen Platz neben mir reserviert. Setzen Sie sich.«

»Hätten Sie mich vielleicht auf die Details Ihres Plans im Vorfeld hinweisen können?«, knirschte der Sommelier. »Ich bin überhaupt nicht befugt, irgendwelche Geschäfte im Namen des Klosters abzuschließen, das ist Ihnen klar, oder?«

»Dann labern Sie nachher eben drum rum und sammeln nur Visitenkarten ein. Dürfte für einen Kellner ja kein Problem sein. Das mit dem Labern meine ich. Nach dem vierten Flight sind hier eh alle prall«, flüsterte Bender, die Oberlippe höhnisch gekräuselt.

Benjamin entglitt ein gewaltiger Seufzer der Entnervung. »Wie viele Flights kommen denn noch?«, erkundigte er sich und beobachtete dabei den abgezehrten Mann mit dem ernsten Gesicht. Er war aufgestanden und wirkte etwas wirr. Er lief zum Ausgang, kehrte dann nochmals zu seinem Platz zurück, um sein Mobiltelefon aus der Innentasche seines Sakkos zu kramen. Dann verließ er eilig den Veranstaltungsraum.

»Mit den ersten beiden Flights mit fünf Weinen sind wir durch, kommen also noch vier weitere Flights. In den Pausen können Sie ja dann irgendeinen Stuss erzählen«, sagte Bender und zeigte Benjamin ein schwarzes Lächeln.

Zehn

Schwester Gudula war einsilbig am Telefon. Als kurze Zeit später die wuchtigen Holztore aufschwangen, streifte das Licht des Wagens die Nonne und wischte grell durch ihr mürrisches Gesicht. Benjamin fuhr langsam auf dem knirschenden Kies in die Klosteranlage. Er stieg aus und sah sich um. Die Tore waren wieder geschlossen und Schwester Gudula auf dem Weg zurück in ihre Kammer. Der Sommelier blickte ihrer dunklen Silhouette nach. Sie hielt mit verschränkten Armen ihren Mantel vor der Brust geschlossen und stapfte zielstrebig durch die Klosterkulisse. Im Schatten der alten Gemäuer und unter dem sternenklaren Himmel wirkte die rüstige Frau klein und unbedeutend. Sie zog die Tür zum Klausurbereich auf und wurde verschluckt vom schwarzen Loch dahinter. Zurück blieb die eiskalte Stille der Nacht.

Ein feiner Spalt von orangeblassem Fackelschein erhellte den Süden, glimmte zwischen Klostermauer und Himmel. Eine eigentümliche Stimmung erfasste Benjamin. Die Welt wirkte in sich zusammengezogen, feierlich geschrumpft zu ihrem Überlebenskern. Er selbst hätte auch ein einsiedlerischer Mönch der *Grande Chartreuse* auf dem Weg zur Weihnachtsandacht sein können. Kaum in seiner Kammer angelangt, ging er deshalb ans Fenster. Das Licht ließ er dabei freilich aus. Er sah hinunter in den Klosterberg. Tausende Feuer tanzten zwischen den Reben, aufgestellt in Reih und Glied, als würde die Benediktinerinnenabtei belagert und jede Fackel von einer eisernen Soldatenhand im Klammergriff gehalten. Er konnte sich nicht erinnern, jemals so etwas gesehen zu haben.

Das Telefon des Sommeliers vibrierte auf dem Nachttisch, schob sich millimeterweise am Buchrücken der Bibel entlang, als er aus dem Badezimmer kam. Es war Julia. Benjamin wusste nicht, wie spät es war. Weit nach zwei jedenfalls, aber es war eine willkommene Ruhestörung. Eigentlich war es auch festes Ritual geworden: An fast jedem von Julias Feierabenden im letzten Jahr, seit sie seinen Job als Restaurantleiter und Sommelier übernommen hatte, tranken sie noch ein Glas Wein zusammen, und er hörte sich geduldig ihre Erlebnisse im alltäglichen Wahnsinn der Gastro-Manege an. Sich jetzt mit ihrer Stimme am Ohr ins Bett zu legen und mit einer geraunten Unterhaltung in sanfte Traumwelten zu driften war ein reizvoller Tagesabschluss.

War seine Freundin auf dem Nachhauseweg von der Arbeit? Hatten Gäste ihren Absacker unerträglich in die Länge gezogen und sich auch mit Engelszungen nicht an die Hotelbar komplimentieren lassen? »Brauchst du noch einen kleinen Plausch, um runterzukommen?«, nahm der Sommelier lächelnd den Anruf entgegen.

»Gerne«, antwortete Julia. »Aber rate zuerst, wo ich bin?«

»Das ist einfach: vor meinem Weinklimaschrank mit dem Korkenzieher in der Hand? Ich kann den Buntsandstein-Riesling *Nakt* von Odinstal empfehlen, legendärer Stoff. Ich weiß nicht, ob ich es schon erwähnt hatte: *Nakt* heißt er …«

Julia lachte. »Falsch.«

Benjamin legte die Stirn in Falten und ahnte, was auf ihn zukam, stellte sich aber dumm. »Bist du etwa noch im Restaurant?«

»Falsch«, juchzte Julia. »Ich stehe vor deinem Frauenkloster, und jetzt versuchst du noch zu erraten, was ich in der Tasche habe?«

»Ich … sorry, was ist?«

»Ich habe den frisch degorierten Zusslin dabei! Er steckt in einer Kühlmanschette und will von meinem persönlichen Lieblings-Sommelier mit einem sanften Zischen geöffnet werden. Und bevor du fragst: Ja, der Crémant kommt erst in ein paar Monaten auf den Markt, aber ich habe mittlerweile so meine Kontakte. Zwei Weingläser habe ich auch dabei. Ich dachte, du könntest etwas Aufmunterung vertragen, nach dem Chaos der letzten Tage.«

»Julia, ich … Wann bist du denn losgefahren, um Himmels willen?«, fragte Benjamin bestürzt, weniger aus Interesse, mehr aus Gründen der inneren Sammlung.

»Vor knapp zweieinhalb Stunden. Straßen waren frei. Die haben übrigens in den Radionachrichten immer wieder von dem toten Bischof berichtet, aber von dem Kloster oder den Umständen war keine Rede.«

»Die Staatsanwaltschaft hält sich wahrscheinlich noch bedeckt, um die Ermittlungen nicht zu beeinflussen, war bei uns letztes Jahr ja ähnlich.«

»Sei's drum, komm schon, raus aus dem Bett, mach mir mal das Tor hier auf. Oder bist du noch bei der Gigantenverkostung? Auch kein Problem, dann komme ich dorthin.«

»Nein … Ich … ich bin schon im Kloster, ich habe aber keinen Schlüssel«, stammelte der Sommelier.

»Was? Wie meinst du das?«, hörte er Julia, die Wärme in ihrer Stimme war verschwunden.

»Das Kloster ist eine Festung. Ich habe selbst erst vor einer halben Stunde eine Nonne aus dem Bett geklingelt, um hier reinzukommen«, erklärte Benjamin.

»Du verarschst mich.«

»Nein.«

»Dann rufst du eben noch einmal an.«

»Und was soll ich deiner Meinung nach dann sagen? *Verzeihen Sie die Störung, Schwester Gudula, meine Freundin steht mit einer Flasche Schaumwein vor der Tür und möchte hier mit mir einen draufmachen?* Das ist ein Kloster!«

»Dann klettere ich eben über die Mauer, das muss doch irgendwo gehen, oder?«

»Habe ich neulich versucht, geht nicht.«

»Benjamin Freling«, bellte Julia. »Ich bin gerade dreihundert Kilometer gefahren, um dich zu sehen! Du findest jetzt einen Weg, mich reinzuholen! Hast du mich verstanden?«

»Julia, verdammt nochmal, ich habe keinen Sprengsatz bei mir, aber pass auf, hör zu«, haspelte der Sommelier. »Park dein Auto auf dem Waldparkplatz, der befindet sich noch vor der Abzweigung in die Allee, die auf das Klostertor führt. Dann lauf in den Weinberg, an der südlichen Klostermauer entlang. Dort kommt ein Gittertor, es ist zwar abgeschlossen, aber wir können uns wenigstens sehen.«

Die Wärme des Gastbereichs noch in den Klamotten, stürmte Benjamin ins Freie, nach wenigen Schritten hatte ihn die Kälte fest im Griff. Sein Atem flatterte geisterhaft in den Nachthimmel. Kaum am Gittertor kroch der eisige Boden seine Waden empor. Er rollte mit den Zehen in seinen Sportschuhen, vergrub seine Hände in seine Jackentaschen, zog den Kopf ein – wie kalt war es? Es hatte Minusgrade, so viel war sicher. Dann war sie da, tauchte aus der kristallklaren, knisternden Luft auf wie aus einem dunklen See. Feuerschein tanzte über ihr Gesicht. Julia. Ihre Augen waren glasig von dem langen Tag, der langen Fahrt, aber jede ihrer Bewegungen sprühte vor Elan. Ihre schwarzen Haare hatte sie zu einem Pferdeschwanz gebunden, der beim Laufen über ihren Rücken sprang. Über ihrer Schulter hing der Riemen eines Rucksacks, auf ihrem angewinkelten Unterarm trug sie einen Kleidersack. Unter dem Mantel erkannte Benjamin ihren schwarzen Blazer, die obersten Knöpfe ihres weißen Hemdes waren aufgeknöpft, die Kerbe ihres Brustbeins lag frei.

»Sollte ich mich an diesen Anblick gewöhnen?« Julia zeigte auf das Gitter.

»Ich glaube, im Gefängnis gibt es auch Besucherräume.«

Julia lächelte. »Also wie gehen wir die Sache an? Hast du da hinten nicht eine Leiter oder so was?«

»Wie hattest du dir das alles vorgestellt?«, entgegnete Benjamin etwas harscher als beabsichtigt. Er wusste nicht, was er tun sollte, vielleicht war er deshalb auf Krawall gebürstet.

Sollte Julia seinen Ton wahrgenommen haben, dann ignorierte sie ihn. »Ganz einfach: Wir verbringen ein paar Stunden zusammen und morgen früh – sehr früh um genau zu sein, ich muss nämlich um halb elf wieder im Restaurant sein – zeigst du mir den Weinkeller und lädst mich zu einem schnellen Frühstück ein, dann fahre ich direkt zur Arbeit.« Sie hob den Kleidersack in die Höhe. »Ich habe alles dabei, wie komme ich hier also rein?« Sie griff zur Klinke – das Tor schwang quietschend auf.

Verblüfft sah der Sommelier zu, wie seine Freundin hereinglitt. Ruck- und Kleidersack glitten zu Boden, sie schmiegte sich an ihn, küsste ihn zärtlich, und Benjamin schmeckte augenblicklich, dass sie sich auf der Fahrt an einer Dose Kaffee vergriffen hatte. Das klebrige Zeug kaufte sie an Tankstellen nur, wenn sie hundemüde war. Es schmeckte widerwärtig, wie koffeinhaltige Kondensmilch mit Zuckermelasse. Sie musste also mehr als ausgelaugt sein. Er konnte es ihr nicht verdenken. Nach diesem langen Tag mit Mittag- und Abendservice und dreihundert Kilometern Autofahrt in tiefster Nacht. Kein Zweifel, Benjamin liebte sie dafür, für ihr Temperament, nein, liebte sie für viel mehr, aber er schob sie trotzdem von sich. Er blickte auf das offene Gittertor und sah sich nervös um. »Es geht nicht, Julia, lass uns besser in dein Auto gehen, okay?«

»Nummer auf dem Rücksitz schieben, und dann darf ich mich wieder verpfeifen? Geht's noch?«, zischte sie und fügte mit weit aufgerissenen Augen an: »Moment – hast du etwa die ganze Zeit gewusst, dass das Tor hier nicht verschlossen ist?«

»Nein! Es sollte verschlossen sein, das ist es ja ... Ich ... Hör zu, du kannst hier nicht schlafen.«

Julia funkelte ihn an. Benjamin sah sie hunderte Kilometer zurückfahren. Ihre Augen vor Müdigkeit halb geschlossen und vor Wut halb geöffnet. Er sah das geöffnete Autofenster, hörte das voll aufgedrehte Radio, spürte ihren Kampf gegen den Sekundenschlaf. »Dann wäre das ja geklärt«, pfiff sie und wirbelte herum.

Der Sommelier schnappte ihr Handgelenk. »Vergiss es, Julia, egal, komm mit, toll, dass du da bist, wirklich, aber sei leise.« Er nahm ihr den Kleidersack ab und schob klackend das Gittertor ins Schloss.

Als Julia vor ihm die Treppen des Gästebereichs emporstieg, einen Nebel aus feinem Parfüm um sich, und er den ganzen Reiz ihrer Bewegungen vor Augen hatte, dachte er dennoch nicht an Unzucht im Kloster, an den Reiz der Anrüchigkeit. Er dachte nicht an Julias makellosen Körper, an feinperligen Spitzenschaumwein, an Liebe und Berührung, Küsse und Körperdüfte, Schwelgen und Sein. Er dachte auch nicht an den Ärger und die bohrenden Blicke der Ordensschwestern, die im Rhythmus von klackernden Rosenkränzen ganze Salven an Ave Marias beteten, wenn sie sich ausmalten, was in einem ihrer Gästezimmer geschehen war. Es war das offene Tor, an das Benjamin dachte. Warum war es nicht verschlossen gewesen? Hing es vielleicht mit den Eisheiligen zusammen? Aber warum? Das Kloster hatte mit den Weinbergen nichts mehr zu tun.

Was hatte die Äbtissin gesagt? *Die Nonnen seien immer gewissenhaft, alle nicht öffentlichen Bereiche verschlossen zu halten.*

Er schob Julia in seine Kammer. »Mach schon einmal den Cremant auf, bin gleich wieder da«, sagte er und war wieder draußen.

Die Holztore zur Weinbereitung standen offen. Nur einen Spalt. Das Herz des Sommeliers bebte in seiner Brust. Er drückte sachte dagegen. Knarzend schwang der linke Flügel auf. Dahinter: Finsternis und das matte Schillern der Edelstahltanks. Der Boden der Weinbereitung lag tief, der Absatz betrug sicher eineinhalb Meter. Wahrscheinlich war hier ursprünglich das Lesegut angeliefert und auf Brusthöhe entgegengenommen worden. Benjamins Jacke und Schuhe schabten an der Steinkante und Steinwand entlang, als er sich rücklings in die düstere Kellerei hinabgleiten ließ. Er angelte nach seinem Telefon und aktivierte die Taschenlampenfunktion. Lautlos schwang die Luke des Gärtanks auf, das Keramikgefäß mit Arsen stand noch an Ort und Stelle – hatte er sich getäuscht? Führte ihn nur seine Paranoia vor?

Mit leisen Schritten schlich der Sommelier um die Gärtanks herum. Das fahle Licht seines Telefons verlor sich in den Tiefen der Weinbereitung. Sein Schatten wurde länger und länger, verschwamm am Ende mit der Dunkelheit, und Benjamin wollte nichts sehnlicher als umkehren, draufpfeifen, seine Nase abwechselnd in einen frischen Elsässer Schaumwein vom Clos Liebenberg halten und sich an Julia schmiegen, aber was, wenn hier unten jemand zündelte, während er oben turtelte? Und dann war es plötzlich da. Es kam einfach über ihn, dieses Bedürfnis – und ja, es war bescheuert, idiotisch, völlig plemplem, der Sommelier wusste es, aber er war dem Drang gnadenlos ausgeliefert.

»Hallo?«, rief er, seine Stimme echote durch die leere, alterszernagte Kellerei. »Haallo? Ist da wer?«

Die Taschenlampe seines Telefons streifte die Decke der Weinlagerung, der Schwarzschimmel trat hervor wie Stuck. Neben ihm erhoben sich die Schattenfragmente der meterhohen Stapel aus Weinkisten und Gitterboxen. Seine Schritte hallten wider, waren an der Wand, an der Decke, waren links und rechts von ihm. Dann blickte er den Gang hinab, der zur Weingruft führte. Sein Herz: Es schlug nicht, es rebellierte.

Dabei kannte Benjamin lange Flure, dunkle Abstellkammern, staubige Dachschrägen. Ein monumentales Stuhllager im Hotel seiner Familie hatte er in seiner kindlichen Phantasie zu einer Unterwelt auserkoren, zu einem Labyrinth voller Höhlen und Verästelungen, hinter denen alle erdenklichen Gefahren lauern konnten. Greifarme, Zungen, Zähne. Monster mit lidlosen Augen. Im Technikraum voller Leuchten, Schalter und Rohre war er ins All geflogen, hatte geifernde Aliens bekämpft und schwefelspeiende Planeten erforscht. Und bei alldem war es der Sommelier gewöhnt, dass zu jeder Zeit eine Tür aufschwingen konnte. Aber als das schwarze Loch zur Weingruft vor ihm auftauchte, wurde ihm speiübel vor Angst. Eine saure Brühe zweier Dutzend Rotweine im Wert eines Monatseinkommens drückte gegen seinen Mageneingang.

Er sah sich schon die hohlfräsigen, ausgetreten Stufen hinabsteigen, die wahrscheinlich schon die ersten Mönche vor achthundert Jahren behauen und ausgetrampelt hatten, er sah Schwester Rosalda strauchelnd in den Tod stürzen, das Licht des Telefons tastete sich Stück um Stück an den Abgang heran, da flogen ihm aus der Schwärze des Lochs ein bleiches Gesicht und zwei geballte Fäuste entgegen.

Der Sommelier wurde mit solcher Wucht von den Füßen gerissen, dass er sein Telefon losließ und vier, fünf Schritte rückwärts gegen die meterdicke Wand taumelte und zu Boden ging. Der Mann stürmte davon. Benjamin dachte keinen Augenblick nach, er rappelte sich auf, klaubte sein Telefon mit gesplittertem Display – aber immerhin noch funktionstüchtiger Lampe – vom Boden. Die Schritte des Eindringlins donnerten durch die Gewölbe, Benjamin sah seinen Schemen in der Finsternis verschwinden. Er dachte nicht nach, sondern rannte dem Hänfling hinterher. Denn so viel hatte Benjamin auch in halbdunkler Schrecksekunde erkennen können: Der Angreifer war ein Hungerhaken gewesen, ein sehniges Klappergestell, nicht mehr.

Die Wut und der Frust, die Angst und Anspannung der letzten Tage stiegen ihm wie ein fauliger Brocken in den Rachen.

Panas Koma. Laras verweinte Augen. Demir und seine Verhaftung. Schwester Agnes' Todeskampf. Die Totenwache und seine Nacht auf dem eisernen Brett der Holzbank.

»Bleib stehen! Arschloch! Stehenbleiben!«, brüllte er völlig von Sinnen und rannte weiter durch die Tür hinaus.

Er warf sich wie ein Wahnsinniger in die klirrende Kälte. Der Mann verschwand in diesem Augenblick durch das Gittertor. Benjamin verfolgte ihn, stürmte in das Nadelkissen des Weinbergs, trat aus Versehen gegen einen der Fackeltöpfe, der in einem kurzen jähen Blitz in den Nachthimmel schoss. Feuertropfen regnete herab. Es stank nach Paraffin, und etwas anderem – nach ranzigem Rotschmierkäse? –, dann erlosch die Fackel im Funkenflug. Der Sommelier rang nach Atem. Oberlippe und Stirn waren schweißbenetzt. Er sah sich um, dreimal, viermal, nirgends eine Bewegung, außer den Tausenden tanzenden Feuern, um die sich der Frost wie eine Dunstglocke formierte. Der Mann war wie vom Erdboden verschluckt.

Dann sah er das Fass. Wo sollte der Kerl sonst sein? Benjamin schluckte.

Er machte drei Schritte darauf zu, blieb stehen. Blut rauschte in seinen Ohren. Der erste Schlag warf ihn zu Boden. Benjamin wusste nicht, wo sich der Mann verborgen hatte, hinter dem Fass auf jeden Fall nicht, er spürte nur das Knacken seiner Halswirbelsäule, das Knirschen im Hinterkopf. Dann lag er mit dem Gesicht im Dreck, und er wusste urplötzlich, was nach altem Käse gerochen hatte: Baldriantee, ausgebracht, um die Reben auf natürliche Weise gegen den Frost zu schützen. Er rollte herum, rutschte auf die Knie, packte mit aller Kraft die Hand des Fremden, um ihn zu Boden zu ziehen. Der Mann stürzte, mit einem schmerzvollen Japsen wich die Luft aus seinen Lungen, doch er rappelte sich sofort wieder auf – und revanchierte sich mit einem zweiten Hieb auf Benjamins Schläfe.

Der Kopf des Sommeliers schwang herum, er taumelte auf den Knien, blickte auf, seine Augen vor Entsetzen aufgerissen, und es war folgendermaßen: Benjamin hatte noch nie in seinem Leben gebetet. Auf keinem klösterlichen Weingut, an keinem Weihnachtsfest, nicht einmal bei seiner Konfirmation, die er pflichtbeflissen über sich hatte ergehen lassen. Einmal hatte er sich als halbstarker Macker auf der Kante eines Bickensohler Steinbruchs die Schwerkraft vorgeknöpft. Genau genommen hatte er versucht, der Schwerkraft auf der Nase herumzutanzen und war abgerutscht. Aufschreiend und mit blutigen Fingernägeln hatte er sich an Wurzeln, Gräser und Steine gekrallt und todesverängstigt realisiert, dass die zehn Meter Abstieg weniger Risiko bargen als der kurze Weg zurück auf die Kante. Aber er hatte beim Abstieg ebenso wenig gebetet wie als herzwunder Präpubertärer, der zur Beerdigung seiner Eltern geschleppt wurde. Eingepfercht zwischen schwarzen Leibern hatte er in der Kirche gestanden und sich gefragt, wie er diesen Berg von Schmerz jemals bewältigen konnte, ohne höhere Mächte anzuflehen. Seine Hände hatte er trotzdem nicht gefaltet.

Vielleicht lag es also an dem Kloster, den Nonnen, der Äbtissin. Vielleicht lag es an der Aussichtlosigkeit seiner Lage. Vielleicht lag es aber auch nur an der simplen Tatsache, dass ein Mann kein Hänfling war, wenn man selbst vor ihm im Dreck lag.

»Lieber Gott, bitte nicht«, flehte Benjamin.

Der Schatten des Mannes ragte über ihm auf.

Seine Hand ballte sich zu einer Faust.

Elf

»Baldriantee«, sagte Benjamin, schlug die Augen auf. »Teufel, ist das ekelig.«

»Was? Was sagst du? Tee?«, kreischte Julia. »Ist dir kalt?«

Ob ihm kalt war? Was war das für eine Frage?

Natürlich war ihm kalt. Eiskalt. Er zitterte, spürte seine Füße kaum, sein Gesicht war blutleer, seine Lippen blau. Benjamin blickte verwirrt in die angstverzerrten Züge seiner Freundin. Er versuchte, sich aufzurichten. Sie half ihm und zog ihn hoch. Oben funkelten Sterne, unten flackerte Fackelschein. Das Leben kehrte schmerzvoll in ihn zurück. Sein Nacken brannte, der Schmerz loderte hinter seiner Stirn auf und breitete sich wie ein Flächenbrand in seinem ganzen Kopf aus. »Stinkt«, stellte der Sommelier nüchtern fest und tastete vorsichtig nach seiner Stirn.

»Was redest du denn da, Benny? Du brauchst einen Arzt!«, schwirrte Julias Stimme zu ihm herab, ihr kalter Atem umwölkte ihn, Feuerschein tanzte in ihren dunklen Augen. »Ich habe aber kein Telefon, deines ist kaputt, lass uns reingehen – oder kann ich dich kurz hierlassen? Geht das?«

»Auf keinen Fall!«, rief Benjamin.

»Benny, ogottogott«, krächzte Julia.

»Mir geht es gut«, versuchte er, die Wogen zu glätten, spielte seinen erbärmlichen Zustand herunter und räusperte sich. »Wirklich, mach dir keine Sorgen.«

»Red keinen Quatsch!«

»Doch, doch, alles okay.«

Er blickte sich um und bemerkte ein gefaltetes Blatt im Dreck. Hatte er es dem Eindringling entrissen? War es ihm aus der Tasche gefallen? Er nahm es zur Hand, versuchte etwas darauf zu erkennen, nahm aber nur einen rechteckigen, dunklen Fleck auf einem weißen Stück Papier wahr. Er riss seine Augen auf, ein heißer Schmerz drangsalierte sein Innenohr, und er riss seinen Mund auf, um ihn loszuwerden. Erneut blinzelte er auf das Blatt, drehte es in Richtung einer Fackel. Es war ein Weinetikett. Aber alles war unscharf, bewegte sich im Licht, ihm war schwindelig.

Er drückte sich nach oben, Julia stützte ihn und half ihm zurück in seine Kammer. Er ließ sich auf der Bettkante nieder und gab Julia einen Abriss der Ereignisse. Dann sah er mit hämmernden Kopfschmerzen zu, wie sich zwei Schmerztabletten aus ihrem Kulturbeutel sprudelnd in einem Zahnputzbecher auflösten. Dabei hielt sie seinen Oberarm gepackt, als würde er ansonsten unter der Last seiner Gebrechen zu Boden sinken.

Sanft entwand sich Benjamin ihrem Griff. Er streifte seine Jacke ab, und augenblicklich begann Julia, seinen Rücken zu streicheln. Erneut betrachtete er das Weinetikett. Es war ein Farbausdruck einer 1939er Riesling Trockenbeerenauslese vom Weingut Wilmerding. Ihm entwich ein Schnauben. Hatte er nicht … Benjamin tastete nach seiner Jacke, zog sie auf seinen Schoß und durchsuchte mehrmals seine Taschen. Er drehte sie auf links, dann fiel es ihm ein. Mit einem Ruck zog er die Schublade des Nachttischchens auf. Da lagen sie: die zerknautschten Unterlagen, die er ein paar Tage zuvor handschriftlich im Klosterkeller angelegt hatte. Wann war das noch einmal gewesen? Vor zwei, drei Tagen? Vor zehn Jahren? In einem anderen Leben? Er wusste es nicht, aber was er wusste: Er hatte die Wilmerding-Weine zwar auf Benders Liste gesehen, zum Bestand des Klosterkellers hatten sie allerdings nicht mehr gehört.

Mit einem einzigen Schluck stürzte er das Schmerzmittel hinunter, verdrängte den Schwindel und blätterte durch seine Notizen. Seine Erinnerung hatte ihn nicht in die Irre geführt, da standen sie, als verbraucht, ausgetrunken, gestohlen: *12 Fl, 39er, Riesling, TBA, WW.* Was hatte es damit auf sich?

»Sagt dir der Wein etwas?«, fragte er und gab Julia den Zettel mit dem Weinetikett. »Ich schnall hier nämlich so langsam gar nichts mehr.«

Seine Freundin sah ihn an. Mütterlich besorgt, in stummem Schock. Blass, betäubt, entgeistert. »Wilmerding, Neununddreißiger«, stellte sie mit farbloser Stimme fest und angelte nach der offenen Flasche Crémant, die auf dem Nachttisch stand. Sie trank einen Schluck. Der Schaumwein lief augenblicklich über, tropfte über ihren Handrücken. Sie fluchte und verschwand im Bad. Benjamin überlegte kurz, die Kühlmanschette von der Flasche zu entfernen und sich damit sein pulsierendes Gesicht zu pflastern, aber da saß sie schon wieder neben ihm. »Ich würde wegen des Weins auf jeden Fall nirgends einbrechen und vor allem niemanden krankenhausreif schlagen«, fügte sie an und gab ihm das Blatt zurück.

»Jetzt übertreib nicht.«

»Nicht übertreiben?«, fauchte Julia. »Du solltest dich mal sehen! Deine Schläfe ist lila, und die Beule an deinem Hinterkopf hat Golfballgröße.«

»Es geht schon, bin nur fertig, lass uns einfach pennen«, sagte Benjamin und sah sich schon seinen Kopf ins Kissen rammen und vielleicht sogar die Schwärze des Schlafs herabrieseln.

»Mach dich nicht lächerlich, als könntest du jetzt pennen. Wir fahren ins Krankenhaus.«

»Jetzt spinn nicht rum, mir geht es gut.«

»Vor mir musst du nicht den Helden markieren, Benny.«

»Mach ich nicht.«

»Wir – fahren – jetzt – ins – Krankenhaus.«

»Nein, fahren wir nicht.«

Sie fuhren ins Krankenhaus.

Und danach wieder zurück ins Kloster.

Julia war darüber nicht glücklich.

Aber sein Auto stand ja auf dem Gelände, erklärte er ihr, und es sei ja auch alles okay in seinem Oberstübchen, zumindest rein physiologisch – *haha* –, und außerdem müsse er noch etwas erledigen, nur eine Sache, dann würde er nach Hause an den Kaiserstuhl kommen, zu ihr, versprochen. Wobei, genau genommen, müsse er ja in der Gegend bleiben – das hatte ihn ja die Polizei gebeten, um nicht zu sagen: Es wurde ihm *diktiert* ... Was solle man da auch machen?

Seine Freundin linste misstrauisch über ihren To-go-Becher, ihre rosa Lippen noch über die Öffnung gestülpt. Das Rascheln der Bäckertüte sägte an seinen Gehörgängen, als sie ein Stück warmes Croissant daraus hervorangelte. Immerhin hatte die Sache mit dem schnellen Frühstück geklappt. Sie standen auf dem Waldparkplatz neben dem Kloster, und so ganz waren seine Kopfschmerzen noch nicht abgeklungen. Es pochte eigentümlich an Benjamins Stirn. Obendrein konnte er seinen Kopf nicht nach links drehen. »Wirbelblockade«, hatte der Arzt diagnostiziert. »Sache für den Chiropraktiker.«

Aber die Sonne drängte sich über einen blassblauen Horizont, als könnte sie den Tag nicht erwarten. Es würde schön werden, schöner als gestern. Und sicher, Reben erhoben sich vielleicht links und rechts wie Kriegsmahnmale, hier und da brannten letzte Fackeln. Erste Winzer begutachteten die Schäden auf dem Schlachtfeld. Aber die Tore des Klosters standen weit offen, der Angriff war also überstanden, und er, Benjamin Freling, Sommelier-Vizeweltmeister und treusorgender Lebensabschnittsgefährte, würde ab sofort vorsichtiger sein.

Versprochen. Hoch und heilig. Hand aufs Herz.

»Mach dir keine Sorgen«, sagte er, verschwieg dabei aber sein ganzes Unbehagen.

Julia linste über ihren Kaffee. Benjamin schenkte ihr ein Lächeln. Er beugte sich hinüber, küsste sie liebevoll, dann stieg er aus. Sie setzte zurück und ließ ihn in einer Abgaswolke stehen.

Wie zigmal in den letzten Stunden dachte Benjamin an Adalbert Reichart. Beziehungsweise zuerst hatte er auf der Fahrt in die Notaufnahme an Nele Wilmerding gedacht. Er war drauf und dran, sie wegen der Beerenauslese aus dem Bett zu klingeln – wenn sie in dieser Nacht überhaupt schlief –, aber über ihr und ihrem Weingut schwebte Unheil, weswegen er von dem Vorhaben abließ und stattdessen nochmals an ihr letztes Gespräch dachte und in diesem Zusammenhang auch an Adalbert Reichart und sein *Buch der unerfüllten Wünsche.* Oder wie hatte der Kommissionär es genannt? Wenn also jemand wusste, wer für diese Weine einen Mord begehen würde, dann wahrscheinlich Reichart. Erst als der Passat des Sommeliers schwarze Abgase aus einem gefrorenen Getriebe spuckte und Lenkrad, Sitz, Handbremse, der gesamte Innenraum seines Wagens ruckelnd zum Leben erwachte, war sein ungutes Gefühl verflogen. Er entschied, die Winzerin doch anzurufen. Das Display seines Telefons sah zwar aus wie eine gesplitterte Eisfläche, aber die Sprachsteuerung funktionierte tadellos, wie er im Wartebereich der Wiesbadener Unfallchirurgie herausgefunden hatte.

»Rufe NELE W-I-L-M-E-R-D-I-N-G an«, diktierte er also, als würde er mit einem Begriffsstutzigen sprechen, und ein paar Sekunden später hatte er sie am Apparat. »Nele, wie sieht's aus? Hier ist Benny«, flötete er übertrieben fröhlich – es war ja noch nicht einmal sieben, da tat man gut daran, gute Laune zu verbreiten.

»Alles prima, Weinberge wirken okay, schauen wir mal, was der Tag und die Nacht bringen, sitze beim Frühstück«, antwortete die Starwinzerin. »Und warum rufst du so früh an?«

»Ich sitze hier im Auto vor dem Kloster Marienwingert. Ich muss hier den Weinbestand von so einem Industrieheini begutachten, und …«

»Da bist du? Warum sagst du das denn nicht gleich?«, unterbrach ihn Nele und senkte ihre Stimme. »Du weißt schon, dass der Industrieheini Ernst-August Bender ist. Kennst du, oder? Bender, der Weinsammler von der Maschinenfabrik?«

»Ja, weiß ich.«

»Ist das offiziell? Ich dachte immer, die Bender-Weine im Kloster seien ein großes Geheimnis. Hat mir mein Vater jedenfalls zu Lebzeiten noch eingebläut. Sind angeblich zerstört worden, hat sein Sohn in die Welt gesetzt. Komischer Kauz. Kennst du die Story?«

Benjamins Autofenster beschlugen unter seinem Seufzer. »Es wurde mir zugetragen.«

Nele lachte. »Das erklärt jedenfalls, warum du so viele Weine von uns gefunden hast. Mein Vater war mit Bender befreundet, der hat alles gekauft, was bei uns im Keller rumlag. Die beiden waren sogar einmal auf einer gemeinsamen Wein-Reise. Rioja, glaube ich. Wobei *befreundet* eigentlich der falsche Ausdruck ist. Sie waren am Ende ein ungleiches Paar. Bender spielte einfach in einer anderen Liga. Hättest du das Kloster mal früher erwähnt.«

»Eigentlich kein Drama, Nele«, sagte der Sommelier. »Dein Tipp mit Adalbert Reichart hat mich letztlich auch zu der Info gebracht, die ich brauchte. Aber warum ich heute Morgen anrufe: Kommt dir bei einer 1939er Riesling Trockenbeerenauslese von eurem Weingut irgendetwas in den Sinn? Irgendein Detail, das ich nicht auf dem Schirm habe? War der Jahrgang bei euch vielleicht ganz gut, aus irgendwelchen Gründen?«

»1939? War ein Scheiß-Jahrgang, nicht nur meteorologisch … Warum fragst du?«

Benjamin tastete nach seiner Beule. »Weil ich das Gefühl habe, dass sich hier leicht bis mittelmäßig chaotische Zustände um diesen Wein formieren«, erklärte er. »Habt ihr zufällig Arsen zur Düngung benutzt?«

»Du stellst Fragen. Kann ich mir nicht vorstellen, schon mein Großvater liebäugelte mit Steiner.«

»Habt ihr noch Weine aus diesem Jahrgang im Keller?«

»Nein, wir haben unser Archiv erst in den Siebzigern angelegt. Schön blöd, ich weiß, aber wir waren ja damals kein gefragtes Weingut. Bist du sicher, dass du nicht einen 1921er oder so meinst? Eine Wilmerding-Beerenauslese aus diesem Jahrgang wäre heute sicher eine hübsche Summe wert, so wie ich Bender kenne … Moment, meine Mutter sagt was.« Die Winzerin machte eine kurze Pause. Der Sommelier hörte gedämpfte Stimmen. Es raschelte. »Benny? Hörst du? Meine Mutter sagt gerade, dass nach einem Neununddreißiger immer wieder ein Mann gefragt hätte, das sei aber sehr lange her.«

Benjamin setzte sich auf. »Ernsthaft. Wer war das? Kennt deine Mutter einen Namen?«, fragte er und ließ seine Fenster herunter, die Scheiben waren mittlerweile ringsum beschlagen.

»Nein«, erklang nach einem kurzen Moment die Stimme der Winzerin. »Der Mann war wohl mehrmals mit meinem Vater in Kontakt, als er noch lebte.«

»Und warum gerade der Neununddreißiger, weiß das deine Mutter?«

»Sie sagt, *irgendwas mit dem Krieg*«, antwortete Nele.

Zwölf

Also fuhr der Sommelier wieder zu Adalbert Reichart. Er war seine einzige Hoffnung herauszufinden, wer an dem 39er Wilmerdinger Interesse haben könnte – und damit, wer ihm eins über den Schädel gebraten haben könnte. Bei diesem zweiten Besuch erschien Benjamin alles eine Spur überzeichneter. Das Wohn- und Arbeitszimmer in dem Fachwerkhaus kam ihm kleiner vor und vollgepfropfter mit Akten, Büchern, Magazinen, Weinen, Gläsern, Fernseher, Computer, Mobiliar und massenhaft Genussfirlefanz in einer Vitrine: Silberne Adlerkopf-Ausgießer oder eine Holzente, deren ausgebreitete Flügel als Weinflaschenständer dienten.

Während Benjamin sich stirnrunzelnd umsah, zog sich der massige Kommissionär in den Schützengraben seines Buchregals und Schreibtischs zurück. Auf dem Couchtisch standen ein leeres Cognacglas und ein voller Aschenbecher. Der Geruch nach kaltem Zigarrenrauch war so erdrückend intensiv, als hätte Reichart am Freitagabend genüsslich eine Kiste Zigarren geschmaucht. Der Sommelier wusste nicht so richtig, wohin mit sich und fühlte sich eingeklemmt zwischen Tisch, Couchgarnitur und Vitrine. Reichart sah jedoch trotz der frühen Stunde und des Wochentags wie aus dem Ei gepellt aus: Dreiteiler, Hals- und Einstecktuch, schlohweiße Fönfrisur.

»Hätte nicht gedacht, Sie noch einmal zu sehen, lieber Herr Freling. Darf ich Ihre Wilmerding-Vertikale nun doch an den Mann bringen?«, fragte der Kommissionär und griff nach seinem

Kaffeebecher. War er bereits bei der Arbeit? Samstagmorgen um halb acht? »Würde mich freuen«, fügte er an, bevor er schlürfend einen Schluck trank und fragte: »Auch einen Kaffee?«

»Danke.« Der Sommelier schüttelte den Kopf und setzte ein verschmitztes Lächeln auf. »Ehrlich gesagt, wollte ich Sie nochmals untertänigst um Informationsalmosen anbetteln.«

Reichart lachte polternd. »Dann schießen Sie los.«

Benjamin zeigte auf das Buch mit schwarzem Einband, das an diesem Tag nur noch aus einem beeindruckenden Stapel aus aktuellen Weinmagazinen hervorlugte. Darauf stand ein Teller mit sechs Apfelschnitzen und einem angebissenen Knäckebrot, bestrichen mit rosastichiger Teewurst. »Haben Sie zufällig in Ihrem schlauen Buch ein Gesuch nach einer 1939er Trockenbeerenauslese von Wilmerding?«

Das Lächeln von Reichart versiegte. »Warum interessiert Sie das?«

»Lange Geschichte.«

»Bieten Sie so einen Wein zum Verkauf?«

»Jain.«

Der Kommissionär zog vorsichtig sein Buch hervor, ließ es aber wieder auf den Tisch sinken. »Wenn Sie wollen, dann kann ich so einen Wein diskret vermitteln.«

»Also haben Sie ein Gesuch nach so einem Wein?«

»Das habe ich nicht gesagt.«

»Ich bräuchte nur den Namen.«

»Das kann ich nicht machen.«

»Aber den Namen von Bender und anderen Kunden haben Sie mir doch auch genannt.«

Reichart wand sich, man konnte es ihm ansehen, sein Blick irrte verstört durch den Raum, er versenkte beide Hände in seinen Hosentaschen, rieb nervös die Lippen aneinander. »Aber da ging es schließlich um mehrere Kunden und eine recht allgemeine Frage, Herr Freling. Das hier wäre der Schritt zur Indiskretion, das müssen Sie verstehen, bei aller Sympathie.«

»Okay, passen Sie auf: Warum ich von der Hotelfachschule geflogen bin, geht niemanden etwas an. Aber ich erzähle Ihnen im Gegenzug, wie ich als Einziger bei der Weltmeisterschaft die griechische Bordeaux-Cuvée in der Blindverkostung herausfinden konnte – und dafür nennen Sie mir den Namen.« Reichart zauderte einen Moment, sodass Benjamin einfach weitersprach: »Also, ich habe Cabernet Sauvignon und Cabernet Franc recht eindeutig erkannt, den Merlot habe ich vermutet. Am Gaumen ordnete ich die Gerbstoffe eher einem wärmeren Anbaugebiet zu …«

»Wie meinen Sie das?«, unterbrach ihn Reichart.

»Das Mundgefühl war nicht samtig genug«, antwortete Benjamin knapp, machte eine Pause und holte Luft. »Aber vor allem hatte ich rein zufällig zwei Tage zuvor beim Lernen für den Wettbewerb einen Fachartikel gelesen, geschrieben von einem der Prüfer, der sich mit griechischem Weinbau im Allgemeinen und einem Weingut im Speziellen auseinandersetzte: die Domaine Porto Carras, die sich auf das Verschneiden von Bordeaux-Cuvées versteht. Auf das habe ich einfach getippt, weil ich im Grunde keine Ahnung hatte. Es war ein Glückstreffer, Herr Reichart. Ich habe gut geraten. Das ist alles. Sie sind übrigens der Erste, dem ich das erzähle.«

Der Kommissionär blinzelte Benjamin desillusioniert an, wie ein Junge, dem ein Zauberer seinen besten Trick verraten hatte, der dann beim genaueren Hinschauen alles andere als raffiniert war. »Ah«, knurrte er, stand auf und kippte endlich ein Fenster, sodass etwas frische Luft hereindrang. Dann zeigte er auf Benjamins Blessur. »Sind Sie die Treppe runtergefallen? Oder haben Sie einem die Frau ausgespannt?«

»Ich bin zwischen die Fronten geraten.«

Reichart hob den Kopf und schwieg, er warf einen Blick auf das Buch. »Ich weiß Ihre Ehrlichkeit zu schätzen, Herr Freling, aber ich kann und will Ihnen die Information trotzdem nicht geben, beim besten Willen nicht, tut mir leid. Es geht auch um meinen Ruf, das müssen Sie doch verstehen, ich …«

Benjamin schnaubte, er hatte die Höflichkeit gehörig satt. »Jetzt hören Sie mal zu«, unterbrach er Reichart. »In den letzten Tagen ist mein bester Freund bei einem Anschlag nur knapp mit dem Leben davongekommen, und ich habe eine liebeswürdige Nonne jämmerlich verrecken sehen. Ich wurde äußerst unsanft verhaftet, verhört, vorläufig entlassen, und das ist alles andere als angenehm. Gestern Nacht wurde ich zusammengeschlagen. Mein Kopf fühlt sich an, als hätte jemand versucht, ihn an drei Stellen mit einem Korkenzieher zu öffnen, von meinem Kiefer ganz zu schweigen. Ich habe jetzt genug von den ganzen Sperenzchen. Ich will zurück nach Breisach, zu meiner Freundin, meinen Weinklimaschränken – und ich will jetzt diesen Namen haben, verstanden?«

Mit jedem Wort des Sommeliers war Reichart mehr und mehr erblasst, man hätte anhand seiner Gesichtsfarbe eine Farbpalette aller erdenklichen Weißtöne anlegen können. Er schnaufte schwer. Erste rote Flecken blühten auf seinen blutleeren Wangen auf. »Ich weiß nicht, ob mir Ihr Ton gefällt, und ich lasse mich in meinen eigenen vier Wänden auch nicht von Ihnen unter Druck setzen«, plärrte er und sah Benjamin mit seinen hellen, fast drolligen Augen an, die in Unmengen von Fleisch gefangen schienen.

Augenblicklich tat Benjamin sein Gefühlsausbruch leid. »Okay«, seufzte er. »Okay, verzeihen Sie, ich bin ein bisschen aufgewühlt. Haben Sie in der nächsten Stunde einen Termin?«

»Ich … einen Termin? Nein, warum?«

»Dann kommen Sie mal mit, bitte. Ich würde Ihnen gerne etwas zeigen.«

Reichart war unwohl. Mehr als nur unwohl. Er sah in den spindelförmigen Abgang hinab, betrachtete die trüben Leuchten und ausgehöhlten Steinstufen, dann warf er Benjamin einen Blick zu, voller Zweifel, Angst und Misstrauen, als befürchtete er, dort unten rituell geopfert zu werden. »Und was genau ist dort unten?«, fragte er.

»Das sehen Sie dann schon«, antwortete Benjamin und massierte seinen Nacken, der, seit sie die Kellerei betreten hatten, von einem rasenden Schmerz heimgesucht wurde. Er fügte hinzu: »Aber natürlich Wein«, und verkniff sich tunlichst, die ehemalige Totenstätte der Stifterfamilie zu erwähnen.

Dann setzte der Kommissionär einen ersten Fuß auf die oberste Stufe, er ließ den Felsen seines Körpers nach vorne fallen, ging in die Knie, bückte sich nach dem oberen Rand des Abgangs und begann unbeholfen mit dem Abstieg. Das straff gespannte Seil, das als Geländer diente, glich in seiner fleischigen Hand einem Bindfaden. Benjamin leuchtete ihm zusätzlich mit seinem Mobiltelefon den Weg. Doch Reichart wägte trotzdem jeden seiner Schritte ab. Er beurteilte jede Stufe aufs Neue, suchte mit seinen handgenähten, nussbraunen Schuhen schürfend nach Halt und stützte sich zusätzlich an die rechte Wand, bevor er es wagte, weiterzugehen.

»Ist es noch weit?«, fragte er nach nicht einmal zwanzig Stufen und warf sich dabei herum wie ein Walross. Schauerlich gurgelnd, mit aufgerissenen Augen und schweißnasser Stirn starrte er hinauf zu dem Sommelier, in die grelle Leuchte seines Telefons.

»Nein, nicht mehr weit, die Hälfte haben wir«, log Benjamin, der schon wieder an den Aufstieg denken musste. Würde das schneller oder langsamer gehen?

Unten angekommen, zog er dem Weinhändler die Tür auf, knipste das trübe Licht an und drückte Reichart sein Telefon in die Hand. »Et puis voilà«, kommentierte Benjamin, ließ sich auf einer der unteren Stufen der Weintreppe nieder und sah zu, wie sich der Mann mit übervorsichtig eingezogenem Kopf in die Gruft zwängte. Müde knetete der Sommelier seinen Nacken und warf einen matten Blick auf die Grabkerze, die zum Gedenken an Schwester Rosalda hier unten unentwegt gebrannt hatte. Sie war für ihn nicht mehr als ein kleines, flackerndes Flämmchen am Ende einer Steintreppe. Der Sommelier sah Rosalda als Hausmädchen, sah sie Georg Bender hüten, sah den Industriellen um sie werben, er dachte an Abaelard und Héloise, da erklang der erste Jauchzer aus der Gruft, kurz darauf der zweite.

Er ließ Reichart noch ein paar Minuten in Ruhe und fand ihn dann schließlich in der dritten Gruft, kurz vor einem Herzkollaps. Er war kurzatmig, mit seinem Einstecktuch tupfte er sich die Stirn, sein Blick changierend zwischen Rausch, Bestürzung und einem Schauer der Ehrfurcht. Er zeigte auf einen Stapel Flaschenböden in einem Urnengrab. »Sind das alles Trockenbeerenauslesen von Haag und Prüm? Alles?«

»Jepp«, sagte Benjamin.

»Der älteste Jahrgang? Wissen Sie das?«

»1911. Glaub ich. Brauneberger Juffer Sonnenuhr.«

»Und sogar Guigal, La Ladonne«, flüstere Reichart und war mit den Gedanken schon wieder ein Fach weiter. »Wussten Sie, dass laut Broadbent der Achtundsiebziger der beste Jahrgang an der nördlichen Rhône nach knapp siebzig Jahren war? Wussten Sie das?«

»Ja. In der vierten Gruft gibt es übrigens noch mehrere Flaschen Côte Rôtie aus den Jahren 1985, 1990 und 1998, und wenn mich nicht alles täuscht, auch von Jamet und Barge. Die liegen neben den Prä-Phylloxera-Weinen.«

Der Kommissionär schnappte nach Luft, dann zog er vorsichtig eine Flasche hervor. »1985. Corton Grand Cru. Drouhin«, murmelte er, als lese er dem Sommelier aus der geheimen Offenbarung vor. »In Aloxe-Corton wurde in diesem Jahrgang ein Viertel der Trauben zerstört, wussten Sie das, das wussten Sie nicht, oder? Später Austrieb, Spätfröste, Trockenstress, Hagelstürme, alles dabei, aber dass Lesegut, das eingebracht wurde, erbrachte unfassbare Tropfen.« Dann fiel sein Blick auf einen Stapel Holzkisten, die sich im Dunkel verbargen. Er legte den Burgunder sanft zurück und leuchtete in die Ecke. »Echézeaux, Richbourg, La Tâche – gütiger Gott, sind das alles Contis? Haben Sie in die Kisten geschaut?«

Benjamin nickte, war fast ergriffen von dem Kommissionär, der den Tränen nahe schien.

»Woher kommen denn die Weine? Sind die echt?«

»Das ist die Bender-Sammlung.«

»Die Bender-Sammlung!«, rief Reichart und sah den Sommelier ratlos und verloren an. »Und warum zeigen Sie mir das alles?«

»Weil alles, was Sie hier unten sehen, dem Kloster gehört und ich bei den Ordensschwestern ein gutes Wort einlege, dass Sie die Weine vermitteln dürfen.«

»Ich?! Ich soll …«, quiekte Reichart und taxierte den Sommelier. »Und wie viel wollen Sie von der Provision? Die Hälfte? Mehr?«

»Ich will nur den Namen.«

Dreizehn

Das Stadthaus befand sich in einer Sackgasse im Frankfurter Westend-Süd und wuchs hinter einem mannshohen Gitterzaun und allerhand Büschen hervor. Die Fassade des dreistöckigen Gebäudes war mehlweiß, nur stellenweise witterungsbedingt in Mitleidenschaft gezogen. Teile der Farbe und des Putzes waren abgebröckelt und grau. Ein schwarzfleckiger Streifen zog sich an der der Straße zugewandten Seite die gesamte Fassade herunter. Wahrscheinlich lief bei Regen die Dachrinne über und Abwasser rann die Wand herab. Benjamin hatte auf der gegenüberliegenden Straßenseite geparkt, unter einer der vielen Kastanien, die die Straße säumten. Er näherte sich seinem Autofenster, sodass die Scheibe unter seinem Atem schon beschlug, und linste mit gerümpfter Nase nach oben. Er betrachtete die Friesbänder mit Muschelornamenten, Ranken und Grotesken, die wahrscheinlich das gesamte Haus umgaben. In dem Satteldach, gedeckt mit schwarzen Fischschuppenziegeln, steckten Mansardenfenster. Eines davon war geöffnet, Bettdecke und Kissen lagen auf dem Fenstersims.

In eine gänzlich andere Richtung ging der kleine, angeschlossene Industriebau, der an dem Stadthaus wie ein Wirtstier hing. Es war eine zweistöckige Betonhalde, ein Zweckbau mit Flachdach, ungemein hässlich in seiner Art, zumal er pfirsichfarben gestrichen war. Gehörten die beiden Gebäude wirklich zusammen? Benjamin wollte gerade aussteigen, da hörte er die Zehn-Uhr-Nachrichten. Er drehte das Radio voll auf: »Wiesbaden. Wie die Staatsanwaltschaft mitteilte, fiel der vergangenen Mittwoch verstorbene Ludwig-Frank Eltzheim einem Gewaltverbrechen zum Opfer. Zum Zeitpunkt seines Todes befand sich der Bischof des Bistums Speyer zu Exerzitien in einem Rheingauer Benediktinerinnenkloster. Tel Aviv. Erneut ist es in der israelischen ...« Benjamin zog den Zündschlüssel aus dem Schloss und stieg aus. Ein Rauschen hing in der Luft, als würde in einem benachbarten Block eine ganze Kolonne an Straßenkehrmaschinen fahren. Oder brandete weit entfernt der Applaus Tausender Fans in einem Fußballstadion auf? Glitt ein Düsenjäger an der Peripherie des Hörbaren entlang? Der Sommelier wusste es nicht, er hatte auch keine Muße, sich mit diesem Rätsel näher zu beschäftigten, denn es kam Bewegung vor den Hauseingang. Eine Person zog etwas hinter sich her. Benjamin ging ein paar Schritte, wich dabei einem zerknirscht dreinguckenden Senior mit Hund aus und verbarg sich im Schatten eines Baumes. Ein junger Kerl ging in der Auffahrt des Hauses auf und ab und legte ein langes Seil oder etwas Ähnliches aus. Ein DHL-Transporter fuhr just in diesem Moment vorbei und parkte zwei Häuser weiter quer über Gehsteig, Parkplatz und Teile der Seitenstraße. Die Warnleuchten begannen zu blinken, und Benjamin beschloss, sich dem Haus in weitem Bogen zu nähern. Er wandte sich nach Norden, ging einige Meter, überquerte die Straße vor dem Bürogebäude und schielte auf das Schild am Eingang: *Matthias Dahmen-Hollerbach, Dipl.-Ing. Büro für Statik und Bauplanung* stand darauf. Der Name war genau der, den Adalbert Reichart ihm gegeben hatte. Offenbar hatte der Mann sein Unternehmen wirklich direkt an sein Privathaus angeschlossen.

Schwalben kreischten hysterisch, als Benjamin die Auffahrt hinauflief. Der junge Mann blickte kurz desinteressiert auf. Er hatte zwei lange Reihen mit einem flachen grünen Stromkabel auf dem Hof ausgelegt, an das er schwarze Lampenfassungen anbrachte. Schraubte er eine Festbeleuchtung zusammen? Aber das interessierte ihn in diesem Moment so wenig wie das Rauschen in der Luft. Denn als er dem Kerl näherkam, bemerkte er, dass dieser klein und schmächtig war, ein halbstarker Mofarocker, ein triefnasiger Dreikäsehoch und bartloser Hänfling in Lederhose und Holzfällerhemd. Der Kerl blickte erneut auf. Seine Augen lagen eng beieinander und waren schlammfarben und schleimig, so abstoßend wie Nacktschnecken. Auf seinen Wangen wuchsen zwei Dutzend winzige Pusteln, als sei sein Gesicht von Blattläusen befallen. Seine schwarzen Haare hatte er sich mit Gel an den Kopf geklatscht und streng nach hinten gekämmt. Über seine Stirn zog sich eine blutverkrustete Schramme. Benjamin wusste es: Er stand vor dem Einbrecher, der ihn in der letzten Nacht mit einem eisernen Fausthieb ausgeknipst hatte.

Benjamin ging auf den Hänfling zu. »Ich möchte zu Matthias Dahmen-Hollerbach«, begann er tonlos.

Der Kerl sah nicht auf. »Ich kann das Paket für ihn annehmen«, erwiderte er mit eigentümlich nasaler Stimme.

»Oh, ich bin nicht vom Paketdienst«, antwortete Benjamin, machte eine kurze Pause und ließ sich die folgenden Worte auf der Zunge zergehen: »Ich bin von der Benediktinerinnenabtei Marienwingert.«

Jetzt sah der Hänfling auf. Kurz nur. Doch der Schreck, der ihn durchfuhr, war unverkennbar. Offensichtlich war er nicht ganz so naiv, wie er aussah. Er wusste, dass ihn seine eingesunkenen Augen und seine zunehmende Blässe verrieten. Schnell senkte er seinen Blick wieder auf die Lampenfassung in seiner Hand und drehte mit Inbrunst eine Schraube fest. »Herr Dahmen-Hollerbach ist nicht da.«

»Bist du hingefallen?«, fragte Benjamin, zeigte auf die Schramme auf der Stirn seines Angreifers. Im Licht des Tages hatte sich das Blatt gewendet, jetzt war der Hänfling derjenige, der angsterfüllt zu ihm aufsah. Der junge Mann war zweifelsohne einer dieser Typen, die sich an Schwäche weideten und nur vor dem eigenen Badezimmerspiegel ihre mickrigen Muskeln spielen ließen, die hinter dem Rücken anderer die Augen verdrehten und keine Gelegenheit ausließen, nach unten zu kläffen und nach oben zu hecheln.

»Ich, nein, ich …«, stammelte der Kerl und wedelte dabei mit dem Schraubendreher vor seinem Gesicht, als wollte er eine Fliege verscheuchen.

Benjamin ließ ihn nicht ausreden. Mit einem Ruck machte er kehrt. Der Kerl zuckte zusammen, während der Sommelier über das Kabel stieg und zur Haustür ging, die mit einem Säulenvorbau überdacht war.

»Ich sag doch, er ist nicht da!«, rief der Hänfling ihm nach.

Doch da hatte Benjamin längst geläutet, und er staunte nicht schlecht, als der hagere, grobknochige Mann die Tür öffnete, der gestern alleine bei der Gigantenverkostung gewesen war.

»Sind Sie Matthias Dahmen-Hollerbach?«, erkundigte sich Benjamin.

Der Mann nickte. Er trug Jeans, Rollkragenpullover und Lederschuhe. Wenngleich der Sommelier eine stille Anspannung bei ihm wahrnahm – ein kurzes Zucken der Augenlider, eine feine Verengung der Iris –, so ließ er es sich nicht anmerken. »Sie haben es aber eilig, Herr Freling, finde ich gut«, schnurrte er höflich, trat zur Seite und zog die Tür ganz auf.

»Wie meinen Sie das?«, hakte Benjamin nach und blieb starr auf der Schwelle stehen.

»Sie sind wegen des Weinbestands hier, oder? Bin gespannt«, erklärte Dahmen-Hollerbach, und jetzt verstand der Sommelier, worauf der Ingenieur anspielte. In den Pausen der Weinverkostung hatte er, Benjamin, ein ganzes Paket an Visitenkarten gesammelt, auch Bender hatte ihm mehrere zugesteckt. Wahrscheinlich war auch die Karte des Unternehmers dabei gewesen. Bereits auf der Rückfahrt ins Kloster hatte Benjamin sie auf Nimmerwiedersehen in der Mittelkonsole seines Wagens versenkt.

»Dann kommen Sie mal rein«, fügte Dahmen-Hollerbach an, drehte sich um und ging voraus.

Im Hausflur standen Unmengen Schuhe in billigen Holzregalen, Jacken hingen an matten Messinggarderobenhaken, ein speckiges Sideboard quoll über mit Schlüsseln, Anzeigenblättchen und Briefen. Es roch nach altem Leder und gebratenen Zwiebeln. Das Wohnzimmer, in das Dahmen-Hollerbach ihn führte, war nicht weniger in die Jahre gekommen. Das dunkelbraune Parkett in altdeutschem Verband war mit zwei großen rostroten Läufern mit Ornamenten ausgelegt. Unterhalb des Panoramafensters, das Ausblick in ein fürstliches Kleinod von Garten gab, verlief über die ganze Länge ein niedriger Heizkörper. Darüber war ein Marmorsims angebracht, auf dem allerlei Zimmerpflanzen standen. Der linke der beiden weißen Damastvorhänge hatte sich in einem Kaktus verfangen. Benjamin pfiff auf Manieren, trat an eine Wand mit allerhand Fotografien heran und tat so, als hätten es ihm ein gerahmtes Etikett und eine Flaschenhalsbanderole eines 1964er Barolos Riserva Monfortino von Giacomo Conterno angetan – ein Wein, den er selbst einlagerte, allerdings aus dem Jahr 1971.

»Oh schön, Ihr Jahrgang?«, fragte er beiläufig.

»Richtig geraten«, hörte er die enthusiastische Stimme des Ingenieurs. »Den gab es zu meinem Fünfzigsten. Tabak, Lakritz, geschliffene Tannine und dabei frisch und …«

»Hm-mh«, murmelte Benjamin und hörte längst nicht mehr hin. Er starrte auf das Foto, das seine Aufmerksamkeit erregt hatte, weil darauf scheinbar Mönche zu sehen waren. Er hatte sich aber getäuscht. Auf der vergilbten Aufnahme standen nur fünf Burschen in schwarzen Schärpen auf einer akkuraten Rasenfläche nebeneinander, dahinter erhob sich ein langes, schlossähnliches Gebäude. Dann stockte Benjamin der Atem: Der Größte unter ihnen, ein langer und schlaksiger Typ, war unverkennbar Ludwig-Frank Eltzheim. »Ist das …?«, fragte er verblüfft.

»Gut erkannt, das ist – war – der Bischof von Speyer.«

»Sie wissen also, dass er tot ist.«

»Natürlich, die Nachrichten waren in den letzten Tagen voll davon.«

»Sind Sie auch über die Umstände seines Todes im Bilde?«

»Umstände? Wie meinen Sie das?«

Wie auf Kommando knallte in diesem Moment eine Tür, schnalzende Schritte drangen durch den Hausflur. Eine Frau mit grau melierter Kurzhaarfrisur stürmte ins Wohnzimmer. Ihre großen Augen schwammen angsteinflößend hinter ihren Brillengläsern umher. Sie trug Flipflops, Jeans und Bluse, darüber eine blassgrüne Kochschürze. Ihre Hände waren mit Gummihandschuhen überzogen, an denen krümelige Hackmasse klebte. Sie hielt die Hände in die Höhe und wirkte wie ein Abbild des Heilands bei der Bergpredigt. »Matthias«, quiekte sie. »Es kam gerade im Radio: Bischof Eltzheim wurde ermordet!«

Scheu, verklemmt, fast unterwürfig blickte der Ingenieur zum Sommelier. »Ich … was?«

Erst jetzt hatte die Frau Benjamin bemerkt. »Oh, ich wusste nicht, dass du Besuch erwartest. Oder sind Sie etwa von der Polizei?«

»Benjamin Freling«, ging Dahmen-Hollerbach dazwischen. »Das ist meine Frau. Claudia, das ist der Sommelier, von dem ich dir beim Frühstück erzählt habe.«

»Freut mich«, entgegnete Claudia Dahmen-Hollerbach,

schenkte Benjamin dabei aber einen Blick, den sie wahrscheinlich nur Staubsaugervertretern vorbehielt. Sie tänzelte von einem Bein aufs andere, traute sich anscheinend nicht, das Thema weiter zu vertiefen. Sie schaute ihren Mann mitleidsvoll an. »Tut mir leid«, sagte sie und war verschwunden.

»Warum sollte ich von der Polizei sein?«, fragte Benjamin. »Standen Sie und Bischof Eltzheim sich nahe?«

Wenn der Ingenieur seine Frage gehört hatte, dann ignorierte er sie. Er ließ sich auf die Lehne seines Sofas sinken, das mit grobem grauem Stoff bezogen war, und legte sich nachdenklich eine Hand über den Mund. Die Augen des Mannes glitten nervös durch den Raum. Benjamin beschloss, alles auf eine Karte zu setzen. Kein Rantasten mehr, kein Taktieren, kein Höflichkeitsgeplänkel, davon hatte er genug in seinem Leben gehabt. »Ist das einer Ihrer Mitarbeiter da draußen?«, bohrte er weiter.

»Schwiegersohn«, erklärte Dahmen-Hollerbach geistesabwesend und schüttelte den Kopf. »Also bald – bald ist er mein Schwiegersohn.«

»Schauen wir mal. Sie wissen schon, dass das gesamte Kloster Marienwingert von Kameras überwacht wird?«, log Benjamin und fügte an: »Dumm gelaufen. Oder glauben Sie wirklich, dass ich samstagmorgens bei Ihnen auf der Matte stehe, um Weinraritäten zu verkaufen?«

Der Ingenieur sah Benjamin an, als stünde eine Horde Zuchthauswärter vor seinem Hauseingang und rasselte mit den Zellenschlüsseln. »Ich kann das alles erklären, ich … ich wollte nur, was mir zusteht!«, rief er und stand ruckhaft auf, sein Gesicht so eingefallen und grau, als befände er sich seit hundert Tagen im Hungerstreik. »Ich habe für die Weine bezahlt! Und warum sind Sie nicht mit der Polizei hier? Wollen Sie Geld? Ist es das? Steckten Sie unter einer Decke?«

»Wen haben Sie bezahlt?«, fragte der Sommelier mit heißem Atem. Er schwitzte, bemerkte in diesem Moment seine klatschnassen Handflächen und rieb sie an seiner Hose.

»Ludwig natürlich, das war alles seine Idee!«

»Eltzheim? Was war seine Idee?«

»Hören Sie, ich habe ihn jahrelang nicht gesehen, verstehen Sie, ich war mit Ludwig Eltzheim nur auf einem Internat in Ettal. Wir waren sogar zusammen auf der Kammer, aber er war ein komischer Kauz«, platzte Dahmen-Hollerbach hervor.

»Was meinen Sie damit?«

Hollerbach wedelte mit der Hand. »Ach, er hatte einen Büßergürtel im Nachttisch und so ein Zeug. Hab nie gesehen, dass er ihn benutzt hätte. Nach unserem Abschluss war dann Funkstille. Ich habe Architektur in Konstanz studiert, er Theologie hier in St. Georgen und dann am Germanicum in Rom. Dass er ins Priesterseminar eingetreten ist, hat mich nicht gewundert, aber dass er es bis zum Bischof gebracht hat, wusste ich nicht, bis wir uns vor knapp zwei Jahren auf einer Vernissage wieder getroffen haben. Wir haben eine Weile geplaudert, er war kunstvernarrt, völlig besessen, ich habe ihm von meiner Leidenschaft für guten Wein erzählt. Ich glaube, das hat alles in Gang gesetzt.«

»Was in Gang gesetzt?«

»Ein paar Wochen später stand er plötzlich hier.« Dahmen-Hollerbach zeigte zum Fenster hinaus. »Ich wusste gar nicht, wie mir geschieht, da steht plötzlich ein Bischof in meinem Büro. Er erzählte mir, dass er während seiner Seminarzeit in der Benediktinerinnenabtei Marienwingert wie die anderen Seminaristen bei der Weinlese geholfen habe. Seither sei er alljährlich ein paar Mal dort gewesen, zu Exerzitien. Hin und wieder bekam er dort anscheinend herausragendes Essen und exzellenten Wein zum Essen vorgesetzt. Dann zeigte er mir ein Handyfoto von fünf Kisten

Vosne-Romaneé Premier Cru Cros-Parantoux von Henri Jayer. Ob der Wein gut sei, hat mich Ludwig gefragt – ob der Wein gut sei! Die letzten Weine vom legendärsten Weinmacher des Burgunds des 20. Jahrhunderts! Ich bin aus allen Wolken gefallen! Er hat mir angeboten, dass ich etwas davon haben könnte. Es bräuchte nur eine Spende ans Kloster, in bar. Mir wurde erst im Nachhinein klar, dass er ganz genau wusste, was die Weine kosteten – er hat sich nur dumm gestellt.«

»Und dann?«

»Nichts und dann. Drei Wochen später stand er mit einer Flasche des Weins in der Tür, ein Vierteljahr später mit einer Magnumflasche 1947er Cheval Blanc, eine Originalabfüllung wohlgemerkt, nicht eine Abfüllung eines Importeurs! Danach kam er mit einer Flasche 1990er Romanée-Conti.«

»Was haben Sie bezahlt?«

Der Ingenieur schlug die Augen nieder. »Zweimal zehn-, einmal fünfzehntausend.«

»Da haben Sie trotzdem ein gutes Geschäftchen gemacht«, sagte der Sommelier nicht ohne Zynismus in der Stimme und fragte dann, obwohl er die Antwort bereits kannte: »Ich nehme nicht an, dass Sie nach einer Spendenquittung gefragt haben?«

»In meinem Gewerbe braucht es eine Kriegskasse, okay? Hören Sie, Herr Freling, ich weiß, wie das alles für Sie klingt, und ja, ich bin sicher ein wohlhabender Mann, aber für die Leidenschaft großer Weine reicht auch mein Budget nicht. Es war einfach zu schön, um wahr zu sein!«

»Ist Ihre *Spende* überhaupt im Kloster angekommen? Wissen Sie das?«

»Ich weiß es nicht, aber ich glaube nicht. Nicht alles. Eltzheim mochte Kunst, teure Kunst. Irgendwo muss die ganze unterdrückte Lust und Leidenschaft bei diesen Leuten ja auch hin!«

»Wie oft haben Sie mit ihm Geschäfte gemacht?«

»Nicht oft. Drei- beziehungsweise viermal.«

»Wissen Sie, wie er an die Weine gekommen ist?«

»Er hat der Verwalterin des Weinkellers erzählt, ich sei ein anonymer Spender, und er würde sich gerne mit einem Tropfen bei mir erkenntlich zeigen. So durfte er immer mal in den Keller und etwas herausholen, aber die Ausmaße des Weinbestandes waren mir bis zuletzt nicht klar.«

»Warum?«

»Er stand letztes Jahr plötzlich hier, war irgendwie nervöser als sonst und hatte ein ganzes Sammelsurium von Bildern des Weinkellers mit seinem Telefon gemacht.«

Benjamin dachte an Schwester Rosaldas Tod Ende November. Hatte der Bischof die Nonne die Treppen hinabgestoßen und dann ihren Schlüssel an sich genommen? Und hätte er mit dem Schlüssel nicht auch Zugang zum Pförtnerhaus gehabt? Zur Waschbeckentherme von Schwester Agnes?

»Können Sie sich erinnern, wann genau das war?«, hakte Benjamin nach.

»Im November«, bestätigte Dahmen-Hollerbach prompt seine Vermutung. »Das muss Ende November gewesen sein. Ich bin beim Anblick der Fotos schier vom Glauben abgefallen, das müssen Sie als Weinsachverständiger doch verstehen! Dann habe ich noch die Bilder der Wilmerdinger gesehen und konnte es nicht glauben: Ich habe jahrelang nach diesen Raritäten gesucht, überall, ich hatte die Hoffnung eigentlich aufgegeben – und dann auch noch Beerenauslesen, also eine Qualitätsstufe, die auch noch nach achtzig Jahren trinkbar ist. Weine sind für mich keine Spekulationsobjekte und schon gar keine Protzerei, sie sind Zeitreisende!«

Benjamin legte die Stirn in Falten. »Und warum sind Sie so scharf auf einen 1939er? Wegen des Kriegsanfangs?«

»Ja, nein. Ich bin kein Sammler von Kriegsdevotionalien, wenn Sie das meinen!«, rief Dahmen-Hollerbach fast schon kampfeslustig. Seufzend blickte er zum Fenster hinaus in den Garten. »Mein Großvater diente im Zweiten Weltkrieg. Vor allem in den ersten Kriegsjahren wurden Soldaten zur Weinlese eingesetzt. Mein Opa brachte im Herbst 1939 die Ernte im Weingut Wilmerding mit ein, dort lernte er meine Großmutter kennen. Sie haben sich verliebt. Mein Vater wurde in der einzigen Nacht gezeugt, die sie miteinander verbrachten.« Der Ingenieur ging zu einem schweren Einbauschrank und zog mit einem Ruck eine Schublade auf. Er nahm ein Paket von Briefen heraus. »Am 1. November wurde mein Opa dann an die Westfront versetzt und schrieb meiner Großmutter dreiundzwanzig Briefe, jeden Tag seines Einsatzes einen. Dann wurde ein Gefechtsvorposten südwestlich von Pirmasens angegriffen. Er starb im Kugelhagel.« Der Ingenieur schüttelte verdrossen den Kopf. »Sagt Ihnen der Begriff *Sitzkrieg* etwas? Das muss man sich mal vorstellen, ein Dreivierteljahr lang winken sich Franzosen an der Maginot-Linie und Deutsche am Westwall fröhlich zu, ohne größere Kampfhandlungen, aber genau mein Großvater muss …« Er stockte. »Egal. Ohne den Jahrgang 1939 vom Weingut Wilmerding gäbe es mich nicht. Wein ist Geschichte, die wir in uns aufnehmen, das wissen Sie besser als ich, Herr Freling. Weine erzählen Geschichten, die man nur zu übersetzen braucht – und ich komme nicht näher an meine eigene Geschichte heran als mit einem Schluck dieses Weins.« Die Stimme des Mannes begann sich zu überschlagen. »Mein Vater wird nächsten Monat zweiundachtzig Jahre alt. Sein ganzes Leben hat er darunter gelitten, dass er seinen Vater nicht kennenlernen durfte. Ich will ihm noch eine Flasche dieses Weins öffnen, gemacht aus Beeren, die sein Vater eigenhändig gesammelt hat – können Sie das verstehen?«

Benjamin konnte das verstehen, aber der Gesichtsausdruck von Dahmen-Hollerbach war nicht leidenschaftlich, er zeigte Züge irrer Manie und maßloser Obsession. Verwirrt sah er den hageren Mann an, der plötzlich wutentbrannt zur Tür hinauszeigte. »Und Eltzheim hat genau gemerkt, wie wichtig mir die Weine waren!«, brach es aus Hollerbach heraus.

»Wieso? Wie viel haben Sie bezahlt?«

»Fünfzigtausend habe ich ihm vor einer guten Woche in die Hand gedrückt, da war er auf dem Weg in seine *Exerzitien.*«

»Autsch.«

»Ich weiß. Er wurde mit jedem Mal gieriger.«

»Ich dachte, Eltzheim sei so bescheiden gewesen.«

Der Ingenieur lachte verbittert auf. »Ludwig ist nicht aus freien Stücken ins Priesterseminar gegangen. Er stammte aus einem wohlhabenden Handwerkerbetrieb – und er war geschickt, Herr Freling, das kann ich Ihnen sagen. Hat mir einmal mit wenigen Handgriffen mein Auto repariert. Es war seine Mutter. Ihr größter Wunsch war, dass ihr Nesthäkchen einmal Priester wird, damit er ihr wahrscheinlich ewig erhalten bleibt ... Das hat ihm das Hirn verdreht, wollte Erzbischof und Kardinal werden.«

Benjamin blickte nochmals auf das Bild an der Wand. Er konnte Dahmen-Hollerbach zwar nicht zuordnen, aber vier der fünf Burschen lachten verschmitzt, hatten die stolze Überheblichkeit der Jugend in den Augen, nur Eltzheim wirkte ernst und in sich gekehrt.

Der Ingenieur fuhr fort: »Als wir uns das vorletzte Mal trafen, hat er zu jammern begonnen. Obwohl, *jammern* ist der falsche Ausdruck, ich hatte den Eindruck, er wollte meine Integrität und Loyalität testen. Er war mir nicht ganz geheuer, erzählte, wenn die Sache mit unserem Handel rauskäme, dann würde er suspendiert, degradiert zum einfachen Priester, müsste Bußschweigen in einem Kloster und so weiter. Ich habe zynisch bemerkt, dass Normalsterbliche wie ich bei Schwarzhandel ins Gefängnis kämen. Er sagte, das werde ich nie vergessen: *Es gibt Schlimmeres als Gefängnis, lieber Matthias.* Aber immerhin schien ihn meine Bemerkung beruhigt zu haben.«

»Warum haben Sie keine offizielle Anfrage an das Kloster gestellt?«

»Erst wollte ich die Sache nicht an die große Glocke hängen. Ich fühlte mich wie Ali Baba, der die geheime Schatzhöhle entdeckt hat. Aber Sie haben recht: Nach gewisser Zeit wurde mir die Sache zu heiß. Ich habe Eltzheim über achtzigtausend Euro zugesteckt. Als ich ihm einen sauberen Handel vorschlug, hat er sofort abgewinkt und gesagt, das Kloster würde die Weine nicht verkaufen. Stimmt das? Ich glaube nicht.«

»Das war sogar korrekt«, entgegnete der Sommelier. »Aber vor allem hätte der Bischof dann keinen Zugriff mehr auf den Geldfluss gehabt. Das dürfte ihm weitaus mehr missfallen haben.«

»Mag sein. Aber was glauben Sie, wie irritiert ich war, als Eltzheim mir nichts, dir nichts verstarb und ich dann gestern bei der Verkostung gehört habe, dass es sich bei der Sammlung um die Bender-Weine handelt und Sie den Verkauf verwalten?«

»Und dann schicken Sie gleich ihren Schwiegersohn los, um ins Kloster einzubrechen?«

Der Ingenieur druckste herum. »Geht ihr Veilchen auf ihn zurück?«, fragte er schließlich.

»Ja, nicht nur das.«

»Er ist ein Grobian, der … Es tut mir leid, Herr Freling, man kann sich seine Familie nicht immer aussuchen. Hören Sie, bitte, ich habe die Beerenauslesen nie bekommen, obwohl ich dafür viel bezahlt habe«, sagte Dahmen-Hollerbach gebeutelt, voller Elend und Gram, mit einem Bick, der verriet, dass er längst darüber nachdachte, welcher Wein gleich seinen Schmerz zu lindern vermochte und gleichwohl zu Frikadellen passte. Der Ingenieur ballte seine Hände zu Fäusten. »Es geht mir nicht nur um das Geld, ich verkrafte die Fünfzigtausend, alles was ich wollte …«

»Dann verkaufen Sie doch einfach die Weine, die Sie haben«, murrte der Sommelier genervt.

»Entschuldigung?«

»Jetzt tun Sie nicht so, Herr Dahmen-Hollerbach. Veräußern Sie einfach die Bender-Weine wieder zum üblichen Marktpreis, und Sie kommen ohne blaues Auge aus der Sache raus.«

»Ich verkaufe doch die Weine nicht, sind Sie verrückt? Die Weine sind ein Teil von mir, haben Sie mir etwa nicht zugehört?«, entfuhr es Hollerbach entrüstet.

Benjamin sah den Mann an, sah den Weinkeller unter seinen Füßen vor sich – das Halbdunkel, den Steinboden, die Regale aus unbehandeltem Holz, die meditativ surrende Klimaregulierung –, einen Raum, den der Unternehmer wahrscheinlich wie seinen Augapfel hütete, täglich Luftfeuchtigkeit und Temperatur kontrollierte und die Jahrgänge seiner Großen Gewächse besser kannte als die Jahrgänge seiner Verwandtschaft. Große Weine waren eben auch Teufelszeug. Sie waren geduldig, edelmütig und wunderschön, schimmerten mystisch, verheißungsvoll und vor allem verschwiegen in ihren Flaschen und hüteten still und verborgen ihr Geheimnis, nämlich wann der richtige Zeitpunkt war, sie zu öffnen – und wenn man den Korken zog, waren sie für immer verloren. Der Sommelier dachte an seine eigenen Klimaschränke, an den Streit mit Julia vor einer Woche und wusste nicht so richtig, ob er zu Dahmen-Hollerbach oder sich selbst sprach: »Man sollte schon aufpassen, dass man am Ende sein Leben nicht im Wartezimmer der Gelegenheiten verbringt. Es ist nur Wein.«

Dahmen-Hollerbach sah ihn verständnislos an. In flehentlichem Tonfall sagte er: »Können Sie die Videoaufnahmen nicht vielleicht, na ja, einfach verschwinden lassen und … Hätten Sie nur eine Flasche Beerenauslese für mich? Nur eine – es soll auch nicht zu Ihrem Nachteil sein.«

»Es gibt keine Videoaufnahmen.«

Vierzehn

Obwohl er es schon einmal vor einem Jahr erlebt hatte, stand Benjamin der Mund offen. Vor gut zwei Stunden war er im Kloster Marienwingert vom Hof gefahren, auf der Allee war er noch ungeduldig hinter zwei Wanderern hergetuckert, die seelenruhig die ganze Breite der Straße eingenommen hatten. Jetzt war an ein Durchkommen nicht mehr zu denken. Fahrzeuge standen kreuz und quer zwischen den Eichen, darunter zwei Übertragungswagen mit ausgefahrenen Sattelitenschüsseln auf den Dächern. Eine Drohne surrte über den Klosterberg, zwei Dutzend Journalisten trampelten sich vor den geschlossenen Toren gegenseitig auf die Füße. Ein Arsenal an Stativen und Kameras war aufgebaut, als würde das Kloster gleich unter Beschuss genommen. Dann sah der Sommelier die Tür im Tor aufschwingen. Heraus trat Schwester Edith, die sich mit verknoteten Fingern vor der Presse aufstellte. Zigaretten wurden ausgetreten. Kopfhörer aufgesetzt.

Schnell steuerte Benjamin sein Auto zwischen zwei Bäume, landete halb im Graben und sprang aus der Fahrerkabine. Strammen Schrittes ging er auf die Ansammlung zu. Noch hatte die Priorin ihren Mund geschlossen, blickte nervös hin und her, wartete überfordert auf Handlungsanweisungen der Anwesenden und schielte zwischendurch auf einen Zettel in ihrer Hand, den sie samt Kugelschreiber aus ihrem Habit gezogen hatte. Wie ein Preisboxer oder ein Gangmitglied, das in die Finsternis einer Gasse entschwindet, warf sich Benjamin die Kapuze seines Pullis über den Kopf und latschte vor die Kameras. Die Flüche ließen nicht lange auf sich warten. Reporter krakeelten, ein Tonassistent schwang seine Angel wie eine Lanze. Eine Frau mit kleinem Aufnahmegerät und großem Mikrofon daran versuchte, Benjamin wegzuzerren, doch der Sommelier ließ sich nicht beirren, er zeigte der Pressemeute die kalte Schulter.

Sanft umfasste er Schwester Edith am Handgelenk und zog sie zurück ins Kloster. Der Pulk protestierte laut, doch die Ordensfrau ließ sich anstandslos von ihm abführen. Sie hatte nur sein Gesicht gesehen, die Ernsthaftigkeit seiner Züge, das Kopfschütteln unter dem Wigwam seiner Kapuze, und war ihm gefolgt. Mit einem Knall warf Benjamin das Holztor hinter ihnen zu und drehte den gusseisernen Schlüssel herum, das Schloss schnappte laut zu. Nur eine Sekunde später rüttelte ein Reporter an der Tür, die verschnörkelte Eisenklinke bewegte sich wie von Geisterhand auf und ab.

Bestürzt blickte die Nonne den Sommelier an. »Herr Freling, ist wieder etwas geschehen?«

Erst jetzt wurde Benjamin klar, wie todesdramatisch sein Getue wirken musste, herrisch obendrein, dabei hatte ihn vor allem sein eigener Schreck getrieben. »Sie dürfen nicht mit der Presse sprechen, Schwester Edith, auf keinen Fall. Was ist denn in den letzten Stunden hier passiert, vorhin war doch noch alles ruhig?«, fragte er, obwohl er genau wusste, was los war.

»Die Staatsanwaltschaft Wiesbaden hat um neun Uhr eine Pressekonferenz zu den Vorfällen gegeben«, antwortete Schwester Edith.

»Hat man Sie darüber informiert?«

»Eine halbe Stunde vorher rief ein Herr von der Kriminalpolizei an.« Die Priorin holte tief Luft und sprach monoton weiter, ihre Worte wirkten, als brabbelte sie unter Hypnose vor sich hin. Sie stand offensichtlich völlig neben sich. »Der Beamte meinte, dass unser Kloster nicht mit Namen genannt würde, aber wir vielleicht besser die Tore schließen sollten, für den Fall der Fälle.«

»Wie viele Benediktinerinnenabteien gibt es denn auch im Rheingau?« Der Puls des Sommeliers pochte wild, aber nicht vor Aufregung, sondern vor Wut. »Hören Sie, ich bin Ihnen gerade eben zu nahe getreten, das tut mir leid, aber wenn ich das Zettelchen in Ihrer Hand sehe, dann …« Benjamin seufzte. Er verkniff sich, etwas von wegen *frommem Gesäusel* zu sagen, und blickte in den blauen Himmel. Die Sonne stand fast im Zenit. »Wer hat denn die Presseerklärung aufgesetzt? Sie selbst?«

»Ja, natürlich, zusammen mit Schwester Acutina.«

»Schwester Acutina?«

»Sie verfasst immer die Weihnachtsbriefe an unsere Wohltäter.«

»Ich kann Ihnen versprechen, dass das in die Hose geht«, erklärte Benjamin. »Ich habe erst letztes Jahr die Erfahrung gemacht, dass es besser ist, seine Pressestatements von Profis ausarbeiten zu lassen.«

»Aber Herr Freling«, begann die leichenblasse Priorin, stockte und fuhr fort: »Eine der Presseanfragen kam auch von einer sehr höflichen Dame, die einmal einen tollen Beitrag für den Regionalfunk über uns gemacht hat. Sie wartet da draußen, was soll ich ihr denn jetzt nur sagen?«

»Schwester Edith, fünfundneunzig Prozent der Journalisten vor Ihren Toren machen sicher eine seriöse Arbeit, das steht völlig außer Frage. Das Problem sind die anderen fünf Prozent. Es ist nichts Schlimmes dabei, wenn Sie nur eine schriftliche Pressemitteilung herausgeben. Und wenn Ihnen Ihr Seelenfrieden lieb ist, sollte sich keine Ihrer Ordensschwestern in den nächsten Wochen zu dem Thema äußern, ganz egal in welchem Zusammenhang und bei welcher Gelegenheit – und selbst, wenn es sich bei dem

Gesprächspartner nur um einen vermeintlich interessierten Kirchenbesucher handelt. Es ist wirklich besser. Vertrauen Sie mir.«

Die Priorin bemühte sich um Haltung, doch plötzlich entwich ihr ein wimmernder Seufzer, ihre Arme sanken herab, ihre Hände zitterten, ihr Kinn begann sich zu kräuseln. »Vielleicht haben Sie recht, es ist nur so …«, stammelte sie mit feuchten Augen. »Es ist so viel gerade … Die Unfälle, verstehen Sie, die Todesumstände seiner Exzellenz, die Beerdigung von Schwester Agnes ist für morgen angesetzt, die Angehörigen wünschen sich … Ich weiß nicht … Wir alle wissen nicht … Aber woher bekommen wir denn so eine Pressemitteilung, rufe ich da irgendwo an?«

Eigentlich hasste Benjamin Einstecktücher. Diese Stoffzipfel in Brusttaschen, die Dekadenz als Stilsicherheit kaschierten. Jetzt war allerdings ein Moment, wo er gerne eines gehabt hätte, um es Schwester Edith zu reichen. Aufgelöst begann sie zu weinen. Eine surrende Drohne flog in diesem Moment den Rand der Klostermauer entlang. Mit seiner freien Hand zog Benjamin die Priorin in den Schutz des Pförtnerhausvordachs. Selbst den Sommelier rührte die sonst so verbiesterte Frau zu Tränen, die nach einer Woche ihre Rüstung abgelegt hatte. Dabei hatte er auf der Rückfahrt von Dahmen-Hollerbach mehrmals daran gedacht, ob sie in die ganze Sache verwickelt war. Sie hatte schließlich den größten Nutzen aus der Situation, war befördert worden, konnte mit Finanzierungsmanagement glänzen, doch in diesem Moment war daran nicht mehr zu denken. Es tat Benjamin fast leid, wie er plante, die Frau gleich zu hintergehen. Er hatte sie nämlich just als Opfer seines Plans auserkoren. Aber zuerst zückte er sein zersprungenes Mobiltelefon. »Rufe Chantal Greifer an«, befahl er dem Sprachassistenten. Nur einen Klingelton später hatte er die Pressesprecherin des Luxushotels seiner Familie am Apparat.

»Sie ist gut in ihrem Job, wortgewandt und hat Erfahrung in

Krisenmanagement«, erklärte Benjamin nach dem Telefonat und diktierte der Priorin die Nummer der Pressesprecherin, die sie auf ihrem Zettel notierte. »Rufen Sie in einer ruhigen Minute bei ihr an. Chantal ist bis in den späten Nachmittag im Hotel und setzt Ihnen eine Pressemitteilung auf. Bis dahin sollten Sie alle Presseanfragen an das Bistum Speyer verweisen. Chantal erklärt Ihnen aber noch einmal alles.«

Schwester Edith sah Benjamin mit großen Augen an. »Ich danke Ihnen, aber ist das ... Ich meine, wie viel ...?«

»Das geht aufs Haus«, sagte der Sommelier lächelnd. Er drehte seinen Oberkörper leicht gen Kloster und Kirche und deutete mit dem rechten Arm in die gleiche Richtung. Er fand es magisch und erschreckend, wie ähnlich Menschen doch funktionierten. Tausende Male hatte er diese Geste bei Hotelgästen angewandt, sie funktionierte immer. Schwester Edith setzte sich sogleich in Bewegung und trottete neben ihm her. Im kiesknirschenden Gleichschritt liefen Benjamin und die Nonne zum Klausurbereich.

Auf dem Weg bückte sich der Sommelier einen kurzen Moment – nichts von Bedeutung, ein kurzer Stopp, um sein Hosenbein über die Schuhe zu ziehen oder sich flink am Knöchel zu kratzen –, in Wahrheit klaubte er einen perlengroßen Kiesel vom Boden. Aus den Tiefen ihrer Rocktasche zückte die Priorin ihren Schlüssel. Benjamin hielt ihr die Tür zum verbotenen Bereich auf, sie verschwand dankend darin. Er sah sich nochmals um, bevor er den Stein ins untere Eck des Türrahmens presste.

Als das Psalmodieren der Mittagshore von Wänden, Decke und Boden widerhallte und dabei so viel Volumen annahm, als hätte der Gregorianische Choral eine eigene Brust zum Atmen, senkte sich eine bleierne Müdigkeit auf Benjamin herab. Er saß in der hintersten Reihe des menschenleeren Kirchenschiffs und schloss ein paar Sekunden seine brennenden Augen. Dann stand er auf, und sein Herz war so erschöpft, es schlug nicht einmal mehr schneller, als er blinzelnd vom schummrigen Gotteshaus ins gleißende Tageslicht trat. Der Zugang zum Klosterbereich war eine teilverglaste, moderne Gebäudeverbindung, die voll mit mannshohen Topfpflanzen stand. Er zog die Tür auf. Zu seiner Linken führte der Weg zum Gästebereich und dem Klosterfriedhof, er sah den Kreuzgang und die ersten Grabsteine. Zu seiner Rechten – die Richtung, in die stets die Nonnen zu verschwinden pflegten – musste der Klausurbereich liegen. Doch Benjamin ging nicht weiter.

Die Mittagssonne brannte auf das Dach und hatte den Zwischengang in ein tropisches Gewächshaus verwandelt. Die Erinnerung an Mexiko packte den Sommelier so unwillkürlich, dass sich sein Blick verlor und er mitten in der Bewegung anhielt, als hätte er alle Zeit der Welt und nicht nur – ja, wie viel Zeit blieb ihm eigentlich?

Noch dreizehn Minuten? Zwölf?

Aber Benjamin konnte nicht anders, alles um ihn stand still – und er hatte es auch endgültig satt, er war kein Polizist, und er wollte auch kein Ermittler sein. Die ganze Sache erdrückte ihn. Unwillkürlich wollte er abhauen. So wie damals. Was war es? Der jähe Temperaturwechsel? Die drückende Luftfeuchtigkeit? Die letzte Möglichkeit, um über Abbruch und Flucht nachzudenken?

Er erinnerte sich nämlich an Oaxaca, an irgendeine windschiefe Bungalowanlage zwischen Zipolite und dem Nationalpark Huatulco. Er sah gezackte Palmblätter vor seinen geschlossenen Lidern tanzen, spürte den warmen Wind auf seiner nackten Haut, hörte den Pazifik rauschen und donnern, als würden sich die Wellen nicht an der Küste, sondern an der Innenseite seines Schädels brechen.

Und er dachte an Lisha.

Es war ein Jahr nach seinem Rauswurf aus der Hotelfachschule Montreux gewesen. Er studierte bereits an der Uni Geisenheim, als ihm klar wurde, dass er wegmusste, egal wohin. Er kratze alles an Geld zusammen, was er noch besaß, flog in den Semesterferien unter dem Deckmantel einer Bildungsreise nach Kalifornien. Und ganz gelogen war das nicht: Er trampelte durch Rebflächen in Rutherford und Oakville. Er hing an Bars von dutzenden Vinotheken. Dreimal nahmen ihn Winzer mit in ihre Weinlagerung, wo er im verschwörerischen Halbdunkel Fassproben und Versuchsanbauten degustieren durfte. Im PRESS-Restaurant ließ er magische Kreszenzen von Philip Togni und Jerry Luper im Glas kreisen. Und an der Sonoma Coast erreichte er mit einem Glas Pinot Noir »Old Shop Block« von der Ceritas Hellenthal Vineyard einen kurzen Augenblick jenes kosmischen, transzendentalen Zustands, der buddhistischen Mönchen auf ihrer letzten Stufe der Erleuchtung vorbehalten war.

Doch am Ende musste er sich eingestehen, dass nichts half.

Kein Wein. Keine Zeit. Kein Abstand.

Nichts heilte den Herzschmerz, der ihm vierzehn Monate zuvor zugefügt worden war.

In der Schweiz. Von Sonja Fallersberg.

Und dann, dann traf er auf Kike, einen Mexikaner. Er stand in einer heruntergekommenen Kaschemme in Santa Rosa hinter der Bar. Benjamin wusste nicht einmal mehr, weshalb er dort gelandet war – weil seine Unterkunft in der Nähe lag? Das musste es gewesen sein, in Kombination mit einem sintflutartigen Regenguss. Im Dunst von schwerem Frittierfett und todtraurigen Johnny-Cash-Songs servierte der Barkeeper ihm ein schales Bier, einen pappigen Burger und erzählte in gebrochenem Englisch und mit Spuckebläschen auf den Lippen von jenem mystischen

Ort in Mexiko, diesem unberührten Fleckchen Erde, das irgendeiner seiner Cousins zum Zufluchtsort für Alt-Hippies und Aussteiger machen wollte. Dauerbekiffte Lifeguards etwa, die keinen rechten Widerspruch in Drogenproblemen und ihrem Beruf zu sehen vermochten. Oder alle Sinn- und Seelensuchenden, die sich in der modernen Gesellschaft verloren fühlten wie eine Nadel im Heuhaufen.

Die Sonne spickte am nächsten Morgen verpennt über den Horizont, da jagte Benjamin bereits seinen Mietwagen die Route 1 hinab. Das Leben war plötzlich pures Abenteuer – und er schlief erst wieder, als die salzzerfressenen Vorhänge seines Bungalows in einer frischen Pazifikbrise flatterten. Am Abend schob ein Mexikaner eine mobile Küche an den Strand, drückte umgedrehte Bierkisten als Tische in den Sand, arrangierte fast liebevoll Plastikstühle daneben, während sein Grill schmauchte. Er servierte feurige Tacos und eisgekühltes Dos Equis. Da saß plötzlich Lisha neben Benjamin, eine Afroamerikanerin aus New York. Dreadlocks verflochten sich auf ihrem Kopf wie Medusenhaar. Ihre Augen waren so schwarz und funkelnd wie Opale. Benjamin wusste nicht einmal mehr, über was sie an diesem Abend oder auch an den folgenden Tagen gesprochen hatten. Er wusste nur, dass sie pausenlos geredet hatten und es eine Welt gegeben hatte, in der Wein einmal bedeutungslos war.

Nach dem rauchigen Mezcal, den sie später tranken, schmeckten in der Nacht noch ihre Lippen – und auch nach den süßen Orangenschnitzen, die sie nach jedem Schlückchen des Höllenbrandes auslutschten. Fünf Tage rekelten sie sich zusammen in den Wellen und im Sand, in Hängematten, Plastikstühlen und auf seiner Matratze, die so hart war wie der Fußboden, auf dem sie lag. Dann geschah etwas Eigentümliches. Wie jeden Abend zog der Mexikaner scheppernd seine Imbissbude über die Schotterstraße. Die Sonne sprang kopfüber in den Horizont, Wellen schwappten ans Ufer. Lisha und Benjamin ließen sich gerade in ihre Logenplätze plumpsen, nippten abwechselnd an ihren eiskalten Bierflaschen und kühlten damit ihre Nacken, da kroch etwas Dunkles, Urtümliches an den Strand. Es war eine Meeresschildkröte. In den folgenden Stunden legte sie ihre Eier in den warmen Sand, verscharrte ihre Brut und verschwand wieder in den Fluten. Immer wieder standen Benjamin und die wenigen anderen sonnenverbrannten Reisenden auf und betrachteten das Naturspektakel aus nächster Nähe. Nur Lisha blieb sitzen, wurde stiller und stiller.

Am nächsten Morgen war sie weg, hatte sich aufgelöst in einer Illusion der Perfektion. Auf einem Schränkchen fand Benjamin eine Muschelschale, die sie ihm zum Abschied zurückgelassen hatte, eine Muschelschale, wie sie am Strand zu Tausenden zu finden war.

In romantischen Augenblicken redete er sich ein, dass sie entfernt die Form eines Herzens hatte. In weniger romantischen Momenten, dass es sich dabei um nichts weiter als die Überreste eines toten Tieres handelte.

Lisha war auf alle Fälle weg. So wie sein Herzschmerz, an dessen Stelle nun Platz für einen Neuanfang war.

Und was hielt ihn auf, jetzt dasselbe zu tun? Dieses elende Kloster hinter sich zu lassen? Einfach verschwinden, einen Neuanfang suchen, so wie es ihm schon einmal geholfen hatte?

Dann hörte Benjamin hinter sich eine Drohne am Himmel surren. Er spürte die Faust, die im Weinberg auf ihn herabgekracht war, und die Todesangst, die ihm den Hals zugeschnürt hatte. Er sah Laras verweinte Augen vor sich, sah Pana halbtot im Krankenbett liegen und Agnes vor seinen Augen sterben. Benjamins Gesichtszüge verhärteten sich.

Es waren nur ein paar Schritte, aber der Wechsel in die Klausur kam Benjamin vor, als würde er an einem warmen Sommertag in eine klamme Höhle laufen. Er spürte die Last der Tonnen Stein, die sich über seinem Kopf auftürmten, hörte das Flüstern der nächtlichen Gebete voller Zweifel und Verzweiflung. Kälte umschloss ihn. Helles Sonnenlicht wechselte zu schummrigen Wandleuchten. Tag oder Nacht spielten hier keine Rolle. Benjamin blieb stehen. Er blickte in hohe, weite Gänge, in denen die Schwere schlichter Betonung dominierte. Wurden die weiß getünchten Wände nicht von dunklen Eichentüren unterbrochen, dann von rechteckigen Nischen, die jeweils Heiligenfiguren vorbehalten waren. Martin, Damian, Franziskus. Apollonia, Elisabeth, Barbara. Rechtsseitig kündete ein hufeisenförmiger Rundbogen eine steinerne Wendeltreppe an, die ins Obergeschoss führte. In den Schlussstein am Kopf des Bogens war die Jahreszahl 1112 eingemeißelt worden, umrahmt von Blüten- und Blätterranken.

Leise schlich der Sommelier bis zum Ende des Hauptgangs, wo er in zwei Richtungen hin abknickte. Der Gregorianische Choral lag wie ein sanftes Wispern in der Luft und gewann bei jedem seiner Schritte an Kraft. Der Weg nach Osten würde ihn also mit Sicherheit zum Seitenschiff der Kirche und in die Arme der Ordensschwestern führen. Die Klausur schien zum Großteil hinter dem Gotteshaus verborgen zu liegen. Benjamin war bis zu diesem Augenblick nicht klar gewesen, wie groß und geräumig dieser Klosterbereich war. Wie sollte er hier auf die Schnelle das Amtszimmer der Priorin und somit auch die Finanzunterlagen des Klosters finden?

Seine Theorie war: Wenn der Bischof einen Teil des Geldes an das Kloster als Spende abgebeben hatte – denn sonst hätte Schwester Rosalda keinen Grund gehabt, das Kirchenoberhaupt in den Weinkeller zu lassen –, gab es dazu wahrscheinlich Belege. War das Geld verbucht worden? Wie war das Geld verbucht worden? Wusste vielleicht noch jemand anderes im Kloster über die Betrügereien des Bischofs Bescheid?

Auskunft darüber gaben die Bücher im Amtszimmer der Priorin. Im Amtszimmer, das er nicht fand.

Da auch keine Türschildchen Aufschluss über die Funktion der Räume dahinter gaben, blieb ihm nichts anderes übrig, als ganz altmodisch nachzusehen. Benjamin hielt den Atem an, drückte die erste Tür auf und bemerkte, dass sein Herz ganz und gar nicht erschöpft war: Es kratzte, wühlte und schabte unruhig in seiner Brust. Er fand sich im altehrwürdigen Refektorium des Klosters wieder. Ein rechteckiger Speisesaal mit Mosaikparkett und vergitterten Kassettenfenstern, vor denen die ersten Baumreihen des Taunus wuchsen. So nah, dass Benjamin die Blätter der Buchen hätte pflücken können, wenn er sich weit genug hinausgezwängt hätte. Die hohe Decke wurde von dicken Balken getragen. Das Mobiliar hatte eher Jugendherbergsniveau. Die blanken Holzstühle verlangten nach gut gepolstertem Sitzfleisch, die Tische bestanden aus schlichten furnierten Platten mit Edelstahlfüßen, die u-förmig aufgestellt waren.

Am Kopf des Raumes hing ein großes Kreuz an der Wand. Daneben führte eine offene Tür in die Küche. Es roch nach Erbsensuppe und geräucherten Würstchen. Gegessen hatten die Ordensschwestern aber offensichtlich noch nicht. Die Tische waren mit tiefen Tellern, Löffeln und Wassergläsern eingedeckt. Bestückte Brotkörbe und volle Wasserkrüge standen dazwischen. Er zog die Tür leise zu und spickte in einen Raum gegenüber. Es war eine kleine, fensterlose Schmuckmanufaktur. Über einer Werkbank hing ein Arsenal an Hämmern, Zangen und Sägen, in Aufbewahrungskästen lagen bunte Schmucksteine und blanke

Silber- und Goldringe in allen Größen und Formen. Von einer Scherenwandleuchte baumelte eine Schutzbrille. Hatte ihm Schwester Agnes nicht erzählt, dass das Kloster mitunter mit der Fertigung und dem Verkauf von Schmuck etwas Geld verdiente?

Er ging bis ans Ende des westlichen Gangs und staunte nicht schlecht, als ihm hinter der nächsten Tür der Geruch nach abgestandener, staubiger Luft entgegenschlug, und er sich in einem riesenhaften Saal wiederfand, den er anhand der symmetrischen Architektur der Gänge nicht im Geringsten erahnt hatte. Eine Besenkammer wäre hier ebenso im Bereich des Möglichen gewesen. Wie im Refektorium war der Boden mit Mosaikparkett ausgelegt. Im hinteren Teil erkannte er einen wuchtigen, reich verzierten Kamin. Alte Lehnstühle waren im Karree aufgestellt. An den Wänden hingen Porträtbilder ehemaliger Äbtissinnen. Zwei Sitzecken gruppierten sich um Buchregale. Die kuppelförmige Decke war aus Holzbalken gefertigt, versehen mit aufwendigen Schnitzereien – steckte hierin der Holzschwamm? War das der Kapitelsaal, der renoviert werden musste?

Benjamin schloss die Tür, schlich zur Gabelung zurück und drehte sich verloren im Kreis. Die Zeit verrann. Jeden Moment würde die Mittagshore beendet sein, und er konnte unmöglich bis dahin alle Zimmer kontrollieren. Dann sah er ein weißes Telefondöschen, das in Bodennähe eines Raums im hinteren Teil montiert war. Aus der Oberseite des Gehäuses ragte ein Kabel hervor, das in der Wand verschwand. Schnell ging der Sommelier darauf zu, und er hatte Glück: Dahinter befand sich ein spartanisch eingerichtetes Büro mit einem alten, wurmstichigen Massivholzschreibtisch. Darauf stand ein älterer Computer, daneben ein Tintenstrahldrucker. Die gegenüberliegende Wand wurde von drei stählernen, grauen Aktenschränken eingenommen. In Windeseile schloss Benjamin die Tür hinter sich und zog die Ordner des vergangenen Jahres heraus. Er blätterte vor und zurück, wunderte sich über die Akribie, aber wurde nicht fündig.

Es war eher ein Akt der Verzweiflung, dass er den Ordner mit Rechnungen hervorzog und durch die Monate blätterte. Draußen hörte er plötzlich lauter werdende Stimmen. Schritte folgten. Viele Stimmen, viele Schritte. Die ersten waren auf Höhe der Tür. Benjamin atmete flach, blickte starr auf die Türklinke, bis seine Augen tränten. Die Bürofenster waren auch hier vergittert wie im Knast, er kam also nur auf demselben Weg hinaus, wie er hineingekommen war. Und das war kniffelig, riskant, keine Frage, aber im Grunde musste er nur warten, bis die Nonnen gleich ihre Hände zum zwanzigsten oder dreißigsten Gebet dieses Tages falteten und ihre Köpfe über ihre Erbsensuppen senkten. Wie lange hatte er dann Zeit? Eine halbe Stunde? Länger? Genug jedenfalls, um zu verschwinden – sofern diese Tür jetzt zu blieb.

Der Sommelier starrte starr auf die Klinke. Und die Schritte verklangen wirklich, wurden nach und nach weniger. Hinzu mischte sich das jähe Kratzen von Stuhlbeinen auf Parkett, Geschirr klapperte. Benjamin atmete auf. »Aller Augen warten auf dich, o Herr, und du gibst ihnen Speise zur rechten Zeit. Du öffnest deine Hand und sättigst alles, was da lebt, nach deinem Gefallen«, hörte er eine dumpfe Stimme, dann wurde es von einem Augenblick zum nächsten still. Hatte eine Schwester die Tür des Refektoriums geschlossen? Benjamin mutmaßte es, nahm allen Mut zusammen und suchte weiter. Er wollte gerade aufgeben, den Ordner zuklappen, zurückschieben, die Türen des Aktenschrankes für immer und ewig schließen, da fiel sein Blick auf eine Rechnung. Der Sommelier legte die Stirn in Falten, rechnete im Kopf hin und her, und seine Welt zog sich bei jedem Gedanken weiter zusammen, zum kleinsten Punkt der Erkenntnis.

So schlich er auch hinaus auf den Gang. Geschrumpelt und

geschrumpft zu unendlicher Naivität – er war kurz davor, dass ihm die Tränen kamen, und vielleicht wäre das sogar geschehen, als er jäh und abrupt stoppte. So jäh und abrupt, wie man eben stoppte, wenn man nicht mit irgendwem zusammenprallen wollte. Erschrocken zuckte er zusammen. Es dauerte einen Moment, bis ihm klar wurde, dass er in die rotgeäderten Augen von Schwester Magdalena blickte.

Fünfzehn

In der Fußgängerunterführung roch es nach Urin, alten Putzlappen und Brackwasser, nach schmuddeligen Trinkgelagen und Rauchen im Unterstand. Scherben einer zerbrochenen Wodkaflasche lagen am Treppenaufgang. Buntes Graffiti überzog die ockergelben Wände. Der Verkehr donnerte über ihn hinweg, und trotzdem hielt Benjamin an. Er spürte die Vibration der Fahrzeuge, die unaufhörlich über den Rheinischen Sagenweg bretterten. Er wusste nicht warum, er lehnte seine Stirn gegen die kalte Seitenwand und schloss die Augen. Ein tiefes Brummen und Rauschen füllte mit einem Mal seinen Schädel. Dabei war das Rheinufer sein Ziel gewesen. Das Glitzern des Flusses. Die Bewegung des Wassers. Die Strömung, die Schiffe. Er wollte auf eine Bank sinken, beim Oestricher Kran oder sonst wo, er wollte hinüber zur Mariannenaue blicken, in Erinnerung an deftige Vesper schwelgen, er wollte seine Gedanken sammeln. Bis zur Unterführung war er gekommen. Nicht weiter.

»Alles okay?«, hörte er eine Stimme neben sich.

»Drei Unfälle. Ein Mord. Es hätte mir auffallen müssen«, flüsterte Benjamin und blickte kurz zur Seite.

»Was ist mit Ihnen?«, fragte ein junger Mann, der sein Fahrrad an der rechten und seine Freundin an der linken Hand durch den Tunnel führte.

»Brauchen Sie Hilfe?«, fragte das Mädchen.

Benjamin lächelte benommen. Er musste eine jämmerliche Figur abgeben. Er trug miefende Klamotten, wie die meiste

Zeit der letzten Woche. Hinzu kamen sein ramponiertes Gesicht und seine pathologische Übernächtigung. »Danke, geht schon«, hauchte er und entschloss sich, es hinter sich zu bringen.

Mit schlaffen Knien schlurfte er hinter dem jungen Paar drein, weg vom Rhein, weg von der Unterführung. Es war nach eins und im Sonnenschein frühlingshaft warm. Kurz blieb er stehen, blickte auf die Basilika St. Ägidius, auf deren Besucherparkplatz er sein Auto geparkt hatte. Er streifte seine Jacke ab, nahm den kurzen Umweg zu seinem Wagen und verstaute sie auf dem Rücksitz. Zeit schinden. Dann stand nichts mehr zwischen ihm und seinem Weg. Kein Hindernis, keine Ausrede. Bereits im Treppenaufgang zu Laras Wohnung entfernte er Haustür- und Wohnungsschlüssel von seinem Schlüsselbund. Er wollte sie nicht mehr haben. Wobei er letzteren wahrscheinlich auch einfach in einen Mülleimer hätte werfen können – die Wohnungstür wurde mit Sicherheit demnächst ausgetauscht. Oben angekommen, legte er die Schlüssel lose auf Laras und Panas Wohnzimmertisch, richtete sie fast liebevoll zueinander aus und ging dann zur Büroecke hinüber.

»Gott, Benny, hast du mich erschreckt«, quiekte Lara, als sie gegen halb drei die Wohnungstür aufstieß, sie legte sich eine Hand auf die Brust und seufzte. Der Sommelier saß auf der Couch, die Hände in seinen Hosentaschen versenkt. Ihr wurde offensichtlich klar, dass etwas mit ihrem Freund nicht stimmte. Sie runzelte kurz die Stirn. »Hast du ein Gespenst gesehen oder die Stimme verloren oder …?«

»Du hast Eltzheim vergiftet«, entgegnete Benjamin tonlos.

Lara lachte auf. Aufgesetzt. »Was redest du denn da für ein Zeug? Hör mal, ich bin auf dem Weg zu Pana und habe nur wenig Zeit, der Mittagsservice ist noch nicht einmal richtig vorbei, und um fünf haben wir eine Gruppe mit fünfundzwanzig Radfahrern, auch noch *à la carte*, komm doch mit ins Krankenhaus, Pana würde sich …«

»Lara«, unterbrach Benjamin sie bestimmt, sein Mund so trocken, als hätte er die Etiketten aller Rheingauer Großgewächse abgeleckt und eigenhändig auf die Flaschen geklebt. »Ich habe die Rechnungen gesehen. Sechzehntausend Euro für fast vierhundert Kisten überreifen Klosterberg-Riesling? Die Hälfte davon im Dezember gekauft? Das ist ziemlich viel Wein, vor allem für eine beliebte Sommerschorle. Erstaunlicherweise tauchen zwei Rechnungen in euren Unterlagen gar nicht auf. Wenn ich es richtig sehe, dann stehen auch hundertfünfzig Kisten des Weins noch hier unten im Keller. Was benutzt ihr für die Klosterschorle? Jedenfalls nicht ausschließlich den 2014er Riesling aus der Benediktinerinnenabtei, der wäre auch zu mies.«

»Ich habe jetzt keine Zeit für so einen Quatsch.«

»Schwester Magdalena ist zurück«, sagte Benjamin und sah Lara an. Immer wieder versuchte sie, ihm in die Augen zu schauen, aber ihr Blick flatterte davon, nach links und rechts, oben und unten. »Sie war auf Sauftour«, fuhr er fort und sah die junge Novizin vor sich stehen, mit ihren fransigen Chucks, ihren schmuddeligen, acrylsteinbesetzten Jeans und dem rosafarbenen Rucksäckchen, mit ihrem scharfen Atem und brüchigen Stimmchen. Nein, sie war nicht ein paar Tage eingekehrt, zumindest nicht in sich selbst. Sie war nicht zur Kapelle Heimlichleiden in Bayern gepilgert oder hatte ein paar Tage in stillem Gebet in einer Mariengrotte verbracht: Sie hatte sich drei Tage und Nächte im Frankfurter Bahnhofsviertel herumgetrieben. »Nach dem Tod der Gastschwester richtete sie dem Bischof das Essen und machte sich aus dem Staub. Hat sie angeblich aus der Bahn geworfen, dass sie kommissarisch die Aufgaben von Schwester Agnes übernehmen sollte, weil sie die Gastschwester so gernhatte. Ich glaube, sie musste Dampf ablassen und ein paar Tage um die Häuser ziehen. Ist letztlich auch egal, aber eine Sache ist interessant: Sie hat mir erzählt, dass eine volle Burgunderflasche in der Küche stand, nachdem *du* das Essen geliefert hattest.«

»Was redest du da nur für ein Zeug?«, fragte Lara leichenblass, mit gespielter Beleidigung und einem Unterton, als sei Benjamin endgültig übergeschnappt.

Der Sommelier stand auf, er spürte die Wut in sich aufwallen, er konnte seine Stimme kaum im Zaum halten. »Ich habe das Gefäß mit Arsen gefunden, Lara! *Du* warst in der Kellerei, als ich an dem Vormittag die Klosterweine probiert habe! *Du* hast dich mitsamt dem Gift im Tank versteckt, als ich in die Kellerei gekommen bin!«

»Ich ...«

»Habt ihr zusammen mit dem Bischof die Raritäten unter der Hand verkauft? Wie viel ist für euch rausgesprungen?«

Lara quiekte jetzt nicht mehr – sie schrie: »So war das nicht! Ich habe gar nichts von ihm bekommen, keinen Cent! Der Bischof wollte uns umbringen, Benny! Pana, mich, dich – ja, auch du warst auf der Abschussliste!«

»Wovon redest du da?«

Lara sah ihn irre an. Dann begann sie zu weinen. Ihr Telefon läutete, und sie sank auf dem Boden in sich zusammen, wimmerte und rollte sich zusammen. Benjamin wusste nicht, wo ihm der Kopf stand. Was war nur los? Was geschah hier? Zorn pulsierte hinter seinen Schläfen, in seiner Brust und seinen Händen, verschmolz er zu stahlharten Fäusten. Er malmte mit dem Kiefer. Und doch wurde ihm beim Anblick seiner schluchzenden Freundin das Herz weich, die da in Embryonalstellung auf dem Läufer kauerte. Er ging auf sie zu, griff ihr schwungvoll unter die Arme und hievte sie auf die Couch. Er brachte ihr ein Glas Wasser, und weil er keine Taschentücher und kein Küchenkrepp fand, holte er behelfsweise eine Rolle Klopapier und setzte sich eine Weile schweigend neben sie. Irgendein Gerät surrte leise und füllte die Stille zwischen Laras Schniefen. Der Fernseher? Receiver? Stromverteiler? Egal, alles war egal.

Und es war Zeit, höchste Zeit. Benjamin räusperte sich.

Mit geschwollenen Augen und verschnupfter Nase begann Lara zu erzählen: »Mir ist das Herz stehen geblieben, als du von der Marienstatue des Bischofs angefangen hast. Ich dachte in dem Moment, du wüsstest über alles Bescheid und verarschst mich.«

»Ich verstehe nicht …«

»Du hast die Marienstatue des Bischofs nicht kaputt gemacht, Benny. Das war ich. Wir haben ein Extra im Kloster ausgerichtet, vier Gänge, nichts Wildes, das war 2019. Der Bischof feierte ein Jubiläum. Dreißigjährige Priesterweihe oder so etwas, mit vier anderen Geistlichen aus demselben Jahrgang. Den ganzen Abend stand diese Figur auf dem Tisch, Eltzheim hat ständig darüber erzählt. Es war spät. Ich habe dem Bischof gerade Wein nachgegossen, war drei Handbreit weit weg von der Figur, wirklich, ich kann mich nicht erinnern, dass ich das Scheißteil überhaupt berührt habe. Habe erst geschnallt, was passiert war, als die Madonna auf den Boden knallte und der Bischof aufsprang. Der Alte ist völlig ausgetickt, habe gedacht, der lyncht mich mit dem Käsemesser. Ich habe mich tausendmal entschuldigt, bin losgelaufen, um ein Kehrblech zu holen, da hatte Eltzheim alle Teile bereits eingesammelt und war verschwunden. Seine Gesellschaft saß schweigend beieinander. Ein halbes Jahr später stand plötzlich der Bischof nachmittags im Restaurant, ich hatte ihn seit dem Vorfall nicht mehr gesehen. Pana war im Großmarkt. Er war sehr höflich, erklärte, dass die Madonna provisorisch geklebt worden sei. Dann zog er plötzlich ein restauratorisches Gutachten hervor. Ich hatte keine Ahnung, wie teuer die Figur gewesen war. Der Wert betrug nach dem Bruch nur noch gut zwanzigtausend Euro – das waren siebzigtausend weniger, Benny!«

»Was ist denn mit eurer Haftpflicht?«

»Der Versicherungsort war auf die Kapelle beschränkt.«

»Was?«, rief der Sommelier.

»Unser Geld war knapp, okay? Wir hatten gerade ein Unternehmen gegründet, teuer umgebaut, ich habe mir im Internet bei so einem Vergleichsportal die günstigste Haftpflicht rausgesucht. Man konnte das Versicherungspaket individuell und jederzeit neu anpassen – wir haben damals noch gar nicht über Außerhaus-Veranstaltungen nachgedacht.«

»Und was hat das alles …?«

»Nachdem ich die Madonna runtergeworfen hatte, habe ich vorsichtshalber unsere private Haftpflicht angerufen, die haben gesagt, dass sei ein Fall für die Betriebshaftpflicht, aber in der Betriebshaftpflicht war nur das Restaurant als Unfallort versichert.« Lara schlug die Augen nieder. »Ich habe dann abgewartet, aber es kam wochenlang nichts mehr wegen der Sache. Am Ende habe ich gar nicht mehr dran gedacht, dann stand plötzlich der Bischof in der Tür. Als ich die Kosten gesehen habe, kamen mir die Tränen. Ich stand einfach da und habe das Heulen angefangen. Ich habe ihm unsere Situation erklärt, habe ihn regelrecht angefleht, dass wir den Betrag wenigstens abstottern können. Er sagte erst gar nichts, hat sich sogar verabschiedet und ist rausgegangen, dann kam er wieder rein und meinte, es gäbe auch eine andere Möglichkeit.«

Benjamin legte die Stirn in Falten. »Die da wäre?«

»Ich könnte ihm hin und wieder eine Barrechnung über bestimmte Weine für das Bistum Speyer ausstellen.«

»Wozu sollte das gut sein?«

»Ich glaube, er hat sich immer wieder Weine aus dem Kloster mitgenommen, für seinen privaten Keller. Für hohen Besuch und so. Zehn Flaschen Château Montrose hier, zwei Flaschen Pétrus da. Ich habe ihm Barrechnungen für die Weine geschrieben, so konnte er wahrscheinlich Geld aus der Bistumskasse erschleichen. Ich habe nie nachgefragt.«

Schon bei ihren letzten Worten war der Sommelier aufgesprungen, er konnte unmöglich sitzen, und lief aufgebracht im Kreis umher. »Oder er hat mit den Rechnungen eben anderen Mist angestellt. Aber die Frage, die ich mir stelle, ist: Du hast dich ernsthaft darauf eingelassen?«, rief er und hämmerte sich gegen die Stirn. »Bist du denn völlig bescheuert?«

Lara legte sich die Hand über den Mund. »Pana und ich hatten gerade unser ganzes Erspartes in den Umbau der Kapelle gesteckt, die Pachtverträge mussten verlängert werden, verstehst du?«

»Und warum der ganze Klosterriesling?«

»Ich habe darauf bestanden, auf die Scheinrechnung *Klosterwein* zu schreiben und die Angaben über die Weine, die er haben wollte, handschriftlich zu ergänzen. Habe ihm vorgelogen, wir hätten die Weine nicht im System. Parallel habe ich Riesling für einen etwas geringeren Betrag von der Abtei gekauft, weil die uns ohnehin ständig im Nacken saßen, weil wir keinen Wein von ihnen auf der Karte hatten. Ich dachte, wenn es hart auf hart kommt, dann sage ich eben, der Bischof hätte bei mir Wein bestellt. Im guten Glauben hätte ich den Wein gekauft, die Rechnung geschrieben, aber der Wein wäre nie abgeholt worden. Die ersten beiden Male habe ich sogar mein gesamtes Geld von meinem Privatkonto abgehoben und meinen Dispo ausgereizt, um den Rechnungsbetrag bar in die Tagesabrechnung des Restaurants einfließen zu lassen.«

»Wäre es hart auf hart gekommen, wäre das trotzdem eine ziemlich dünne Story gewesen.«

»Ich weiß.«

»Und dann?«

»Dann stand Eltzheim wieder in der Tür, dieses Mal sollte die Rechnung wieder über dreitausend ausgestellt werden, beim nächsten Mal fünftausend. Ich hatte keinen Cent mehr, ich sparte schon mein Geld für die nächste Rechnung. Der Wein stapelte sich da schon bis unter unsere Decke. Pana war kurz vorm Ausflippen. Ich erklärte ihm, dass wir uns mit dem Kloster gutstellen müssten. Da begann er, die Klosterschorle zu entwickeln. Dann war der Bischof wieder im Kloster und wieder sollte ich eine Rechnung über siebentausend Euro schreiben, für eine Kiste weißen Burgunder. Ich habe es nicht mehr ausgehalten und bin zu Schwester Rosalda gegangen. Die Frau war fast achtzig Jahre alt, total nett und lieb, aber sie ist aus allen Wolken gefallen und hat mir versichert, dass das garantiert ein Missverständnis sei. Der Bischof würde ab und an nur Weine für einige anonyme Wohltäter mitnehmen. Sie wollte die Sache später ansprechen, sicher gäbe es eine simple Erklärung. Ein paar Stunden später war sie tot, und in unserem Briefkasten fand ich am folgenden Morgen eine kleine, zerbrochene Madonna, so ein Schrottding aus dem Klosterladen.«

»Eine Drohung vom Bischof?«

»Von wem denn sonst?«

»Aber warum hast du dann mit niemandem darüber gesprochen?«

»Gesprochen? So wie mit Rosalda?« Laras Stimme schraubte sich in die Höhe. »Weil ich Angst hatte, Benny! Und dann, dann rief ein paar Wochen später die neue Priorin an. Sie wollte die Finanzen des Klosters auf Vordermann bringen und erkundigte sich bei mir, ob ich jemanden kennen würde, der den Weinbestand schätzen könnte.«

»Habt ihr etwa mich und keinen ordentlichen Sachverständigen vorgeschlagen, weil ihr dachtet, ich würde keine unangenehmen Fragen stellen?«, fragte er ohne jede Emotion, ohne Wut oder Empörung in der Stimme, er war nur müde und entkräftet.

»Ich«, flüstere Lara heiser. »*Ich* habe *dich* vorgeschlagen. Ich dachte, du würdest nach deinem letzten Jahr sicher nicht so einen Aufriss machen. Das war der Fehler.«

Benjamin sah sie stirnrunzelnd an. »Warum ein Fehler? Weil ich nachgefragt habe?«

Lara nickte verschüchtert. »In der Nacht, als ich aus dem Krankenhaus kam und du noch kurz ins Kloster gefahren bist, um deine Sachen zu holen, stand plötzlich der Bischof neben der Tür. Er war mir unheimlich, Benny, ist einfach aus der Dunkelheit aufgetaucht. Ich hatte ihn seit einem halben Jahr das erste Mal wiedergesehen. Ich habe am ganzen Leib gezittert, weil ich dachte, gleich würde er mich abstechen oder erwürgen oder so. Er erkundigte sich, ob es Pana gut gehe und hatte dabei diesen komischen Glanz in den Augen. Da wusste ich, dass er das Gas aufgedreht hatte, um uns zu drohen. Er wusste ja nicht, dass Pana keine Ahnung von der ganzen Sache hat! Ich glaube sogar, das Ausmaß von Panas Verletzungen hat ihn selbst überrascht, er wollte nur, dass ihm der Herd um die Ohren fliegt. Dann hat er mich über dich ausgefragt. Ich glaube, er wollte wissen, ob ich dir etwas verraten habe. Er hat auch gesagt, dass ich nicht vergessen sollte, dass wir gemeinsam in der Sache stecken würden und dass … du zu viele Fragen stellen würdest.«

»Ich habe zu dem Zeitpunkt doch überhaupt noch nichts geahnt!«

»Anscheinend hast du die Gastschwester wegen Schwester Rosaldas Tod gelöchert. Da war auch irgendetwas mit einem verschwundenen Schlüsselbund und mit einem leeren Regalfach und so, das hat Schwester Agnes stutzig gemacht. Sie hatte ihre Sorgen an diesem Nachmittag dem Bischof mitgeteilt und …«

»Die Beichte!«, entfuhr es dem Sommelier.

»Was?«

»Ich habe Schwester Agnes gesehen, kurz bevor der Herd explodiert ist, sie kam aus dem Beichtzimmer. Sie wusste, dass etwas vorging, aber hatte nicht den blassesten Schimmer, dass sie dem Ursprung allen Übels gegenübersaß. Sie hat ihrem Mörder gebeichtet.«

»Aber warum das alles?«

»Weil Schwester Rosalda den Keller gut hütete, gab Eltzheim vor, einem anonymen Spender eine Aufmerksamkeit mitbringen zu wollen. In Wahrheit hat er sich die Taschen gefüllt. Er hat die Raritäten teuer verkauft, sich selbst einige Raritäten in den Keller gelegt und bei dir sogar noch Rechnungen für seine gestohlenen Weine besorgt. Aber warum bist du nach Schwester Rosaldas Tod nicht einfach zur Polizei gegangen?«

»Das wollte ich doch! Aber ich hatte bei der Steuer betrogen, wir hatten hunderte Flaschen Klosterriesling im Keller. Ich habe die zwei ersten Rechnungen als Zahlungsausfälle verbucht, nur die aus dem letzten Jahr habe ich zerrissen, verstehst du? Außerdem sind wir Pächter. Egal wie die Sache ausgegangen wäre, wir wären die Verlierer gewesen. Der Bischof hatte uns am Wickel.« Lara sah zu Boden wie ein geprügelter Hund. »Als ich am Morgen nach Panas Unfall aus dem Haus kam, war auch mein Autoreifen aufgestochen.«

Er war geschickt, Herr Freling, das kann ich Ihnen sagen, ging Benjamin der Satz Hollerbachs durch den Kopf. »Drei Unfälle, ein Mord«, sagte Benjamin. »Es hätte mir gleich auffallen müssen. Der Bischof hat Rosalda die Treppen hinabgestoßen, das Gas in der Küche aufgedreht und im Pförtnerhaus den stromführenden Draht an die Wasserleitung gebogen. Die Morde an der Priorin und der Gastschwester und der Mordversuch an Pana sollten wie Unfälle aussehen. Aus dem Rahmen fiel nur der Tod des Bischofs.«

»Ich wollte das nicht, Benny – wirklich, ich war nur so wütend und verzweifelt wegen Pana, hatte Angst um unser Leben, ich wollte ihm nur einen Schreck einjagen!«

»Einen Schreck? Mit Arsen? Woher wusstest du überhaupt von dem Insektizid?«

»Tatjana.«

»Tatjana?«, wiederholte Benjamin, obwohl er wusste, dass Lara mit ziemlicher Sicherheit die ehemalige Sommelière der Kapelle meinte. Wie er selbst hatte sie in Geisenheim studiert und vor einem Jahr in ein Gourmetrestaurant im Nordschwarzwald gewechselt.

»Tatjana Zieler«, bestätigte Lara seine Vermutung. »Sie half mir einmal, fünfzig Kisten Klosterwein abzuholen. Da haben wir ein bisschen in der alten Weinbereitung herumspioniert und sind in diesen Düngekeller gelaufen. Jana hat das Arsen auf einem Eisenschrank entdeckt, sah in dem Keramikgefäß ja fast wie Dekoration aus. Und ehrlich, ich habe vorher sogar noch gegoogelt, da stand bei Arsen und Weinbau nur etwas von Übelkeit und Durchfall, das Schlimmste war Magendurchbruch oder so etwas!«

»Lara! Es gibt viele Arten von dem Gift. Wie viel hast du denn in die Flasche gefüllt?«

»Drei Esslöffel. Oder vier.«

»Drei oder vier! Wie konntest du überhaupt sicher sein, dass sonst niemand davon trinkt?«

Wieder füllten sich Laras Augen mit Tränen. »Es waren für diesen Tag nur zwei Essen bestellt, eines für dich und eines für den Bischof. Und dich habe ich zum Abendessen mit Panas Familie in die Kapelle eingeladen, erinnerst du dich? Benny, du musst mir glauben, an dem Morgen, an dem du hier auf der Couch gelegen hast und mir vom Tod des Bischofs erzählt hast, wäre ich am liebsten gestorben. Ich dachte auch, als die Tür aufflog, dass die Polizei *mich* holen kommt!« Sie blickte ihn an. Ein Scherbenhaufen aus Furcht, Zorn, Scham, Trauer und Hilflosigkeit glitzerte in ihren tränengefüllten Augen. Scherben, die sie zu keinen sinnbehafteten Worten, geschweige denn Sätzen mehr zusammensetzen konnte. Sie vergrub ihr Gesicht in ihren Händen. »Ich habe seit zwei Tagen nicht geschlafen, kein Auge habe ich zugetan, und denke immerzu: Hättest du mich doch nur im Gärtank entdeckt, dann wäre das alles nicht passiert!«

»Und Pana?«

»Er weiß nichts davon, Benny! Ich habe ihm immer erzählt, wir müssten den Klosterwein nehmen, als Geste des guten Willens und so … Bitte, du darfst ihm auch nichts verraten, bitte«, flehte Lara und sah den Sommelier an, herzzerfressen vor Panik. »Du sagst doch niemandem etwas, oder?«

Sechszehn

Die Äbtissin rührte sich nicht von der Stelle. Auch nachdem Benjamins Befehl an die Sprachsteuerung seines Mobiltelefons in der Weinbereitung verhallte, das Licht seines Mobiltelefons erlosch und das Porzellangefäß mit Arsen nur noch ein Schemen im Gärtank war, blieb sie stehen. Still. Schweigsam. Nachdenklich. Sie wirkte klein und zerbrechlich vor dem Stahlungetüm, die Gewölbedecke über ihrem Kopf war unendlich hoch. Ihren zittrigen Arm hielt sie fest gepackt. Benjamin suchte nach den richtigen Worten. Er wusste aber nicht, was es noch zu sagen gab. Er hatte pausenlos geredet, seit sie den Keller betreten hatten – hatte die arme Klosteroberin mit seinen Erkenntnissen förmlich bombardiert, weil er sich alles von der Seele reden musste.

»Vertrauen Sie Ihrer Freundin?«, fragte Schwester Johanna schließlich und warf Benjamin einen wachsamen Blick zu, der weit mehr wahrzunehmen schien als die Sinnhaftigkeit seiner Sätze.

»Ja, das tue ich«, antwortete er und versuchte, ihrem Blick standzuhalten.

»Wenn das alles der Wahrheit entspricht, Herr Freling, müsste dann nicht irgendwo dieser Wein aus den ersten Kriegsjahren aufgetaucht sein, von dem Sie mir erzählt haben?«

»Das habe ich mich auch die ganze Zeit gefragt, Schwester Johanna. War Bischof Eltzheim vergangene Woche das erste Mal seit November hier zu Besuch?«

Die Äbtissin sah den Sommelier eine Weile an. Sie überlegte. »Urlaub im November, Exerzitien im Mai, Kurzbesuch im August. So wie immer in den vergangenen Jahren.«

»Dann habe ich eine Vermutung, wo die Weine sind. Würden Sie mich bitte begleiten?«

Das hohe Alter der Klosteroberin trat beim Rückweg in den Gastbereich in Erscheinung. Benjamin stieg hinter ihr die Steintreppe zur Küche empor. Jede Stufe war für sie ein Akt von Kraft und Konzentration. Sie stützte sich mit einer Hand an der Außenwand ab, positionierte ihre beiden Füße nebeneinander, dann sah er die Spannung, die den Körper der Äbtissin erfasste. Mit einem Ruck setzte sie ihren rechten Fuß eine Stufe nach oben, zog den linken Fuß hinterher und positionierte beide Füße wieder nebeneinander, um sich für den nächsten Schritt zu sammeln. Sie gingen zum Seitenausgang hinaus in den warmen Sonnenschein. Es war mittlerweile Nachmittag geworden.

Schwester Johanna blieb stehen. Aufrecht und in sich ruhend blickte sie den Sommelier an. Benjamin führte die Frau in den ersten Klostergarten. Dort blieb er stehen. Sein Herz jagte in seiner Brust. Er zeigte die paar Meter hinüber zum Parkplatz, auf dem unter Bäumen ein einsames Auto stand, ein dunkelblauer Škoda. »Als ich vor einer Woche hier ankam, habe ich neben diesem Wagen geparkt. Wenn ich mich richtig erinnere, saß der Bischof am Steuer – ist das sein Auto?«

»Das war sein Auto, ja.«

»Wissen Sie zufällig, ob die Kriminalpolizei den Wagen untersucht hat?«

Die Äbtissin schien zu überlegen. »Nicht, dass ich wüsste.«

»Da geht es Ihnen nämlich wie mir. Ich kann mich auch nicht erinnern, Beamte an dem Fahrzeug gesehen zu haben. Ich bin mir aber sicher, wenn bei Bischof Eltzheim oder in seinen Habseligkeiten ein Autoschlüssel gefunden worden wäre, dann wäre exakt das auch passiert.«

»Sie vermuten also, dass der Autoschlüssel noch im Kloster ist.«

Benjamin nickte. »Fällt Ihnen ein, wo der Bischof seinen Autoschlüssel deponiert haben könnte?«

»Im Zündschloss haben Sie nachgesehen?«

Der Sommelier lächelte, nicht zuletzt über die Geistesklarheit der Frau. »Das war das Erste, was ich gemacht habe, als ich herkam. Das Auto ist verschlossen.«

»Warten Sie bitte einen Moment, ich habe eine Idee«, erklärte die Klosteroberin, ging quer über den sauber gemähten Rasen, stieg die drei Treppen zur Kirche empor – was wesentlich schneller ging, da sie das Geländer zur Hilfe nahm – und verschwand darin.

Zurück blieben der Sonnenschein, wildes Vogelgezwitscher und eine Drohne, die zum wiederholten Male die Klostermauern entlangsurrte. Benjamin verbarg sich unter einem Lindenbaum, dessen Blüte kurz bevorstand. Das Licht flackerte durch das Blätterdach. Der Sommelier sank in die Hocke und lehnte sich an den Stamm. Nach wenigen Minuten wurde er jedoch ungeduldig. Als das Fluggerät außer Sicht war und nur noch ein weit entferntes Schnurren zu hören war, ging er zum Kircheneingang. Auf halbem Weg trat die Äbtissin aus der Kirche, er erkannte schon auf die Entfernung, dass sie etwas in ihrer Hand hielt. Leicht seitlich, mit gerafftem Gewand, stieg sie die Treppen herab.

»Ich habe gestern die Jacke des Bischofs in der Sakristei hängen sehen. Die Taschen habe ich gerade durchsucht, bin darin allerdings nicht fündig geworden«, erklärte Schwester Johanna, hielt kurz inne und fügte an: »Seine Schlüssel lagen im Betpult.«

»Im Betpult?«, wiederholte Benjamin.

»Jedes Betpult hat ein Ablagefach«, antwortete sie, ein melancholischer Glanz trat in ihre Augen. »Als ich noch eine junge Ordensschwester war, hatten wir einen Hausgeistlichen, der stets nach der Morgenbetrachtung sein Gebiss dort zu vergessen pflegte, das fiel mir vorhin ein.«

Traurig lächelnd stand das ungleiche Paar kurz voreinander. Das Metall glänzte in der Hand der Äbtissin.

Ein leichter Wind fuhr durch die Klosteranlage, und es rührte Benjamin, als er das Zögern der Klosteroberin bemerkte, als sei sie nicht bereit, den folgenden Weg zu gehen. Der Sommelier hielt ihr die flache Hand entgegen, bot ihr mit der Geste an, ihr den Schlüssel abzunehmen.

Die Äbtissin schüttelte den Kopf. »Den behalte ich besser.«

Im Kofferraum fanden sie nicht nur die Wilmerdinger Beerenauslesen, sondern einen mobilen Weinkeller in Premiumqualität. Benjamin wagte es zwar nicht, etwas anzufassen, aber in drei offenen 12er-Kartons sah er bedruckte Kapseln von Valduero 12 Años, Château Haut-Brion oder Masseto hervorragen. Sieben Flaschen mit feiner Staubschicht schienen die verbliebenen 1990er Romanée-Conti zu sein. Waren das die Weine aus dem leeren Regalfach gewesen? Eine geschlossene Holzkiste, versehen mit Brandzeichen, enthielt offensichtlich Château d'Yquem aus dem Jahr 1900. Darauf lag ein Schlüsselbund, daran mitunter dicke Bartschüssel – der Schlüsselbund von Schwester Rosalda. Mit einem entrüsteten Schnauben schnappte die Äbtissin einen ledernen Kulturbeutel und zog den Reißverschluss auf. Mit eisernem Griff zog sie Geldscheine hervor, starrte mit ihren kupferfarbenen Augen angewidert auf das Papierbündel. Dann sah sie den Sommelier an, bebend vor Enttäuschung, Ekel und Zorn. Ihre Lippen waren nur noch zwei schmale Striche in ihrem Gesicht.

»Tut mir leid«, flüsterte Benjamin und zeigte auf den Kofferraum. »Ich würde vermuten, der Bischof hat noch einen Raubzug veranstaltet, kurz bevor ich angereist bin, und offensichtlich hat er auch nicht nur mit Hollerbach Geschäfte gemacht.«

»Wie meinen Sie das?«, fragte die Äbtissin aufgebracht.

»Was Sie da in Händen halten, dürfte ein Vielfaches von dem sein, was Dahmen-Hollerbach bezahlt hat. Allein die Kiste Vosne-Romaneé Premier Cru Cros-Parantoux von Henri Jayer war achtzigtausend Euro wert. Der Bauingenieur hat davon nur eine Flasche erworben. Fehlen noch fünf. Ende letzten Jahres ist so ein Wein sogar in London versteigert worden, ich will nicht mehr einmal ausschließen, dass er aus Ihrem Bestand kam. Von den elf Flaschen 1945er Château Mouton-Rothschild ganz zu schweigen.«

»*Année de la Victoire*«, murmelte Schwester Johanna plötzlich, und dem Sommelier klappte die Kinnlade herunter. »Ich erinnere mich gut an die Weine, ist viele Jahre her, dass wir sie getrunken haben. Zumindest dieses Vergehen können wir Eltzheim nicht anrechnen – war der Wein nach heutigen Maßstäben sehr wertvoll?«

Der Sommelier wackelte mit dem Kopf, konnte sich eines bedröppelten Schmunzelns nicht verwehren. Er sah die Nonnen im Refektorium Erbsensuppe und Weingiganten schlürfen. Anstatt zu antworten, fragte er: »Haben Ihnen die Weine denn geschmeckt?«

»Sie waren exzellent.«

»Darauf kommt es vielleicht an.«

Schwester Johannas Blick wanderte zum Rosengarten. Zwei Ordensschwestern kamen aus der Klausur und gingen zur Antoniuskapelle – zur Ablösung bei der Totenwache? Benjamin vermutete es, aber er schwieg. Er stand heimlich, still und leise neben der Äbtissin und harrte der Dinge. Was hätte er jetzt auch noch sagen können? Was tun?

»Der du den Splitter im Auge deines Bruders wahrnimmst, siehst den Balken im eigenen Auge nicht«, sagte die Äbtissin schließlich, holte hörbar Luft und seufzte. »Ich wusste von den Spenden, Herr Freling«, fuhr Schwester Johanna fort und hob sogleich befriedend ihre Hand. »Ich sehe die Bestürzung in Ihren Augen, und ohne mich selbst in Schutz nehmen zu wollen, kann ich nur voranschieben, dass ich von den Ausmaßen dieses Verbrechens erst vorhin erfahren habe. Aber von so hohen Zuwendungen wurde mir natürlich ehemals von Schwester Rosalda berichtet. Ich habe mich sogar beim Bischof bedankt, ist sicher zwei Jahre her. Aber ich kann mich erinnern, dass ich damals dem unguten Gefühl in meinem Herzen nicht nachgehorcht habe. Es kam mir dubios vor. Ich werde mit dem Alter auch mir gegenüber milder. Hätte ich damals meinem Gefühl vertraut, hätte ich das alles verhindern können. Entschuldigen Sie sich also bitte in meinem Namen bei Ihrer Freundin.« Sorgsam legte die Äbtissin den Kulturbeutel zurück und versuchte, den Kofferraumdeckel zu schließen. Sie hatte sichtlich Mühe, weswegen Benjamin den Ärmel seines Pullovers über seine Hand zog und ihr half. Er wollte keine Fingerabdrücke hinterlassen. Die Klosteroberin blickte kurz zum Kirchturm empor. Wie bei der Ankunft des Sommeliers suchte eine Taube Halt im Gemäuer, krallte sich in die nackte Wand und flatterte wie wild. »Herr, du Gott aller Macht, sieh in dieser Stunde gnädig auf das, was meine Hände zur Verherrlichung Jerusalems tun werden«, sagte Schwester Johanna klar, deutlich und bestimmt. So wandte sie sich auch an Benjamin. »Lieber Herr Freling, ich glaube, es ist nun an der Zeit, dass Sie uns verlassen. Sie müssen mir nur noch einen letzten Dienst erweisen, wenn ich Sie darum bitten darf. Die Zeiten, in denen ich unbeschadet in Gärtanks kriechen konnte, sind lange vorbei. Wären Sie so liebenswert und würden das Gefäß nach vorne ziehen, sodass ich es ohne Umstände greifen kann? Keine Sorge, ich werde es an den Außenseiten säubern.«

Benjamin brauchte einen Moment, bemüht um einen möglichst ruhigen Tonfall erwiderte er: »Sie wollen doch wohl jetzt nicht den Mord auf Ihre Kappe nehmen, Schwester Johanna?«

»Lassen wir die Toten ihre Toten begraben.«

Benjamin starrte die Äbtissin fassungslos an. »Wollen Sie den Mord etwa …?«

»Ich werde beim Herrn dafür um Gnade bitten.«

»Schwester Johanna, das ist … strafbar.«

»Alles, was ich tun werde, ist, der Polizei den Kofferraum zeigen, danach führe ich sie in die Kammer unserer Gastschwester, wo die Beamten ein Porzellangefäß vorfinden, das mir verdächtig vorkam, als ich für Agnes' Seele gebetet habe. Alles Weitere überlasse ich der Phantasie der Kriminalinspektion«, erklärte die Äbtissin und musterte Benjamins Schläfe. Sie schenkte ihm ein seelsorgendes Lächeln. »Ich nehme übrigens an, dass Sie sich noch frischmachen wollen, bevor Sie Ihre Heimreise antreten. Darf ich Schwester Gudula bitten, Ihnen etwas Medizin zu bringen? Oder haben Sie etwas zur Wundpflege bei sich?«

Siebzehn

Schwester Edith stand regungslos am Fuß der Treppe des Gastbereichs, als Benjamin geduscht und bepackt herabtrabte. Ihre Hände hatte die Priorin vor dem Bauch ineinandergelegt. Benjamin bemerkte ihre Augen, die kurz zu einer Wanduhr und wieder zurückwanderten.

»Tut mir leid, Schwester Edith, ich wusste nicht, dass Sie hier auf mich warten. Es hat alles etwas länger gedauert, ich habe noch mit meiner Freundin telefoniert – bei ihr beginnt gleich der Abendservice, ich wollte vorher noch mit ihr sprechen«, begann Benjamin die Unterhaltung und fügte zuckersüß an: »Den Zimmerschlüssel habe ich auf dem Nachttisch liegen lassen, war das so in Ordnung?«

Die Priorin ging nur mit einem Nicken darauf ein. Ganz offensichtlich waren ihre Kühlsysteme wieder intakt, und sie hatte eisige Betriebstemperatur erreicht. Ohne weitere Worte wandte sie sich um, nahm eine dunkelgrüne Flaschentüte und eine braune Papiertüte zur Hand, die sie auf dem Tisch mit Informationsbroschüren des Klosters und der Touristik bereitgestellt hatte. Auf beiden Tragetaschen war das Emblem der Abtei abgedruckt, weswegen der Sommelier auf Accessoires aus dem Klosterladen tippte.

»Die Mutter Äbtissin wünscht, dass ich Ihnen das hier zum Abschied überreiche«, sagte die Priorin und hob zuerst die Flaschentüte in die Höhe. »Zunächst bittet sie darum, dass Sie diesen Wein verantworten – Sie wüssten, an welchen Adressaten er zu übergeben sei.«

Benjamin stellte seine Sporttasche ab, nahm die Tüte entgegen und spickte hinein. Er erkannte das Etikett einer 1939er Beerenauslese vom Weingut Wilmerding. Er nickte und verzog seine Mundwinkel zu einem Lächeln. »Da wird sich jemand freuen. Halbwegs zumindest. Ich lasse es dem Herrn gerne zukommen.«

»Und das ist für Sie«, fuhr Schwester Edith fort und reichte ihm die braune Tüte. »Ich bin mir unsicher, ob ich den richtigen Wein aus dem Keller geholt habe. Schwester Johanna und ich waren uns wegen des Jahrgangs nicht ganz einig, wir wussten nicht mehr, ob Sie uns von einem 1865er oder einem 1868er berichteten, aber das dürfte ja auch nicht so einen großen Unterschied machen, nicht wahr?«

Ungläubig warf der Sommelier einen Blick in die schwere Tüte, auf deren Grund eine dunkelgraue Schmuckschatulle lag, die vor langer Zeit wahrscheinlich einmal schwarz gewesen war, darauf war der Schriftzug *Château Lafite* geprägt. Benjamin schüttelte den Kopf, stellte die Tüte sanft wie ein rohes Ei auf dem Boden ab und trat einen Schritt zurück. »Das kann ich unmöglich annehmen, Schwester Edith, das geht beim besten Willen nicht.«

Die Priorin nickte. »Schwester Johanna meinte, dass Sie genau das sagen würden. Sie hat Ihnen auch noch eine Karte geschrieben, die Sie in der Tüte finden. Ich soll Ihnen ausrichten: Sie besteht darauf, dass Sie das Geschenk annehmen, allerdings unter der Bedingung, dass Sie den Wein trinken – damit Sie sich keinen Finger abschneiden müssen, um einmal in den Genuss zu kommen.«

»Ich … Ich kann …«, stammelte Benjamin und rätselte – hatte er das so dahingesagt?

»Die Rechnung für Ihre Dienste können Sie mir in den nächsten Tagen gerne zuschicken. Ich wünsche Ihnen noch einen schönen Tag und eine gute Heimreise«, erklärte die Priorin, wandte sich um und ging eiligen Schrittes den Gang in Richtung der Klausur davon.

Benjamin war völlig überfordert. Er sah der Nonne nach, versuchte, aus den Stolperfallen von Sporttasche und Tüten herauszutreten, überlegte, ob er seine zittrigen Hände soweit bändigen konnte, um eine solch empfindliche Rarität überhaupt in sein Auto tragen zu können – genau genommen versuchte er, sich alle Bodenwellen und scharfen Kurven von hier bis nach Breisach auszumalen –, und währenddessen hatte die Nonne fast die Abzweigung erreicht. Dabei wollte er es so nicht enden lassen. »Hat das eigentlich mit der Pressemitteilung geklappt?«, rief er ihr deswegen nach.

Die Priorin blieb stehen und drehte sich um. »Danke, Herr Freling. Es war uns eine Hilfe«, antwortete sie – das Lächeln auf ihren Lippen stellte sich der Sommelier vor.

Einen Augenblick später war sie verschwunden, der Flur und Gastbereich leer. Benjamin bückte sich und klemmte die Trockenbeerenauslese liegend zwischen die Tragelaschen seiner Reisetasche. Es war wie verhext, innerhalb von Sekunden wären ihm zahllose Ideen gekommen, wann der richtige Rahmen war, die Nachricht der Äbtissin zu lesen – beispielsweise bevor feierlich der Korken aus der Flasche des wurzelechten Weins fuhr –, aber er war viel zu neugierig und viel zu überwältigt von dem Präsent, sodass er in der Tüte nach der Karte fischte.

»Du wirst Beständigkeit in dem Moment finden, indem du entdeckst, dass Gott überall ist, dass du ihn nicht anderswo zu suchen brauchst, dass er hier ist, und wenn du ihn hier nicht findest, ist es sinnlos, loszuziehen und anderswo zu suchen, denn

es ist nicht etwa er, der fern von uns wäre, sondern wir sind fern von ihm.«

Anthony Bloom

Alles Gute,
Sr. Johanna

PS: Will heißen, lieber Herr Freling, wenn Sie Gott nicht in der Kneipe finden, müssen Sie Ihn anderswo auch nicht suchen.

Mit einer Dose Radler in der Bauchtasche seines Kapuzenpullis, die er sich auf dem Weg nach Assmannshausen an einem Kiosk gekauft hatte, erklomm Benjamin Freling kurz darauf den Höllenberg. Für den Sonnenuntergang war es noch etwas zu früh, der Stern hing noch goldgelb über dem Rand des Horizonts und wärmte ihm den Rücken. Oben angekommen, setzte er sich auf eine Steinmauer. Hier schien ihm die Sonne ins Gesicht. Der Rhein zog sich wie ein silbernes Band neben dem Rheinischen Sagenweg entlang. Die Häuser lagen wie ins Tal gemeißelt da. Die schiefergedeckten Spitzdächer des historischen Gasthofs Krone ragten empor. Ein Güterzug bretterte vorüber. Auf der gegenüberliegenden Seite des Kamms zog sich der Dorffriedhof auf Terrassen in die Höhe. Grabsteine standen wie die Reben in Reih und Glied. Die Toten waren hier in Steillage zur ewigen Ruhe gebettet, nur eben auf der Schattenseite des Tales.

Benjamin riss die Lasche der Dose auf. Schaum stieg auf. Er saugte ihn ab und stellte sein Abschiedsbier neben sich. Irgendwo, weit unten, kläffte ein Hund. Winzer waren in den Rebflächen unterwegs. Sie rüsteten ihre Reben für die letzte Nacht der Eisheiligen und brachen nebenbei die Kümmertriebe ab. Man sparte sich in dieser Steillage jeden Gang. Zu seinen Füßen mussten hauptsächlich die Parzellen der Staatsweingüter liegen, am Rand und ums Eck auch die von Krone, Künstler, König oder Saalwächter. Er wusste es nicht genau, aber was er wusste: Hier wurde spätestens seit der Jahrtausendwende wieder einer der besten Spätburgunder des Landes hervorgebracht. Von Chat Sauvage. Corvers-Kauter. Kesseler. Der Sommelier wollte die legendäre Lage auf sich wirken lassen, resümierend durchatmen, den Schlussstrich unter diese Episode seines Lebens ziehen, ein Abschiedsbier schlürfen, bevor er heimfuhr. Er wollte irgendwelche tiefsinnigen Gedanken denken, aber wenn er ehrlich war, hatte sein Hirn gerade den Intelligenzgehalt von Hafergrütze. Eine Wandergruppe lief tratschend hinter ihm vorüber. Er kramte sein demoliertes Telefon aus seiner Gesäßtasche.

»Sende Nachricht an Julia Jimenez«, diktierte er dem Gerät. Der Signalton zur Aufzeichnung erklang. Benjamin fuhr fort: »Liebes, morgen nach Feierabend gibt es einen Monsterwein bei mir zu Hause zum Probieren. Sag dem ganzen Team Bescheid. Ich rufe auch noch Konrad an. Bis heute Nacht, Küsse, Benny.«

»Wollen Sie die Nachricht senden?«, erklang die blecherne Ansage der elektronischen Stimme.

Benjamin musste nicht überlegen.

Wein, egal welcher, gehörte in Gläser.

Die auf einem Tisch standen.

An dem Menschen saßen.

Um gemeinsam Zeit zu teilen.

Die Süße des Lebens.

»Nachricht senden.«

ENDE

Danksagung

Alle Personen in diesem Roman sind meiner Phantasie entsprungen. Nicht erfunden sind die folgenden Freunde und Experten, die mir mit Rat und Tat zur Seite standen: Von der ersten Stunde an war Theologe **Wilfried Köpke** in das Projekt involviert, er half mir während der Monate des Schreibprozesses, nicht nur die Abtei Marienwingert mit Leben zu befüllen. In Fragen des Weinbaus und des Rheingaus halfen mir außerdem **Verena Schöttle** vom Weingut Chat Sauvage, **Frank John** vom Hirschhorner Weinkontor, **Gernot Kollmann** vom Weingut Immich-Batterieberg, **Jürgen Fendt** von der Weinfamilie Fendt, **Julia Keller** vom Weingut Keller und **Angela Kühn** vom Weingut Peter Jakob Kühn. Nicht zu vergessen sind **Oliver und Julia Friedrich** vom Alten Torkel in Graubünden sowie **Marc Almert** vom Zürcher Baur au Lac. Bei der Bestückung des Weinkellers stand mir **Armin Diel** mit allerhand Tipps und Ratschlägen zur Seite. Gesprochen habe ich außerdem mit dem Heimatforscher und Weinauktionator **Leo Gros**, dem Kommissionär **Joachim Ress**, Polizeihauptkommissar **Markus Hoffmann**, Zukunftskoch **Nils Henkel**, Steuerberater **Gerd Wöhrle** und **Schwester Petra** von der Benediktinerinnenabtei St. Hildegard. Nicht vergessen möchte ich meinen Bruder **Fingus** sowie meine Schwäger **Dirk, Jens und Jörg Lange**, die mir in Fachfragen bezüglich Architektur, Schauspiel, Kunst und Bildhauerei zur Seite standen. Hilfe wurde mir außerdem vom **Kloster Eberbach** sowie **Schloss Reinhartshausen** zuteil. Abschließend seien meine selbstlosen

Mitstreiter **Matze Determann, Mathias Hansen** und **Jasper Ehrich** erwähnt sowie **TSOFAPBBLMLJJVN, S&M, Andrenaz Roller** & natürlich **Francesca**[TT].